1 스타비아이, 카르미아노 빌라의 벽화.

2 폼페이. 포도밭 빌라의 벽화.

3 나폴리 국립 고고학 박물관 소장. 폼페이에서 옮겨온 모자이크 벽화.
  뾰족한 귀를 가진 사티로스의 발기한 음경(fascinus) 위로 몸을 굽히는 여제관.

4 나폴리 국립 고고학 박물관 소장. 폼페이의 에피그람관(maison des Epigrammes)에서
  옮겨온 벽화. 베일을 움켜 쥔 여제관에게 달려드는 사티로스.

3

4

5

5 나폴리 국립 고고학 박물관 소장.

6 파리 루브르 박물관 소장. 페디에오스의 화가가
 아티카 컵에 그린 그림의 일부.

7 나폴리 국립 고고학 박물관 소장. 젖가슴을 동여 맨
 여자의 성기를 가린 베일을 벗기는 남자.

8 나폴리 국립 고고학 박물관 소장.
 폼페이의 백주년 기념관(maison du Centenaire)에서
 옮겨온 벽화.

6

7

8

9

10

11

12

12 나폴리 국립 고고학 박물관 소장. 폼페이의 디오스쿠레스 가문 집에서 옮겨온 벽화. 자식들을
죽이기에 앞서, 가정교사가 지켜보는 가운데 오슬레 놀이에 열중한 아이들을 바라보는 메데이아.

섹스와 공포

파스칼 키냐르 지음 | 송의경 옮김

문학과지성사
2007

섹스와 공포

1판 1쇄 2007년 2월 2일
1판 3쇄 2024년 8월 20일

지 은 이 파스칼 키냐르
옮 긴 이 송의경
펴 낸 이 이광호
펴 낸 곳 ㈜문학과지성사

등록번호 제1993-000098호(1993. 12. 16)
주   소 서울 마포구 잔다리로7길 18
전   화 02)338-7224
팩   스 02)323-4180(편집) 02)338-7221(영업)
전자메일 moonji@moonji.com
홈페이지 www.moonji.com

ISBN 978-89-320-1754-9 03860

섹스와 공포

차례

일러두기

1. 이 책은 Pascal Quignard의 *Le sexe et l'effroi*(Paris: Gallimard, Folio n° 2839, 1996)를 우리말로 옮긴 것이다.

2. 본문 내의 그리스어, 라틴어 등 외국어로 표기된 인명과 지명은 국립국어연구원 '외래어 표기법'과 '로마자 표기법'을 따랐다. 또 동일 인명이라고 하더라도 저자의 의도에 따른 구분은 원서를 그대로 따랐음을 밝힌다.

   예) 아프로디테(그리스어)―베누스(라틴어, 이탈리아어)―비너스(영어)
   디오니소스(그리스어)―바쿠스/바커스(라틴어)
   헤라(그리스어)―유노(라틴어)―주노(영어)
   갈레노스(그리스어)―갈레누스(라틴어)
   팔로스(그리스어)―팔루스(라틴어)

   또한 원서의 라틴어 고유명사(인명 포함)와 프랑스어, 독일어, 영어는 정체로, 그 외 라틴어와 그리스어는 이탤릭체로 옮겼다.

3. 본문에서 언급되는 단위는 대부분 우리식 도량형을 따랐다.

4. 내용의 이해를 돕기 위해 옮긴이의 부연 설명을 본문 내 각주로 덧붙였다.

서 문

우리는 어디를 가든 늘 자신의 수태에 관한 당혹감을 지니고 다닌다.

자신을 만들어낸 행위를 떠올리지 않는 것이라면 어떤 이미지도 우리에게 충격을 주지 못한다.

인류는 포유동물인 암수 두 마리가 달라붙어 드잡이하는 장면의 결과로 끊임없이 생겨나고 있다. 암수의 생식기에 이상이 생기면, 즉 그 형태가 뚜렷하게 변형되는 순간부터 암수는 서로 끼워 맞춰진다.

팽창해서 정액을 분출하는 남성의 성기 속에 들어 있는 것은 생명 그 자체로서 수태를 가능케 하는 정자 안에서 돌연 넘쳐흐른다. 하지만 그것은 인류를 규정 짓는 특성에는 끼지 못한다. 한 마리 동물로서 다른 동물의 육체를 소유하려는 우리의 동물적 열정과 족보 및 역사적 계보가 구분되지 않는다는 사실에 우리는 혼란을 느낀다. 게다가 죽음에 의한 선별이 개개인의 족보상의 연속과 분리될 수 없다는 점에서 이런 당혹감은 배가되는데, 개인은 단지 무작위적 유성 생식을 통해서만 '개체화'의 가능성을 획득하기 때문이다. 따라서 우연에 의한 유성 생식, 예측 불가능한 죽음의 선별 작업, 그리고 개체의 주기적 의식(꿈이 복원시켜 유려하게 만들고, 언어의 획득으로 재조직되어 어둠 속에 묻히는)은 우리 눈에 동시에 보이는 단 하나에 지나지 않는다.

그런데 '동시에 보이는 하나'를 우리는 어떤 경우에도 볼 수 없다. 우리는 자신이 존재하지 않았던 장면에서 유래되었기 때문이다.

인간은 이미지 하나가 결여된 존재이다.

눈을 감고 어둠 속에서 꿈을 꾸거나, 눈을 뜨고 대명천지에 실재하는 사물들을 주의 깊게 관찰하거나, 어리둥절한 시선으로 산만하게 바라보거나, 두 손으로 펼쳐 쥔 책에 시선을 고정시키거나, 어둠 속에 앉아서 눈앞에 펼쳐지는 영화를 관람하거나, 그림 감상에 몰두하거나 간에 인간은 자신이 보는 모든 것 뒤편에서 하나의 다른 이미지를 탐색하는 욕망의 시선이다.

고대 로마인들이 그린 벽화의 귀부인들은 요지부동으로 고정된 모습이다. 놀라움을 기대하며 곁눈질하는 모습 그대로 부동 자세를 취하고 있다. 이제 우리로서는 알 도리가 없어진 어떤 이야기의 극적인 바로 그 순간에 몸이 굳어진 듯하다. 나는 *fascinatio*(매혹)라는 어려운 라틴어 단어를 깊이 살펴보고자 한다. 그리스어 *phallos*(남근)는 라틴어로 *fascinus*(음경)이다. 음경과 관련된 노래들은 비속시(fescennins)라고 불린다. *fascinus*는 시선을 붙잡아 눈을 뗄 수 없게 만든다. 음경의 영감으로 만들어진 노래가 바로 로마인(romain)들이 꾸며낸 이야기인 소설(roman)의 기원, 즉 *satura*(풍자시)이다.

매혹은 언어의 사각지대에 대한 인식이다. 그렇기 때문에 시선은 언제나 곁눈질이다.

나는 알 수 없는 어떤 점, 즉 그리스의 에로티시즘이 로마 제국에서 변화된 사실을 이해하고자 애쓴다. 변화의 문제가 지금까지 고찰되지 않은 이유에 관해서는 아는 바가 없다. 하지만 두려움 때문이었으리라는 생각이 든다. 로마 사회를 제국의 형태로 재정비한 아우구스투스 황제의 재위 56년 동안, 그리스인들의 즐겁고 명백한 에로티시즘은 공포에 질린 우수로 변모했다. 이런 뒤바꿈이 제자리를 잡기까지는 겨우 30여 년(B.C 18~A.D 14)이 걸렸을 뿐이지만, 그것은 여전히 우리를 에워싸고 우리의 열정을 지배하고 있다. 그리스도교는 이러한 변모의 한 결과일 뿐이었다. 그리스도교는 소위 로마의 관리란 작자들이 재표명한 상태 그대로의 에로티시즘을 받아들였다. 그런데 옥타비아누스 아우구스투스의 통치 기간에 생겨난 관리들로 말하자면, 이후 4세기에 걸쳐 지속되던 제국이 그들의 비위를 맞출 셈으로 그 수를 늘렸던 것이다.

두 차례의 지진에 대해 말하고자 한다.

에로스(éros)[1]는 시원(始原)의, 인류 이전의, 완전히 야생적인 하나의 지각판[2]으로서, 습득된 인간의 언어와 제멋대로인 심적(心的) 삶에서 떠오른 대륙에 불안과 웃음이라는 두 가지 형태로 접근한다.

---

1 생의 본능, 즉 성적 쾌락과 자기 보존을 목적으로 하는 본능을 의미하는 정신분석 용어.

2 판구조론에 따르면 지구 표면은 크고작은 10여 개의 판으로 나누어져 있는데, 이 판들이 상대적으로 움직이면서 각 판의 경계에서 지진, 화산 활동과 같은 지각 변동이 일어난다고 한다.

불안과 웃음은 화산에서 서서히 떨어져 내리는 두터운 재이다. 땅속 깊은 곳에서 솟구쳐 타오르는 불이나 아직도 끈적끈적하게 녹아 있는 용암을 말하는 게 아니다. 사회와 언어는 위협적인 범람으로부터 끊임없이 자신을 지켜나간다. 인간에게 근육의 반사처럼 무의지적 특성을 지닌 날조된 계보학이 있다면, 주기적으로 잠을 자는 항온동물의 경우에 그것은 꿈이다. 사회의 경우에는 신화이고, 개인의 경우에는 가족소설[3]이다. 아버지를 꾸며내는 것은 다시 말해 이야기를 지어낸다는 것인데, 그 목적은 우리들 중 어느 누구도——성교의 결실로서 음력으로 대략 열 달을 지낸 후에 태어난 어느 누구도——볼 수 없었던 우연한 성교에 의미를 부여하려는 것이다.

지진은 문명들끼리 서로 가장자리가 맞닿아 겹쳐질 때 그 결과로 발생한다. 이런 지진 중의 하나가 서양에서 일어났다. 그리스 문명의 가장자리가 로마 문명의 끝자락과 의식(儀式) 체계에서 맞닿았을 때였다. 그러자 에로틱한 불안은 *fascinatio*(매혹)로 변했고, 에로틱한 웃음은 *ludibrium*(조롱)이란 빈정거림으로 바뀌었다.

79년 8월 24일 또 하나의 지진——본래 의미대로의 지진——이 발생해서 도시 네 개를 덮쳤다. 이 도시들은 뒤덮인 바로 그 순간의 정황을 증언하고 있다. 폼페이, 오플론티스, 헤르쿨라네움 그리고 스타비아이의 유적들이 보존된 것은 적어도 신이나 티투스,[4] 인간이

---

3 프로이트는, 환자가 부모와 자신의 관계를 상상으로 변경하는 환상을 '가족소설'이라고 불렀다. 가령 어린아이가 자신은 현실의 부모에게서 태어난 것이 아니라 사실은 더 훌륭한 부모나 명망 있는 아버지의 자식, 혹은 어머니의 연애의 결실, 즉 업둥이나 사생아라고 상상하면서 일종의 소설을 꾸며내는 것을 가리킨다.

4 베수비오 화산이 폭발했던 79년부터 81년까지 통치했던 로마의 황제.

아니라 끓어오르던 용암의 덕택이었다. 용암으로 인해 네 도시의 주
민들은 몰살되었지만, 수 세기 동안 경석(硬石)과 코르크 떡갈나무
밑에 이 '매혹적인' 이미지들을 저장해온 것에 대해서는 용암에게 감
사할 필요가 있다.

아트라니,[5] 1993년 6월

---

5 이탈리아 남부 아말피 해안의 작은 항구 도시.

제1장

파라시오스와 티베리우스[1]

서기 14년 9월 티베리우스는 아우구스투스 황제의 자리를 이어받았다. 티베리우스는 두 가지 수수께끼와 두 가지 속성의 형태로 역사에 남은 인물이다. 수수께끼란 퀴닐랭귀스(cunnilingus)[2]와 은둔생활이고, 속성이란 주맹증(晝盲症)과 외설성이다. 티베리우스 황제는 그리스 에페소스[3]의 화가 파라시오스의 데생과 그림들을 수집했다. 고대인들의 말에 따르면 파라시오스는 기원전 4세기경 아테네에서 *pornographia*(춘화)를 창시했다고 한다. *pornographia*를 축자적으로 옮기면 '매춘부를 그린 그림'이다. 파라시오스는 자신이 사랑했던 테오도테라는 창녀의 누드를 그렸다. 소크라테스는 그의

---

1 제2대 로마의 황제(14~37 재위).

2 여성 성기에의 오럴 섹스.

3 소아시아 이오니아 지방에 있던 그리스 도시(유적지는 터키의 셀주크 마을 부근이다).

그림이 음란하다(*abrodiaitos*)고 주장했다.

수에토니우스[4]가 전하는 바에 따르면, 티베리우스 황제는 침실에 파라시오스의 그림 한 점을 걸도록 했는데, 그것은 멜레아그로스[5]에게 '수치스러운 친절'을 베푸는 아탈란테(*Meleagro Atalanta ore morigeratur*)를 그린 그림이었다. 티베리우스야말로 바로 루이 13세이다. 루이 13세도 느닷없이 그때까지 자신의 침실에 걸려 있던 그림들을 모조리 떼어내고 그곳에 조르주 드 라 투르[6]의 「세바스티아누스 성인」[7] 한 점만 걸도록 명령을 내린 바 있는 장본인이다. 수에토니우스는 계속해서 이렇게 말한다. "카프리 섬에 은둔한 티베리우스는 자신의 은밀한 욕망(*arcanarum libidinum*)을 채울 생각으로 홀 하나에 긴 의자들을 들여놓게 했다. 그리고 그곳에 젊은 여자들과 방탕한 남자들의 무리를 불러들여 자신이 괄약근(*spintria*)[8]이라고 부르는 망측한 짝짓기를 시켰는데, 그들을 3열로 무대에 올려 자기들끼리 매춘을 하도록 했다. 그 광경을 바라보며 저하된 자신의 욕망(*deficientis libidines*)에 생기를 불어넣을 심산이었다. 그는 또한 가장

---

4 고대 로마의 전기 작가(69년경~122 이후). 로마 초기 11명 황제의 생애와 관련된 『황제들의 생애』도 그의 작품이다.
5 그리스 신화에 나오는 칼리돈의 멧돼지 사냥 지도자. 그의 아버지인 칼리돈의 왕이 아르테미스 여신에게 제물을 바치지 않자, 화가 난 여신이 칼리돈에 난폭한 멧돼지를 보냈다. 멜레아그로스는 멧돼지를 몰아내기 위해 영웅들을 불러 모았고, 마침내 그 자신이 직접 멧돼지를 죽였다. 그리고 사랑하는 여인 아탈란테에게 그 가죽을 주었다.
6 17세기 프랑스의 유명한 화가.
7 3세기 로마의 순교자.
8 spintria의 사전적 의미는 '남성의 동성 애인, 남창, 남성끼리의 성 행위에 능통한 섹스 전문가, 혹은 한쪽 면에 성교 장면이 새겨진 로마 시대의 동전'이다. 키냐르는 여기서 남성의 동성 섹스 파트너를 가리키는 '괄약근' 혹은 '구멍'이라는 의미로 이 단어를 쓰고 있다.

선정적인 내용의 그림과 조각상들(*tabellis ac sigillis lascivissimarum picturarum et figurarum*)로 침실들을 꾸몄을 뿐 아니라, 곁들여 엘레판티스[9]의 책들도 구비해놓았다. 자신이 주문하는 체위(*schemae*)를 젊은이들 누구나 언제라도 참조하게 하기 위해서였다. 그는 가장 나이 어린 애들을 새끼 물고기들(*pisciculos*)이라고 불렀는데, 그 아이들은 그가 수영하는 동안에 줄곧 그의 허벅지 사이로 노닐면서 그를 혀로 핥거나 입으로 물어서(*lingua morsuque*) 흥분시키도록 훈련을 받았다. 아직 젖도 안 뗀 젖먹이들에게는 젖 대신 자기 성기를 빨도록 해서 정액을 사정하기도 했다. 그것이 그가 가장 좋아하는 일이었다. 그는 베누스의 숲에 크고작은 동굴들을 뚫어놓고, 그 속에서 실바누스[10]와 님파(*Paniscorum et Nympharum*)[11]의 복장을 한 젊은 남녀들이 서로에게 성기를 내맡겨 쾌락에 이르도록 했다."

고대인들은 오럴 섹스가 그리스의 레스보스[12] 섬 여인들의 퀴닐랭귀스에서 유래했다고 상상했다. 그리스어 동사 *lesbiazein*은 '핥다'라는 의미이다. 그런데 규방에서 허용되던 이 행위가 일단 수염이 나기 시작한 자유인 남성에게는 치욕으로 여겨졌다.

동성애는 그리스에도 로마에도 존재한 적이 없었다. '동성애'란 단어는 1869년에, '이성애'는 1890년에 생겨났다. 그리스인이나 로마인은 동성애와 이성애를 전혀 구분하지 않았다. 그들은 능동성과 수동성을 구분했고, 남근(*phallos*), 즉 음경(*fascinus*)을 모든 구멍

---

9 제국 초기 로마의 문인. 외설적인 글을 썼다.
10 전쟁의 신이자 숲의 수호자인 마르스(Mars) 신의 별명.
11 바다, 강, 호수, 숲 등에 사는 아름다운 반신반인(半神半人)의 소녀.
12 에게 해에 있는 섬 가운데 크레타와 에보이아 다음으로 큰 섬.

(*spintria*)과 상반되는 것으로 여겼을 뿐이다. 그리스에서 남색은 사회적 통과의례였다. 어린 소년(*pais*)의 의례적인 비역 행위를 통해 성인의 정액은 어린애에게 남성성을 전달해주었다. 남색을 의미하는 그리스어 동사 *eispein*(힘차게 뚫고 들어가다)은 축자적으로 번역되어 라틴어 동사 *inspirare*(영감을 주다)가 되었다. 사랑을 받는 사람은 *inspirator*(영감을 주는 자)인 손위 시민 남성에게 복종했고, 그에게서 사냥과 문화를 전수받았는데, 그 두 가지 모두가 전쟁으로 요약되는 것이었다. 인간 본래의 사회적·상업적·예술적 삶, 다른 말로 전쟁은 바로 인간을 먹이로 하는 사냥이다.

그리스의 남색 커플에서 역할의 교환은 없었다. 아테네에서는 남성이 매춘을 하면 시민권이 박탈되고, 수동적 역할의 동성애자가 정치를 하다 발각되면 사형에 처해졌다. 그런 자는 간통한 여성(사형은 면한다)보다 더욱 파렴치범으로 간주되었다. 남색의 통과의례적 의미는 다분히 기능적이다. 즉 어린애가 규방을 벗어나 남성의 품에 안기게 됨으로써 규방의 수동적 성(性)에서 해방되고, 한 사람의 재생산자(아버지)이자 시민(*éraste*, 즉 능동적 애인, '전사-사냥꾼')이 되게끔 하는 것이다. 수염의 유무 여부는 두 가지 성적인 처신을 가르는 경계가 되었다. 수염이 있는 능동적 사람은 도시국가(*polis*)의 중심에, 수염이 없는 매끈하고 수동적인 모든 사람은 규방에 속했다. 따라서 그 교차점에 위치한 헤르메스[13]는 때로는 수염이 없는 연약한

---

13 로마 신화의 '메르쿠리우스'와 동일한 그리스의 신. 숭배 초기의 중심지인 아르카디아에서는 다산의 신으로 여겨져 그의 모습이 남근상으로 표현되었고, 예술에서는 수염을 기른 성인 남자가 긴 튜닉에 모자를 쓰고 날개 달린 장화를 신은 모습으로, 그리고 B.C 5세기 후반부터는 수염이 없는 알몸의 젊은 운동선수 모습으로 그려졌다.

모습으로, 때로는 수염이 있고 발기한 남근을 지닌 모습으로 나타나는 것이다. 남녀 어느 누구도 수염 난 것을 욕망할 수는 없었다. 오직 수염이 없어야만 아름다운 것이었기 때문이다. 그리스에서 신성 불가침으로 여겨진 것은 수염이 있고 술에 취한 능동적 애인(*éraste*)과 수염이 없고 술을 마시지 않는 수동적 애인(*érômène*) 간의 대립이었다. 여기에서 두 가지 관례 혹은 의식(儀式)이 생겨났는데, 남색(男色)의 사랑을 뜻하는 맨손으로 토끼 잡기(먹이가 포식자가 된다), 그리고 수염이 있고 발기한 남근을 지닌 사람이 수염이 없는 애숭이의 물렁물렁한 페니스를 외전(外轉)시키기(모든 성인은 능동적이다)가 그것이다. 의례적인 두 시나리오는 대부분의 에로틱한 그리스 항아리에 그림으로 형상화되었다.

그리스의 남색 의식은 규방과 국가(*polis*) 간의 대립에서 연유했다. 규방 제도가 없는 로마인에게는 이러한 대립도 없었다. 로마인의 사랑은 다음과 같은 특성들에 따라 그리스인의 사랑과 구분된다. 도시민(*gens*)의 난교 파티, 계급(*gentes*)을 수호하기 위한 기혼 여성의 정절(*castitas*)에 대비되는 외설적 정치 용어, 끝으로 노예들의 복종(*obsequium*)이 그것이다. 로마의 성(性) 윤리는 대단히 엄격했다. 성 윤리는 규정으로 정해져 있었고 남성들에게 가차 없이 적용되었다. 세네카[14]의 아버지[15]가 그것을 요약하고(『논쟁』, IV.10), 집정관 퀸투스 하테리우스로 하여금 다음과 같이 선언하게 한다. "수동성은

---

14 1세기 중엽 로마의 스토아 철학자, 비극 작가, 정치가, 연설가(B.C 4년경~A.D 65).

15 로마의 유명한 철학자이자 정치가(B.C 60년경~A.D 39년경). 그리고 웅변가인 세네카의 아버지이며, 낭독법에 대한 라틴어 책의 저자이기도 하다.

자유인 남성에게는 죄악이고, 노예에게는 절대적 의무이며, 해방된 노예에게는 주인에게 바쳐야 할 당연한 봉사이다(*Impudicitia in ingenuo crimen est, in servo necessitas, in liberto officium*)." 이에 덧붙여 아버지 세네카는, 아우구스투스 황제가 퀸투스 하테리우스가 선언한 이 경구(*sententia*)를 전해 듣고 나서 수사학자가 사용한 봉사(*officium*)라는 단어의 새로운 용법에 기뻐했다고 기록하고 있다.

로마의 풍습은 매우 경직된 것이어서 남색과 '수유(授乳)'는 고결하게 여겨지는 반면에, 오럴 섹스와 수동적인 항문 성교는 치욕으로 간주되었다. 라틴어 *pedicare*는 항문을 통한 남색 행위이고, *irrumare*는 입으로 하는 남색 행위였다. 오럴 섹스란 그것을 채택한 사회에 관해 여실히 말해주는 현대의 단어이다. *fellare*(젖을 빨다), 즉 자발적인 빨기는 로마인으로서는 납득할 수 없는 것이다. 단지 동성에게만 *irrumare*(젖을 먹이다)를 능동적으로 시킬 수 있기 때문이다. 다시 말해서 자신의 음경을 강제로 상대방의 입 안에 받아들이게 한 뒤, 정액이 나올 때까지 그것을 핥고 자근자근 깨물도록 상대방에게 강요할 수 있을 뿐이다.

수동성(음란한 행위)의 금지는 연령과 관계없이 로마의 모든 자유인에게 해당되었다. 반면에 그리스의 경우 이런 금지가 자유인 남성에게 적용되는 것은 수염이 나기 시작하는 순간부터였다(수염이 나기 이전에는 모두가 수동적, 즉 여성적이다). 로마에서는 남성이 비간을 당하지 않는 한(능동적인 한) 그를 순결하다고 말한다. 정절(*pudicitia*)은 자유인 남성의 미덕이다. 자유인으로 태어난 모든 젊은이(*praetextati et ingenui*)는 건드릴 수 없는 존재였다. 바로 그 점에서 로마인들은 그리스의 도시국가(*polis*)가 제정한 성인 남성들(*érastes*)에 의한 소년들(*paides*)의 '소년-성인 남성(*paid-erastikè*)'의 입문 의식에 반대한다. 불과 몇몇 로마 시인이 '정치적'이고 교육적이며 평등에 기원한 성인들(*érastes*)의 소년들(*paides*)에 대한 사랑(연장자들의 사내아이 *pueri*에 대한 사랑)을 채택하자고 제안했던 것도 겨우 로마 제국의 통치하에서였다. 그들은 이런 형태의 사랑을 가장 먼저 매춘부들에게, 그 다음으로 애첩들에게 옮겨 심어놓았다. 마지막은 귀족 부인들에게였다. 이러한 변화의 희생자는 푸블리우스 오비디우스 나소[16] 기사였다. 오비디우스는 쾌락(*voluptas*)을 남녀 간의 상호적인 것으로 간주한 최초의 로마인이었다. 그는 기혼 여성의 쾌락을 음란한 방식으로 미리 예상해서 느껴보도록(로마인 남성에게 감정은 외설이며, 상대방의 신분*status*이 되어보려는 의지는 미친 짓이다) 남성의 욕망을 길들일 필요가 있다고 믿었다. "나는 서로에게 자신을 주지 않는 성관계를 싫어한다(*Odi concubitus qui non ultumque resoluunt*)." 오비디우스는 하테리우스 집정관이 사용했던 봉사(*officium*)라는 단어를 사용해서 이렇게 덧붙여 말한다. "나는 여자에게 봉사받기를 원하지 않는다(*Officium faciat nulla puella mihi*)." 『사랑의 기술(*Ars amatoria*)』이 발간된 직후에 아우구스투스 황제는 오비디우스 기사를 '세상의 끝'인 다뉴브 강변의 토미스[17]로 추방했다. 티베리우스 황제는 그의 유형

---

16 로마의 시인(B.C 43~A.D 17). 특히 『사랑의 기술』(B.C 1년경), 『변신 이야기』로 유명하다. 전자는 여자를 유혹하여 밀애를 즐기는 기술을 내용으로 담고 있는 만큼 아우구스티누스가 공식적으로 장려한 도덕관에 어긋난다. 이 책으로 인해 오비디우스는 황제의 미움을 사 토미스로 귀양을 간다. 후자 역시 아우구스투스 통치 기간에는 전혀 어울리지 않는 작품으로 로마적인 동시에 매우 그리스적이다.

을 추인했다. 오비디우스는 17년에 죽었다.

고대 그리스인들의 성관계에는 그것이 어떤 본성을 지닌 것이든 간에 그것을 침울하게 하거나 복잡하게 만드는 죄의 흔적, 심지어는 죄의식의 흔적조차 없었다. 하지만 로마에서는 규정에 따른 공포가 성관계를 지배한다. 도덕적 엄격주의는 성과 관련되지 않고 남성성과 관련 있다. 사랑의 행위는 언제나 금욕보다 더 바람직하지만 그 가치는 전적으로 욕망을 충족시켜주는 대상의 신분, 즉 대상이 기혼 여성, 상류층의 유녀(遊女), 시민, 해방 노예, 노예 중의 누구인가에 달려 있다. 이혼의 법제화, 그 결과로 나타난 실질적인 일부다처, 기혼 여성의 해방과 확대된 봉사(*obsequium*)는 전통 윤리를 혼란시키기에 이르렀다. 결혼 내에서의 사랑마저 방탕함의 승리로 여겨졌다. 아우구스투스 황제는 이에 분노했다. 베르길리우스[18]가 그의 분노를 부추겼다. 오비디우스는 이런 반응에 맞서 싸웠다. 아우구스투스는 새로운 신학과 새로운 법제를 내세워 자신의 분노를 표현했다. 그는 기혼 여성의 머리를 잘라준 어떤 배우를 오직 그 이유만으로 추방시켰다. 부인이 노예처럼 머리를 자름으로써 자신의 '신분(*status*)'을 벗어났고, 노예가 되었으며, 사랑하는 남자에게 봉사(*obsequium*)했기 때문이다. 아우구스투스는 또한 여러 남자와 사랑을 했다는 이유로 자신의 딸 율리아[19]를 캄파니아[20] 해안에서 상당히

---

17 로마 제국의 변방에 있던 오지로, 반쯤 그리스화된 흑해 연안의 항구. 지금의 루마니아 콘스탄차를 가리킨다.
18 로마의 가장 위대한 시인(B.C 70~B.C 19)으로 일컬어진다. 특히 국민 서사시 『아에네이스』로 유명하다. 그는 호라티우스와 더불어 아우구스투스 체제를 대변하는 그룹에 속했다.
19 아우구스투스 황제의 딸. 두번째 남편인 아그리파(아우구스투스의 부관)와의 사이에서 아

먼 작은 섬 판다테리아로 유배시키기까지 했다. 그녀의 남편인 티베리우스도 아내의 유형을 추인했다. 율리아는 14년 연말에 죽었다. 타키투스[21]가 전하는 바로는, 슬픔을 이기지 못한 율리아가 더 이상 음식을 입에 대지 않아 죽게 되었다고 한다.

귀족 계급 남성의 수동적 사랑은 기혼 여성의 감상적 사랑이나 간통만큼 중대한 범죄 행위이다. 반면에 남성의 능동적 동성애나 기혼 여성이 애인에게 손으로 해주는 마스터베이션은 무죄이다. 시민 남성은 누구나 자신이 원하는 바를 미혼 여성이나, 첩이나, 해방된 노예나 그렇지 않은 남성 노예에게 행할 수 있다. 로마 사회에서 가장 충격적인 행위들과 가장 까다롭고 엄격한 윤리가 공존할 수 있었던 것은 그 때문이다. 덕성(*virtus*)이란 성적 능력을 의미한다. 남성성(*virtus*)은 자유민 남성의 의무이자 정력의 표시이므로 성적 불능은 수치나 귀신 들림으로 낙인찍혔다. 로마인에게 제시된 유일한 성의 모델은 다른 모든 것에 대한 주인(*dominus*)의 지배(*dominatio*)이다.

들 셋과 딸 둘(그중 하나의 이름도 율리아이다)을 두었다. 아그리파가 죽자 아버지의 강요로 티베리우스(아그리파의 사위)와 결혼했으나 이 결합은 두 사람 모두에게 불행이었다. 티베리우스는 강제로 헤어진 아내 밥사니아를 잊지 못해 울며 거리를 헤매고 다녔다. 그 소문을 들은 아우구스투스는 티베리우스에게 다시는 밥사니아를 만나지 않겠다는 다짐을 받고 많은 영예를 내려주었다. 하지만 호민관이 된 직후에 티베리우스는 율리아를 로마에 남겨둔 채 자진해서 로도스 섬으로 유배 생활을 떠났다. 홀로 남은 율리아는 방탕한 생활을 시작했고, 아버지와 남편 모두에게 버림을 받아 유배지에서 죽었다. 율리아의 부정은 의심할 바 없지만, 그녀는 재기발랄한 지적인 여성으로서 많은 사람의 사랑을 받았다고 한다. 그러나 아버지 아우구스투스는 그녀를 '내 몸에 난 종기'라고 부르며 자비를 베풀지 않았다.

20 지금의 이탈리아 남부에 있는 지방. 가릴리아노 강(리리 강 하류)에서 남쪽으로 폴리카스트로 만에 이르기까지 티레니아 해를 끼고 있다.

21 로마의 역사가(56년경~120년경). 대표적인 저서로는 14~68년의 로마 역사를 다룬 『연대기』와 69~96년의 로마 제국을 기술한 『역사』가 있다.

하위 계급(*status*) 내에서의 위반은 규범에 속한다. 자신의 정력을 남을 위해 쓰지 않으면서 쾌락을 느끼는 것은 지극히 당당한 일이다. 마르티알리스[22]의 묘비명을 보면 이 규범의 정의를 알 수 있다. "내가 원하는 여자는 헤픈 여자, 내게 몸을 허락하기에 앞서 내 젊은 노예에게 먼저 몸을 맡기고, 혼자서 동시에 세 명을 상대할 수 있는 그런 여성이다. 큰 소리로 시끄럽게 말하는 여자(*grandia verba sonantem*)라면 부르디갈라[23]의 바보의 좆(*mentula crassae Burdigalae*)이나 먹으러 가라." 감상주의자가 아니며 능동적인 남자는 모두 올바르다. 타인에게 봉사(*officium, obsequium*)하는 쾌락은 모두 비열한 것이며, 남성으로서의 덕성(*virtus*)의 결여, 즉 남성성이 결핍된 표지이므로 교접 불능(*impotentia*)의 표지가 된다. 그렇기 때문에 꼴사납게 뻔뻔스런 행동에 비해 사소해 보이는 잘못들에 대해 오히려 가혹한 탄압이 가해진다. 강간당한 젊은 여성은 숫처녀나 진배없지만 기혼 여성이 강간을 당하면 죽음을 면치 못한다. 해방 노예가 자유민 어린애에게 성교를 해도 사형에 처해진다. 발레리우스 막시무스[24]의 기록을 보면, 푸블리우스 마에니우스란 자는 자신의 열두 살짜리 딸에게 성행위를 한 가정교사를 죽였다고 한다.

노예는 자기 주인을 비간하지 못한다. 아르테미도레[25]에 따르면 그것은 주요 금지 사항이었다. 심지어 이런 환영이 꿈속에서 떠올랐

---

22 제국 초기의 로마 사회에서 볼 수 있던 인간의 약점을 그렸던 경구(警句) 시인(40년경~103년경). 그가 비난받은 두 가지 결점 중의 하나가 '외설'이었다.
23 지금의 프랑스 보르도를 가리킨다. B.C 500년경에는 켈트계 부족인 비투리게스족의 도시였다.
24 A.D 20년경에 활동한 로마의 역사가, 도덕주의자. 역사적 일화들을 모은 책을 썼다.
25 2세기 고대 그리스에서 가장 탁월했던 꿈 해석가. 프로이트도 그의 저서를 높이 평가했다.

다고 해도, 은밀한 영혼 속에서 그리고 밤의 침묵 속에서 그것을 본 사람에게 상당히 많은 문제를 야기한다. 주인이 노예를 비간하는 일은 규범에 속했다. 귀족은 손가락을 내밀고 이렇게 말했다. "나는 너를 비간하겠다(*Te paedico*)" 혹은 "네 입에 내 페니스를 넣겠다(*Te irrumo*)." 그것이 공화국 말기의 키케로[26]의 성(性)이었다. 그것이 제국 치하의 세네카의 성이다.

*

로마는 남성의 충성(*pietas*), 기혼 여성의 정절(*castitas*), 노예의 봉사(*obsequium*)를 표방한 도시국가이다. 이 세 단어는 수에토니우스가 티베리우스 황제, 즉 파라시오스의 포르노 화폭들에 심취했던 오럴 섹스주의자에 대해 기록한 성과 관련된 일화들에 나타난 엄격한 법제를 이해하게 해준다.

*pietas*라는 라틴어 단어에는 여기에서 파생된 프랑스어 piété(효성)의 의미가 전혀 들어 있지 않다. *pietas*란 자기 어깨 위에 아버지 안키세스[27]를 짊어진 아에네아스[28]를 가리키는 것으로 로마 시대의

---

26 로마의 위대한 웅변가이자 수사학의 혁신자. 공화국을 파괴한 마지막 내전 때 공화정의 원칙을 지키려고 노력했으나 실패했다.

27 트로이 왕족의 차남 계보에 속하며, 다르다노스의 왕이었다. 그의 미모에 반해 사랑에 빠진 베누스가 그의 아들인 아에네아스를 낳았다. 그런데 안키세스는 금기를 어기고 아들의 생모가 베누스라는 사실을 누설한 죄로 제우스의 벼락을 맞고 즉사했다(혹은 반신불수의 장님이 되었다는 설도 있다). 『아에네이스』를 보면 그가 아들의 어깨에 실려 트로이 밖으로 옮겨진 후 시칠리아에서 죽었다고 한다.

28 안키세스와 베누스의 아들로 트로이와 로마의 신화적 영웅. 그에 관한 전설들을 소재로 베르길리우스가 쓴 걸작, 서사시 『아에네이스』에서 그는 로마 건국의 시조로 그려져 있다.

전형적 관계이다. 그것은 라틴 문학 전문가들이 '효심'으로 번역하기 일쑤인 그런 감정이 아니다. 그것은 기원이 장례와 관련된 강요된 행위로서 아들의 '어깨'를 짓누르는 것이다. 아들 쪽에서 일방적으로 아버지에게 바치는 비(非)상호적 헌신이다. 로마의 건국 신화에서 시조로 기려지는 주인공이 베누스(아에네아스의 어머니이기에 앞서 에로스와 프리아포스[29]의 어머니였고, 로마의 수호신이었으며, 카이사르[30]들의 계보상의 조상이 되기에 앞서 관능적 세계의 어머니였던)가 아닌 것은 이상한 일이다. 정작 기림의 대상은 아들에게서 아버지로 향한 관계이고, 베누스의 남편 안키세스를 자신의 두 어깨에 짊어지는 아에네아스이다. 로마인의 성관계가 일방적이었던 것과 마찬가지로 부자간의 관계도 상호성에서 벗어나 있다. 충성이 바로 그런 것으로 손아랫사람이 손윗사람에게 바쳐야 할 저버릴 수 없는 의무이다. 황혼을 새벽으로, 열매를 씨앗으로, 시선을 음경(*fascinus*)으로 향하게 하는 것은 전적으로 자식의 애정이다. (고대 세계에 뒤이어 바로 이런 충성으로 형성된 남성의 보살핌, 수호성인의 가호, 대부의 비호 같은 관계가 나타났는데, 로마 가톨릭 사제단, 시칠리아의 마피아가 그런 것이다.)

호메로스[31]는 이다[32]산에서 소치기 안키세스에게 접근하는 아프로디테의 모습을 묘사하고 있다. 안키세스는 아프로디테의 허리끈을

---

29 그리스 신화에 나오는 다산(多産)의 신. 거대한 남근을 지닌 기형적인 사람의 형상으로 묘사된다. 아버지는 주신(酒神)인 디오니소스이고, 어머니는 아프로디테(로마 신화의 베누스) 혹은 님프라고도 한다.
30 로마의 황제를 가리킨다.
31 B.C 9세기(혹은 B.C 8세기)에 활동한 고대 그리스 시인. 『일리아스』와 『오디세이아』의 저자로 추정된다.
32 그리스 크레타 섬에서 가장 높은 산의 옛 이름.

풀고 아에네아스의 씨를 뿌린다. 안키세스는 약속했던 침묵을 깨뜨리는 바람에 베누스를 잃는다. 안키세스가 베누스를 잃는 것과 마찬가지 방식으로 아에네아스 역시 자신의 아내(크레우사)를 저버리게 되는데,[33] 자신의 아버지(안키세스)와 아들(아스카니오스)을 구하기 위해서이다. 단지 부자간에만 신에게 바치는 사랑(신앙심 *pietas*)이 존재하며, 그것은 하나의 의무이다. 부부간에는 인간들 간의 관계가 있을 뿐이어서(로마에서 모든 결혼은 악수 한 번으로 성립되었다) 욕망은 전혀 구속력이 없지만 출산의 희망은 있다.

마찬가지 방식으로 아에네아스는 디도를 저버린다.[34] 그는 가문(*gens*)에 대한 의무를 위해 자신의 욕망을 희생하는 것이다. 이런 식으로 베누스의 아들은 충성(*pietas*)을 위해 세 번이나 베누스를 희생시킨다.

*

라틴어 *castitas*(정절)에는 이 단어에서 파생된 프랑스어 *chasteté*(순결)의 의미가 전혀 없다. *castitas*란 섹스투스[35]에게 강간을 당하고, 남성적 욕망의 전제적이고 '에트루리아'적인 폭력 앞에서 스스

---

33 트로이가 그리스와의 전쟁에서 패하자 아에네아스는 가족과 추종자들을 데리고 가문의 수호신들과 함께 도망친다. 그러나 불길에 휩싸인 도시를 빠져나오다 혼란 중에 아내를 잃는다.
34 트로이 전쟁에서 패한 아에네아스는 긴 여행을 하며 많은 모험을 하던 중에 카르타고 근처 해안에서 난파를 당한다. 그곳에서 미망인 디도 여왕을 만나게 되고, 그녀와 사랑에 빠지자 계속 그곳에 머문다. 그러나 수호신 메르쿠리우스(그리스 신 헤르메스)에 의해 자신의 목적지가 로마임을 깨닫고 마침내 카르타고를 떠난다. 홀로 남아 절망에 빠진 디도는 자살한다.
35 고대 로마 최후의 왕(B.C 534~B.C 510 재위)인 타르퀴니우스의 아들.

로 목숨을 끊은 루크레티아[36]이다. 청동 단검을 이용한 그녀의 자살이 '로마' 공화국의 토대가 된다. 공화국은 욕망과 법식 간의 대립에서 생겨남으로써 베누스와 *pietas*(충성) 간의 분열, 형제 살해의 전제 정치와 원로원 의원들의 공화국 간의 분열이라는 동일한 예를 제공한 셈이다. 더 구체적으로 말하자면 공화국은 에트루리아 세계와 로마의 가치들 간의 대립에서 나온 결과물이다. 마찬가지로 로마 건립 당시 로물루스는 동생 레무스를 폭력을 가해 살해했다.[37] 그래서 원로원 의원들은 로물루스를 죽였고, 그들의 주장에 따르면 로물루스는 이승에서 왕의 자리에 연연해하지 않으려고 하늘에서 신이 되었다는 것이다.

타르퀴니우스 콜라티누스의 정숙한(밤에도 절대 잠자리에 들지 않고

---

36 고대 로마 전설에 나오는 여주인공. 타르퀴니우스 콜라티누스라는 귀족의 아내로서 아름답고 덕망이 있던 그녀는 어느 날 로마의 에트루리아족 왕의 아들 섹스투스 타르퀴니우스에게 능욕을 당한다. 그녀는 아버지와 남편에게 타르퀴니우스 가문에 대해 복수해줄 것을 부탁하고 칼로 자살한다. 그러자 유니우스 브루투스가 격노한 군중을 이끌고 반란을 일으켜 타르퀴니우스 가문을 로마에서 몰아낸다(B.C 509). 이 사건을 계기로 로마 공화국이 세워졌다. 루크레티아의 이야기는 셰익스피어의 서사시『루크레티아의 능욕』에서 재조명되었다.

37 누미토르 왕의 딸 레아 실비아가 낳은 쌍둥이 아들 로물루스와 레무스는 로마의 전설적 건국자이다. 누미토르는 동생 아물리우스에게 왕위를 빼앗겼고, 아물리우스는 조카딸 레아가 장차 왕위를 요구할 수 있는 아들을 낳지 못하도록 베스타의 제녀가 되기를 강요한다. 하지만 레아가 전쟁의 신 마르스와 관계를 맺어 아들 쌍둥이가 태어난다. 아물리우스는 갓난아기들을 테베레 강에 빠뜨려 죽이라는 명령을 내린다. 갓난아기를 태운 여물통은 강을 따라 내려가다가 장차 로마가 세워질 자리인 무화과나무 옆에 닿는다. 그러자 암늑대가 나타나 그 쌍둥이에게 젖을 먹이고, 그 아기들은 다시 목동에게 발견되어 그들 내외의 보호를 받으며 성장한다. 두 형제는 결국 아물리우스를 죽이고 할아버지 누미토르에게 왕위를 돌려주며, 그들은 자신들이 구조된 자리에 로마라는 도시국가를 세운다. 로물루스가 성벽을 짓자 레무스가 성벽을 뛰어넘었고, 그 때문에 형에게 목숨을 빼앗긴다. 로물루스는 오랫동안 로마를 다스린 뒤 폭풍우 속에서 신비롭게 사라졌다고 한다. 로마인들은 그가 신이 되었다고 믿고 퀴리누스라는 이름의 신으로 숭배했다.

항상 양털을 자으며 앉아만 있는) 아내 루크레티아는 왜 스스로 목숨을 끊었을까? 섹스투스에게 강간을 당했기 때문인가? 어머니가 누구인지는 확실해도 아버지는 언제나 불확실한 법이다(*Mater certissima, pater semper incertus*). 강간으로 인하여 생산이 불결해졌다. 정조란 부부간의 감정이 아니라 정자의 계보에 대한 신뢰성의 결과이다. *castitas*는 결혼에 따른 생산에 부여된 유일한 목적이다. 임신 중이 아닌 기혼 여성은 보호자(*patronus*)에게 불충실하면 안 될 뿐 아니라 강간당할 권리조차 없다. 강간의 경우, 강간을 범한 남자는 현장에서 체포되면 형벌을 받지만 강간을 당한 여자는 사형에 처해진다. 치욕(stupre)이 정절에 대해 부정적인 정의를 내리게 한다. 아직 어머니가 되지 않았든가 결코 될 수 없는 여성에게는 무슨 일이든 허용된다. 강간(*stuprum*)은 오직 어머니와 과부들에게만 해당되는 죄목이다. 강간은 불륜의 육체 관계로 인해 피를 불결하게 만들기 때문이다. 강간당한 어머니나 과부는 불명예의 죄를 지은 자이다. 정조(*pudicitia*), 즉 온전한 육체의 능동적 보존이란 그런 것이다. *castitas*란 계급 제도(caste)가 온전한 상태를 말한다. 그것은 태아를 지닌 여자에게서 비롯되며, 태아는 고대인들의 상상력 속에서 오직 남자의 정액으로 생겨난다. 강간당한 루크레티아는 자살해야만 하기 때문에 자살하는 것이다.

어느 순결도 이 순결 못지않게 순결하다. 마크로비우스[38]가 기록한 어느 일화(『사투르누스 축제』, II, 5, 9)를 보면 *castitas*를 이해하기

---

38 로마의 라틴 문법학자(400년경), 철학자. 그의 대표작 『사투르누스 축제』는 축제 전날과 3일간의 축제 기간에 몇몇 가정에서 벌어진 토론에 관한 것이다.

한결 수월해진다. 사람들은 아우구스투스의 맏딸 율리아[39]의 세 자식이 그들의 아버지(아그리파)를 놀랄 만큼 빼닮았다는 데 놀랐다. 율리아는 이렇게 대답했다. "나는 선창(船艙)이 가득 찼을 때만 승객을 받아들인다(*Numquam enim nisi navi plena tollo vectorem*)." 임신해서 배가 불룩한 여자가 순결한 이유는 계보에 관한 한 손상의 여지가 없기 때문이다. 쾌락은 그 자체로 순결한 것이므로 그것은 충성을 필요로 하지 않는다. 그것은 단지 수태시킬 따름이다. 이 관계는 수태시킨 자에서 수태된 자에게로 향하지 않는데, 왜냐하면 충성(*pietas*)은 수태된 자에서 수태시킨 자에게로 향하기 때문이다(충성은 신도에서 신에게로, 아들에서 아버지에게로, 음문*vulva*에서 음경*fascinus*으로, 노예에서 주인*dominus*에게로, 가정*domus*에서 가문의 수호신, 즉 밀랍에 찍혀 있거나 예전에 테라코타로 만들어져 에트루리아의 집 지붕 위에 놓인 죽은 조상들의 '형상'에게로 향할 뿐이기 때문이다). 쾌락(*voluptas*)은 식물의 성장, 아프로디테가 육체를 얻어 태어난 정액이나 거품, 점점 불러오는 산모의 배〔腹〕, 혹은 밤하늘에 뜬 차오르는 달, 밤과 낮의 박동에 맞춰 움직이는 별들의 운행과 마찬가지로 동물의 번식이라는 본성이다.

게니우스,[40] 무토,[41] 파스키누스,[42] 리베르 파테르[43]는 각자 승리의

---

39 제1장 주 19 참조. 아우구스투스 황제의 맏딸이 아닌 외동딸이라는 기록도 있다(브리태니커 사전).

40 출생을 주관하는 신.

41 음경의 신.

42 음경의 신(Fascinus).

43 바쿠스와 동일시되는 이탈리아의 결실의 신.

부적을 지닌 수호신의 다양한 이름들이다. 파스키누스란 무엇인가? 벌거벗은 신들의 신성이다. 본성은 끊임없이 쾌락을 누리며 아비가 자식을 낳는다. 신들이 보기에는 자식을 낳았다는 것과 낳는다는 것은 동일하다. 그것은 부단히 반복되는 원초적 장면이다. 올림포스 제신들의 신성은 영원한 작업(*aeternalis operatio*), 즉 끝없는 성교이다. 한도 끝도 없이 진행되는 신성의 현동성(*actualitas*)이다. 매 순간은 그 즉시 따야 하는 한 송이 꽃이다. 신은 언제나 영원한 순간 속에 존재하기 때문이다. 아우구스투스에게 제국을 맡긴 것도 신이다. 신은 항상 오래되었으며 항상 새롭다(*Semper vetus, semper novus*). 로마의 판테온 신전을 재평가할 당시 제국을 강요하여 마르스와 베누스를 결합시킨 것은 아우구스투스 황제의 정치적 결단이었다. 그는 로물루스의 아버지를 아에네아스의 어머니와 결합시킴으로써 불가능한 원초적 장면을 만들어냈다(마르스가 레아 실비아를 범해 로물루스가 태어난 것과 마찬가지로 아에네아스는 안키세스와 베누스 사이에서 태어난 사랑의 결실이었다).[44] 그는 믿을 수 없을 만큼 충격적인 결합으로 한 쌍의 부부를 구성하여 '로마'의 조상으로 삼았다. 발굴된 대부분의 벽화에는 이 대담무쌍한 결합이 그려져 있다.

베스타의 무녀들, 즉 로마 민중의 수호신과 물신을 지키는 처녀들은 곤두선 남성 성기를 숭배했다. 기혼 여성은 벨리아 봉우리[45]로 올라가 그곳에서 무투누스 투투누스[46] 신상(神像)인 남근석(男根石)에

---

44 제1장 주 27, 28, 37 참조.
45 로마의 포룸 남쪽에 40미터 정도 높이로 솟아 있는 사각형의 고원인 팔라티노 구릉의 한 봉우리. 젖먹이였던 로물루스와 레무스가 버려졌던 곳이다.
46 다산(多産)의 신 프리아포스(제1장 주 29 참조)의 별칭.

앉았다. 매년 3월 17일이 되면 어린 아들(*pueri*)들이 '파스키누스'를 실은 수레를 끌고 아버지(*Patres*) 계층 속으로 뚫고 들어가 남근상의 옷을 갈아입혔다. 외설적인 언어는 의례에 속하는 것으로, 비속시가 바로 그런 것이다. 로마에서 음란한 언어는 결혼을 성립시키는 유효한 것으로 정의되는 반면에 점잖은 언어는 생식불능으로 인해 금지된다. 도시민들(*gens*)의 의례적인 음담패설과 통음난무는 능동적인 힘, 태내의 번식력, 다른 국가들에 대한 승리의 힘, 그리고 음란한 조각상들——집안과 지붕 위와 모든 교차로에 있으며 밭의 경계를 가르고 바다의 등대 위로 솟아 있다——에 담긴 속죄의 힘의 표면과 이면을 구성하는 것이다. 기원전 186년에는 의례적인 난교 파티의 인원은 다섯 명으로 제한되었고, 인간을 제물로 삼는 일도 금지되었다.

로마인은 부부간의 결합에서 중요한 역할이 여성(일곱 살에서 열두 살 사이의 기혼 여성)에게 속하고, 남성과 체결한 *castitas*(처녀성이 아닌)의 계약에서 여성 자신이 더욱 구속을 받지만, 여성은 언제나 주인 입장을 고수한다고 믿었다. 그 이유는 교합의 성공 여부와 남편에 대한 보살핌, 자식들 양육 및 가정(*domus*)의 관리가 본질적으로 여성의 주도권과 출산 능력, 그리고 '모성'에 달려 있기 때문이다. 따라서 기혼 여성들의 '가호'는 유노 유가[47]여신에게 맡겨졌고, 결혼을 지시하는 라틴어 단어 역시 오직 여성에게만 관련 있다. '결혼'을 뜻하는 라틴어 *matrimonium*이란 단어는 여자가 어머니가 된다는 의미로서 라틴어 *matrona*(어머니), 프랑스어 matrimoine[48]으로

---

47 그리스 신화의 헤라와 동일시되는 로마 신화 최고의 여신. 남자에게 수호신 게니우스가 있듯이 여자에게는 유노(혹은 주노)가 있어서, 여자들의 삶, 특히 결혼 생활 전반에 관여한다.

변모된다.

로마에서 결혼은 사회(*societas*), 즉 생식을 위한 연합이었다. 식순에 따라 악수를 할 때 신부(新婦)가 하던 의례적인 말은 고대 로마인들에게 이미 의미를 상실했다. "당신이 가이우스가 되는 곳에서 나는 가이아[49]가 될 것이다(*Ubi tu Gaius, ego Gaiai*)"라는 말에 내포된 수수께끼는 결코 풀리지 않을지도 모른다. 하지만 이 말이 멍에가 된다는 사실에는 변함이 없다. 이 말은 신비한 무엇을 복제하고 있는데, 이 표현이 지시하는 것처럼 보이는 부계(父系) 호칭의 복제는 아니다. 여자는 결혼 후에도 본래의 성(姓)을 유지했을 뿐 아니라 자신의 인격이 상대방 남성의 인격으로 흡수되지도 않았다.

기원전 195년 기혼 여성들이 거리로 나와 오피아 법률의 폐지를 요구했다. "나는 인간이다(*Homo Sum*)"를 격렬하게 외치던 한 무리의 여자들에 대해 유베날리스[50]는 이렇게 말하고 있다. "언제라도 남편과 이혼할 자유가 있는 여자들은 아버지의 후견에서도 벗어났다. 어떤 공동체도 부부의 재산을 하나로 합치지 않았다. 부부의 유언도 별개의 것이었다."

결혼은 의례였고, 그것을 통해 여성은 실 잣는 일을 제외한 모든 천한 일(수유도 포함된다)에서 면제되었다. 기혼 여성에게는 포도주와 마찬가지로 애욕이 금지되었고 또한 식탁에 비스듬히 앉는

---

48 프랑스어 단어 'patrimoine(아버지의 유산, 즉 세습 재산을 뜻함)'을 본떠 만들어진 말.

49 땅을 여신으로 인격화하여 부른 그리스어. 고대 그리스인들의 제우스 숭배 이전에 숭배되던 모신(母神)으로 추정된다.

50 로마의 가장 위대한 풍자 시인(55/60~127년경 이후). 16편의 풍자시가 수록된 『풍자 시집』(전 5권)이 전해진다.

자세(에트루리아의 부인들과 반대로)도 금지되었다. 안락의자는 부인(*matrona*, 집안의 남자들*gens*에 대해)이자 안주인(*domina*, 노예들에 대해) 전용이었다. 안주인의 지위에 어울리지 않는 일들을 면제받기 위해 지불된 지참금은 하녀처럼 집(*domus*) 안에 들인 노예들의 식비를 감당하는 비용으로 간주되었다. 여성에게 강요된 유일한 임무는 바로 규정에 정해진 공포, 즉 신비의 빌라 침실에 그려진 파스키누스 신(Fascinus)의 강간 장면을 바라보며 느끼는 공포였다. 혼약은 당사자가 요람에 있을 때 가문들(*gentes*) 사이에서 이루어지므로, 귀족 남성은 일곱 살에서 열두 살 사이의 어린 여성과 결혼했다. 성적으로 미숙한 어린 여성은 생활 공간의 이전으로 인해 퇴행 현상을 보였고, 자신의 임무에 대한 공포에 사로잡혔다. 여성의 성적 성숙기는 열두 살로 알려져 있지만 성적 미성숙 상태에서 교육으로 이끌어낸 에로틱한 쾌락이 찬양되었다. 다른 경우에서와 마찬가지로 이 점에서도 로마의 규정은 엄격했다. 태어나서 일곱 살까지의 유아에게는 손을 댈 수 없었다('유아 *infans*'란 말을 하지 못하는 사람, 짐승 같은 사람, 실성한 *furiosus* 사람 혹은 지붕에서 떨어지는 기와처럼 자신의 행위에 스스로 책임질 수 없는 사람을 의미한다). 일곱 살에서 열두 살까지는 성적 미성숙과 관련된 쾌락이 있다. 그 나이가 지나면 생식력이 생길 뿐 아니라 규정상의 온갖 에로틱한 매력이 사라진다. (로마인에게 순결을 보장하는 것은 처녀성이 아니라 사춘기 이전의 나이와 어린 여성을 길들이는 쾌락이다. 여성을 격리시켜야 '정절*castitas*'이 성립된다고 믿는다. *castitas*는 절대 로마인의 발상이 아니라 스토아 철학의 고안물이다.) 그럴 경우 결혼은 충성(*pietas*)을 재생산했다. 결혼으로 비상호적 관계를 형성하고, 성적인 '번식'의 순간에 취하는 체위에서도 그러한 관계를 '재생산하는' 것은 아버지에 대한 자식의 복종(*obsequium*)과 마찬가지로 자식에 대한 남편의 보호(라틴어 *tectus*란 지붕을 의미한다)이다. 아내로 말하자면 '아버지(*Patres*)'가 손을 잡고 있는 어린 자식인 아에네아스다. 남편은 누구나 늙은 안키세스이다. 미래의 아들이 그를 어깨에 짊어지고 그들의 수호신(Lar)을 부양하게 될 것이다. 플라우투스[51]의 말을 보면 기혼 여성에게는 '사랑'이란 단어 자체가 금기(*infandus*)이다. 기혼 여성이 사랑에 빠지면 규정을 위반한 것이다. 어린 딸은 아버지를 사랑해서는 안 되고 두려워해야 한다. 다음은 호라티우스[52]의 열두번째 송가(頌歌)이다. "사랑의 유희(*amori ludum*)에 몸을 맡길 수 없는 소녀들, 금욕적인 아저씨의 가혹한 말(*exanimari metuentes patruae verbera linguae*)에 두려워 떠는 소녀들은 불행하도다." 사랑에 빠져 정념의 노예가 되기(한 남자의 노예 *servus* 가 되기)는 결혼(남자 *gens*의 부인 *matrona*이 되고 노예 *servus*의 안주인 *domina*이 되기)에서 실격자가 되는 전주곡이다. 만일 감정(정념)을 표출한 매춘부가 있다면 로마인들의 야유를 받았을 것이고, 당사자는 즉시 섬이나 혹은 오비디우스가 말한 루마니아의 안개 속으로 추방되었을 것이다. 쾌락(*voluptas*)은 정절(*castitas*)의 파괴자이다. 베누스는 '암늑대들'의 수호여신이고, 유노는 '부인들'의 수호여신이다. 기원전 165년에 공연된 테렌티우스[53]의 한 희극에서는 어느 날

---

51 고대 로마에서 테렌티우스와 함께 2대 희극 작가(B.C 254년경~B.C 184)로 꼽힌다.

52 아우구스투스 황제 시대에 로마에서 활동한 서정 시인(B.C 65~B.C 8). 위에 언급된 송가는 서정 단시들을 4권으로 모은 『송가집』에 속한다.

53 플라우투스 이후 가장 위대한 로마의 희극 작가(B.C 186~B.C 159년경). 짧은 생애 동안

밤 어둠을 뚫고 비교(秘敎) 의식에 참석하러 가던 길에 강간당한 필루메나가 등장한다. 그녀는 강간당한 사실을 개의치 않고 팜필루스와 결혼한다. 그런데 새신랑은 매춘부 바키스를 열렬히 사랑하는 까닭에 그녀를 손끝 하나 건드리지 않는다. 팜필루스는 여행을 떠나고, 필루메나는 자신이 아이를 가졌음을 알게 된다. 남편은 자신을 건드리지 않았으므로 아이가 강간범의 자식임을 깨닫는다. 그녀는 두려움에 떨며 남편이 돌아오기만을 기다린다. 마침내 팜필루스는 결혼하기 전 어느 날 밤 누군지도 모르면서 강간한 여자가 필루메나임을 알게 된다. 모두가 기쁨의 눈물을 흘린다. 강간범이 바로 남편이기 때문이다. 이 '행복한 결말'은 로마적인 의미에서 '순결한' 것이다.

*

복종(*obsequium*)은 노예가 주인에게 당연히 바쳐야 할 존경이다. 그것은 점차 시민이 왕에게 바쳐야 할 존경으로 바뀌었다. 그것이 그리스도교를 준비하던 로마 제국의 가장 큰 변화였다. 즉 규정상의 존중의 확장, 로마 시민(Populus Romanus)이 군주(*princeps*)의 가문(Genius)에 바치기 시작한 충성의 확장, 계층과 지위 여하를 막론하고 비굴해진 자유(왕에 대한 원로원 의원의 태도를 포함해서)의 공영화, 그리고 죄의식(*obsequium*의 심리적 조직화일 따름이다)이 생겨났다. 타

6편의 운문 희극을 썼는데, 본문에 언급된 작품은 B.C 165년에 발표된 『헤키라』이다.

키투스의 기록을 보면, 마지못해 황제가 되었던 티베리우스는 원로원을 나설 때마다 공화정을 아쉬워하며 그리스어로 "오, 예속을 좋아하는 인간들이여!"라고 말했으며, 원로원 의원, 집정관, 기사들이 국민에게 자유의 포기를 구걸하고 왕에게 봉사(즉 극단적으로는 해방 노예의 파렴치한 수동적 음행이나 노예의 복종과도 흡사한 임무 *officium*)를 요구하는 모습을 보며 자신이 느끼는 혐오감을 주위 사람들에게 토로했다고 한다.

공화국을 수립했던 국민은 수반(*rex*)에 대한 두려움에 사로잡혀 갑자기 동요했다. 그들은 형제 살해의 투쟁을 배척했다(하지만 그것은 건국 신화였다). 그리고 서둘러 예속으로 돌진했다('돌진하다 *ruere*'는 타키투스가 사용한 단어이다). 즉 단 한 사람에게 제도상의 권력을 부여했던 것이다. 그것은 가능한 공간 내에서 휘두를 수 있는 무소불위의 권력(반대 진영이 없는 세계의 주도권)이었으며, 그 실행에서도 가장 독선적인 권력(비굴해진 족장들에게 차후로 부과된 법률의 속박에서 권력자만은 완전히 면제된다)이었다. 또한 권력을 부여하는 과정에서 어떠한 지명 방식이나 계승의 규칙조차 존재하지 않았다. 현대인들이 '제국'이라고 부르는 이런 체제를 고대인들은 '원수정(元首政)'[54]이라고 불렀다.

아우구스투스 황제가 된 옥타비아누스는 원로원을 통제하고, 포룸[55]을 경직시키고, 연단[56]을 폐쇄하고, 단체를 없애고, 풍속을 검열

---

54 실제로는 황제가 통치하는 독재 체제.
55 고대 로마에서 시장이 서거나 공공 집회가 열리는 광장.
56 포룸의 중앙에는 정치인들이 직접 대중 앞에서 연설을 하던 연단이 있었다.

하고, 국경의 수비대를 증강하고, 해상의 함대 수를 늘리며, 교역의 질서를 확립시켜 번창하게 만들고, 공화국을 그리워하거나 자신이 펼치는 *obsequium*(복종) 정책에 순응하지 않는 자유민은 모조리 추방시켰다. 공중 목욕탕, 극장, 원형 경기장, 서커스, 이런 것들이 '도시민의 나태한 예속'에 기여했다(세네카, 『분노에 대하여』, III, 29).

기원전 18년 아우구스투스는 시민들의 성(性)을 규제하는 법률을 제정했다. '간통 처벌에 관한 율리아의 법(*lex Julia de adulteriis coercendis*)'이 그것이다. 황제는 양아들 티베리우스와 결혼한 딸 율리아를 유형에 처하기까지 했다. 기혼 여성의 사랑에 대한 처벌은 더 이상 사형이 아닌 섬으로의 유배(*relegatio in insulam*)였다(아우구스투스 황제 때부터 섬으로 유배되다가 콘스탄티누스 황제 치하에서 다시 사형으로 바뀌었다). 그것은 2세기가 지난 후에 그리스도교 진영이 갖가지 이득을 끌어내게 될 기나긴 탄압기의 시작이었다. "추방된 자들로 가득 찬 바다(*Plenum exiliis mare*)"라고 타키투스는 기록했다. 섬으로 가는 바다는 추방된 자들과 유배자들로 가득했다는 것이다. 제국의 정책은 가혹하고 그만큼 모순적이었다. 2세기 동안 절대권력은 비굴함, 즉 남성의 수동성(파렴치*impudicitia*)의 확장에 분노한다고 주장했는데, 그것은 권력 자체가 부족장들의 머릿속에 주입시키고 법률 속에 명문화시킨 결과였다.

로마의 권력은 성적 능력, 외설스런 언어, 남근의 지배, 규범의 위반을 하나의 다발(다발*fascis*이란 의원들이 원로원으로 갈 때 그들 앞에서 길을 인도하던 하급 관리들이 자작나무 가지들을 끈으로 묶어 쥐고 다니던 것으로 음경*fascinus*, 매혹fascination, 파시즘fascisme 등의 단어와 동일하다)로 묶어놓았다. 투박한 말에 대한 애정, 남을 속이고 자신도 속이려는, 즉 생식력을 없애려는 생각을 강박적으로 배제하려는 언어의 요구, 로마인들이 보기에 능력(*potentia*, 혹은 다산성 *fertilitas*이나 승리 *victoria*)의 개념과 구분되지 않는 남성의 발기 자체에 부여된 운명에 대한 맹신적 두려움을 모두 하나로 묶어 생각할 필요가 있다.

이처럼 육체의 힘, 전사의 우월성, 매혹적인 발기, 고집스런 성격, 복종하지 않는 쾌락(*voluptas*)은 불가분하게 섞여 남성의 덕목(*virtus du vir*)을 형성했다. 할례가 유대 부족들 사이에서 신과 선민 간의 계약의 표지였던 것처럼, 수동성의 거부는 암늑대를 토템으로 지닌 민족에게 율법이 강요되었다는 표지였다. 따라서 우리는 프린켑스(*princeps*)[57]가 떠맡은 의례적 위반들, 즉 수동적 동성애, 수간(獸姦), 오럴 섹스를 이해할 수 있다. 네로는 동성 간의 결혼에 특전을 베풀었다. 티베리우스는 오럴 섹스(심지어 기혼 여성들의 오럴 섹스)를 선택했다. 수에토니우스의 기록을 보면 티베리우스는 파라시오스의 화폭들이 걸린 별궁의 거실에 말로니아라는 이름의 귀부인을 끌어들였다고 한다. 말로니아는 황제의 성적 요구에 따르기를 거부했다. 그녀는 황제가 "입은 음탕하고 몸뚱이는 늙은 염소처럼 털투성이에 역한 냄새마저 풍기는 늙은이(*obscaenitate oris hirsuto atque olido seni*)"라고 말했다. 루크레티아처럼 말로니아도 칼로 자결했다(그녀의 정절 *castitas*이 문제되지 않았음에도 불구하고). 말로니아의 자살을 줄거리로 만든 운문극을 보면서 민중은 다음과 같은 시구에 박수갈채를 보

---

57 아우구스투스(B.C 27~A.D 14 재위)로부터 디오클레티아누스(A.D 284~305 재위)에 이르기까지 로마 황제들이 비공식적으로 사용한 칭호.

냈다. "늙은 숫염소가 암염소들의 음부를 핥는구나(*Hircum vetulum capreis naturam ligurire*)."

왕들은 스스로 베누스의 아들로 자처했다. 『아에네이스』가 그런 선언문이다. 베누스와 마르스의 아들은 누구인가? 에로스이다. 황제들은 '에로스의 추종자(*érotikoi*)'가 되었다.

제국은 황실의 공격적 성의 발현이 왕성하다 못해 거의 넘쳐날 지경이 될수록 더욱 평화를 누렸고 사람들의 근심 걱정마저 사라졌다. 황제들의 위반적 리비도(혹은 음란한 전설들)는 그 자체로 왕에게 귀속된 성적 역할의 규범이 되었다. 이렇게 무한정한 욕망이 국경 없는 제국의 법을 떠받쳤으며, 제국의 영토 내의 모든 생식 능력은 왕의 수호신에게 위임되었다. 분노, 변덕, 여성성, 근친상간, 수간과도 같은 이 세상의 모든 금기가 그(이 세상에서 법에 종속되지 않는 유일한 존재)의 소관이었다. 왕들에 관해 우리가 온갖 극(劇)의 형태로 수천 년간 미화하고 꾸며냈던 이야기들은 액운을 쫓아내는 기능을 제공했다. 이런 관점에서 볼 때 황제란 주술로 성기능 장애를 물리치는 큰 방울(*tintinnabulum*)에 지나지 않는다.

*

14년 8월 19일 나폴리 부근의 도시 놀라에서 아우구스투스는 설사병을 앓다가 오후 3시에 세상을 떠났다.

공포에 이어 불안이 엄습했고 침묵에 침묵이 이어졌다. 사람들은 방금 세상을 떠난 황제가 자기 사위(티베리우스)에 대해 했던 말을 놓고 왈가왈부하기 시작했다. "그렇게 느려터진 턱주가리 속으로 떨어지게 될 민중이 불쌍하도다!(*Miserum populum qui sub tam lentis maxillis erit!*)" 어머니의 성기에서 나와 울음을 터뜨렸던 바로 그 방에서 자신의 생일에 숨을 거둔 한 남자의 죽음에 대해 사람들은 수군거렸다. 그는 37년간 호민관을 지냈고, 13차례 집정관이 되었으며, 21번이나 개선장군이었다.

티베리우스는 공석(空席)인 권좌를 거절하는 척했다. 벨레이우스 파테르쿨루스[58]에 따르면 그는 양부(養父)인 아우구스투스가 확립해 놓은 것을 보전하고자 노심초사했으며, 권력의 분립을 요구할 정도로 권력을 두려워했다고 한다. 디온 카시우스에 따르면 권좌를 거절하는 구실로 그는 자신이 쉰다섯 살이라는 것과, 시력이 낮에는 약해지고 밤에는 좋아지는 주맹증을 내세웠다고 한다. 14년 9월 17일[59] 당일에도 티베리우스는 원로원 앞에서 여전히 망설이면서 의원들이 주축인 공화국을 되살릴 수 있을지 자문했다고 한다.

티베리우스는 재임 기간 내내 무소불위의 권력 앞에서 두려움을 느꼈던 유일한 황제이고, 원로원 의원들이 탐내는 소위 자발적인 예속 앞에서 권태(*taedium*)를 느꼈던 군주이다. 그는 자신에게 부여된 권력을 맹목적으로 두려워했으며, 공화국 패망의 원인이었던 술책과 이해타산, 무기력을 대단히 수치스럽게 여겼다. 그는 예속의 책임이 한 사람에게 절대권력을 부여하고 그를 신격화(새로운 로물루스

---

58 로마의 군인, 정치가, 역사가(B.C 19년경~A.D 30 이후). 그는 아우구스투스와 티베리우스의 원수정(元首政)에 관한 중요한 기록을 남겼다.
59 티베리우스가 원수 직을 수락한 날.

를 본떠 폭력적 죽음을 부여함으로써)시킴으로써 그들 자신의 예속을 무한하게 만드는 희생자들 본인에게 있다고도 말했다.

황제 12명 중 8명이 대로상의 강도처럼, 노예처럼, 나자렛의 아기 예수처럼 가혹한 죽음에 내몰렸다. 계승의 규정이 없었던 탓이다.

티베리우스는 일찌감치 자리에서 물러나겠다는 희망을 표명하며 마침내 권좌에 올랐다. 하지만 어떻게 그 짐을 감당하고 있는지 질문을 받을 때마다 평생 동안 한결같이 "늑대의 두 귀를 잡고 있다(*lupum se auribus tenere*)"는 느낌이라고 대답했다. 오직 아버지들만(암늑대이자 레아 실비아의 환영인 베누스를 제외하면) 존재하는 숫늑대 무리의 세계가 존재한다는 사실을 이해할 필요가 있다. 암늑대는 토템 동물이다. 암늑대(Lupa)가 레무스와 로물루스의 진짜 어머니이다. *Lupa*는 창녀를 가리키는 명사이기도 하다. 라틴어로 유곽은 *lupanar*라고 한다. 묘석에 새겨지는 라틴어 *Vixit*(살았도다)는 에트루리아어 *Lupu*를 그대로 옮긴 것이다. 티베리우스는 자신이 어둠 속에서만 볼 수 있다고 주장하면서 다른 사람들은 보지 못하는 것을 본다고 단언했다. 캄캄한 어둠 속에 무엇이 있는 걸까? 주맹증은 포르노그래피와 관련 있다. 어둠 속에 있는 것은 이 남자가 귀를 잡고 있는 바로 그것이다. 이 남자는 한 마리 늑대였다. 수에토니우스의 기록을 보면 "그는 커다란 두 눈으로, 기이하게도, 심지어 밤이나 암흑 속에서도(*noctu etiam et in tenebris*) 볼 수 있었다"고 한다. 다음은 대(大)플리니우스[60]의 기록(베수비오 화산 폭발로 잿더미에 파묻히기 전에 쓴 글)이다. "티베리우스 황제는 한밤중에 잠을 깨도 잠시 동안은 마치 대낮에 보듯 볼 수 있는 능력을 지닌 유일한 사람이라고들 말한다." 짐짓 이런 소문이 퍼지게끔 한 장본인이 티베리우스 자신이라는 설도 있는데, 워낙 의심이 많은 성격 탓에 한밤중에 발생할지도 모르는 암살 기도를 미연에 방지하려는 의도였다는 것이다. 그는 늑대였다가 부엉이가 되었고, 마침내 염소로 여겨졌다. 티베리우스에게 바로 그런 욕설을 퍼붓고 나서, 귀족부인 말로니아는 젖가슴을 동여맨 띠 밑으로 칼을 깊숙이 찔러넣었다.

그리스어 *anakhôrèsis*는 '물러나다' '은퇴하다' '멀어지다'라는 뜻이다. 라틴어 *eremus*는 '사람이 살지 않는 곳'을 가리킨다. 프랑스어 ermite(은둔자)는 그곳으로 떠나는 사람이다. 티베리우스는 권력의 역사상 가장 기이한 경우에 속한다. 그는 은둔자 황제였다.

재위에 오르기 전에 그는 속세를 떠나 7년간(기원전 6년에서 서기 2년까지) 로도스[61]에 있었다. 떠나도 좋다는 아우구스투스와 리비아[62]의 허락을 받으려고 나흘간 단식했다. 결국 그들이 양보했고, 티베리우스는 한마디 말도 없이 그들을 떠나갔다. 또한 재위 7년째인 22년 1월부터 22년 봄까지 1년 이상을 캄파니아에 묻혀 지내기도 했다. 또한 11년간(26년에서 37년까지) 카프리 섬에 은둔한 상태로 자신

---

60 로마의 학자, 작가(23~79). 그가 남긴 7편의 작품 중에서 『박물지』만 남아 있다. 조카 소(小)플리니우스와 구별하기 위해 대(大)플리니우스로 불린다.

61 에게 해에 있는 그리스의 섬.

62 티베리우스의 어머니. 티베리우스는 티베리우스(아버지와 아들의 이름이 같다)와 리비아의 첫 자식이다. 리비아가 둘째 아들을 임신하고 있을 때, 리비아의 미모에 끌린 아우구스투스는 역시 임신 중인 자기 아내와 이혼한다. 그리고 아버지 티베리우스에게 압력을 넣어 리비아를 포기하게 만든 다음 리비아와 결혼한다. 아들 티베리우스는 동생 드루수스와 함께 아버지와 살다가, 아버지가 죽자 그의 나이 아홉 살 때 아우구스투스에게로 보내졌다.

의 통치를 마감했다. 섬으로의 '자진-유배(*auto-relegatio in insulam*)'
였다. 카프레아에[63]는 접근이 불가능해 보였다. 암초로 빙 둘러싸여
있었고, 바다로 난 절벽은 깎아지른 듯 가팔랐다. 섬의 모습은 무시
무시해(*horridus*) 보였다. *horridus*는 로마에서 아름다움을 뜻하는
은밀한 단어이고, 비속시를 규정하는 단어이기도 하다. 한 남자가
모든 것을 버리고 떠날 결심을 일생에 세 번 한다면, 그것은 그의
가장 깊은 내면에서 떠남의 반복이나 고독의 재조직을 부추기는 충
동이 일어나기 때문이다.

은둔자 티베리우스는 키가 훤칠하고 몸집이 건장했는데, 유독 오
른손만은 부실했다. 얼굴은 침울하고 창백했다. 그는 대단한 포도주
애호가였다. 로마 민중들은 그 이유가 포도주와 피의 유사성 때문이
라고 생각했다. 티베리우스는 또한 탁월한 포도주 감정가였다. 오직
성교와 취기만이 인간을 단번에 죽음 같은 잠 속에 빠져들게 만드는
방법이라고 말했다. 그가 코수스[64]를 사랑했던 이유도 코수스가 포
도주에 빠져 죽기를 소원했기 때문이다.

그는 이발을 할 때도 달의 모양이 바뀌기를 기다려서 했다. 몸을
구부리게 만드는 자신의 큰 키를 몹시 싫어했다. 그래서 말을 불분
명하게 하는 남자나 여자에게 인사를 할 때는 언제나 몹시 신경을
썼다. 자신의 곁에는 늘 점성술사를 두었다. 그리스 작품들, 수사학
자들의 이야기, 철학 토론 서적들의 낭독을 즐겨 들었다. 그는 문사
들에 둘러싸여 지냈다. 얼굴에는 온통 고약을 발랐다. 하지만 의사

---

63 카프리 섬을 가리킨다.
64 코르넬리우스 가문의 사람으로 티베리우스 황제 치하에서 집정관을 지낸 인물.

에게 진찰받기를 거부했다. 항상 의사를 우습게 여겼기 때문이다. 타키투스가 전하는 바를 보면, 그는 죽음의 순간에도 겨우 한 시간짜리 방문객보다는 자기 육체 속에서 수십 년을 보낸 자신이 자기 몸을 더 잘 안다고 말하면서 의사 카리클레스를 미세눔[65]으로 쫓아보냈다고 한다. 수에토니우스에 따르면 티베리우스가 죽게 된 경위는 이러하다. 그는 캄파니아의 아스투라에서 쇠약증에 걸렸다. 그런데도 치르체오 산[66]까지 가기를 고집했다. 한 원형 경기장에서 멧돼지에게 투창을 던졌고, 이내 흉막통(*latere convulso*)을 느꼈다. 그런데도 쉬지 않고 미세눔으로 가 그곳에서 성대한 주연을 베풀었다. 폭풍우 때문에 발이 묶인 그는 그곳에서 잠을 자다가 죽었다. 적어도 사람들은 그렇게 믿었다. 칼리굴라[67]가 황제로 선포되었으나 그것은 시기상조였다. 37년 3월 16일 티베리우스가 의식을 회복해서 시종을 불렀기 때문이다. 대(大)세네카는 황제가 자리에서 몸을 일으키다가 쓰러졌다고 전한다. 그러나 타키투스의 기록을 보면 마크로[68]가 이 늙은 황제의 죽음을 돕지 않을 수 없었다고 한다. 귀부인의 음부(*cunnus*)를 그렇게 좋아하던 그의 입에 마크로가 베개를 대고 누를 수밖에 없었다.

---

65 이탈리아 캄파니아 지방에 있는 고대 항구 도시.

66 이탈리아 남서부 해안 지대 라티움 지방에 있는 산. 바다에서 보면 섬처럼 보이는 이 산에서 키르케 전설이 유래했다.

67 로마의 제3대 황제(12~41). 티베리우스의 조카이자 양자인 게르마니쿠스 카이사르의 아들로 정식 이름은 가이우스 카이사르. '작은 장화'라는 뜻의 칼리굴라라는 별명으로 더욱 잘 알려져 있다. 특히 누이 드루실라에 대한 과도한 애정으로 그녀가 죽자 신격화시킨 것으로도 유명하다.

68 당시의 황실 근위대장. 티베리우스를 죽인 공을 세우고도 칼리굴라에게 처형당했다.

*

　다시 죽음의 순간으로 돌아오자. 임종의 순간 티베리우스는 "기력이 쇠함을 느끼고 마치 누군가에게 끼워줄 것처럼 손가락에서 반지를 빼더니, 잠시 손에 들고 있다가 다시 자기 손가락에 반지를 끼웠다. 왼손은 꼭 쥔 채였다(*compressa sinistra manu*). 그러고 나서 숨을 거두었다."

　로마인들의 이상은 영웅주의와 명예로 양분되어 있었다. 이 둘은 죽음의 순간으로 집약된다. 훌륭한 죽음은 그들의 강박관념이었다. 꺾다(*carpere*), 즉 순간을 잡아채는 것, 죽음의 순간을 취하는 것이다. 티베리우스는 73세의 나이로 치르체오의 원형 경기장에서 멧돼지에게 투창을 던지느라 기력을 소진한 탓에 죽었다. 죽음의 순간은 단지 한 폭의 그림만은 아니다. 서정시나 연대기의 배경만도 아니다. 죽음의 순간은 원형 경기장 안에도 있다. 희생된 인간, 투우 경기, 벌거벗기기, 고문과 육식 장면들이 그것이다. 고대 로마인은 에트루리아인에게서 페르수(Phersu) 경기[69]를 차용해왔다. 로마 민중들은 앞으로 한 시간 내에 죽게 될 사람들을 두고 내기를 했다. 검의 법(*jus gladii*, 생사의 권한), 바로 그것이 로마 제국이다.

　로마 시(urbs)의 원형 경기장과 마찬가지로 화가들이 그린 벽화들도 직면한 죽음을 만끽하는 것들이었다. 포르노 화가 파라시오스에

69　눈먼(혹은 눈을 가린) 검투사가 늑대나 맹견과 싸우는 경기.

게 매료된 사람은 비단 티베리우스만이 아니었다. 대(大) 세네카의 시동 한 사람은 임박한 죽음과 시선을 연관 짓는 파라시오스에 대한 짧은 소설을 썼다. 그것은 공포의 시선이다. 게다가 파라시오스 자신도 그보다 400년 앞서 자기 그림들 중 하나에 관해 그것은 꿈에 보이는 '밤의 장면들(*visiones nocturnae*)'을 그린 것이라고 기록한 바 있다.

대(大) 세네카는 『논쟁』, X, 5에 이렇게 기록하고 있다. 필리포스[70]가 올린토스[71]인들을 전쟁 포로로 팔아넘기자, 아테네 화가(*pictor atheniensis*)였던 에페소스 출신의 파라시오스는 그들 가운데 한 늙은이를 사서 고문하게 했다고 한다. 고문당하는 그를 모델로 삼아(*ad exemplar*) 아테나 여신의 신전을 위해 아테네 시민들이 그에게 주문한 바 있는 못 박힌 프로메테우스[72]를 그리기 위해서였다.

"그는 충분히 비참해 보이지 않는구나(*Parum, inquit, tristis est*)." 늙은이를 작업실 한가운데서 포즈를 취하게 한 다음 파라시오스가 했던 말이다.

화가는 노예를 불러 늙은이에게 고문을 가해 보다 고통스러운 표정을 짓게 하라고 주문했다.

늙은이는 고문을 받게 되었다.

모두가 그를 측은하게 여겼다.

---

70 마케도니아의 제18대 왕(B.C 359~B.C 336 재위)인 필리포스 2세. 알렉산드로스 대왕의 아버지.

71 필리포스가 점령했던(B.C 348) 그리스의 고대 도시.

72 그리스 신화의 불의 신. 인간에게 불과 문명을 가져다주었다.

그러자 화가는 "내가 그를 샀네(*Emi*)"라고 응수했다.

그 남자가 울부짖었다(*Clamabat*). 사람들이 그의 두 손에 못을 박았다.

화가를 에워싼 사람들이 다시 격렬히 항의했다.

"그는 내 것이고, 나는 전시법에 따라 그를 소유하고 있는 것이오 (*Servus, inquit, est meus, quem ego belli jure possideo*)."

그러고 나서 한쪽에서 파라시오스가 도료와 물감, 그리고 혼합제를 준비하는 동안, 다른 한쪽에서는 고문관이 불과 채찍, 고문대를 준비했다.

"그를 결박하라(*Alliga*)"고 명령하고 나서 파라시오스는 덧붙여 말했다. "그가 고통스러운 표정을 짓기를 원한다(*Tristem volo facere*)."

올린토스의 늙은이는 찢어질 듯한 비명을 질렀다. 비명 소리를 들으며 사람들은 파라시오스에게 대체 그의 취향이 그림과 고문 중에서 무엇인지를 물었다. 아무런 대꾸도 없이 그는 고문관을 향해 소리를 지르기 시작했다.

"그에게 고문을 가하라, 더, 더! 좋아, 그 강도를 유지하라. 그래, 바로 그것이 잔인하게 갈기갈기 찢긴 프로메테우스, 죽어가는 프로메테우스의 얼굴이로다! (*Etiamnunc torque, etiamnunc! Bene habet; sic tene; hic vultus esse debuit lacerati, hic morientis!*)"

늙은이의 기력이 소진되었다. 눈물이 흘러내렸다.

파라시오스는 그에게 고함을 질렀다.

"네 신음은 아직도 주피터의 분노에 쫓기는 자의 신음이 아니야 (*Nondum dignum irato Jove gemuisti*)."

늙은이는 죽어가기 시작했다. 올린토스의 늙은 남자는 가냘픈 목소리로 아테네의 화가에게 말했다.

"파라시오스여, 나는 죽어가오(*Parrhasi, morior*)."

"그렇게 있으라(*Sic tene*)."

모든 회화는 바로 이 순간이다.

제2장

로마의 회화

크세노폰[1]은 한 대화에서 파라시오스에게 회화의 본질을 묻는 소크라테스의 모습을 보여주고 있다. 소크라테스는 기원전 399년에 사형을 선고받고 처형되었다. 크세노폰은 기원전 390년경에 스킬리움[2]에서 『회상』을 저술했다.

어느 날 소크라테스는 아테네의 화가(*zôgraphos*) 파라시오스의 작업실에 들어갔다. 화가라는 말은 그리스어로 *zôgraphos*(살아 있는 것을 기록하는 자), 라틴어로 *artifex*(미술, 인위적 *artificialis* 작품을 만드는 자)이다.

"파라시오스여, 말해주시오. 회화(*graphikè*)란 눈에 보이는 것들

---

1 그리스의 역사가(B.C 431~B.C 350). 그는 여러 저서에서 자신의 스승 소크라테스에 대해 언급하고 있다.

2 누미디아(로마인들이 사하라 사막 북부 아프리카 지역을 가리켜 부르던 이름)에 있는 고대 도시.

의 이미지가 아닌가요(*eikasia tôn orômenôn*)? 당신네 화가들은 울룩함과 불룩함, 밝음과 어둠, 단단함과 물렁함, 거칢과 매끈함, 육체의 싱싱함과 노쇠를 색채의 힘을 빌려 모방하나요?"

"맞는 말씀입니다." 파라시오스가 대답했다.

"그런데 화가가 아름다운 몸매(*kala eidè*)를 나타내고 싶을 때 완전무결한 아름다움을 갖춘 사람을 만나기란 쉽지 않을 터인즉, 화가인 당신들은 모델을 여럿 모아놓고 각자에게서 가장 아름다운 부분만을 취할 테지요. 그런 다음 완벽하게 아름다운 육체를 합성해내는 것이오?"

"사실상 그렇게 작업을 한답니다." 파라시오스가 시인했다.

"그럴 수가!" 소크라테스가 소리쳤다. "좀더 호소력 있는 것, 감미로운 것, 감동적인 것, 소중한 것, 추구할 가치가 있는 것, 가장 욕망하는 것, 영혼의 표현(*to tès psuchès èthos*), 그런 것은 모방하지 않나요? 아니면 모방할 만한(*mimèton*) 가치가 전혀 없는지요?"

"하지만, 소크라테스여, 영혼을 모방할 방법이 없지 않습니까?" 파라시오스가 반문했다. "영혼에는 크기(*summetrian*)도 색깔(*chrôma*)도 없으며, 방금 말씀하신 특질들 중 어느 것도 없어요. 영혼은 눈에 보이지 않는(*oraton*) 법이니까요."

"그렇지! 그렇다 해도 사람에게는 호의를 나타내는 시선(*blépein*)이 있으며, 다른 순간에는 증오를 나타내는 다른 시선도 있다는 것을 우리가 모른단 말인가요?"라고 소크라테스가 다시 물었다.

"옳으신 말씀 같군요." 파라시오스가 대답했다.

"그렇다면 시선을 통해(*ommasin*) 이런 표현들을 모방할 수는 있지 않겠소?"

"전적으로 맞는 말씀입니다." 파라시오스가 동의했다.

"친구들이 행복하거나 불행할 때, 행복이나 불행에 마음을 빼앗긴 사람들과 그런 것에 무관한 사람들의 얼굴(*ta prosôpa*)이 똑같다고 생각하오?"

"아니지요, 그럼요!" 파라시오스가 말했다." "행복할 때는 얼굴에서 기쁨이 빛나고, 불행하면 시선(*skuthrôpoi*)에 온통 그늘이 들어차지요."

"그렇다면 이런 시선들로부터 이미지(*apeikazein*)를 만들어낼 수는 없겠소?" 소크라테스가 물었다.

"당연히 가능합니다." 파라시오스가 대답했다.

"위풍당당함과 고귀한 모습, 비천함과 비굴한 모습, 절제와 중용, 과도(*hubris*)한 미(美)와 미의 개념이 전무한 것(*apeirokalon*), 그런 것들이 비쳐 보이는(*diaphainei*) 것은 얼굴(*prosôpon*) 덕분이고, 사람들이 나름대로 처신과 행동에 따라 취하는 태도(*schèmatôn*)를 통해서라오."

"지당하신 말씀입니다."

"따라서 이러한 것들을 모방해야(*mimèta*) 하오." 소크라테스가 말했다.

"물론입니다." 파라시오스가 대답했다.

(크세노폰, 『회상』, III, 10, 1).

소크라테스와 파라시오스의 대화는 고대 회화의 이상(理想)을 표현하고 있다. 보이는 것에서 보이지 않는 것으로 올라가려면 다음

세 단계를 거쳐야 한다. 회화는 우선 눈에 보이는 것을 재현한다. 그리고 아름다움을 재현한다. 마지막으로 프시케[3]의 에토스[4](*to tès psychès éthos*, 영혼의 심적 표현, 결정적인 순간의 심적 성향)를 재현한다.

보이는 것 속에 어떻게 보이지 않는 것을 재현할 수 있을까? 신화의 결정적인 순간에 나타난 표현을 어떻게 포착할 수 있을까(이미지에 멈춰 있는 이야기*muthos*의 에토스*éthos*를 어떻게 나타낼 수 있을까?) 파라시오스와 소크라테스의 토론은 대화에 사용된 몇몇 단어 때문에 읽기 어렵다. *prôsopon*이란 그리스어 단어는 '정면 얼굴'을 의미하는 동시에 연극에서 사용되는 '가면'을 뜻한다(또한 문법의 인칭을 의미하기도 한다. 가령 '나' '너' 같은 인칭이 그리스어로 *prosôpa*, 에트루리아어로 *phersu*, 라틴어로 *personae*이다. 즉 말을 하는 사람의 '얼굴-가면'을 가리킨다). 『시학』에서 아리스토텔레스는 행위의 결과를 바라보는 시선이야말로 가장 훌륭한 에토스라고 말했다. 예컨대 함락되어 불길에 휩싸인 트로이나 하데스[5]의 사자(死者)들이 그러하다. 그 다음에야 비로소 연기하는 주인공의 역할에 따라 얼굴, 태도, 동작, 의상이 윤리(*éthikos*)의 순간, 즉 결정적 순간(나자렛의 신을 처형한 이야기에서는 로마의 십자가 처형*crucifixio*이 윤리적 순간이다)에 나타난다.

달리 말하자면 고대 회화의 뒤편에는 언제나 한 권의 책, 혹은 최

---

3 그리스 신화에 나오는 공주. 영혼을 뜻한다. 아름다운 외모로 아프로디테(베누스)의 질투를 받고, 그녀의 아들 에로스(큐피드)와 사랑에 빠져 그의 아내가 된다.

4 그리스어로 '습관' '성격'을 뜻하는 단어로 수사학에서는 사람의 자연적 성향, 기질, 도덕적 성격 등을 의미한다. '에토스'와 대조되는 단어는 '파토스(주어진 상황에서 표출되는 감정)'이다.

5 그리스어 『구약성서』에서 죽은 자들이 있는 어두운 지역(지옥)을 가리키는 단어로 히브리어 '세올(sheol)'의 번역어이다. 일반적으로 그리스 신화에서 지하 세계의 왕을 가리킨다.

소한 윤리적 순간에 응축된 한 편의 이야기가 존재한다.

그리스의 조각가와 화가들은 문인이자 학자였다. 파라시오스나 유프라노르[6]에 필적할 만한 근대인으로는 르누아르나 피카소가 아닌, 미켈란젤로나 레오나르도 다 빈치가 있다. 아테네인 유프라노르는 자신이 자기 시대에 관해 광범위한 지식을 소유했노라고 주장했다. Amphiktuoniai,[7] 즉 그리스 평의회는 폴리그노토스[8]가 어디를 가든 대중의 환대를 받는 것은 물론 숙박 비용 일체를 그가 체류하는 도시에서 부담하게 될 것임을 결정해서 선언했다. 화가들은 그 정도로 명예를 누리며 살았다. 수학자나 철학자도 지니지 못한 명예를 누리던 그들을 가리켜 플라톤은 '육체 노동자들(소 세네카라면 '비천한 자들'이라고 했으리라)'로 폄하하며 비방했다. 플라톤은 아테네가 파라시오스에게 부여한 중요성에 분개했다. 그가 보기에 파라시오스는 '눈에 보이는 것에 대한 궤변론자'이고, 눈속임 기술자이며, 화가라는 직업은 속임수에 불과한 허울일 뿐 실상은 새로운 다이달로스[9]에 불과한데, 감히 수놓은 외투를 입는 건방진 자였다. 수놓은 자주색 외투는 5세기 말 아테네에서 가장 유명했던 파라시오스의 표장(標章)이다.

외투에 대한 기억 외에 우리에게 남은 것이라곤 아무것도 없다.

---

6 B.C 4세기경에 활동한 그리스 화가, 조각가.
7 고대 그리스의 종교적·정치적 성격을 지닌 의회.
8 B.C 5세기경의 그리스 화가, 조각가. 아테네에서 활동했으며, 주로 전설을 소재로 대형 벽화를 그렸다.
9 그리스 신화에 나오는 건축가, 조각가. 크레타 섬에 미궁을 지었다가 자신이 그곳에 갇히자, 밀랍과 깃털로 날개를 만들어 아들 이카로스와 함께 탈출한다. 하지만 태양에 너무 가까이 날아가던 아들은 날개가 녹아내리는 바람에 떨어져 죽는다.

가장 칭송받던 작품들에 관해 우리가 지닌 것은 케케묵은 두루마리(*volumen*)에 산재된 정보들이나 혹은 빌라의 벽들에서 복사에 복사가 거듭되다 보니 너덜너덜해진 단편적인 벽화들에 불과하다. 고고학과 독서를 통해 그 벽화들이 발굴되고 있지만, 2000년이나 지난 지금 우리는 그 불분명한 형태를 귀납적으로 유추할 따름이다. 밤이 지나 동이 트면서 안개가 숲과 지붕에서 밀려나 밝은 빛 속으로 사라지는 그 윤곽만큼이나 벽화의 형태가 모호한 탓이다.

세월은 아이스킬로스와 소포클레스, 에우리피데스[10]의 작품들을 보존해온 것처럼, 폴리그노토스와 파라시오스, 아펠레스[11]의 작품들은 보존하지 못했다. 자유도시국가의 비용으로 그러한 특권을 부여하는 데 동의할 정도로 그들을 찬미했던 사람들이라면 비극 작품 못지않게 아름다운 화가판(畵架版)의 그림이나 벽화를 찬미했을 게 틀림없다.

우리는 그 작품들을 결코 보지 못하리라.

이 책은 흔적으로 남은 잔해들에 바치는 몽상집이다.

파라시오스는 소아시아의 에페소스 출신이었다. 아버지 역시 그곳의 직업 화가였고, 이름은 에우에노르였다. 파라시오스는 당대에서 가장 유명한 화가가 되었다. 제욱시스[12]보다 더욱 명성을 날렸다. 그의 자만은 끝이 없었다. 하루는 오른손을 들어올리며 이렇게 선언

---

10 고대 아테네의 3대 비극 작가.

11 B.C 4세기에 활동한 헬레니즘 초기의 그리스 화가. 고대 문필가들이 남긴 그에 대한 찬사 덕분에 남아 있는 작품이 없는데도 불구하고 고대의 가장 위대한 화가로 꼽힌다.

12 B.C 5세기 말 이탈리아에서 활동한 그리스의 유명한 화가. 한 그림 경연대회에서 그가 그린 포도송이에 새들이 날아들어 쪼려고 했다는 일화로도 잘 알려져 있다.

했다. "이 손으로 미술의 최고봉(*technès termata*)[13]을 개척했노라."

클레아르코스[14]가 전하는 바에 따르면, 파라시오스는 빨간 외투로 만족하지 않고 금관까지 썼다고 한다. 그가 가죽에 그리거나 나무에 전사(傳寫, 금은세공인과 도예가들의 기법)한 그림들이 얼마나 아름다웠던지 이미 그의 생전에 시민들은 그의 유작들(*vestigia*)을 수집했다. 테오프라스토스[15]는 그가 행복했으며 노래를 부르며 작업했다고 전한다. 콧노래를 흥얼거려서(*hypokinuromenos*) 작업의 피로를 덜어보려고 했다는 것이다. 그의 기법은 여전히 관례를 따르는 것이었다. 가령 색채로 말하자면 여전히 관습적(오늘날 우리 사회에서와 마찬가지로 검은색은 상복, 파란색은 소년, 녹색은 희망)이었다. 기원전 4세기 초 아테네의 화가 유프라노르는, 파라시오스가 그린 테세우스[16]는 인간의 장밋빛이 아닌 장미나무 자체의 장밋빛을 띠고 있다고 말했다.

파라시오스는 비단 포르노그래피의 창시자인 것만은 아니었다. 그는 테두리 선(라틴어로 *extremitas*, 그리스어로 *termata technès*인 윤곽선)도 창안했다. *termata technès*를 대(大)플리니우스는 *extremitas*라고 번역했고, 퀸틸리아누스[17]는 수사학 문장의 총합문[18]을 의미하는 *circumscripsio*라고 불렀다. 플리니우스는 다음과 같이 명시하고

---

13 미술의 극한, 즉 최고봉을 뜻하는 동시에 테두리 선을 의미하는 언어 유희이다.
14 다양한 주제로 많은 저서를 남긴 그리스의 철학자. 아리스토텔레스의 제자이다.
15 그리스의 소요학파 철학자. 아리스토텔레스의 제자이다.
16 아티카 전설 속의 위대한 영웅. 크레타의 전설적인 미궁에 갇혀 있던 반인반우(半人半牛)인 괴물 미노타우로스를 죽였다.
17 로마 제정 초기의 수사학자이며 교육자(30~100).
18 여러 개의 절이 조화를 이루며 구성된 긴 문장.

있다. "왜냐하면 뒤에 다른 것이 있다는 느낌을 주고, 가려진 것까지도 보게 하려면 가장자리를 선으로 둘러 마감해야 한다(*ambire enim se ipsa debet extremitas et sic desinere ut promittat alia post se ostendatque etiam quae occultat*)." 결국 파라시오스는 보이는 것의 시야에 환상을 가미한 화가가 되었다. 장렬한 죽음을 맞는 헤라클레스를 그린 화폭 하단에 화가 자신이 직접 써넣은 글은 놀랍게도 샤머니즘적 글귀였다. "밤의 어둠(*ennuchios*) 속에서 흔히 꿈을 통해 신이 내게 나타났듯이(*phantazeto*) 그렇게 여기에서도 신을 볼(*oran*) 수 있도다."

파라시오스와 소크라테스의 대화에는 이렇게 기록되어 있다. "자연주의는 미술의 근본이다. 미(美)가 미술의 외관(*phantasma*)이라면, 미술의 목적은 심정(신이나 초인에 대한 숭고한 감동)의 표현이다. 테베의 아리스테이데스[19]는 미술이 에토스의 재현에 이어 파토스를 재현해야 한다고 명시했다. 어떤 사람이 위대한 화가였는가? 그림 속의 인물을 보면서 그 내면에서 일어나는 성격과 감정 사이의 갈등이 느껴지도록 그린 화가였다. 알렉산드로스 대왕은 기원전 334년 그 도시를 약탈했을 당시 아리스테이데스의 그림 한 점을 훔칠 정도로 그에게 매료되었다고 한다. 그림에 대한 대(大)플리니우스의 묘사는 이러하다. "함락된 도시. 그곳에 치명적인 부상을 입은 한 어머니가 있다. 젖먹이가 벗겨진 어미의 젖가슴께로 기어오른다. 죽음으로 인해 말라붙은 젖 대신 피를 빨아 먹는 아기를 바라보는 어머

---

19 고대 그리스의 작가(117?~189). 산문으로 된 에로틱한 우화의 창시자.

니의 시선에 두려움이 나타나 있다"(대 플리니우스, 『박물지』, XXXV,
98). 테베의 아리스테이데스가 젖을 물린 채 죽어가는 여자를 그린
것은, 에페소스의 파라시오스가 올린토스 포로의 얼굴을 보며 못 박
힌 프로메테우스를 그린 것과 마찬가지이다. 두 화가는 동일하게도
십자가에 못 박힌 극심한 고통(*crucialis*)의 순간을 그렸다. 그것은
죽음의 순간이다.

*

고대 회화를 어떻게 판독할 것인가? 아리스토텔레스는 『시학』에
서 비극이 상이한 세 가지 요소인 *muthos*(이야기), *éthos*(성격),
télos(결말)로 구성된다고 설명한다. 어떻게 상황이 성격을 드러내게
할 것인가, 그것이 바로 회화의 목표이다. *télos*의 순간 혹은 그 직
전에 벽화가 이야기하는 *muthos*와 중심인물의 *éthos*를 일치시켜야
한다. 가장 훌륭한 윤리는 불길에 휩싸인 트로이, 목을 맨 페드르,[20]
두 손이 잘린 시네지르[21]처럼 행위의 결과이거나, 물에 비친 자신의
반영을 바라보는 나르키소스, 자신이 죽이려는 두 아들 앞에 선 메

---

20 17세기 프랑스의 극작가 장 라신의 비극 『페드르』의 여주인공. 에우리피데스와 세네카의
    『히폴리토스』에서 소재를 따온 것이다. 페드르(그리스어로는 파이드라) 왕비는 자신의 의
    붓아들 이폴리트(히폴리토스)에게 사랑을 고백하고 거부당하자 목을 매어 자살한다.
21 그리스의 극작가 아이스킬로스의 형제이기도 한 그는 B.C 490년 마라톤 전투(아테네가 페
    르시아인들의 침략을 물리친 전쟁)에서 전사했다. 전설에 따르면, 페르시아 병사들이 배를
    타고 퇴각하려고 하자 그는 바다에 뛰어들어 오른손으로 배의 선미를 잡았다. 페르시아 병
    사가 그 손을 도끼로 잘랐다. 그러자 왼손으로 잡았고 왼손마저 잘렸다. 마지막에는 입으로
    선미를 물었고, 머리마저 잘렸다고 한다.

데이아[22]처럼 결말 직전의 순간이어야 한다. 윤리적 결말 자체가 표장(標章)이 되어버려 더 이상 인물 그림 옆에 그 이름을 기입할 필요가 없어졌다. 중세에 앨퀸[23]은 이렇게 기록했다. "무릎에 어린애를 앉힌 여인만 보고서는 그 인물의 이름을 알지 못한다. 성모 마리아와 그리스도인가? 베누스와 아에네아스인가? 알크메네[24]와 헤라클레스인가? 안드로마케와 아스티아낙스[25]인가?" 앨퀸은 인물 아래이름을 기입하거나 표장을 그려넣도록 권장했다. 네아클레스[26]는 나일 강을 나타내야 할 경우 강을 그리고 기슭에 악어 한 마리를 그려넣었다. 베르길리우스는 표장들의 약호화를 강조했다. 가령 물푸레나무는 숲을, 소나무는 정원을, 포플러나무는 개울가를 따라 꼬불꼬불 난 오솔길을, 전나무는 산비탈을 아름답게 하는 것이다. 어느 곳이나 나름대로 표장을 지니고 있어서 표장의 존재만으로도 그 장소를 나타낸다.

고대 회화는 문학적이었다. 르네상스 시대의 문학에 못지않다는 그림들보다 더욱 책 같았다. 고대에서는 호라티우스의 시 같은 그림(*Ut pictura poesis*)이 진정한 의미를 지녔지만, 르네상스 시대에는 정도(定道)를 벗어난 우스꽝스런 것으로 여겨졌다. 화가는 절대 과묵

---

22 그리스 신화에 나오는 마녀. 남편 이아손이 크레온 왕의 딸 때문에 자신을 버리자, 메데이아는 그 복수로 크레온 왕과 그의 딸, 심지어 자기 두 아들까지 죽인다.
23 영국의 중세 라틴어 시인, 교육자, 성직자(732년경~804).
24 알크메네는 남편 암피트리온이 전쟁에 나간 사이에 남편으로 가장해 접근한 제우스의 아이를 갖게 되는데, 남편이 돌아온 뒤 다시 아이를 가져 결국 쌍둥이를 낳는다. 제우스의 아이가 헤라클레스이고, 암피트리온의 아이가 이피클레스이다.
25 트로이의 왕자 헥토르와 그의 아내 안드로마케의 아들이다.
26 기원전 3세기 고대 그리스의 화가.

한 시인이 아니며, 시인 역시 말로 표현하는 화가가 아니다. 고대 회화는 이미지로 응축된 시인의 이야기이다. 시모니데스[27]는 "말이란 행동의 이미지(*eikôn*)"라고 말했다. 윤리의 순간은 이미지의 '무언의 말'이다. 그리스어로 말하자면 *zôgraphia*(살아 있는 것에 대한 글쓰기)는 이미지로 집약된 침묵하는 줄거리인데, 시모니데스는 그것이 침묵함으로써(*siôpôsan*) 말을 한다고 덧붙였다. '이미지-행동'들은 *éthos*로 응축됨으로써(신이 됨으로써) 인간을 인간의 기억 속으로 들어가게 만든다.

조각술에서 미(美)의 이상은 윤리에 있었다. 아타락시아[28]와 무감각을 구분하는 것은 어려운 일이다. 그것은 고요한 평화(*tranquilla pax*), 잔잔한 평화(*placida pax*), 신들의 최상의 평화(*summa pax*)이다. 루크레티우스[29]가 미술에 부여한 기이한 목표, 즉 "지혜가 없는 것에게 잠시 현자의 휴식을 베풀기"란 바로 여기에서 기인한 것이다. 그것은 신격화(신으로의 변신), 즉 신들의 모습으로 몸을 바꾸는 일이다. 아타락시아에 이른 사람들에게 합류하는 일이다. 요지부동의 기쁨을 누리는 사람들, 고통에서, 연민에서, 분노에서, 호의에서, 탐욕에서, 질투에서, 죽음의 공포에서, 일로 인한 피로에서 벗어난 사람들은 세상을 지배하려고 하지 않는다. 그저 바라볼 뿐이다. 특정한 소수는 각자의 *éthos*에 따라 연극에서 사용되는 신들의 가면을 국가로부터 지급받았다.

---

27 그리스의 서정 시인, 경구 작가(B.C 556년경~B.C 468년경).

28 스토아 철학에서 말하는 '마음(정신)의 평정.' 동요가 없는 안정된 마음의 상태를 의미한다.

29 B.C 1세기에 활동한 로마의 시인이며 철학자. 6권으로 된 장편 서사시 『사물의 본성에 대하여』가 유일하게 남아 있다.

베르길리우스의 작품[30]에서 디도는 닥쳐올 죽음으로 인해 안색이 창백하고, 두 뺨은 떨리고, 눈에는 핏발이 선 채 자살의 순간 이렇게 선언한다. "나는 다 살았도다(*Vixi*). 이제 커다란 이미지(*magna imago*)가 되기 위해 지하로 내려가겠노라."

아름다움은 정지된 신과 같다. 그것은 다가오는 죽음 속에 매복한 무위(*otium*)와 침묵(*quies*)의 환대를 인간에게 베푸는 것이다. '커다란 이미지'란 무덤 속의 조각(彫刻)이다. 어떻게 하면 영원한 순간 속에 모습을 드러내는 신처럼 나타날 수 있을까? 이것이 바로 회화의 문제이다.

*

그리스의 도예가는 '밑그림'을 사용했는데, 그것은 벽면에 마분지를 붙인 뒤에 그곳에 생긴 그림자의 둘레를 백묵이나 숯으로 모사한 다음 그 윤곽대로 잘라서 만든 것이었다. 소위 말하는 '전사(傳寫)된 그림'이다. 아리스토텔레스는 가까이에서 보면 섞이지 않은 점들의 병치로 회화를 정의했다. 멀리서 볼 때의 색깔은 모자이크 화가의 문제가 되기 훨씬 이전에 이미 장식 띠[31] 조각가나 사원의 태피스트리 제작자의 문제였다. 그것이 *poikilos*(얼룩덜룩함) 기법(혹은 *skiagraphia* 기법, 즉 거리가 떨어진 곳에서만 색깔들이 혼합되어 보이는

---

30 『아에네이스』를 가리킨다. 아에네아스가 아프리카에 들렀을 때 그와 사랑에 빠진 디도는 그가 자신을 버리자 주피터의 명령에 따라 자살하고 만다.

31 벽, 벽난로, 가구 따위의 장식 띠를 말한다.

'정밀한 묘사화*proscenium*'의 눈속임)이었다. 로마인들은 자기네 빌라의 벽화로 그리스인들의 *skiagraphia*(연극의 배경 그림)를 선택했다.

그리스인들의 회화(*zôgraphia*)는 화가판(畫架版)의 소형 그림과 배경 그림(이 경우 색깔들은 뒤섞이지도 얼룩덜룩하지도 '속기술적이지'도 않다)으로 나뉜다. "나는 40일 동안에 그림을 그릴 수 있기까지 40년이 걸렸다"고 했던 안티파트로스의 말은 제욱시스의 느린 작업과 대조적이다. 로마인들이 *compendiaria via*(지름길)라고 부르던 속성 기법에서는 소아시아 화가들(알렉산드리아의 화가들)이 단연 우세하다. *compendiaria via*는 전사된 그림에서 출발해서 진짜로 착각할 만큼 정밀하게 묘사된 미완성 회화의 귀착점이었고, 음영과 색채의 회화와 대조를 이루었다. 아그네스 루베레[32]는 원근법(*scaenographia*)이 명확하게 구분된 두 작업으로 나뉜다는 것을 보여주었다. 하나는 스케치(*adumbratio*, 소위 말하는 *skiagraphia*)로서 벽과 측면 모퉁이가 사실적으로 묘사된 건축술의 그림이고, 다른 하나는 전면(*frons*)으로서 정면의 돌출과 '원의 중심에서 출발한 모든 수평선과 수직선의 교차(*ad circini centrum omnium linearum*)'로 이루어진 그림이다. 루크레티우스는 주랑(柱廊)에 대해 한 페이지를 할애하여 어렵고도 기이한 원근법을 묘사하고 있는데, 그것은 사실상 진짜 원근법이라기보다는 로마인들이 '먼 곳의 전망을 빨아들이는 불명확한 원추' 같은 느낌이라고 규정한 것이다. 다음은 루크레티우스의 상세한 기술이다. "결국 주랑은 한결같은 설계로 연달아(*in perpetuum*) 세워진

---

32 고대 그리스 헬레니즘 시대의 화가.

똑같은 기둥들로 이루어진 것이지만, 만일 주랑이 길고 그 위쪽 끝에서 전체가 보인다면, 그것은 '원추의 좁은 꼭대기(*angustia fastigia coni*)'를 조금씩 늘이면서 지붕을 바닥에, 오른쪽 부분이 왼쪽에 닿게 하여 '원추의 불분명한 꼭지점 안으로(*in obscurum coni acumen*)' 수렴된다."

루크레티우스는 『사물의 본성에 대하여』에서 많은 그림을 다루고 있다. 그는 각진 탑이 멀리에서 보면 둥글게 보인다는 사실을 상기시킨다. 또한 부동성도 육안으로 인지할 수 없는 느린 움직임일 뿐이라고 말한다. 마치 멀리에서 풀을 뜯는 양 떼나 바다에서 전복되는 배와도 같다는 것이다. 에피쿠로스 학파의 위대한 시인인 그는 다시 한 번 윤리적 회화를 비극적 순간의 포착으로 규정한다. 루크레티우스의 『사물의 본성에 대하여』(소 세네카의 비극 작품들과 더불어)는 로마의 벽화에 관한 한 현존하는 가장 대규모의 갤러리이다.

하지만 그뿐만이 아니다. 『사물의 본성에 대하여』는 로마 회화의 비밀에 대해서도 말해준다. 폼페이 제2기 화풍의 회화들은 루크레티우스가 묘사한 주랑처럼 이루어져 있다. 화폭의 상부 절반만 깊이 있는 공간이라는 착각을 불러일으키게 되어 있고, 나머지 절반인 하부에는 전경이 돌출된다. 그리하여 루크레티우스가 말한 주랑의 전면(*frons*)이 솟아오른다. 측면 벽들의 선과 가짜 평행선들은 이곳으로 집중되면서 화폭에 그어진 선들의 중간에 있는 한 점, 즉 상부 절반(벽에 진짜로 그려진 공간)에만 관련된 '원추의 불분명한 꼭지점'에서 소실된다.

에피쿠로스 학파 전체의 견해와 마찬가지로 루크레티우스도 불확실한(*incertus*) 대상은 확실한 장소(*locus certus*) 한가운데 있다고 믿는다. 그것은 보이지 않는 것(*adêlos*, 신비의 빌라에서 음경이 장막으로 가려져 있는 것처럼)이다. 라틴어 *incertus*는 그리스어 *adêlos*의 번역어이다. 현실 세계는 보여줄 수 없으며 보이지 않는 것이다. 세상을 이루고 있는 원자 조직은 눈에 보이지 않는다. 다음은 아낙사고라스[33]의 말이다. "현상이란 미지의 것들 중에서 눈에 보이는 것을 말한다(*Ta phainomena opsis tôn adêlôn*)." 멀리 있는 주랑은 마치 원추 모양으로 줄어들다가 불확실한 한 점(불확실한, 불분명한 원추*adêlos, obscurum coni*)에서 소실된다. 불확실한 무엇(*res incerta*)은 불확실한 초점인 상상의 점 속에 있다. 전망이 좁아지는 불확실한 점의 신비는 파노라마가 넓게 펼쳐지는 평면과 대조된다. 로마의 건축가들은 이 평면을 불확실한 점과 반대로 확실한 장소(*locus certus*)라고 불렀다. 그들은 상당한 거리 개념과 불확실한 전망의 개념을 결합시켜서 극장 안의 무대(*proscenium*)[34]를 확실한 장소로 명명했던 것이다. 이곳이 확실한(*certus*) 장소로 불렸던 이유는 극장의 건축을 구상할 때 건축가는 무엇보다도 계단식 좌석의 위치에 따라 달라지는 거리에서 기인하는 시각적 왜곡을 예상했기 때문이다.

로마의 새로운 기법은 헬레니즘 양식의 극장에서 배경화를 정밀하게 전사한 사실화를 사저(私邸)의 벽면에 옮겨놓는 것이었다. 로마의 사저는 귀족 주인이 시민들(*gens*)과 손님들에게 권력을 행사하는

---

33 그리스의 자연철학자(B.C 500년경~B.C 428년경). 우주론과 일식의 참된 원인을 발견한 것으로 유명하다.

34 막을 내려도 관중석에서 보이는 무대의 전면.

최초의 극장이었다. 하지만 귀족 주인(*patronus*)은 절대군주(*tyrannus*)와 경쟁하지 않도록 조심했다. 사저인 빌라가 절대군주의 궁전처럼 된다면 곤란했다. 그런 빌라로 인해 궁전이 우습게 여겨질 테니 말이다(군주와의 경쟁은 궁전을 겨루는 데 있지 않고 순전히 벽화의 문제일 뿐이다. 빌라와 궁전의 관계는 아에네아스가 안키세스에게 바치는 효도와 마찬가지로 일방적인 충성 관계이다).

시민들이 공연장(*opsis*)에서 왕의 사냥과 비슷한 것을 즐기고 원형 경기장에서 경기(*ludus*)를 즐기던 것처럼, 귀족 소유 빌라의 벽면들은 궁전, 모의 사냥, 극장 무대의 '속기술'과도 같았다.

극장, 원형 경기장, 개선문, 경기를 이해하지 못하면 로마를 제대로 보지 못한다. 모든 권력은 한 편의 연극이다. 모든 집(*domus*)은 시민들(*gens*)과 해방 노예, 노예들에 대한 위장된 지배(*dominatio*)이다. 따라서 모든 회화는 그 비용의 출자자에게는 연극의 가면(*phersu, persona, prosôpon*)과도 같은 것으로, 그는 사가(私家)의 군주가 하듯이 가면에 품위를 부여하고 그것을 가문의 수호신과 대등한 조상(彫像)처럼 만들고자 한다. 고대 예술가들은 얼굴마다 그 나름의 개성을 표현할 줄 알았다. 로마인들은 자기 조상(祖上)들의 진짜 얼굴을 본뜬 가면들을 영정(*imagines*)이란 명칭으로 숭배했고, 안마당의 소형 수납장에 보관했다. 하지만 그리스의 의원이나 로마의 귀족이 초상화를 주문할 경우 특별히 유사성을 요구하지는 않았다. 그들은 예술가에게 자신의 얼굴을 거상(*colossos*)이나 성화상(*icône*)으로 변형시켜주기를 간청했다. 즉 자신을 신이나 영웅의 에토스로 변모시켜달라고 부탁했다. 폴리그노토스가 성공할 수 있었던 이유도 이러한 비사실주의의 재능, 즉 사적이고 개인적인 가면을 벗겨내고 훨씬 더 이상적이고 신을 닮은 형태로 변형시키는 능력 때문이었다.

이렇게 해서 기이한 변형이 일어났다. 기원전 5세기 중반 아테네에서 아이스킬로스가 창시한 비극의 '무대 전면(*scaenae frons*)'이 그로부터 3세기 후에는 이탈리아의 집들을 에워싸게 되었고, 시점의 이론을 제공했고, 비극 무대의 장식용 건축술을 제공했고, 벽화의 그림이 윤리적 환상을 따르도록 강요했다. 앞무대(*proscenium*)를 연단의 형태로 한 단 높인 '비극의 무대(*scaena tragica*)' 자체와 키가 커 보이려고 배우가 신는 굽 높은 반장화는 받침대를 이루는 선(線) 위에 위치한 벽화의 상부가 돌출된 특징을 설명해준다. 벽면상의 연단으로 여겨진 이 선이야말로 *orthographia*[35]란 단어가 지닌 첫번째 의미이다.

*

다음은 아티쿠스[36]에게 보낸 키케로의 편지에 씌어진 글이다. "내가 집의 창문들이 비좁다(*fenestrarum angustias*)고 비난하자 건축가 베티우스 키루스가 반박했네. 정원이 보이는 조망의 정도가 창문의 크기에서 비롯된다면 그 조망은 그다지 매력적일 수 없다고 말일

---

35 철자의 '정자(正字)법' 그리고 건축물의 '정사도(正射圖)'라는 두 가지 의미가 있다.

36 로마 기사 계급 출신의 인물(B.C 109~B.C 32)로서 에피쿠로스 학파였으며, 키케로와의 우정으로 유명하다. 키케로가 콘술을 지낸 B.C 54년까지의 로마사를 썼으나 남아 있지 않으며, 키케로에게서 받은 편지들(396통)을 엮어놓은 것이 가장 큰 업적으로 평가된다.

세.” 덧붙여 그는 눈에서 나오는 빛의 물결이 더 쉽게 발생한다고 말한다. 정원에서 오는 원추형의 빛은 창문가에 시뮬라크르[37]를 구성하는 원자들의 충돌을 억제하고 봉쇄한다. 그렇게 해서 결과적으로 더 많은 광휘와 대조, 감동과 감미로움(*suavitas*)이 생겨난다는 것이다. 로마인들은 천국을 정원의 형태로 숭배했다. *paradeisos*란 ‘정원’을 뜻하는 그리스 단어이다. 어떤 철학 학파는 아카데미 Académie,[38] 다른 학파는 리세Lycée,[39] 또 다른 학파는 포르티크 Portique[40]라는 이름으로 불렸다. 가장 엄격하며 분명 가장 심오한 학파로 로마에서 가장 지대한 영향력을 행사하던(기원전 230년부터) 학파의 명칭은 자르댕Jardin[41]이었다. 아우구스투스 황제의 치하에서 정치적 특권을 모조리 박탈당한 명문 귀족들이 스스로를 다른 계급들과 차별화하기 위한 방편으로 삼았던 것은 아름답게 꾸민 빌라와 정원, 거느린 노예의 수, 식사에 지출되는 비용, 희귀한 물건들, 고대의 조각품과 그림들, 피정복 민족에게서 약탈한 호화로운 수집품이자 전승 제국의 고관들이 나눠 가진 ‘세계의 전리품’인 물건들이었다. 무용해진 업무(*officium*)는 군주들의 유유자적(*otium*)을 모방했고, 군주들의 유유자적은 하늘 한가운데 계신 신들의 아타락시아(*ataraxia*)를 모방했다.

---

37 제7장 주 5 참조.

38 아테네 교외의 아카데미아 지방에 플라톤이 세운 학교 이름으로 이후 그의 학파를 가리키는 명칭이 되었다.

39 아리스토텔레스의 철학 학교에 붙여진 명칭. 지금은 프랑스의 ‘고등학교’를 가리킨다.

40 프랑스어로 ‘회랑’ 혹은 ‘주랑’을 뜻한다.

41 프랑스어로 ‘정원’을 뜻한다.

로마에서 정원이란 무엇인가? 황금 시대가 현재에 다시 도래하는 것이다. 그것은 신의 무위(無爲)와도 같은 무엇을 되찾기이다. 창공의 별들처럼 후광에 둘러싸여 꼼짝도 하지 않기. 먹이를 덮치기 직전의 맹수처럼 미동도 하지 않기. 신격화되는 죽음의 순간처럼 움직이지 않기. 폭풍우가 몰아치기 전의 나뭇잎처럼, 수풀 속에 세워진 신들의 조상(彫像)처럼 움직이지 않기. 죽음 앞에서 삶은 그래야 한다. 창틀로 재단되고, 매료된 시선이 대응시키는 양 방향의 빛줄기에 포착된 정원처럼 있어야 한다.

플라톤은 풍경의 거짓된 묘사를 금했다. 자연(*physis*)은 숭고한 것이므로 재현할 수 없는 것이었다. 플라톤은 예술가(*artifex*)를 '독신자(瀆神者)'라고 부르거나, 우주(*cosmos*)의 형태로 자연 한가운데에서 솟아오르는 조물주 자신과 감히 대적하려는 '가짜-조물주'라고 불러야 한다고 썼다. 풍경과 강들이 출현한 것은 아우구스투스 황제 치하에서이다. 베르길리우스가 10년에 걸쳐 시냇물과 시냇물을 가로지르는 유연한 그림자와 뱀, 늙은 너도밤나무, 오솔길의 가장자리, 벌들이 꿀을 모으는 울타리, 염주비둘기들의 목쉰 노랫소리, 삶은 밤, 느릅나무 꼭대기에 앉은 멧비둘기, 들판 위로 흘러가는 구름의 그림자를 가져왔다.

베르길리우스는 천재였다. 15년 동안 자연을 묘사했다. 자연을 보여준 유일한 인물이었다. 그는 19년 9월 21일 브룬디시움[42] 항구에서 죽었다. 그곳에 내린 것은 죽기 이틀 전이었고, 그리스에서 오

74

는 길이었다. 열병에 걸려 오한이 났기 때문에 불을 지핀 벽난로 옆에서 그는 땀을 흘렸다. 그리고 손으로 자신의 서판(書板)을 가리키며 타닥타닥 타오르는 불길 속으로 『아에네이스』를 던져넣으라고 부탁했다.

실루엣을 창시한 것은 화가 루디우스[43]였다. 루디우스 이전의 화가들은 전형적인 풍경화를 *topia*(풍경화)라고 불렀다. 풍경화의 임무는 실제 풍경을 재현하려는 것이 아니라 풍경들로 인해 상기되는 몇몇 장면, 가령 바닷가, 전원과 양치기들, 항구와 선박들, 강기슭과 요정들, 성스러운 풍경들처럼 감미로움(*suavitas*)의 전형적 특성들을 모아놓는 데 있었다. 대(大)플리니우스의 기록을 보면(『박물지』, XXXV, 116) 루디우스는 인물들을 실루엣으로 작게 그려넣어서 풍경화에 생명을 불어넣기 시작했다. 실루엣으로 표현된 인물들은 길을 걷거나, 작은 나귀나 수레(*asellis aut vehiculis*)에 올라타거나, 구부러진 다리를 건너거나, 낚싯줄과 유지(油紙)로 고기를 잡거나, 멀리서 포도를 수확하거나, 산비탈에서 망으로 새를 잡는 모습이었다.

라틴어 *suavis*는 무슨 의미인가? 루크레티우스는 『사물의 본성에 대하여』 제2권에서 에피쿠로스의 그리스적 지혜를 규정하기 위한 목적으로 *suavitas*(달콤한)란 말에 대한 묘사로 서두를 시작하고 있다. 묘사는 이러하다. *suave*(달콤하게)란 타인의 난파를 강 건너 구경하기이다. 평원에서 서로 죽이는 전사들을 수풀 높은 곳에서 내려다보기이다. 사람들을 죽음으로 몰아넣고 자신은 관여하지 않으면서

---

43 그리스의 화가(B.C 1세기 말~A.D 1세기 초). 로마의 아우구스투스 황제 치하에서 풍경화로 명성을 떨쳤다.

공포로부터 벗어나 삶을 관조하기이다. 루크레티우스는 *suavitas*(감미로움)와 *crudelitas*(잔인함)는 전혀 별개라고 덧붙여 말한다. *crudelitas*란 인간의 고통을 보며 느끼는 *voluptas*(쾌락)에 있는 것이기 때문이다.

suavitas, 그것은 죽음의 순간이다. 우리가 제외되어 있어도 목도하게 되는 죽음의 순간이다. 죽음의 응시는 인간을 치료한다고 에피쿠로스 학파의 철학자들은 말했다. 스토아 철학자들 역시 그렇게 말했지만 양측의 논증은 완전히 상반된 것이었다. 소(小)세네카마저 '죽음을 하찮게 여기기(*contemne mortem*)'가 살아 있는 동안 치료약(*remedium*)이 된다고 말했다.

정원으로 난 창문은 협소해야(*angusta*) 한다. 불안은 목이 메이게 만드는 무엇이다. 아름다움은 구심적이다. 모든 아름다움은 자신을 바라보는 시선에서 분리되어 작은 공간으로, 즉 섬과 같은 원자적 개체 안으로 집결된다. 액자 제조인은 경계를 만드는 사람이다. 신성한 장소를 만드는 것이다. 액자와 마찬가지로 창(窓)도 세상의 한 조각을 사원으로 만든다. 액자가 장면을 고립시켜 강화시키듯이 창은 정원을 강화시킨다. 틀 속의 고립을 추구하는 형태는 그것을 향해 한 걸음씩 천천히 다가오는 사람을 계속 뒤로 물러나게 만든다.

삶에 연루되지 않은 삶의 재현은 죽음에 처해진(*zô-graphia*) 살아 있는 자(*zôê*)를 의미했다.

이런 움직임은 그 자체로 이미 '은둔'이다. 회화가 세상에서 물러난다.

수치심은 또 하나의 은둔이다. 성적 은둔인 그것은 우리로 하여금 어두운 침실에 틀어박혀 사랑을 나누게 하고, 육체에 미묘한 아우라(테두리 선*extremitas*이야말로 파라시오스가 창안했다라는 게 플리니우스의 말이다)를 부여한다. 아우라는 인간의 육체를 훼손 불능한 허구와 만져지지 않는 장애물로 에워싼다. 그것은 보이지 않는 신전(*templum*)이다. 그것은 눈에 보이지 않는 '옷,' 아담의 '의복,' 리비도로 짠 마술 옷감, 후광이라는 주제이다. 그것은 폭력의 근접에서 벗어나는 그만큼 혐오감도 감소된다.

그것은 별들(신들의 육체들)을 둘러싸고 있는 그런 존경의 아우라이다. 포세이도니오스[44]는 한 작품이 지닌 아름다움의 요소들은 바로 우주의 요소들이라고 말했다. 그는 후광을 지닌 별들의 형태, 색깔, 위엄 그리고 광채를 구분했다.

---

44 스토아 학파에 속하는 그리스 철학자(B.C 135~B.C 51).

제3장

파스키누스

욕망은 매혹한다. 파스키누스*fascinus*란 음경(*phallos*)을 뜻하는 라틴어이다. 돌이 하나 있다. 돌에는 음경이 거칠게 조각되어 있고, 그 둘레에는 조각가가 써놓은 글이 있다. "여기 행복이 살고 있도다(*Hic habitat felicitas*)." 신비의 빌라——매혹의 빌라 혹은 매혹의 침실이라고 부르는 편이 더 합당하리라——에 있는 공포에 질린 얼굴들은 천으로 덮여 키 안에 들어 있는 음경을 향해 일제히 집중되어 있다.

페니스(*mentula*)가 인류의 특성은 전혀 아닌 까닭에, 인간 사회는 너무 적나라하게 동물적 기원을 상기시키는 발기된 음경(*fascinum*)의 노출을 꺼린다.

왜 자연은 20억 년 전에 인류를 둘로 나누어 그들을 예측 불허한 만큼이나 우연적 기능을 지닌 아주 오래된 유산에 종속시켰을까? 각자의 기원을 언제나 불확실한 채로 남겨두어 그것이 끊임없이 육체를 사로잡고 영혼을 괴롭히게 하는 것인가?

식물도 도마뱀도 별도 거북이도 번식을 위해 리비도적 관계에 얽매이지 않는다. 그런 관계는 많은 시간을 필요로 한다. 왜냐하면 그것은 동시에 탐색, 시각적 선택, 환심 사기, 짝짓기, 죽음(혹은 유사 죽음), 수태, 임신과 분만을 더해가도록 강요하기 때문이다.

로마인들은 매혹, 질투(*invidia*), 불길한 시선, 제비뽑기, 제타투라(*jettatura*)[1]에 대한 강박관념을 지니고 있었다. 그들은 연회의 술잔, 성교, 행사일, 전쟁 같은 모든 것을 제비뽑기에 부쳤다. 그리고 금기, 의례, 전조, 꿈, 징조들에 둘러싸여 살았다. 신들, 고인(故人)들, 이웃들, 손님들, 해방 노예들, 낯선 이들과 적들 모두가 그들이 욕망하고 먹고 유혹하는 대상을 질투하는 존재들이었다. 시샘하는 눈길이 모든 대상과 전 존재를 훑으며 흔적을 남기고, 질투(*invidia*)를 던지고, 독을 퍼뜨리고, 불임과 성 불능의 주술을 걸었다.

마르티알리스는 이렇게 썼다. "내 말을 믿을진대, 우리는 손가락에게 하듯이 이 페니스에게 명령하지 못한다(*Crede mihi, non est mentula quod digitus*, 『에피그람』, VI, 23)." 대(大)플리니우스는 *fascinus*(발기한 음경)를 '질투(*invidia*)의 의사'라고 불렀다. 로마에서는 *fascinus*가 행운의 부적이다. *homo*(사람)가 *vir*(남자)가 되는 것은 발기했을 때뿐이다. 정력(덕성)의 부재는 강박적인 두려움이었다. 근대인은 사랑에 대한 로마인의 인식에서 *taedium vitae*, 즉 쾌락에 뒤이은

---

1 나폴리 말 gettare(던지다)에서 유래한 단어로, 주문으로 저주를 거는 행위 혹은 올림포스에서 태어난 재앙의 여신을 가리킨다.

'삶의 권태'를 받아들였다. 그것은 페니스의 수축에 동반되는 상징적 세계의 수축인 동시에, 마법에 걸리거나 마귀에 들린 듯이 느닷없이 발생하는 무의지적 발기부전(*impotentia*)과 관련 있는 두려움과 전혀 구분되지 않는 수축으로 인한 쓰라린 감정이었다.

관례적인 외설은 로마 사회의 특성으로 *ludibrium*(음담패설)이 그러하다. 음란한 언어에 대한 로마인들의 만족감은 프리아포스 축제 의식('결실의 신Liber Pater'의 행렬)에서 노래로 불리던 비속시에서 유래했다. 프리아포스 축제는 보편적 질투(*invidia*)에 맞서 거대한 *fascinus*를 흔들어대는 의식이었다.

기원전 271년 프톨레마이오스 2세[2]는 제1차 시리아 전쟁의 종결을 기념하는 행사로서, 모든 사람에게 인도와 아랍의 온갖 부(富)를 보여주는 대규모 수레 행렬의 선두에 섰다. 그중 한 수레에는 길이가 무려 54미터 정도 되는 거대한 황금 페니스가 실려 있었다. 그리스인들이 프리아포스라고 부르는 신이었다. 로마에서 프리아푸스[3]라는 이름은 차츰 리베르 파테르로 바뀌었다.

음담패설 경연대회, 풍자시(*saturae*), 웅변(*declamationes*), 원형경기장에서의 인간 희생, 모의 공원에서의 모의 사냥(경기*ludi*)처럼 그 형태가 어떤 것이든 로마 특유의 의례는 놀이(*ludibrium*)이다. 프리아포스적인 풍자의 의례는 제국 전역에 퍼져 있었다. 풍자 놀이는 로마가 고대 세계에 가져다준 것이었다. 직면한 죽음의 광경이나 사

---

2 북아프리카의 로마 속국을 다스린 통치자(23~40 재위). 클레오파트라 7세의 마지막 자손으로 알려져 있다.
3 그리스의 프리아포스의 로마식 발음.

투(死鬪)의 형태로 연출된 희생이라는 우스꽝스런 죽음을 통해 사회는 처벌을 초월한 복수를 하고 다시 모였다. 원형 극장에서의 공연에 앞서 춤과 외설스런 비속시로 모방되는 것이 바로 이런 놀이(*ludus*, 단어 자체는 에트루리아어이다)였다. 그것은 각 그룹의 최소한의 영역에서 행해지는 *fascinus*의 풍자적 의례이다. 모든 승리에는 가학적 모욕 장면들의 시퀀스가 있게 마련이며, 그로 인해 유발된 웃음은 웃는 사람들을 만장일치의 복수심으로 결속시킨다. 법에 따라 예견된 처벌에 풍자적인 장면이 추가되고, 이런 적법한 구경거리를 보려고 사회는 무리를 지어, 즉 만장일치로 일체가 된 군중——미미한 존재들이 쏟아져 나와 순식간에 로마 국민으로 결집되듯이——으로 몰려와 위반에 대한 집단적 복수에 참여한다.

프랑스 역사는 *ludibrium*(조롱)으로 시작된다. 기원전 52년 알레시아[4]를 함락한 카이사르는 베르킨게토릭스[5]를 수레에 태워 로마로 압송한 후에 그를 6년 동안이나 지하 독방에 가둬놓는다. 기원전 46년 9월 카이사르는 자신이 거둔 네 차례의 승리(갈리아, 이집트, 폰투스,[6] 아프리카)를 하나로 묶어 전승 행사를 마련했다. 행렬은 캄푸스 마르티우스[7]를 출발해서 플라미니우스[8] 원형 경기장을 지나, 사크라 거리와 광장을 가로질러 주피터 옵티무스 막시무스 사원까지

---

4 프랑스의 디종 북서쪽에 위치했던 갈리아족의 요새.
5 갈리아 중부 지방의 민족 지도자(B.C ? ~ B.C 46). 로마 군에 대항해서 싸우다가 알레시아로 퇴각했고, 그곳에서 두 달을 버티다 카이사르에게 항복했다.
6 흑해 연안 아나톨리아 지방 북동부에 있던 고대 왕국. 아나톨리아 지방을 놓고 로마와 주도권 다툼을 벌이다 멸망하여 로마 제국에 합병되었다.
7 고대 로마 테베레 강의 충적평야이다.
8 로마의 정치 지도자(B.C ? ~ B.C 217).

이어졌다. 카이사르의 청동 상(*imago*)을 실은 수레는 두 필의 백마가 끌었다. 조상(彫像) 앞에서 선도 그룹인 72명의 길라잡이들이 손에 '권표(*fasces*)'[9]를 들고 앞장서서 걸었다. 그들 뒤로는 전리품, 보물들, 전승 기념품들이 길게 열을 지어 따라갔다. 그 다음은 병기들, 전승 지역이 표시된 지도들, 큰 나무판에 채색된 그림들(벽보들)이 뒤따랐다. 나무판 하나에는 죽음을 맞는 순간의 카토[10]가 그려져 있었다. 행렬의 끝에는 수백 명의 포로가 민중의 조롱을 받으며 열을 지어 지나갔다. 그들 중에는 온몸에 사슬이 감긴 베르킨게토릭스, 아르시노에 왕비,[11] 유바 왕[12]의 아들도 눈에 띄었다. 카이사르는 네 번의 승리를 축하한 다음에 즉시 캄캄한 마메르티눔 감옥[13]에서 베르킨게토릭스를 처형했다.

ludibrium(조롱)은 그리스도교 역사의 근본을 이룬다. 그리스도교의 원초적 장면—스스로 신(神)임을 주장하는 자에게 부여된 굴욕적인 십자가 처형, 태형(*flagellatio*), 유대인의 왕 나자렛 예수(*Iesus Nazarenus Rex Iudaeorum*)라는 각인, 자줏빛 망토(*veste purpurea*), 가

---

9 고대 로마에서 쓰인 도끼날이 삐죽 나오게 동여맨 막대기를 말한다. 고관의 길라잡이들이 왼쪽 어깨에 받쳐들고 다니다가 경의를 표하려면 권표(權標)를 내려 낮추었다고 한다.

10 고대 로마 공화정 말기의 정치가(B.C 95~B.C 46)로 카이사르의 정적이었다. 역시 정치가이며 웅변가인 카토(B.C 234~B.C 149)와 구분하기 위해 '대(大)카토'라고도 부른다. 폼페이우스가 아프리카의 타프수스에서 패전하자 우티카에서 스스로 목숨을 끊었다(B.C 46).

11 이집트의 왕 프톨레마이오스 12세의 막내딸이자 클레오파트라 7세의 여동생. 카이사르가 알렉산드리아에 도착하여 프톨레마이오스 왕가 일족을 모조리 잡아들일 때 아르시노에는 탈출해서 이집트 군에 합류했다. 하지만 이집트 군이 로마 군에게 패하자 개선군의 포로가 되어 로마로 끌려가는 치욕을 당한 후 처형되었다(B.C 41).

12 아프리카 북부 누미디아 왕국의 왕 유바 1세. 폼페이우스와 카이사르의 로마 내전 때 폼페이우스의 편에 섰다가 타프수스에서 카이사르에게 패하고 사로잡혀 처형되었다.

13 포로 로마노(로마 광장) 부근 카피톨리움 언덕 밑에 있던 지하 감옥.

시 면류관(*coronam spineam*), 갈대로 만든 왕홀, 수치스러운 나체—
은 웃음을 유발할 목적으로 구상된 *ludibrium*이다. 17세기에 예수
회 신부들에게 교리를 배우던 중국인들은 그런 사실을 대번에 이해
했고, 그렇게 우스꽝스런 장면을 금과옥조로 삼는다는 사실을 의아
하게 여겼다.

원래 비속시의 시구들은 젊은 남녀들이 서로에게 퍼붓던 극도로
외설스런 빈정거림과 상대편 성(性)을 모욕하는 말이었다. 이 시구
들(춤을 추면서 엇갈려 주고받는 대구)에 풍자시(*saturae*)와 어릿광대의
소극이 가세되었다. 남자들은 아랫배 앞쪽에 *fascinum*(인공 페니스,
그리스어로 *olisbos*)을 매단 염소로 분장했다. 루페르칼리아[14] 축제에
서는 늑대로 분장해, 그들이 지나갈 때 그들에게 매질을 가하는 사
람들 모두를 정화시키는 기능을 수행했다. 또한 미네르바[15] 축제에
서는 여자로 분장했다. 마르스 제전에서는 시민 계급의 부인들이 농
노로 분장했다. 사투르누스 축제에서는 노예들이 주인들(*Patres*)의
의상을 입었고, 군인들이 암늑대로 분장했다. 예수는 '치욕스런 십
자가(*crux servilis*)'를 향해 끌려가는 '사투르누스 축제의 왕'으로 분
장되었다. *satura*(풍자시)는 소설을 의미하기에 앞서 *lanx satura*라
고 불리던 그릇으로 땅에서 생산된 모든 첫 수확물을 가득 담은 접
시를 뜻했다. 페트로니우스[16]가 로마 제국 시절에 최초의 위대한

---

14 매년 2월 15일 '루페르키'라고 불리는 제사장들의 주관으로 다산(多産)을 기원하며 열리던
    고대 로마의 축제. 기원은 분명하지 않으나 명칭은 라틴어 *lupus*(늑대)에서 유래한 것으로
    짐작된다.
15 공예, 직업, 예술의 여신이었으나 나중에는 전쟁의 여신이 된다. 그리스의 아테나 여신과 동
    일시된다.

*satura*를 지었을 때, 그의 관심사는 오직 이야기 화자의 줄어든 페니스(*mentula*)를 다시 깨워서 발기한 음경(*fascinus*)으로 변화시키는데 있었으므로 그에 부합된 음란한 이야기들을 한 접시 가득 담아냈던 것이다.

*

"내게는 페니스가 목숨보다 소중하다(*Carior est ipsa mentula*)." 베스타[17]의 무녀들의 수는 모두 여섯이며, 가장 연장자인 큰언니 처녀(Virgo maxima)의 감독하에 있었다. 그녀들은 결코 드러내선 안 되는 신비한 힘을 지닌 물건을 지키고 있었고, 공동체의 불씨를 관리했다. 무녀가 순결 서약을 위반하면 로마의 '포르타 콜리네' 부근 '샹 셀레라'에 생매장되었다. 4월 23일이 되면 암늑대들(의무적으로 갈색 토가를 입은 매춘부들을 가리킨다. 이 옷은 후에 회개하는 수도사들이 입게 된다)이 이곳에 와서 야생의 베누스에게 감사 기도를 올리고 대중들 앞에서 전라가 되어 육체에 대한 그들의 심판을 받았다. 베스타 무녀들은 로마('불'과 '남근')를 수호했다. 모든 남성의 성기는 게니우스 신의 보호를 받는다. 그에게 사람들은 리베르 파테르의 보호를 받는 꽃(여자의 성기)들을 제물로 바쳤다. 그것이 바로 *Floralia*(플로라 여신[18] 축제)이다. 게니우스(Genius)는 출생을 주관하는(자식을

---

16 1세기 로마 사회를 문학적으로 묘사한 『사티리콘』의 저자로 알려진 인물(? ~ 66).
17 화로(火爐)의 여신. 그리스의 헤스티아 여신과 동일시된다.
18 식물의 개화를 주관하는 여신. 플로랄리아 축제는 B.C 238년에 시작되었다.

낳다 *gignit* 혹은 나를 낳았으므로 *quia me genuit*) 수호신이다. 이 최초의 '수호천사'는 생식기의 천사였다. 마찬가지로 2인용 부부 침대는 다산의 침대(*lectus genialis*)로 불렸다. 모든 남성은 자신의 생식기(*genitalia*)를 발기부전(*impotentia*)에서 지켜주고 가계(*gens*)를 불임으로부터 보호하는 각자의 게니우스를 지니고 있었다. 갈레노스[19]는 더욱 놀랍게도 정액의 로고스(*logos spermatikos*)와 고환의 관계는 청각과 귀의 관계나 시각과 눈의 관계와 같다고 기록하고 있다.

발기부전(무기력 *languor*)은 로마인들의 강박관념이었고 공포를 안겨주는 것이었다. 오비디우스는 『사랑』 제3권에서 발기부전을 상세히 기술하면서 그와 관련된 미신적 공포감을 이렇게 묘사한다. "그녀를 내 품에 안았으나 소용이 없었다. 페니스가 꼼짝도 하지 않는(*languidus*) 것이었다. 나는 침대에 부려진 짐짝처럼 누워 있었다. 나는 욕망을 느꼈다. 여자도 욕망하고 있었다. 하지만 나는 성기(*inguinis*)를 휘두를 수 없었고, 허리 힘도 쓸 수 없었다. 여자가 시토니아[20]의 눈[雪]보다 더 하얀 팔로 내 목을 껴안고 혀를 입속 깊숙이 밀어넣어 내 혀를 자극했으나 헛일이었다. 내 엉덩이 아래로 자신의 엉덩이를 들이밀며 나를 주인님(*dominum*)으로 부르고, 온갖 자극적인 말을 속삭였으나 도무지 소용이 없었다. 차가운 독당근으로 문지르기라도 한 듯 페니스는 마비된 채 나를 도와주지 못했다. 나는 한 남자의 육체와 저승의 망령 중간쯤인 있으나마나한 존재로서 순결

하고 무기력하게 누워 있었다. 그녀도 경건한 마음으로 영원히 타오르는 불씨를 지피러 가는 베스타 신전의 무녀만큼 순결한 모습으로 내 품을 떠났다. 내 정력을 마비시킨 것은 테살리아[21]의 독(*veneno*)일까? 마법일까? 해로운 독풀일까? 마녀가 붉은 밀랍에 내 이름을 새겨넣었기 때문일까? 내 간의 한가운데 날카로운 침이라도 찔러넣은 것일까? 주문에 걸리면 세레스[22]도 별수 없이 열매 맺지 못하는 풀로 변한다. 마법에 걸리면 샘물도 마른다. 주술은 도토리를 나무에서 떨어지게 만든다. 포도송이도 덩굴에서 떨어뜨린다. 불길한 노래는 나무를 흔들기도 전에 열매를 떨어뜨린다. 마법의 기술로 이런 신경(*nervos*)마저 잠들게 할 수는 없는가? 바로 그래서 내가 성불능자(*impatiens*)가 된 것일까? 이 모든 것에 수치심(*pudor*)이 추가된다. 수치심은 발기부전을 강화시킨다. 어쨌든 내 눈앞에 있던 그녀는 얼마나 멋진 여자였던가! 낮에 그녀의 몸을 스치던 속옷만큼이나 가까이에서 나는 그녀를 만질 수 있었다. 하지만 불운했던 그녀는 남성(*vir*)과 접촉하지 못했다. 남성성을 갖춘 삶은 나와 무관해졌다. 막혀버린 귀에 어떤 쾌락이 페미우스[23]의 노래를 들려줄 수 있을까? 타미라스[24]의 멀어버린 눈에 어떤 쾌락이 채색된 그림(*picta tabella*)을 보여줄 수 있을까? 얼마나 은밀한 쾌락이 오늘 밤 내게 예정되어 있었던 말인가? 나는 이런저런 행위들을 꿈꾸었고 여러 가지 체위

---

21 그리스 중북부에 있는 지방.

22 곡물, 곡식, 수확의 여신.

23 『오디세이아』에 등장하는 유명한 악사.

24 그리스 신화에 나오는 전설적 인물. 자신의 음악 실력을 과신하여 뮤즈들과 시합을 벌였으나 패해서 장님이 되었을 뿐 아니라 음악 실력마저 잃게 되었다고 한다.

를 상상했었다. 이 모두가 내 물건을 위해서였다. 하지만 애석하게
도 놈은 '시작하기도 전에 죽어버렸고(*praemortua*),' 전날 꺾은 장미
꽃보다 더 시들어 있었다. 그런데 이제야 놈이 단단해지고 때 아니
게 (*intempestiva*) 활력을 되찾았다. 게다가 봉사를 요구하며 전투를
개시하려고 했다. 우리 몸의 최악의 부분(*pars pessima nostri*)인 너는
도대체 염치도 없구나! 너는 네 주인(*dominum*)을 배반했다. 여자
가 살며시 손을 뻗어 놈을 감아쥐고 용두질했었다(*sollicitare*). 하지
만 어떤 기술로도 별 효과가 없자 이렇게 소리를 질렀다. '당신은
날 놀리는(*ludis*) 건가요? 정말 기가 막혀, 그럴 욕망도 없으면서, 대
체 내 침대에 와서 사지를 뻗으라고 누가 강요라도 하던가요? 독살
자 에아[25]가 서판(書板)을 덮고 당신에게 주문을 걸기라도 했나요?
아니면 여기 오기 전에 다른 여자가 당신을 녹초로 만들었나요?' 말
을 마치기가 무섭게 여자는 속옷 바람으로 침대를 빠져나갔다. 샌들
을 묶을 겨를조차 없었다. 그런 다음 내 정액이 묻지 않았다는 사실
을 감추기 위해 사타구니를 씻는 척했다."

*

섹스는 공포와 관련 있다. 다음은 아풀레이우스[26]의 작품(『변신』,

---

25 마법과 주문의 방법을 관장하는 메소포타미아의 물(水)의 신.

26 플라톤주의 철학자, 수사학자, 작가(124년경~170 이후). 그가 쓴 작품의 제목은 원래가
   『변신』이지만 『황금 당나귀』(마술에 걸려 당나귀로 변한 한 젊은이의 모험 이야기)란 제목
   으로 더 잘 알려져 있다.

Ⅵ, 5)에 나오는 프시케의 질문이다. "어떤 어둠(*tenebris*) 속에 몸을 감춰야(*abscondita*) 위대한 베누스의(*magnae Veneris*) 피할 길 없는 눈(*inevitabiles oculos*)에서 벗어날(*effugiam*) 수 있단 말인가?" 루크레티우스는 '걱정스러운 욕망,' 즉 '두려운 욕망(*dira cupido*)'에 대해 언급하면서 이런 욕망(*cupiditas*)을 남자들의 '은밀한 상처(*volnere caeco*)'로 규정 짓는다. 베르길리우스는 사랑 자체를 '맹목적이거나 은밀한 불길로 타오르는 오래된 깊은 상처(*gravi jamdudum saucia cura volnus caeco igni*)'라고 정의한다. 카툴루스[27]는 사랑을 죽음에 이르는 병으로 규정한다(『카르미나』, LXXVI). "오 신들이시여, 연민이 당신들의 몫이라면, 그래서 죽음의 순간이 당도한 인간에게 두려움이 아닌 다른 무엇을 허락하신다면, 부디 내게 눈을 돌려 비참함을 보아주소서(*me miserum adspicite*). 내 삶은 순결했나이다. 그 보상으로 나를 도와주소서. 나를 사랑이라는 흑사병(*pestem*)에서, 뼛속에서 얼어붙고 피 속에서 증류되어 마음의 기쁨(*laetitia*)을 몰아내는 독에서 부디 벗어나게 하소서."

오르가슴은 처음에는 뜨겁다가 곧이어 마찰음을 내고 이내 폭풍처럼 몰아쳐서 마침내 폭발하는 최상의 쾌락(*summa voluptas*)으로 묘사되었다. (남성의 거품에 앞서) 파도의 정점에서 발생하는 오르가슴의 폭발로 인해 인간의 육신은 자신을 재생하는 힘을 느낄 뿐 아니라 사회 집단의 지속성을 보장하는 능력을 증명해 보인다. 그리스와 로마 사회는 생물학과 정치학을 분리하지 않았다. 육체, 도시국

---

27 로마의 가장 뛰어난 서정 시인(B.C 87년경~B.C 54년경). 사랑과 증오를 노래했다.

가, 바다, 밭, 전쟁, 작품, 이 모두가 단 하나의 생명력과 대면하고 있었고, 불임이라는 동일한 위험에 처해 있었으며, 다산(多産)이라는 동일한 요청에 얽매여 있었다.

인간은 발기 상태를 지속해서 유지할 능력이 없다. 이해할 수 없고 의지와도 무관하게 발기(*potentia*)와 발기부전(*impotentia*)이 번갈아 숙명적으로 이루어질 뿐이다. 인간은 *pénis*였다가 *phallos*였다가 (*mentula*였다가 *fascinus*였다가)[28] 한다. 그렇기 때문에 능력은 특히 남성에게 문제가 되며, 그것은 남성 특유의 약점일 뿐 아니라 자나 깨나 남성을 사로잡는 불안이기도 하다.

사정(射精)이란 쾌감을 주는 상실이다. 그 결과로 나타나는 흥분의 소멸은 분출되는 것의 고갈인 까닭에 슬픔이다. 로마 문명보다 이러한 슬픔을 더 많이 느꼈던 문명은 없을 것이다. 정액의 상실이 생식력을 증명하는 것은 사실이다. 하지만 정작 남성의 페니스(*membrum virile*)가 음문(*vulva*)을 빠져나와 위축되고 수축되는 수치스런 순간에는 결코 그렇게 인식되지 못한다.

fascinus(발기된 페니스)는 *vulva*(음문) 안으로 사라졌다가 *mentula*(수축된 페니스)가 되어 다시 나온다.

인간의 육체가 죽음 속으로 사라지는 것처럼 남성성은 동물적 쾌락 속에서 침몰한다. 그 이유는 남성(*vir*)의 가장 내밀한 자아가 결코 머릿속이나 얼굴 모습에 있지 않고, 육체의 위협을 느끼는 순간 남자의 손이 가는 바로 그곳에 있기 때문이다.

---

28 *pénis*와 *mentula*는 위축된 음경을, *phallos*와 *fascinus*는 발기된 음경을 가리킨다.

전파력이 강한 종교, 즉 대중의 온갖 종교를 제압하는 것을 승리와 '신앙심'에 연관시키는 까닭에 더욱더 통합적이 되는 종교, 그런 종교에 부합되는 것은 점점 더 불길해지는 두려움이다. 주술적 행위를 다반사로 여기던 로마인의 생활은 온갖 종류의 부적(*apotropaion*)으로 넘쳐났다. 그것은 불길한 시선을 따돌리거나 조롱(*ludibrium*)이라는 풍자로써 무장 해제시키기 위해서였다. 즉 페르세우스[29]가 방패를 사용해 메두사의 시선을 메두사 자신에게로 돌렸던 것처럼 '보낸 자에게 되돌리기' 위해서였다. 그리스어 단어 *apotropaion*(부적)은 악을 몰아내는 초상(肖像)을 뜻하며, 웃음과 동시에 공포를 유발하는 무시무시한(*terribilis*) 특성을 지닌다. *apotropaion*이 라틴어로는 *fascinum*(인공의 *fascinus*, 즉 인공 페니스)이다. *fascinum*은 *baskanion*(불길한 시선을 막는 콘돔)이다. 플루타르코스[30]의 말에 따르면 발기한 남근상 부적은 매혹자(*fascinator*)의 시선을 끌어 그 시선이 희생자에게 고정되지 못하게 막는다. 그런 까닭에 한 번도 박물관에 전시된 적 없었던 믿지 못할 만큼 많은 부적, 음란한 모양의 귀걸이, 허리띠, 목걸이, 우스꽝스런 난쟁이 지신(地神), 프리아포스 신의 모습을 한 온갖 형태가 생겨나게 되었으며, 더욱이 그 재질이 황금, 상아, 돌, 청동이어서 고고학 발굴 작업의 주요 성과를 이루고 있다. 치켜세운 중지들(*digitus impudicus*, 즉 가운뎃손가락 *mesos*

---

29 그리스 신화에 나오는 영웅. 메두사의 시선과 마주친 자는 돌로 변하기 때문에 그는 아테나 여신이 준 방패를 거울 삼아 메두사를 죽였다.

30 그리스의 전기 작가(46년경~119 이후). 그리스와 로마의 인물들의 행동과 성격을 상세히 기록한 『영웅전』과 다양한 주제들에 대한 수필을 모아놓은 『모랄리아』가 주요 작품으로 남아 있다.

*dactylos*만 빼고 꽉 쥔 주먹, 즉 하늘을 가리키는 *mesos dactylos*는 최고의 모욕이었다), *fica*(검지와 중지 사이로 엄지 끝을 내미는 것)를 재현하는 부적들, 발기한 페니스 형태의 테이블 다리들, 램프의 발들, 그리고 끝으로 청동이나 금속으로 만든 따르라기(*tintinnabulum*, 작은 방울들이 달린 *fascinus*를 허리띠, 손가락, 귀에 매달거나 대들보나 큰 촛대 혹은 삼각의자 위에 부착했다) 같은 것들도 있다. 인간의 육체에서 특별히 달랑거리는 부분이 꼭 한 군데 있는데, 그것이 바로 남성의 페니스이다. 그보다 정도가 덜한 것으로는 음낭이 있고, 비만한 여성의 유방과 엉덩이가 있다. 이렇게 본다면 흔들림에 영향을 받는 인간의 성(性)은 욕망을 유발시키는 부분들, 즉 욕망을 나타내는 부분들 안에 존재한다. 이런 부분들은 변신이라는 현저한 특징을 지닌 형태들로서 신체 말단에 붙어 떨어질 것처럼 구는 탓에 가장 보호를 받는다. 고대 로마의 여성들은 제국 시대의 여성들처럼 가슴을 싸매는 것으로 이런 강박관념을 입증했다. 따라서 그리스어로 *strophion*이며, 라틴어로 *fascia*인 '젖 가리개'는 남성의 *fascinum*(콘돔)과 관련 있다. 꿰매지 않은 천으로 된 가리개 안에는 유방을 짓누르는 소가죽띠가 숨어 있었다. 여자의 젖가슴을 드러낸 에로틱한 그림은 드물다. 타키투스(『연대기』, XV, 57)는 피소[31]의 음모에 연루된 에피카리스가 목을 매달 끈으로 쓰려고 자신의 *fascia*를 풀고 있는 모습을 보여준다.

페트로니우스의 소설에서 쿠아르틸라는 갑자기 이렇게 선언한다. "우리 동네에는 수호신들이 너무 많아서 사람 한 명 만나기보다는 신

---

31 마케도니아의 총독을 지냈으며, 로마 공화정 말기에 클로디우스와 함께 정적인 키케로를 제거하기 위한 음모에 가담했다.

을 만나기가 더 쉽다." (로마와 폼페이 혹은 나폴리의 거리에서는 사람의 *mentula*보다 돌이나 청동으로 만든 *fascinus*를 훨씬 자주 만나게 된다.) 나폴리에서 아그리피나[32]는 침대에 누운 자신을 암살하러 온 아니케투스에게 "배를 찔러라!"라고 소리쳤다. "배를 찔러라!" 이것은 로마식 표현이다. 아풀레이우스의 소설에서 포티스는 루키우스 쪽으로 돌아서다가 루키우스의 곤두선 성기가 속옷을 들어올린 것을 본다. 포티스는 옷을 벗고 그의 몸 위로 올라탄다. 그리고 털을 밀어버린 자신의 음부를 분홍빛 손으로 가린 채(*glabellum femina rosea palmula obumbrans*) 그에게 소리친다. "죽어야 될 것을 죽도록 찔러요! (*Occide moriturus!*)"

*

마리우스[33]는 한때 로마의 주인이었으나 짐수레에 몸을 숨기고 도망쳐야 했다. 그는 바닷가에 이르렀다. 그리고 피로에 지친 몸을 작은 배에 실었다. 그가 곤히 잠든 사이에 사공들은 노를 버리고 그를 홀로 남겨둔 채 사라졌다. 킴브리족[34]의 정복자였던 그는 민투르네스[35] 늪에서 붙잡혀 감옥으로 보내졌다. 카르타고[36]의 폐허가 아니라면 어디에도 그의 피난처는 없다. 로마인 한 사람이 마치 한낱 노예

---

32 로마 황제 네로(54~68 재위)의 어머니. 나폴리의 저택에서 네로의 명령으로 살해되었다.
33 일곱 차례나 콘술을 지낸 로마의 장군, 정치가(B.C 15~B.C 86). 그는 킴브리족을 정복했다.
34 북부 게르마니아에 거주하던 종족.
35 라티움(이탈리아 중서부 지방)의 고대 도시.
36 페니키아인들이 아프리카 북쪽 해안에 세운(B.C 814) 고대 도시. B.C 3세기 중반부터 B.C 2세기 중반까지 카르타고와 로마 사이에 벌어진 일련의 전쟁이 포에니 전쟁이다.

를 쫓듯이 그를 추적했다. 마리우스는 권력을 되찾고 6일 동안 로마의 거리들을 피바다로 만들었다. 집정관이라는 지위로 인해 옥타비우스도 메룰라도 구원받지 못했다. 일흔 살인 마리우스는 포도주과음으로 수전증 증세를 보였다. 그는 자신의 일곱번째 집정관직을 7일간 수행하고 나서 죽었다. 주색에 빠져 얼마나 심하게 자신의 *mentula*를 혹사했던지, 그가 고통으로 몸부림치느라 속옷이 말려 올라가는 바람에 몸 끝에 달린 페니스가 드러났을 때, 그의 죽음을 지켜보던 호위병은 그 살덩이가 손톱만 한 크기에도 미치지 못한다는 사실을 알게 되었다.

기원전 79년 술라[37]는 독재관직을 사임하고, 쿠메[38]에 있는 자신의 집으로 물러났다. '행운의 술라(*Felix Sulla*)'[39]는 산 채로 구더기들에게 파 먹혀 죽었는데, 그것들이 가장 먼저 공격한 부위는 그의 *mentula*(음경)였다.

우리는 브루투스에 대해 카이사르가 했던 말을 기억한다. "나는 방탕함을 즐기는 사람이나 호사를 탐하는 사람은 두렵지 않다. 그러나 마르고 창백한 사람에게는 두려움을 느낀다." 3월 이두스[40]의 날, 메텔루스가 두 손으로 카이사르의 옷을 잡아 어깨를 드러나게 하자

---

37 로마의 장군, 정치가(B.C 138~B.C 78). 로마 역사상 최초의 전면적인 내전(B.C 88~B.C 82)에 승리하고 독재관(B.C 82~B.C 79)을 지내면서 로마 공화정 마지막 세기에 헌정 개혁을 실시했다. 초기에는 마리우스의 휘하에 있었으나 이후 그와 공동 지휘관직을 맡으면서 계속 갈등을 일으켰다.
38 나폴리 서쪽으로 약 15킬로미터 떨어진 고대 도시. B.C 8세기에 그리스인들이 처음으로 이탈리아에 세운 도시국가로서 예전에는 나폴리도 쿠메에 속했다.
39 술라 자신이 행운아라고 믿는 마음에서 스스로 붙인 이름이다.
40 로마력에서 (3·5·7·10월의) 15일과 (나머지 달의) 13일을 가리킨다.

카스카가 제일 먼저 그를 검으로 내리쳤다. 모두가 차례로 혹은 한 꺼번에 칼을 휘둘렀고, 어떤 이들은 칼을 휘두르다 자기들끼리 상처를 입기도 했다. 플루타르코스의 기록을 보면 카이사르는 스물세 번이나 칼에 찔렸다고 한다. 조카인 브루투스의 일격은 카이사르의 서혜부(鼠蹊部)[41]에 가해졌는데, 그 이유는 카이사르가 *mentula*를 자기 어머니의 성기에 박았었기 때문이다. 브루투스가 자신의 하복부에 칼을 겨누고 있는 것을 본 카이사르는 더 이상 공격자들에게 저항하지 않았다. 자신의 옷으로 얼굴을 가리고 고스란히 칼날에 몸을 맡긴 채 최후를 맞았다.

*

아프로디테는 잘린 남성 성기의 거품에서 태어났다. 혹은 파도에서 태어났다고 묘사되기도 하는데, 어쨌든 파도라는 것도 바다에 던져진 성기의 거품에 지나지 않는다. 고대 그리스인들은 *phallos*(음경)의 배출물이 바다의 거품과 흡사하다고 말했다. 갈레노스는 『정액에 대하여』에서 정액을 유백색의(*dealbalum*) 걸죽하고(*crassum*) 거품나는(*spumosum*) 생명 있는 액체로 그 냄새는 딱총나무의 냄새와 흡사하다고 묘사했다.

아프로디테는 어떤 교합에서 태어났는가? 우라노스[42]가 가이아[43]

---

41 불두덩 옆의 오목한 곳. 아랫배의 양쪽과 허벅다리 사이. 흔히 '샅'이라고 불린다.

42 그리스 신화에 나오는 하늘의 화신. 태초의 카오스에서 가이아가 나왔고, 가이아는 우라노스와 결합하여 산과 바다를 낳았다. 이어서 나온 자식들 중의 하나가 크로노스이다. 우라노

를 품었다. 어머니의 유방 뒤에 숨어 있던 크로노스는 오른손에 굽은 낫(*harpē*)을 들고 왼손으로 우라노스의 성기를 잡고는 *phallos*를 잘랐다. 그리고 뒤돌아보지 않으려 애쓰며 그것을 바다에 던졌다(헤시오도스,[44] 『신통기』, 187). 핏방울들이 튀어 대지를 적셨고, 전쟁과 갈등을 일으켰다. 여전히 꼿꼿한 페니스는 바닷물 속으로 떨어졌고 즉시 물결을 헤치며 아프로디테가 솟아올랐다.

여성의 분비물이 양에서는 훨씬 더 풍부하지만(피와 젖), 갑작스런 작은 샘처럼 *fascinus*에서 솟구치는 남성의 적극적인 '사정액'보다는 덜 신비하게 느껴진다. 로마인들의 성(性)은 그 본바탕이 정액과 관련 있다. 사랑하기와 사정하기는 서로 구분되지 않는다(*Jacere amorem, jacere umorem*). 그것은 뿜어냄(*jaculatio*), 즉 남성의 과시(*jactantia*)이다. 그것은 안키세스와 베누스이며, 베누스가 요구한 비밀을 허세(*jactantia*)를 떠느라 발설한 안키세스의 무능력이다. 그것은 제 몸에서 분출되는 체액을 상대방의 몸속에 뿜어 넣기(*jacere umorem in corpus de corpore ductum*)이다. 그것은 상대가 털이 나지 않은 사내애들(*pueri*, '싱싱한 두 뺨' 혹은 '매끄럽고 솜털이 보송보송한 두 뺨'이라고 불린다)이든 여자들이든 구분 없이 굴복시켜 자신의 정액을 발산하는 것이다. 그것은 상대방의 아름다움에 매료되어 자기 몸 전체에 가득해진 욕망을 해소하는 것으로, 마치 강박적으로 종교의 팽

스는 자식들을 싫어해서 가이아의 몸 안에 숨겼고, 가이아는 자식들에게 복수를 호소했다. 이에 크로노스가 우라노스의 성기를 잘랐다.

43 땅을 여신으로 인격화하여 부른 그리스어. 우라노스의 어머니이자 아내이다.

44 기원전 700년경에 활동한 그리스의 시인. 『신통기(神統記)』는 신들의 전설을 다룬 서사 시집이다.

창에만 급급한 신앙심과도 흡사하다.

인간의 본성과 마찬가지로 사물의 본성도 오직 하나, 성장이다. 그리스어 단어 *physis*는 이런 '자라남,' 속세나 천상의 모든 존재의 성장을 의미한다. 루크레티우스는 『사물의 본성에 대하여』의 네번째 노래에서, 남성의 몸 안에서 정액의 차오름, 유입, 증가, 그로 인해 벌어지는 전투, 그 결과로 나타나는 병(루크레티우스는 광견병 *rabies*으로 불렀고, 카툴루스는 페스트 *pestis*라고 말했다)을 다음과 같이 묘사한다. "성년의 나이(*adultum aetas*)가 되어 우리의 기관이 강화되는 즉시 몸 안에서 정액(*semen*)이 발효된다. 인간의 정액을 몸 밖으로 분출시키려면 또 다른 인간의 몸에 의해 자극 받아야 한다. 그래야 비로소 정액이 자신의 거처에서 방출(*ejectum*)된다. 정액은 움직이기 시작해서 몸의 온갖 부분, 즉 사지와 혈관, 내장 기관들을 타고 내려와 몸의 생식기(*partis genitalis corporis*)로 집결한다. 그렇게 모인 정액으로 성기가 팽창한다(*tument*). 성기는 정액으로 부풀어오른다. 그때 사정의 욕망(*voluntas ejicere*), 즉 우리가 느끼는 끔찍한 욕망(*dira cupido*)의 대상인 육체를 향해 정액을 방출하려는 욕망이 생겨난다. 상처 입은 사람들인 우리는 언제나 상처(*volnus*)가 난 쪽으로 쓰러진다. 피는 타격을 입은 쪽에서 솟구쳐서 적에게 붉은 액체(*ruber umor*)를 튀긴다. 공격자가 베누스의 특징을 지녔다면 그가 누구이든 간에, 여성적인 팔다리를 지닌 어린 소년이든 욕망으로 몸을 비트는 여자이든 상관없이, 남자는 자신을 매료시킨 대상을 향해 팽팽하게 긴장한다. 그는 자신을 대상과 결합시키고(성교하고 *coire*), 자기 몸 안에서 솟아난 액체를 대상의 몸 안에서 분출하려는 욕망,

즉 쾌락을 예상하는(*voluptatem*) 무언의 욕망(*muta cupido*)으로 달아오른다. 이와 같이 베누스를 정의하는 우리는 에피쿠로스주의자들이다. 사랑이란 단어(*nomen amoris*)가 지시하는 바가 그런 것이다. 우리의 마음이 불안으로 얼어붙지 않도록 베누스가 한 방울씩 똑똑 떨어뜨려주는 감미로움이 그런 것이다. 사랑하는 사람이 없다고? 하지만 그의 이미지는 여기, 우리 앞에 있다. 달콤한 그의 이름이 귓속에서 집요하게 울린다. 시뮬라크르라면 부단히 피해야 한다. 사랑의 양식(*pabula amoris*) 없이 지낼 줄도 알아야 한다. 우리를 사로잡아 불안과 고통을 첨예하게 만드는 단 하나의 사랑을 위해 몸속에 쌓인 정액을 간직하기보다는, 정신을 다른 데로 돌리고, 아무 몸속에나 그것을 분출할 필요가 있다. 왜냐하면 궤양(*ulcus*)에 양분을 공급하면 그것이 성해져서 고질병이 되기 때문이다. 하루하루가 지날수록 발정은 심해진다. 만일 당신이 상처를 되풀이할 뿐 원래의 상처를 치료하지 못한다면, 당신이 길거리의 떠도는(*volgivaga*) 베누스를 찾아 방황을 거듭하지 않는다면, 당신이 느끼는 충동(*motus*)에 위안거리를 제공하지 못한다면, 하루하루가 지날수록 당신은 더욱 불안감에 짓눌리게 된다. 사랑을 피하는 것은 쾌락 없이 견디는 것과는 정반대이다. 사랑을 피하는 것은 대가를 지불하지 않으면서 베누스의 열매에 접근하는 것이다. 쾌감의 느낌은 불행한 사람들보다 냉정하게 생각하는 사람들의 경우가 더 크고 순수한데, 소유의 순간 밀려오는 불안의 물결에 흔들리는 열정 때문에 그러하다. 불행한 사람들의 눈과 손과 몸은 우선 무엇을 즐겨야 할지 알지 못한다. 그들은 그토록 탐내던 상대방의 육체를 숨이 막히도록 짓눌러 비명을 지르게 만든다. 사랑하는 상대방의 입술에 이빨 자국을 남긴다. 순수하지 않은 탓에 잔인해진 그들의 쾌락은 자신에게 광견병(*rabies*) 바이러스를 발생하게 만든 상대방의 육체가 어떤 것이든 그것에 상처를 입히게 만든다. 아무도 불로는 불을 끄지 못한다. 우리의 본성은 그 반대이다. 소유하면 할수록 우리 마음은 더욱 소유하려는 끔찍한 욕망(*dira cupidine*)으로 타오르는 것이 한 예이다. 먹고 마시는 욕망은 충족될 수 있을 뿐 아니라, 이때 육체는 물이나 빵의 이미지 이상을 섭취한다. 하지만 아름다운 얼굴, 빛나는 안색에서 육체가 흡수할 수 있는 것이라곤 아무것도 없다. 전무하다. 육체가 먹는 것은 시뮬라크르, 바람만 불어도 꺼져버릴 극히 가벼운 희망에 불과하다. 한 남자가 꿈속에서 갈증에 시달리는 것과 마찬가지이다. 갈증으로 목이 타지만 어떠한 물도 그에게 전달되지 않는다. 그가 구원을 청하는 시냇물은 이미지에 불과하다. 악착같이 이미지에 매달려보지만 부질없는 짓이다. 자신이 들이켜는 콸콸 쏟아지는 물 한가운데에서 그는 갈증으로 죽는다. 사랑에 빠진 연인들도 마찬가지여서 그들은 베누스의 환영에 놀아나는 노리개들이다. 그들의 육체는 마침내 쾌락(*gaudia*)이 임박했음을 느낀다. 베누스가 여성의 밭에 씨를 뿌리려는 바로 그 순간이다. 그들은 게걸스럽게 자신들의 육체를 박아넣고(*adfigunt*), 자신들의 침을 뒤섞는다(*jungunt salivas*). 그들의 입은 이빨로 짓누른 상대방의 입술 위에서 공기를 들이마실 뿐이다. 부질없는 짓이다. 상대방의 육체는 조금도 얻어내지 못한다. 그렇다고 상대방의 육체 속에 자신의 육체를 송두리째 끼워넣지도 못한다. 타인의 육체 안으로 완전히 옮겨가지도 못한다(*abire in corpus corpore toto*). 그들은 바로 그 점을 자신들이 그토록 바라 마지않는 것으로 이따금 믿는 듯하며, 그래서 그들을 이어주는 주변의 끈을 욕심껏 다시 조인다. 마침내 신경이 욕망을 더 이상 억누를 수 없을 만큼 긴장이 고조에 달할 때, 즉 욕망이 분출(*erupit*)할 때 짧은 휴지(休止)가 생긴다. 짧은 순간 격렬한 열정이 잠시 진정된다. 그러고 나면 똑같은 광기(*rabies*), 똑같은 광란(*furor*)이 다시 찾아온다. 또다시 그들은 자신들이 원하는 바를 추구한다. 또다시 자신들이 무엇을 욕망하는지 자문한다. 길을 잃고 눈이 먼 그들은 보이지 않는 상처(*volnere caeco*)에 시달리며 서로를 탕진한다."

*

'모르포'는 스파르타에서 베누스를 부르는 별명이다. 라케다이몬[45] 인들이 보기에 아프로디테는 남성에 반대되는, 매혹적인 남근의 신성에 반대되는, 무정형의(*amorphos, kakomorphos*든가 *asèmos*, 라틴어로는 형태 없는*deformis*, 즉 흉측한) 신에 반대되는 *morphè*(라틴어로는 형태*forma*, 즉 아름다움)였다. 아리스토텔레스는 남성 성기를 "부피가 늘었다 줄었다 하는 것"으로 정의했다(『동물들의 신체에 대하여』, 689, a). 변신(*metamorphôsis*)은 남성의 욕망이다. 그리스어 *physis*는 자연과 동시에 음경(*phallos*)을 의미한다.

augere(번창하는)라는 단어가 *Augustus*(아우구스투스) 같은 *auc-*

---

45 스파르타의 옛 이름.

tor(창건자)를 낳았다. 따라서 로마 제국의 탄생은 제국의 성(性)이 따르게 될 운명을 예고하는 부가형용사에 일치한다. 기원전 27년 1월 16일 옥타비아누스는 아우구스투스로 개명[46]하고 여섯번째 달은 août(8월)[47]로 불리게 되었다. Augustus, 즉 augmentateur(번창하게 하는 자), 이것이 제국의 법규에 따른 황제의 임무였다. 우리는 봄이 돌아오기를, 수확이 증대되기를, 사냥감이 넘치기를, 아이들이 어미의 배에서 나오기를, 페니스가 곤두서서 *fascinus*가 되어 자신이 나왔던 곳으로 들어가고 그곳에 다시 아이들이 생겨나기를 바란다. 카일리우스[48]는 병은 네 단계를 거친다고 보았다. 발병(*initium*), 발작(*augmentum*), 약화(*declinatio*), 후퇴(*remissio*)가 그것이다. 회화(繪畫)의 순간은 언제나 발작(*augmentum*)에 해당된다.

그리스어 *eudaimonia*라는 단어는 로마에 와서 *augmentatio*(증대), *inflatio*(팽창)가 되었으며, 그것이 공식적인 *auctoritas*(초법적 권력자)를 의미하게 되었다. 현대인들은 *inflatio*라는 단어를 더 이상 팽창하는 형태를 지시하는 의미로 사용하지 않는다. *Flare*(후후 불다/녹여서 주조하다), *inflare*(불어서 소리를 내다/불룩하게 부풀다),

---

46 옥타비아누스는 율리우스의 양자가 되면서 얻은 카이사르라는 성(姓)을 스스로 아우구스투스라는 성으로 바꾼다. 백과사전에는 Augustus가 흔히 humanus(인간적인)와 대조를 이루는 말로서, auctoritas(초법적 권력 혹은 권력자)나 auguratio(점술)와 같은 어원에서 비롯되었다고 기록되어 있다. 그의 개명은 자신이 헌법을 초월해 최고의 우월성을 지닌 존재임을 과시하려는 의도에서 나온 것이다.

47 고대 로마의 로마력에 따르면 새해는 *Martius*(3월)에서 시작된다. 그러므로 3월부터 계산해서 여섯번째 달은 지금의 8월이다.

48 5세기경 누미디아와 로마에서 활동했던 서로마 제국의 의사이며 의학 저술가. 갈레노스 이후 그리스, 로마 시대의 가장 위대한 의사로 간주된다. 저서 『급·만성 질환에 대한 연구』는 고전 의학 지식에 대한 완벽한 책이라는 평가를 받는다.

phallos(팽창된 페니스), *fellare*(빨다)는 디오니소스의 피리를 부는 사람들과 입으로 유리를 불어서 모양을 만드는 사람들에게 딱 들어맞는 바로 그 형태 주변에서 사용되는 단어이다. 이 단어들은 실물이 흥분해서 커지고 단단해졌음을 보여준다.

에피쿠로스 철학에는 의학과 철학이 혼재한다. 스토아 철학에서는 정자(精子)의 *logos*가 세상을 지배한다. "세상은 거대한 한 마리 동물이고, 우주(*cosmos*)는 거대한 화판(*zôon*)이다." 이 말은 화가(*zô-graphos*)가 써놓은 것이다. 플라톤은 『메넥세노스』(238 a)[49]에서 이렇게 단언한다. "왜냐하면 대지가 여자의 임신과 출산을 모방한(*memimètai*) 것이 아니라 여자가 대지를 모방했기(*alla gynè gèn*) 때문이다." 플루타르코스는 람프리아스[50]의 다음 말을 기록하고 있다(『얼굴에 대하여』, 928—책의 원제목은 『달의 둥근 표면에 나타나는 얼굴에 대하여 *De facie quae in orbe lunae apparet*』이다: 옮긴이). "별들은 삼라만상의 얼굴에 박힌, 빛을 담은 눈이다. 심장의 힘을 지닌 태양이 피를 대신하는 빛을 모든 장소에 보낸다. 바다는 자연의 방광이다. 달은 세상의 우울한 간(肝)이다." 루크레티우스에 따르면, 베누스가 로마의 어머니인 까닭에 베누스에게 드리는 간절한 기원으로 인해 만물의 본성은 베누스의 모습을 띠게 된다고 한다. "아에네아스 혈통의 어머니시며, 인간과 신들의 쾌락(*voluptas*)이며, 오, 우리를 키운 어머니시여, 당신은 하늘에서 떠도는 별들 아래에서 배들을 띄우는 바다를 풍요롭게 하시고, 수확물을 품고 있는 대지를 비옥하게

---

49 플라톤의 『대화』 중의 한 편이다.
50 그리스의 철학자. 플루타르코스의 인용으로 이름이 전해질 뿐이다.

하십니다. 그것은 모든 수태의 기원이 당신 안에 있기 때문이고, 살아 있는 모든 종(種)이 당신에 의해 태어나 햇빛을 받기 때문입니다. 여신이시여, 당신이 다가오면 바람은 도망치고 구름은 흩어지며, 꽃들은 싹을 틔우고 물결은 높아지고, 하늘이 다시 빛나며 양 떼들이 활기에 넘칩니다. 바다며 산이며 물살이 드센 강과 푸른 들판, 이 모두가 당신의 욕망에 따릅니다. 종족의 번식을 주관하는 당신이 없다면 어느 것도 빛의 신성한 기슭까지 이르지 못할 테지요. 당신은 자연의 유일한 지배자이십니다." 루크레티우스 카루스는 *volup-tas*(쾌락)라는 하나의 단어 안에 스파르타의 베누스 *Forma*(형태), 카피톨리움[51]의 베누스 *Calva*(해골), 발레 뒤 그랑 시르크[52]의 베누스 *Obsequens*(순종적인), 유부녀들의 베누스 *Verticordia*(방탕함에서 마음을 돌려놓는), 콜리네 문[53] 부근의 베누스 *Sauvage*(야생의)를 통합하고 있다. 바로 베누스 소바주(혹은 베누스 에루키나,[54] 아프리카의 베누스, 시칠리아의 베누스라고도 한다)가 술라의 여신, 폼페이우스의 베누스 *Victrix*(승리의), 카이사르의 베누스 *Genitrix*(아에네아스와 모든 율리우스의 어머니), 마지막으로 베스파시아누스[55]가 로마와 동일시할 정도로 숭배했던 로마 제국의 수호신 베누스가 되었다. 베누스는 행복한 모든 것, 즉 포도주, 4월 23일,[56] 봄, 개화, 풍요, 원기왕성 같

---

51 로마의 일곱 언덕 중의 하나.
52 바티칸 계곡에 있던 로마의 대규모 원형 경기장.
53 로마의 몬스 퀴리날리스 부근에 있던 성문.
54 시칠리아 에릭스의 아프로디테에 대한 숭배가 로마에 들어와서 베누스 에루키나가 되었다.
55 로마의 황제(69~79 재위).
56 콜리네 문 근처에 베누스 신전을 세운 날이다. 그 후 로마의 매춘부들이 예배하는 장소로 변하자 이날(4월 23일)이 '매춘부의 날'이 되었다.

은 삶을 고양시키는 모든 것의 수호신이다.

주사위 노름꾼들은 가장 좋은 숫자의 결합(한번에 1, 3, 4, 6이 나오는 경우)을 '베누스 패'라고 불렀다.

3세기가 지난 160년경 아풀레이우스의 『변신』은 인간의 생식을 주재하고 꿈과 악마, 유령의 생성을 주재하는 달의 신성에 대한 찬가로 끝을 맺는다. 루키우스[57]는 켄크레[58] 해변에서 느닷없는 공포(*pavore subito*)에 사로잡혀 잠이 깨었다. 그는 눈을 떴다. 에게 해의 물결 위로 떠오르는 쟁반 같은 만월이 보였다. 영웅은 바다로 달려가 밀려오는 파도에 일곱 번 머리를 담갔다. 그리고 감히 온갖 이름으로 하늘의 여왕(*regina caeli*)에게 기원을 드렸다. 베누스, 케레스,[59] 포이베,[60] 프로세르피네,[61] 디아나,[62] 유노, 헤카테,[63] 람누시에[64]······ 그런 다음 켄크레 해변에서 다시 잠든다.

그의 꿈에 밤의 여신이 이시스[65]의 모습으로 나타난다. 거울의 관을 쓰고 커다란 검은 망토로 몸을 감싸고 있다. 망토의 검은색이 몹

---

57 로마의 장군이며 정치가. 루키우스 코르넬리우스 술라(펠릭스)를 가리킨다.

58 코린토스의 항구 도시.

59 로마 신화에서 식용 식물의 성장을 관장하는 여신.

60 포이베는 '광명'을 뜻한다. 그리스 신화의 우라노스와 가이아 사이에서 태어난 티탄족 여인. 후에 아르테미스와 아르테미스에 해당하는 로마의 여신 디아나(혹은 셀레네)처럼 달과 동일시되었다.

61 로마 신화에서 원래는 농업의 여신이었으나 곧 그리스 신화의 페르세포네와 동일시되었다.

62 로마 신화에서 달과 사냥의 여신. 그리스 신화의 아르테미스와 동일시된다.

63 그리스 신화의 중요한 여신. 셋(달의 여신, 대지의 여신, 지하의 여신)이 하나의 몸에 긴 옷을 입고 손에 횃불을 든 모습으로 묘사되는 이 여신은 마술과 주문을 관장하고, 하늘, 땅, 바다를 지배한다.

64 아테네 부근의 도시국가 '람누스'의 시민들이 '네메시스'를 부르던 이름.

65 고대 이집트의 가장 중요한 여신 중의 하나. 오시리스의 여동생이며 아내이다.

시 짙은 탓에 여신의 얼굴이 환히 빛난다(*palla nigerrima splendescens atro nitore*). 이시스가 루키우스에게 대답한다. "나는 자연이요, 만물의 어머니이며, 온갖 원소의 지배자이고, 시대의 기원이자 원리이고, 지고의 신이며, 하계(下界)의 여왕이고, 하늘의 거주자들 가운데 으뜸이고, 신과 여신들의 동형(同形)이니라. 하늘의 빛나는 궁륭과 바다의 좋은 바람, 그리고 지옥의 비통한 침묵을 다스리는 자가 바로 나이로다." 이렇게 해서 달의 다이몬[66] 혹은 악마들의 여신, 이승에 영향력을 행사하는 유일한 여신, 람프리아스가 말한 '세상의 우울한 간,' 신들의 수호신, 여성의 피와 생식의 감시자, 남성의 수호신들과 조상의 넋을 보호하는 여신 이시스가 순식간에 베누스를 대신하게 되었다. 베누스는 루크레티우스와 카이사르, 아우구스투스가 신봉했던 여신으로, 로마 도시국가의 계보를 안키세스에서 비롯된 혈통으로 확립시켜 제국의 계보에 정통성을 부여하고 초기 황제들에게 신성(神性)을 허락했던 여신이다.

이시스는 베누스를 몰아낸다. 세상에 알려진 지표면을 제국이 모조리 집어삼키면서, 그리고 제국의 종교가 다른 지역의 종교에 등장하는 신화의 장면들을 통합하면서 지속적으로 동일한 하나의 장면이 다시 만들어진다. 그것은 바로 이시스가 자신이 직접 잘라낸 오시리스의 남근을 지상에서 찾고 있는 장면이며, 아티스[67]가 키벨레[68]

---

66 고대 그리스에서 신과 가까운 존재, 혹은 신과 인간의 중간 존재를 의미한다. 나중에는 인간의 수호령으로서의 능력처럼 신들린 상태를 뜻하게 되었다.

67 2세기경 로마에서 숭배되던 태양신. 원래 남녀양성이던 대모신 키벨레가 거세당할 때 잘려 나간 편도(扁桃)의 씨로 임신한 나나(하천신의 딸)에게서 태어났다. 키벨레는 청년이 된 아티스를 사랑해 그가 결혼하지 못하도록 그를 미치게 만들었다. 그러자 아티스는 스스로 거

를 위해 스스로 거세하는 장면이다.

이시스에게 바치는 아풀레이우스의 기도문보다 훨씬 뒤에 씌어진 비문이 티볼리[69]에서 발굴되었다. 비석은 율리우스 아가테메루스라는 자가 세운 것이었다. 전면에 씌어진 비문의 내용은 이러하다. "전능하고 영험하며 무적이고 신성한 프리아푸스 수호신에게. 제국의 자유인 율리우스 아가테메루스가 꿈의 계시를 받고(*somno monitus*) 친구들의 도움으로 이 비석을 세웠도다." 비석의 후면에는 이렇게 씌어 있었다. "신성불가침한 신이며 만물의 아버지인 프리아푸스, 만세. 내게 원기 왕성한 젊음을 주소서. 나의 도발적인 음경(*fascino procaci*)이 소년소녀들의 환심을 살 수 있게 하시고 정신을 짓누르는 근심을 빈번한 놀이(*lusibus*)와 농담(*jocis*)으로 물리치게 하소서. 고통스런 노년을 너무 근심하지 않게 해주시고, 꾸며낸 이야기(*fabulas*)에 불과한 망령들이 왕에게 잡혀 있는 아르베르니[70]의 처소, 즉 운명의 신들에 의해 귀환이 금지된 끔찍한 장소로 가게 되는 비참한 죽음의 공포(*pavore*)로 고통받지 않게 해주소서. 거룩하신 아버지 프리아푸스, 만세." 비석의 측면에는 이렇게 씌어 있다. "모두 모여라. 신성한 나무를 공경하는 젊은 처녀들이여. 신성한 물을 공경하는 처녀들이여. 모두 모여서 달콤한 목소리로 매혹적인 프리아

세하고 죽었다.

68 소아시아 북부 프리지아에서 숭배되던 대모신. 그리스 신화의 레아(오빠 크로노스의 아내이며 결실과 관련 있는 여신)와 유사성이 있다.

69 로마에서 북동쪽으로 30킬로미터 떨어진 곳에 있는 도시.

70 오늘날의 프랑스 오베르뉴 지역에 살던 갈리아 부족. 카이사르의 개선식 때(B.C 46) 로마로 끌려와 구경거리가 된 후 처형당한 베르킨게토릭스가 그들의 우두머리였다.

푸스 신에게 이렇게 말하라. 자연의 거룩하신 아버지 프리아푸스 만세라고. 프리아푸스의 성기(*inguini*)에 입 맞추라. 그리고 신의 음경을 향기로운 수많은 화관으로 치장한 다음 입을 모아 다시 이렇게 말하라. 오 전능한(*potens*) 프리아푸스 신이여 만세라고. 창조주(*Genitor*)이며 세상의 조물주(*Auctor*)로 불리기를 원하든, 혹은 자연(*Physis*) 자체이며 목신[71]으로 불리기를 원하든 간에 아무튼 만세라고. 사실, 대지를 가득 채우고 하늘을 메우며 바다에 들어찬 만물이 수태되는 것은 당신의 정력(*vigore*) 덕분입니다. 그러므로 프리아푸스 만세, 거룩한 신 만세. 당신이 원하시면, 주피터도 자진해서 잔인한 삼지창[72]을 내려놓고, 욕망(*cupidus*)으로 인해 자신의 빛 밝은 거처를 포기합니다. 선한 베누스, 열정적인 큐피드, 미의 세 여신[73] 그리고 쾌락의 분배자(*laetitiae dator*)인 바쿠스가 당신을 숭배합니다. 사실 당신이 없다면 더 이상 베누스도 없고, 미의 여신들은 아름다움을 잃을 것이며, 큐피드나 바쿠스도 존재하지 못합니다. 오 프리아푸스, 전능한 친구여 만세. 수줍은 처녀들이 오래전부터 묶여 있는 그네들의 허리띠를 풀어달라고 기도드리며 부르는 것도 당신의 이름입니다. 남편의 힘줄이 자주 흥분해서 꼿꼿해지고 언제나 정력이 넘치도록(*nervus saepe rigens potensque semper*) 아내가 기원을 드리는 것도 당신에게입니다. 거룩한 아버지 프리아푸스 만세."

자유인 아가테메루스는 누구인가? 이 비문은 『사물의 본성에 대

---

71 그리스 신화에 나오는 숲과 들의 신. 머리에 뿔이 있고, 사람의 얼굴, 가슴, 팔과 양의 다리를 가진 피리를 부는 신.
72 주피터가 삼지창을 휘두르면 번개가 친다.
73 그리스, 로마 신화에 나오는 아홉 명의 뮤즈 가운데 미를 관장하는 세 명의 뮤즈를 가리킨다.

하여』[74]의 서두에 나오는 베누스 찬가의 패러디인가? 이 비문은 조롱(*ludibrium*)으로 씌어진 것일까? 아니면 에피쿠로스의 금욕적인 제자이며 그 역시 마다우라[75]의 아풀레이우스처럼 루크레티우스의 책들을 모조리 읽은 것이 틀림없는 자가 새겨놓은 것일까? 사실상 이런 질문들에 대한 대답은 그다지 중요하지 않다는 것 자체가 대답이 되리라. 로마에서는 조롱(*lusus*)과 종교(*religio*), 풍자와 희생, 조롱받는 신과 전능한 신이 서로 다르지 않다. 파스키누스(Fascinus) 혹은 프리아푸스(Priapus)는 로마 제국 내내 비문을 통해 숭배를 받았다. 프리아푸스는 '신들 가운데 으뜸 신' 프린(*Prin*) 신(첫번째 신), 프리오포이에인(*Priopoiein*) 신(창조 자체를 '먼저 창조한' 신)이다. 프리아푸스는 전혀 거리낌 없이 말하건대 로마 제국의 가장 대표적인 신이었다. 프랑스어 sarcasme(풍자)은 그리스어 *sarx*에서 유래한 에피쿠로스의 용어로서 행복이 가능한 유일한 장소인 인간의 육체(*sôma*)를 의미한다. 그리스어 *sarkasmos*는 살해한 적의 몸에서 벗겨낸 살가죽이다. 병사는 '벗겨낸(sarcastique)' 살가죽들을 꿰매어서 승리의 외투를 만들었다. 아테나 여신[76]은 대개의 경우 방패에 고르곤의 머리를 매달고 다니지만 메두사의 살가죽(*sarkasmos*)을 어깨에 걸치고 다닐 때도 있다. 라틴어 *carni-vore*(육식하는)는 그리스어 *sarko-phage*를 축자적으로 옮긴 것이다.

그리스인들의 팔로스(*phallos*), 로마인들의 파스키누스(*fascinus*)에

---

74 1세기 로마의 시인 루크레티우스의 장편 서사시(6권). 그리스의 철학자 에피쿠로스의 자연학 및 윤리학과 논리에 대해 언급하고 있다.

75 누미디아에 있는 아풀레이우스의 고향이다.

76 그리스 신화에 나오는 아테네의 수호신이자 전쟁, 공예, 실천적 이성의 여신이다.

해당하는 무정형의 괴상한 '육체(*sarx*)'를 놓을 곳이라곤 아무 데도 없다. 장소가 없는(*atopos*) 것의 장소는 아토피아(*atopia*)이다. 그것은 신부복(神父服) 안으로 숨어버렸다. 도시 안에도 없고, 그림 안에도 없다. 없는 것은 '존재하지 않는 것,' 즉 '상상적인 것'을 기반으로 한다. 하지만 '존재하지 않는 것'이 갑자기 솟아올라 두 육체 사이에 우뚝 선다. 우뚝 서는 것은 그것을 소유한 남성도 그것을 유발한 여성도 아니다. 의지와 무관하게 우뚝 서는 것, 언제나 장소 밖으로, 보이는 것 밖으로 솟아나오는 것, 그것은 신이다. 조각술이 언제나 서 있는 것과 관련 있음은 명백하다. 또한 회화는 나타나지 못하는 것의 폭로, 즉 눈에 보이지 않는 것의 진실(*alètheia*)에 열중한다. 그것이 바로 회화의 욕망이다. 조각과 회화는 타락과 죽음을 뛰어넘어 발기와 영원한 생명을 향해 가고자 한다. 화가(Zôgraphe) 파라시오스가 죽기 직전의 올린토스의 늙은 노예를 그렸던 것과 마찬가지로, 조각과 회화는 죽음 속으로 다이빙하기 직전의 도약의 순간이다.

제4장
페르세우스와 메두사

아름다운 것을 보면서 그것이 우리를 해치리라는 생각이 들 때가 있다. 우리는 그것에 감탄하면서도 기쁨을 느끼지 못한다. 정의상 '감탄'이라는 말은 어울리지 않는다. 우리가 숭배하는 어떤 것에서 느껴지는 매력이 혐오로 바뀌기 때문이다. '숭배하다'라는 말을 사용하자니 다시 베누스가 떠오른다. 아름다움과 공포를 동일시하던 플라톤의 언급도 생각난다. 프랑스어 'méduser(대경실색하게 하다)' 란 동사를 살펴보자. 그것은 피해야 할 것에서 우리를 도망치지 못하게 만들고, 공포 자체를 '숭배하게' 하며, 죽음의 위험을 감수하고서라도 우리 자신보다 공포를 더 좋아하게 만든다.

메두사의 이야기인즉 이러하다. 서쪽 최극단, 이 세상의 변경 너머인 암흑의 변방에 괴물 자매 셋[1]이 살고 있었다. 두 괴물은 불사신

---

1 그리스 신화에 나오는 괴물. 호메로스가 말한 고르곤은 지하 세계에 사는 한 마리 괴물이었

스테노와 에우리알레였다. 죽을 운명을 지닌 세번째 괴물의 이름은 메두사였다. 이들의 머리를 덮은 머리카락은 뱀들이었다. 이들에게는 또한 멧돼지의 어금니와 흡사한 이빨, 청동의 손과 황금 날개가 있었다. 눈에서는 번쩍번쩍 빛이 났다. 신(神)들도 괴물 자매들보다 훨씬 나중에 생겨났다. 괴물 자매의 시선과 마주친 자는 그가 신이든 인간이든 돌로 변해버렸다.

아르고스[2]의 왕에게 매우 아름다운 딸이 하나 있었는데, 왕은 그 딸을 무척이나 사랑했다. 딸의 이름은 다나에였다. 신탁에 따르면 딸이 아들을 낳으면 그 아이가 할아버지를 죽이게 된다는 것이었다. 그래서 왕은 딸을 지하의 청동 방에 가두었다.

제우스가 황금의 비로 변해 그녀를 찾아갔다. 그리하여 페르세우스가 태어났다.

왕은 눈물을 흘리며 바닷가로 나갔다. 그리고 다나에와 아기를 나무 궤짝에 넣어 바다에 던지게 했다. 한 어부가 그물에 걸린 궤짝을 건졌다. 그는 두 모자(母子)를 정성껏 보살폈다. 폭군 폴리덱테스[3]가 다나에에게 반해 그녀의 육체를 탐했다. 페르세우스는 만일 왕이 욕망을 유예한다면 여자의 얼굴을 한 괴물의 머리를 바치겠노라고 말했다.

고르곤(메두사)의 두 눈에는 죽음이 깃들어 있었다. 죽음의 시선

으나, 그 후 시인 헤시오도스에 의해 세 자매인 스테노(강한 자), 에우리알레(멀리 뛰는 자), 메두사(여왕)로 나뉘었다.

2 그리스 펠로폰네소스 북동부에 있던 도시국가.

3 다나에 모자가 살게 된 섬 세리포스의 왕. 다나에를 아내로 삼으려고 흉계를 꾸며 페르세우스에게 고르곤들 가운데 유일하게 죽일 수 있는 메두사의 머리를 가져오게 만든다.

을 지닌 머리를 자루에 담을 수 있는 사람은 공포의 지배자(*mèstôr phoboio*)로 인정받게 될 것이다. 메두사의 얼굴 모습은 어떠했는가? 뚫어지게 노려보는 부릅뜬 두 눈, 둥글넓적한 사자의 얼굴, 야생 갈기 혹은 곤두선 수많은 뱀인 머리카락, 황소의 귀, 항상 비죽거리는 벌어진 입, 그리고 얼굴을 가로로 최대한 쭉 찢어놓은 입 사이로 드러난 멧돼지의 어금니들이 있었다. 쩍 벌어진 톱니 모양의 입 주변에 난 무성한 턱수염 위에서는 입 밖으로 길게 빠진 혓바닥이 널름거렸다.

페르세우스는 메두사의 모습이 어떤지를 알고 나서 창을 집어들고 방패를 팔에 묶은 뒤 죽음을 향해 떠났다. 그는 세상의 서쪽에서 그라이아이[4] 자매와 맞섰다. 그녀들은 고르곤 자매와 마찬가지로 셋이었고, 무엇을 먹을 때는 하나뿐인 이빨을 셋이서 손으로 서로 건네주곤 했다. 눈도 하나뿐이어서 서로 무엇을 먹나 보려고 항상 뜨고 있는 눈을 시시각각 이 얼굴에서 저 얼굴로 주고받았다.

페르세우스는 괴물들에게 달려들어 하나뿐인 이빨과 하나뿐인 눈을 빼앗고 고르곤들의 은신처를 알아냈다. 그리고 죽음의 시선에 맞서는 네 가지 마법의 물건을 가로챘다. 첫번째 물건은 마술 모자(*kunéê*, 망자들의 신[5]이 쓰던 늑대가죽 모자로서 그것을 쓰면 모습이 보이지 않는데, 살아 있는 자에게 죽음이 어둠의 '모자를 씌우기' 때문이다)였고, 두번째는 날개 달린 샌들(신으면 순식간에 넓은 세상을 가로질러 지하 세

---

4 그리스 신화에 나오는 팜프레도, 에니오, 데이노 세 자매를 말한다. 태양도 달도 없는 서쪽 지방에 살면서 자신들과 자매인 괴물 고르곤을 지켜주었다.

5 지옥의 신 하데스를 가리킨다. 하데스의 '황금 투구(몸을 보이지 않게 한다)'가 여기에서는 늑대가죽 모자로 바뀌어 있다.

계까지 갈 수 있는 신발)이었고, 세번째는 바랑(*kibisis*, 베어낸 메두사의 머리들을 집어넣을 배낭 혹은 바랑)이었으며, 마지막 물건은 낫(*harpē*, 참수용의 휘어진 낫인데, 크로노스가 자기 아버지를 거세하는 데 사용했던 바로 그 낫이다)이었다.

페르세우스는 메두사의 소굴에 도착했다. 그는 시선의 마주침을 피할 세 가지 방책을 세웠다. 우선 고르곤들이 잠에 빠져 눈꺼풀을 내리고 있는 밤에 괴물의 동굴로 잠입하기로 작정했다. 그리고 캄캄한 동굴에 들어가면 메두사의 시선과 반대 방향으로 눈을 돌리기로 했다. 끝으로 자신의 청동 방패를 반들반들 윤이 나게 닦았다.

드디어 메두사와 맞닥뜨린 순간, 페르세우스는 그녀를 정면으로 쳐다보지 않아도 되었다. 어둠 속에서 자신의 방패를 거울처럼 사용했기 때문이다. 메두사에게 그녀 자신의 모습을 되비쳐 보이자 메두사는 공포에 질려 옴짝달싹 못한 채 굳어버렸다.

그러자 페르세우스는 여전히 마술 모자를 쓰고 시선은 동굴 안쪽을 향한 채로 낫을 치켜들었다. 그리고 여자 얼굴을 한 메두사의 머리를 베었다. 그는 어둠 속에서 손으로 더듬어 '고르곤-메두사'의 머리를 집어 자신의 바랑 안에 넣었고, 그것을 아테네 도시의 수호신에게로 가져갔고, 아테나 여신은 그것을 자신의 방패 중앙에 매달았다.

*

고르곤 세 자매는 전형적인 은둔 괴물이다. 이들은 신과 인간들로부터 멀리 떨어진 곳에서, 세상의 끝에서, 어둠의 경계일 뿐 아니라 육지와 바다의 경계인 곳에서 살아간다. 시간상으로 이 괴물들은 죽음 이전부터 존재한다.

고르곤은 머리가 50개나 되고 쇳소리가 나는 목소리를 가진 늑대 케르베로스[6]를 낳았다. 그것이 페르세포네[7]의 '소리가 울리는 거처(*echeentes dômoi*)'를 지킨다. 그리스 세계를 지배하는 두 여자 '유괴당한' 여자와 '유괴하는' 여자는 자매간이다. 그녀들은 헬레네와 페르세포네이다.

매혹(사랑에 의한 것이든 죽음에 의한 것이든)은 고대 그리스 역사에서 비교적 뒤늦게 에로스(*éros*)와 포토스(*pothos*)[8]로 구분된다. 포토스는 그리움도 아니고 욕망도 아니다. 단순하지만 어려운 단어이다. 한 사람이 죽으면 살아남은 자에게서 그의 포토스가 생겨나 자꾸만 기억에 떠오른다. 그의 이름(*onoma*)과 모습(*eidôlon*)이 영혼을 찾아오며 포착되지 않는 뜻밖의 존재로 귀환한다.

사랑에 빠진 자의 경우도 마찬가지이다. 어떤 이름과 어떤 모습이 영혼을 사로잡고, 포착되지 않는 뜻밖의(왜냐하면 꿈은 그것을 꾸는 순간 잠든 사람의 남근을 곧추세우기까지 하기 때문이다) 존재로 집요하게 꿈에까지 나타난다.

날개를 가진 신은 셋으로 힙노스,[9] 에로스, 타나토스이다. 꿈

---

6 지옥의 문을 지키는 무서운 개.
7 제우스와 농업의 여신 데메테르의 딸이며, 지하 세계의 왕 하데스의 아내.
8 정념의 신 에로스와 달리 나른한 그리움의 여신 '히메로스'라고도 불린다.
9 잠의 신. 닉스(밤)와 에레보스(암흑)의 아들이며, 타나토스(죽음)의 쌍둥이 동생이다.

(songe)과 환상(fantasme), 환영(fantôme)을 구분하는 것은 현대인이다. 고대 그리스인의 생각으로는 세 가지 모두가 느닷없이 영혼에 밀어닥치는 변덕스런 이미지의 동일한 능력이다. 이 세 명의 날개 달린 신은 존재를 육체 밖으로, 사회의 거처(domus) 밖으로 끌어내는 동일한 유괴의 거장들이다. 지하 세계로 유괴된 페르세포네와 트로이로 유괴된 헬레네의 경우에도 유괴는 동일한 것이므로 결과적으로 꿈과 욕망, 죽음이 구분되지 않는다. 하르피에스(*Harpyes*)[10]란 이름은 *harpazein*(유괴하다)이라는 단어에서 유래한다. 세이렌과 여성 스핑크스는 똑같이 탐욕스런 힘이고, 꿈속에서 유괴하거나, 욕망으로 넋을 빼놓거나, 죽음으로 먹어치운다. 잠은 죽음이나 욕망보다 더 위대한 신이다. 힙노스(솜누스)가 에로스와 타나토스의 지배자인 까닭은 남성의 쾌락이 남자들을 잠 속으로 유괴하기 때문인데, 그것은 죽음이 그들을 영원히 잠들게 하는 것과 마찬가지이다.

꿈의 이미지는 잠 속에서 떠오른다. 그것이 힙노스(Hypnos)의 최면 상태(hypnose)이다. 토막 잠에도 꿈이 있다면, 어떤 '큰 꿈'에 죽음이라는 영원한 잠이 없겠는가? 어떤 큰 이미지가 무덤 속에 머무르지 못한단 말인가?

알크만[11]의 단장 III에는 구분하기 아주 어려운 세 가지 힘의 유사 효과에 관한 보다 상세한 묘사가 나온다. "사지(*lusimélès*)를 흐물거리게 만드는 욕망(*pothos*)이 깃든 여자의 시선에는 힙노스와 타나토

---

10 '하르피아이'라고도 한다. 올림포스의 신들 이전의 괴물들로서 아엘로(바람), 오키페테(빨리 나는 여자), 켈라에노(어둠의 여자)를 말한다. 이들은 새의 몸에 여자의 머리를 하고 어린애들과 영혼을 유괴했다.
11 B.C 7세기 후반 그리스의 서정 시인.

스보다 더욱 녹아내리게 만드는 힘이 있다." 정신을 몽롱하게 하고 '죽음을 가져오는' 에로틱한 이런 시선은 고르곤의 시선이다.

이 시선이 로마 회화의 비밀이다.

고대 로마인들은 바라보는 동작 그 자체에, 마주 보는 시선이 행사할 수 있는 힘(질투 *invidia*)에 두려움을 느꼈다. 그들의 생각으로는 바라보는 눈은 보이는 대상에게 자신의 빛을 던지는 것이다. '보기'와 '보이기'는 중간 지점에서 만난다. 키케로와 건축가 베티우스 키루스의 일화에서 보듯이 시선의 원자들과 정원의 원자들이 협소한 창가에서 만나는 것과 마찬가지이다. 고대 로마인들이 사랑의 태도를 능동성과 수동성으로 구분하는 것과 마찬가지이다. 능동적이고 불거진 시선이 폭력적이고 성적이고 마법을 걸어오는 것과 마찬가지이다. 공포를 느끼게 하는 시선, 고르곤의 시선, 놀라움으로 얼어붙게 만드는 시선에는 갑작스런 어둠이 제격이다. 신화에는 불길한 시선, 공포심을 유발하는 시선, 재앙을 불러오는 시선, 마비시키는 시선이 총망라되어 있다. 아풀레이우스의 소설에서 화자는 관헌들에게 리넨 천으로 덮인 시체 세 구를 들쳐보도록 강요당한다. 그는 거부한다. 관헌들은 하급 관리들에게 그의 손을 강제로 끌어다 들추게 하라고 명령한다. 대경실색한 화자는 마비된 상태로 "간담이 서늘했다(*obstupefactus*)"——이 말은 로마의 벽화에 그려진 인물들의 태도나 표정을 규정하는 데 안성맞춤으로 들어맞는다——고 중얼거린다. 화자는 계속해서 이렇게 말한다. "수의를 붙잡은 자세로 굳어진(*fixus*) 나는 돌처럼 차가웠고 조상(彫像)이나 극장의 기둥과 완전히 흡사했다. 나는 지옥에 있었다." '간담이 서늘해진(*obstupefactus*)'

남자가 묘석에 새겨진 '조상(*imago*)'으로 변모된 것이다. 숲 속에서 목욕을 하다 들킨 디아나의 시선은 훔쳐보는 남자를 사슴으로 변하게 만든다. 세상의 끝에 있는 동굴 속에서 메두사는 눈꺼풀을 치켜떠서 상대방을 죽인다. 「출애굽기」(33장 20절)에서 신은 모세에게 직접 이렇게 말한다. "너는 나의 얼굴을 볼 수 없다. 나를 보고 나면 사는 사람이 없기 때문이다(*Non poteris videre faciem meam, non enim videbit me homo et vivet*)." 정면으로 바라보는 것은 금기이다. 태양을 똑바로 쳐다보면 자기 눈이 타버린다. 불을 바라보는 것은 자신을 태우는 것이다. 원초적 장면(남녀의 장면, 남성 성기가 여성 성기에 삽입된 장면)을 보았던 티레시아스[12]는 눈이 멀었다. 다리를 벌린 여자를 보든 발기한 남자를 보든 그것은 언제나 동일한 장면이다. 「레위기」(18장 8절)는 가장 일목요연하게 논거를 제시한다. "네 아비와 사는 여인의 부끄러운 곳을 벗겨서는 안 된다(*turpitudinem uxoris patris tui*). 그것은 곧 네 아비의 부끄러운 곳이다(*turpitudo patris tui*)." '벌어진 무서운 입(*rictus terribilis*)' 사이로 혀를 날름거리는 고르곤인 메두사를 바라보는 자, 여성의 성기(파렴치한 구멍)를 정면으로 바라보는 자, '아연실색케 하는' 것을 바라보는 자는 그 즉시 돌처럼 단단해지는데(발기 상태가 되는데), 그것이 바로 조각술 최초의 형태이다.

*

---

12 테베의 장님 예언자. 그가 장님이 된 이유로는 여러 가지 설이 있는데, 인간이 알면 안 되는 것을 안 탓이라고도 하고, 목욕을 하려고 벌거벗은 아테나 여신을 보았기 때문이라고도 한다.

1898년 독일 고고학자 두 사람은 사모스[13] 섬 맞은편의 프리에네[14]에서 흙을 구워 만든 다수의 작은 조각상들을 발굴하고 몹시 당황했다. 두 다리 바로 위에 놓인 여성 성기가 넓적한 얼굴 앞면과 뒤섞여 있었다. 조잡하게 만들어진 조각상들은 위와 아래의 입 두 개가 '하나로 합쳐져' 있었던 것이다. 그것은 여제관 보보(Baubô),[15] '위(胃)와 머리가 붙은' 여신이었다. *olisbos*(가죽이나 대리석으로 만든 음경*fascinum*)도 그리스어로는 *baubôn*이라고 했다. 이교도의 사도처럼 보이는 이 얼굴은 프리아포스와 마찬가지로 공포감을 주는 동시에 웃음을 자아냈다.

보보에 관한 이야기는 이러하다. 하데스가 페르세포네를 납치하자 데메테르[16]는 딸을 잃은 고통으로 대지를 헤매고 다녔다. 여신은 머리에서 발끝까지 어두운 색깔의 페플로스(*peplos*)[17]로 몸을 감싸고 있었다. 엘레우시스[18]에 도착한 데메테르는 일체를 거부했다. 식음

---

13 에게 해에 있는 그리스의 섬.

14 고대 그리스의 도시.

15 보보는 기형의 천박한 여신으로 묘사된다. 몸통 없이 두 다리 위에 커다란 머리가 얹혀 있는데, 두 젖가슴 대신 두 눈이, 두 다리 사이의 음부 바로 위에 입이, 그리고 숱 많은 머리칼이 배를 대신한 얼굴을 덮고 있다. 심장은 크지만 뇌가 없어서 저잣거리의 걸쭉한 음담과 썰렁한 농담이나 지껄이는 비천한 존재이지만, 데메테르 여신을 제자리로 돌려보낸 것은 바로 그녀이다. 그 이야기는 이러하다. 농업의 여신 데메테르는 자신의 딸 페르세포네가 하데스(지옥의 신)에게 납치되자, 슬퍼한 나머지 땅의 추수와 풍작에 관심을 갖지 않게 되었고, 사람들은 기근에 시달렸다. 그러자 보보가 데메테르 앞에서 자신의 치마를 들어올려 아랫배와 음부를 내보이며 춤을 추었고, 이를 본 데메테르는 웃음을 터뜨렸다. 그리하여 비록 1년의 3분의 1이나마 대지에 다시 생명이 충만하게 되었다.

16 그리스 신화의 곡물 또는 대지의 여신.

17 그리스의 화려한 양모직 여성 겉옷.

18 아테네에서 약 20킬로미터 떨어진 곳에 위치한 고대 도시. 데메테르와 페르세포네의 성지(聖地)이다.

을 전폐하고 말도 하지 않았다. 여제관 보보가 말했다. "내가 그녀를 구하리라(*Egô de lusô*)." 그러고 나서 자신의 페플로스를 걷어올려 음부를 드러내어 여신을 웃게 만들었다. 이렇게 해서 보보는 위대한 여신의 단식을 깨뜨렸다. 여신은 *kykeôn*——메타니르[19] 왕비가 데메테르에게 만들어준 음식으로, 물과 박하와 밀가루를 섞은 것——을 먹기를 수락했다.

보보는 벌어진 무서운 입(*terribilis rictus*, 생식 행위 때문에 짓는 무서운 웃음으로 수컷들에게는 보이지 않는)의 형태로 움직임이 정지된 치골의 얼굴을 가리킨다. 페플로스를 걷어올리는 것을 그리스어로는 *anasurma*(노출)라고 한다. 열매가 가득 담긴 튜닉[20]을 자신의 발기된 성기로 들어올리는 프리아포스의 *anasurma*와 짝을 이루는 것이 보보의 *anasurma*이다. 그녀는 자신의 행위로 열매들을 대지로 되돌려 보낸다(대지의 여신인 데메테르의 대지에 얼굴을 되돌려준다).

한 어린애가 자신이 나온 음모로 덮인 여성 성기를 보게 된다. 노출된 음문(*vulva*)은 그것을 바라보는 자를 발기라는 경화(硬化) 상태에 빠뜨린다. 고르곤과 메두사, 보보의 신화가 바로 그러하다. '아연실색케 하는 것'은 '매혹하는 것'과 짝을 이룬다.

보보의 신화는 옷자락을 걷어올리는 것이다. 여자에게 보인 여성 성기는 웃음을 유발한다. 그것은 웃음거리(*ludibrium*)이다. 태양이 떠오르고, 꽃이 피고 곡식이 자라며, 나무들이 열매를 맺는다고 말

---

19 엘레우시스의 왕비. 데메테르가 딸을 찾으러 왔을 때 그녀가 여신인 줄 모른 채 따뜻하게 영접하고 자기 아들의 유모로 삼는다.

20 고대 그리스, 로마 시대에 입던 무릎까지 내려오는 속옷.

하는 것은 페니스가 다시 *phallos*(발기한 음경)가 되었다는 의미이다. 즉 음경의 신 파스키누스(Fascinus)가 여기 있다고 말하는 것이다.

　정면의 파괴적인 시선과 대응되는 것은 로마 여인들의 곁눈질이다. 겁을 내며 수줍게 바라보는 여자의 비스듬한 시선은 페르세우스의 계략에 활기를 불어넣을 뿐 아니라, 정면으로 바라보면 안 된다는 금기(메두사)와 마찬가지로 뒤를 돌아보면 안 된다는 금기(오르페우스)에도 부합한다.

　여신을 훔쳐보는 자는 모두가 '어둠 속의 남자(장님이거나 죽은 사람이거나 동물)'이다. 욕망의, 꿈의, 죽음의 어둠 속으로 데려가는 유괴의 원인이 성기를 바라보는 시선 때문이라면, 자신의 시선을 우회적 수단에 맡길 필요가 있다. 그래서 이름 없는 것과의 아연실색케 하는 치명적인 마주 봄을 피해야 한다. 방패에, 거울에, 회화에, 강물에 비친 나르키소스의 반영(反影)이 필요하다. 그것이 로마 여인들의 곁눈질이 지닌 이중의 비밀일 것이다.

　다음은 17세기 초엽 카라바조[21]가 한 말이다. "모든 회화는 메두사의 머리이다. 공포는 공포의 이미지로 극복될 수 있다. 모든 화가는 페르세우스이다." 카라바조는 메두사를 그렸다.

　매혹이 의미하는 바는 이러하다. 즉 바라보는 자가 그 대상에서 눈길을 떼지 못하게 되는 것이다. 동물의 세계에서처럼 인간의 세계에서도 똑바로 마주 보는 것은 바라보는 자를 죽음으로 굳어지게 만든다.

---

21 이탈리아의 화가(1573~1610).

고르곤의 얼굴(masque)은 매혹 그 자체이다. 그것은 포식자 앞에서 먹잇감을 얼어붙게 만드는 얼굴이다. 그것은 살아 있는 사람을 돌(묘석)로 변하게 하는 탈(masque, 에트루리아어로는 *phersu*, 라틴어로는 *persona*)이다. 하데스의 바쿠스제에서 단말마의 비명을 지르느라 벌어진 입을 그린 가면이다. 에우리피데스는 하데스의 바쿠스제 참석자들이 추는 광란의 춤을 묘사하면서, 그것은 리사[22]가 「공포(*Phobos*)」라는 제목의 피리 곡에 맞춰 춤추게 했던 늑대와 들개들의 춤이었다고 명확히 밝히고 있다. 그리고 이렇게 덧붙이고 있다. "그것은 어둠의 딸 고르곤으로 상대를 돌로 변하게 하는 시선과 100여 마리의 독사들인 머리칼을 지니고 있다"(『헤라클레스』, 884).

호메로스의 작품에서는 고르곤이 아가멤논의 방패뿐만 아니라 아테나의 방패에도 모습을 나타낸다. 호메로스는 고르곤의 얼굴이 죽음의 씨를 뿌려 적에게 두려움을 준다고 묘사한다. 공포의 얼굴에는 불안과 패주, '심장을 얼어붙게 하는 추격'이 함께 나타난다는 것이다. 『일리아스』에서는 고르곤의 얼굴이 죽음의 효력을 지닌 힘, 공격할 때 죽을힘을 다해 지르는 무시무시한 고함 소리의 힘, 즉 전쟁의 광기(*menos*)의 모습으로 그려진다. 스파르타에서 루코우르고스[23]는 병역을 마친 청년들에게 머리를 길게 기르도록 명령했는데, 더 장대하고 '더 무시무시하게(*gorgoterous*)' 보이게 하기 위해서였다. 스파르타의 청년 전사들은 '더 공포스럽게(*phoboterous*)' 보이려고 긴 머리를 기름칠을 해서 두 갈래로 나누었다.

---

22 그리스 신화의 우라노스(하늘의 신)와 닉스(밤을 의인화한 여성)의 딸.
23 B.C 9세기경 스파르타의 신화적 입법자.

『오디세이아』의 열한번째 시편에서 오디세우스는 지옥으로 내려간다. 수많은 혼령이 두려움에 사로잡혀 울부짖고 있다. 오디세우스는 이렇게 고백한다. "소스라칠 듯한 공포심, 페르세포네가 하데스의 밑바닥에 있는 내게로 무서운 괴물 고르곤의 머리를 보낼지도 모른다는 불안이 엄습했다." 오디세우스는 즉시 시선을 거두고 돌아선다.

*

『오디세이아』에서 오디세우스가 털어놓은 속내 이야기는 아마도 가면(masque)의 비밀을 말해주는 듯하다. 가면에는 두 가지가 있다. 죽음의 가면과 페르수의 가면이 그것이다. 에트루리아어 Phersu는 죽음의 가면을 쓴 자를 가리키며, 그리스어로는 페르세우스(Perseus)라고 한다. Phersu라는 이름은 기원전 530년에 타르퀴니아[24]에 있던 이른바 아우구레스 일가의 무덤 안에 들어 있던 가면 옆에 기록되어 있었고, 또한 *kunéē*(페르세우스가 쓰던 늑대가죽 모자) 바로 옆에도 씌어 있었다. 에트루리아의 페르시프네는 그리스의 페르세포네일 것이다. 아풀레이우스의 작품을 보면, 프시케가 지옥으로 내려가자 용들의 시선이 갑자기 그녀에게로 쏠린다. "감시를 맡은 용들의 두 눈은 절대 감기는 일이 없다. 망을 보느라고 눈동자가 빛을 향해 영원히 열려 있기 때문이다." 그러자 프시케는 돌로 변한다(*mutata in*

---

24 이탈리아 중부의 고대 도시. 중요 채색 묘들로 유명한 에트루리아 공동묘지가 있다.

lapidem). 용들의 눈은 영원히 뜬 채로 있는 시체들의 눈이다. 죽음의 가면은 임종의 순간 살아 있는 자의 얼굴에 떠오르는 시체의 얼굴이다. 바로 그것이 불길한 시선, 죽음의 시선, 목표물을 겨냥하는 궁수의 외눈의 공통된 근원이다. 활시위를 당기는 전사는 감은 한쪽 눈을 깜박거리면서 부릅떠서 고정시킨 다른 쪽 눈으로 죽인다. 그의 부릅뜬 외눈에 해당되는 것이 음부의 외눈이 지닌 불길한 기운을 물리치는 시선이거나 혹은 남근이 지닌 키클로페스[25]의 눈이다('방패-음부'이거나 '창-발기한 남근'이다).

아르카디아[26]의 리코수라 사원에는 벽 속에 만들어진 지성소의 오른쪽 내벽에 거울이 하나 있었다. 그 거울에 비친 자기 모습을 보려는 신도의 눈에는 어둡고 희미한(*amudros*) 죽음의 반영이 보일 뿐이었다. 그리스어 형용사 *amudros*는 망령들을 수식한다. 거울에 비친 반영에서 신도들은 자신의 죽음을 보았다. 리코수라 사원의 거울은 살아 있는 자의 죽음을 복사한다. 메두사의 시선은 매혹된 자를 죽게 만든다. 그래서 리코수라 사원의 맑은 거울에는 오직 신들만이 선명하게 비쳤다고 전해진다.

그리스어 Lycosoura는 '늑대들의 성소(聖所)'를 의미한다.

고대인들의 생각으로는 거울은 결코 거기 비쳐진 자를 모방하지 않는다. 그들은 거울 표면의 어둠(예전에는 거울을 방패처럼 청동으로 만들었다)에 비치는 것이 언제나 이 세계가 아닌 다른 세계라고 믿는다. 거울은 기묘한 외눈이다. 서로의 눈을 들여다보거나 상대방 성

기의 외눈을 바라보는 남녀도 거울들이다. 그러므로 사랑의 행위로 번식을 하면, 즉 자식들을 낳아 '부모의 반영'들을 생산하게 되면, 자식들은 부모보다 세상에 더 오래 살아남아서 거울의 반영들이 그러하듯 자기 자신을 복제한다. 그런 의미에서 성교는 최초의 거울, 즉 반영들의 생산자이다.

프시케는 매일 밤 어둠 속에서 자신을 포옹하는 남자의 아름다운 모습을 참지 못하고 보고야 만다. 여자의 시선이 도저히 참지 못하는 것이 *fascinus*(발기된 페니스)이다. 남자의 능력으로 참지 못하는 것이 매혹적인(fascinante) 발기인 것과 마찬가지이다. 에로스를 바라본 즉시 프시케는 그와 헤어지게 된다. 새로 변해버린 에로스는 창문을 통해 날아가 실편백[27] 나무 가지 위에 앉는다.

곤두선 *fascinus*가 지닌 키클로페스의 외눈에만 보이는 것은 실재하는 존재이다. 마르티알리스의 노골적인 시구가 이 사실을 환기시킨다. "내 페니스는 귀머거리이다(*mentula surda*). 하지만 비록 애꾸눈(*lusca*)이기는 하지만 볼 수는 있다(*illa videt*)." 현실은 욕망에 의해 '모욕당한다.' 그라이아이, 키클로페스, 파스키누스의 하나뿐인 눈, 그것은 현실이 원치 않는 어떤 것 안으로 들어가는 실재하는 무엇이다. 마르티알리스는 귀머거리인(*surdus*) 파스키누스의 눈이 본다고 말한다. 향락주의자 호라티우스는 한술 더 떠서 기이하고 활기차며 반(反)금욕적인 자신의 여덟번째 에포드(épode)[28]에서 그것

---

27 고대인들이 애도의 상징으로 주로 묘지에 심던 나무.

28 그리스 시가(詩歌)의 제3단 부분. 서정시의 한 형식인 오드(ode)는 스트로페(strophe), 안티스트로페(antistrophe), 에포드(epode)라고 불리는 다양한 길이의 행으로 이루어진 단락이 연속적으로 배열된다.

이 귀머거리임은 물론이거니와 '언어를 말하지 못하고' '글도 읽지 못한다(*illitteratus*)'고 덧붙인다. 파스키누스의 외눈은 인간의 언어를 읽지 못한다. "네가 감히 내게 물을 수 있느냐. 백 살이 넘도록 볼 장 다 본 여자여, 이빨은 변색되어 새카맣고 이마에는 주름이 패었으며, 말라빠진 사타구니(*aridas nates*) 사이로 벌어진 구멍은 똥을 싸는 암소(*crudae bovis*)의 항문(*podex*)보다 더 역겹구나. 그런 네가 감히 내 성기가 발기되지(*enervet*) 않는 이유를 물을 수 있단 말이냐? 사람들이 네 집의 비단 쿠션(*sericos pulvillos*) 위로 굴러다니는 스토아 학파의 책들(*libelli Stoici*)을 보기 때문인 모양인데, 너는 내 성기가 글을 읽을 수 있다고 믿느냐? 책들이 그놈을 흥분시킨다고 믿느냐? 내 음경(*fascinum*)을 주눅 들지(*languet*) 않게 한다고 믿느냐? 그놈이 거만한 내 사타구니에서 일어나 불뚝 서기를 바란다면, 빨아라(*ore*)!"

제5장

로마의 에로티시즘

고고학자들은 남성복과 여성복의 장식을 결정 짓는 두 요소가 전쟁과 에로스임을 밝힌 바 있다. 라틴어로 말하자면 마르스(Mars)[1]와 베누스(Venus)이다. 마르스는 죽음과의 대면이고, 베누스로 말하자면 얼굴을 바라보는 유혹적인 응시로서 광란의 성교를 유발시켜(마르스로 하여금) 욕망을 충족시키고 치명적 폭력을 완화시킨다(가라앉힌다). 루크레티우스는 베누스에게 올리는 기도 말미에서 마르스 신을 환기시킨다. "잔혹한(*fera*) 전투의 지배자, 강력한 무기의 신, 하지만 사랑에 패배한(*devictus*) 마르스, 그 영원한 상처로 고통받는(*aeterno volnere amoris*) 마르스가 베누스 당신의 품으로 피신합니다. 당신의 가슴에 얼굴을 기댑니다. 그리고 당신을 향해 눈길을 들고,

---

1 로마 신화에서 농업의 신이며, 전쟁의 신인 동시에 로마의 건국 시조인 로물루스의 아버지로 일컬어진다.

입을 반쯤 벌린 채로 당신을 바라봅니다, 여신이시여. 그의 두 눈은 자신이 보는 것을 갈망합니다. 머리를 뒤로 젖힌 그는 숨을 죽이고 당신의 말에 귀를 기울입니다. 그대, 여신이시여, 그가 당신의 성체(聖體)를 끌어안고 쉬고자 하면, 그의 포옹에 몸을 맡기시고 로마인들이 안심할 수 있도록 슬며시 평화를 주문하소서!"

그런 평화에는 으레 폭력이 따른다. 그것은 번식력을 지닌 평화 회복이며 분출하는 평화이다. 그것은 정액(*sperma*)의 보충, 즉 농사일로 얻은 '접시에 가득한 수확물(*lanx satura*)'의 종자 및 그에 수반되는 외설적 의식(儀式)의 복원이다. 옴팔레[2]의 발치에 누운 헤라클레스, 디도와 함께 튀니지의 동굴로 피신한 아에네아스, 베누스의 품에 안긴 마르스, 이 모든 장면은 무엇보다도 능력(*virtus*, 힘, 에너지, 정력 *vigor*, 분출하는 정액, 승리 *victoria*)의 재충전에 적용된다.

쾌락, 관능의 수호신 볼룹타스(Voluptas), 즉 에로스와 프시케의 딸은 시선에서 '눈빛의 떨림'이 일어나게 만든다. 광기(*furor*)의 시선에서처럼 죽음의 시선에도 이러한 떨림이 있다. 아풀레이우스는 베누스의 시선에 대해 이렇게 말한다. "움직이는 눈동자가 때로는 번민에 휩싸이고, 때로는 성욕을 자극하는 시선을 화살처럼 쏘아댄다. 여신은 자신의 시선과 더불어 홀로 춤추고 있다(*saltare solis oculis*)." 사랑에 빠진 한 여자가 애인에게 이렇게 말한다(오비디우스, 『변신 이야기』, X, 3). "당신의 눈(*tui oculi*)이 내 눈을 거쳐(*per meos oculos*) 마음속 깊은 곳까지 꿰뚫었어요. 그리고 불길을 일으켜 나를 태우고

---

2 리디아의 전설적인 여왕. 여왕은 자신의 노예인 헤라클레스(살인을 저지른 죗값으로 여왕의 노예가 되었다)의 무공에 감탄하고 그를 남편으로 맞아들인다.

있답니다. 불쌍히 여겨주세요!" 박물학자들은 교미기에 이른 동물 특유의 춤이 공포심을 나타내는 몸동작에서 기인된다고 말한다. 서 있는 갈매기의 위협적인 동작은 갈매기 자신이 정지된 의식(儀式)으로 만들어버린 극단적 공포심의 발로이다. 위협에 대한 공포는 적의에 찬 시퀀스들의 밑그림을 추출한 다음에 극도의 과장법으로 그것을 부풀려서 성(性)의 전투에 도움을 준다. 공격적 행위와 사랑의 행위는 결코 완전히 분리되지 않는다. 유혹이란 과장되게 의식화(儀式化)된 공포의 행위이다.

*

여성의 육체를 포식하려는 남성의 욕망에는 두 가지 길이 열려 있다. 강제로 납치(*praedatio*)하든가 위협적인 매혹(*fascinatio*)으로 최면에 빠지게 하는 것이다. 동물의 위협은 이미 인류 이전부터 존재해온 미학이다. 로마는 도시의 운명, 건축, 회화, 원형 경기장과 개선식을 최면의 위협에 봉헌했다.

산도르 페렌치[3]는 『탈라사』라는 제목의 탁월한 에세이에서 에로틱한 열정을 전투의 형태로 묘사했다. 그 전투에서는, 각자 잃어버린 어머니의 자궁에 대한 향수에 사로잡힌 적대적인 두 사람이 옛날 집(*domus*)에 다다르기 위해서는 누가 상대방의 육체를 뚫고 들어갈

---

3 헝가리의 심리학자(1873~1933). 프로이트의 제자이며 친구였던 그는 신경증의 증상과 히스테리에 관해 많은 저작을 발표했다. 그중 유명한 것이 『탈라사, 성생활의 기원에 관한 정신분석』(1924)이다. 라틴어 *thalassa*는 '바다'를 뜻한다.

지를 정해야 한다.

최면술의 테크닉은 매혹적인 폭력의 동물적 추구에서 나온 결과일 뿐이다. 폭력에 대한 공포는 희생자의 복종(*obsequium*)을 끌어내거나, 최소한 희생자를 어린애나 강경증[4] 환자처럼 수동적이고 굴종적인 행동으로 돌아가게 만든다. 우리는 애정의 가학적 심리 구조가 어떤 것인지 명확히 알지 못한다. 파트너 중 하나인 능동적 파트너는 불법 침입으로 뚫고 들어가 자궁 내의 상황으로 되돌아간다. 그런데 쾌락을 느끼려면, 쾌락을 느끼는 사람 자신도 수동성에 참여해야만 한다.

로마인들은 수동적 시선(쾌락에 다름 아닌 격정 *furor*의 떨리는 눈빛)을 죽어가고 있거나 죽은 사람의 시선에 결부시켰다. 떨리는 시선에 대한 묘사는 오비디우스의 작품 전반에 걸쳐 수차례 반복된다. "내 말을 믿으라. 베누스의 쾌락을 서두르지 마라. 쾌락을 지연시켜 조금씩 오게 하고, 능장을 부려 자꾸만 미루게 하라. 여자가 애무받기 좋아하는 부위(*loca quae tangi femina gaudet*)를 알면 그곳을 애무하라. 당신은 여자의 반짝이는 눈(*oculos micantes*)에서 마치 물 위에 비쳐 흔들리는 태양처럼(*ut sol a liquida refulget aqua*) 떨리는 빛(*tremulo fulgore*)을 보게 되리라. 탄식 소리(*questus*), 다정한 속삭임(*amabile murmur*), 나직한 신음 소리(*dulces gemitus*), 자극적인 말들(*verba apta*)이 뒤따를 것이다(『사랑의 기술』, II). 로마에서 오비디우스가 사춘기 이전의 소녀보다 나이 든 여성, 즉 쾌락을 위해 공포를 떨쳐버

---

4 수동적 자세에 머무른 채 자신의 의지로 돌아갈 수 없는 상태. 최면 상태나 히스테리 등의 경우에 나타난다.

린 여성을 선호하는 유일한 작가인 것도 아마 같은 이유에서일 것이다. "나는 서른다섯 살이 지난 여자를 좋아한다. 조급한 자들이나 갓 담은 포도주(*nova musta*)를 마시라지. 나는 쾌락을 훤히 아는 무르익은 여자가 좋다. 그런 여자는 경험이 풍부하고, 경험만이 재능을 만들어낸다. 그런 여자라면 사랑을 나눌 때 당신의 취향대로 다양한 체위를 취해줄 것이다. 어떤 화집(*nulla tabella*)에서도 그렇게 다양한 포즈들(*modos*)을 볼 수는 없다. 그녀가 느끼는 쾌락은 짐짓 꾸민 것이 아니다. 만일 여자가 자기 애인과 동시에 쾌락을 느낀다면 그 순간이 쾌락의 절정이다. 나는 자신을 서로에게 완전히 내어주지 않는 교합이 싫다. 내가 소년들의 사랑에 별로 감동받지 못하는 까닭은 바로 그래서이다. 나는 마지못해 자신을 주는 여자, 축축하게 젖지 않는 여자, 딴 일에 정신을 파는 여자가 싫다. 나는 의무감(*officium*)으로 쾌락을 제공하는 여자를 원치 않는다. 어떤 여자도 특히 의무감을 느끼지 말라. 나는 자신의 쾌락(*sua gaudia*)을 표출하는 목소리, 보다 천천히 가자며 조금만 더 참으라고 내게 속삭이는 여자의 목소리를 듣고 싶다. 내 애인(*dominae*)이 꺼져가는 눈빛(*victos ocellos*)으로 쾌락을 느끼는 것을 보고 싶다."

로마에서 '혐오(*aversio*)'라는 단어는 단순히 '시선을 돌리다'라는 의미이다. 남아 있는 로마 시대의 회화에 빈번히 등장하는 이미지인 뒤돌아보는 여자의 모습이 교태(유예 중인 성교)와 관련 있는지, 파괴(오르페우스가 뒤를 돌아보자 에우리디케는 사라진다)와 관련 있는지 나는 알지 못한다. 아풀레이우스는 여자가 뒤를 돌아보느라(*saepe retrorsa respiciens*) 여러 번 멈춰 서서 교태를 부리며 훔쳐보는 시선, 고개를

숙이고 눈을 깜빡이며 힐끔거리는 곁눈질(*cervicem intorsit, conversa limis et morsicantibus oculis*)과 죽음을 바라보는 의기소침한 시선, 즉 눈을 땅으로(*in terram*), 지옥을 향해 내리깔고(*ad ipsos infernos dejecto*)도 여전히 힐끔거리며 흘겨보는(*obliquato*) 시선을 동일하게 다루고 있다. 어떤 대상을 획득하려면 노력과 희생을 치러야 한다는 사실은 그 대상의 매력을 증가시킨다. '교태'가 그런 것이다. 단어 자체는 동물의 본성을 의미한다. 인간의 유혹도 이 본성에서 본질적 가능성을 이끌어낸다. 그것은 욕망의 연장이다. 욕망을 연장시킴으로써 자신이 오랫동안 욕망의 대상으로 머물려는 것이다. 포획 불가능성, 그것이 본질적인 가치이다. 그리고 이런 유예가 쾌락을 보다 값진 것으로 보이게 한다. 육체가 자신을 감추면 그 비밀은 증가한다. 교태는 목적 없는 합목적성이다. 매력이 점증되는 무엇을 거부하는 일이다. 목적 없는 욕망의 대상이 된다는 것은 절대 소진되지 않는 가치로 남겠다는 것이다. 로마의 벽화들에는 잠든 여자의 보이지 않는 성기가 목적 없이 노출되는 장면이 빈번하게 등장한다. 돌아눕는 순간 여자는 자신이 도망친다고 믿을 수 있겠지만 이러한 거부의 기호 역시 동물의 성적 수동성, 즉 복종의 기호와 다르지 않다. 두 가지 종류의 벽화에서 문제는 언제나 가까움과 멀어짐, 존재와 부재의 영원한 리듬에 따르는 아무것도 주지 않는 은밀한 증여이다. 다음은 아에네아스가 지옥에서 디도를 만나는 장면으로 베르길리우스가 묘사한 것이다. "디도는 거대한 숲 속을 헤매고 있었다. 아에네아스는 그녀 곁으로 오자마자, 망령 가운데에서도 창백한 망령인 그녀를 알아보는——월 초순에 구름을 뚫고 떠오르는 달을 보거나 본다고 생각하는 것과 마찬가지로— 즉시 트로이 영웅의 눈에서는 눈물이 흘러내렸다. 그는 부드러운 목소리로 그녀에게 말한다. '가련한 디도, 당신이 죽었다는 소식이 사실이란 말이오? 당신은 칼을 들고 절망의 극단까지 갔었단 말이오? 아, 그렇다면 당신의 죽음이 나 때문이었소? 하지만 하늘의 별과, 저 높은 곳의 신들과, 지하 세계의 신성한 모든 것에 맹세컨대, 오 여왕이여, 나는 그대의 해안을 떠나고자 했던 것이 아니라오. 피치 못해 그럴 수밖에 없었던 것이오. 오늘 나를 망령들의 세계로, 좁고 가파른 험한 길을 통해 깊은 어둠 속으로 내려오게 만든 바로 그 신들이 부추겼던 탓이라오. 내가 떠난 것이 당신에게 그토록 큰 고통이 되리라고는 미처 생각하지 못했소. 디도, 제발 그런 눈으로 나를 바라보지 말아요. 누가 도망이라도 칠 것 같소? 내가 당신에게 말을 하는 것도 운명이 허락한 마지막 기회란 말이오!' 이렇게 말을 하면서 아에네아스는 디도의 타오르는 영혼을 진정시키고, 위협적인(흘겨보는*torva*) 눈에 눈물이 글썽이게 하고자 애썼다. 하지만 여왕은 눈길을 돌려 집요하게 시선을 땅에 고정시키고 있었다(*Illa solo fixos oculos aversa tenebat*)"(베르길리우스, 『아에네이스』, VI, 460).

몸을 돌리고(*aversa*) 침묵을 지키는 죽은 디도의 시선을 생각해보라.

울부짖고 있는 자신의 모델을 죽이는 파라시오스의 시선을 생각해보라.

*

베일, 가슴 장식 그리고 장화는 로마 시대 에로티시즘의 세 가지 표장(標章)이다. 'alètheia'는 베일을 벗긴다는 의미도 된다. 진실(a-lètheia)은 '잊혀지지 않은 것'이다. 음유시인은 기억의 신의 딸들인 뮤즈의 도움을 받아 자신이 읊는 신화들을 망각(lèthè)에서 구해낸다. 진실은 과거를 덮고 있는 베일을 벗겨낸다. 진실은 지하의 사자(死者)들을 젊어지게 한다. alètheia는 알몸과 관련 있다. 최초의 나체는 성과 아무런 관련이 없고 생식에만 관련 있다. '노출'을 의미하는 그리스어는 anasurma이고, 라틴어로는 objectio라고 한다. 프랑스어 'objecter les seins(가슴을 드러내다)'은 금지된 '귀족 부인의 젖가슴을 풀어 노출시킨다'는 의미이다. 라틴어 objectus pectorum을 그리스어로 옮기면 ekbolè mastôn(유방의 노출)이다. 최초로 노출된 무엇(최초의 오브제objet)은 젖가슴이다. 전쟁화[5]에서 보는 일렬로 늘어선 벌거벗은 여자들은 전쟁에 내걸린 판돈이었다. 그것은 바로 마르스의 유괴(승리의 전리품)이다. 전투 중에 '전면에 내놓기(objectus),' 음부가 드러나게 튜닉을 걷어올리기, 페플로스를 벗어붙이기(anasurma)는 어머니와 아내들 앞에서 싸우는 아들과 남편들에게 활기와 힘을 주었다. 타키투스가 전하는 바를 보면, 전시에 게르만족 아내들이 젖가슴을 노출시킨(objectus pectorum) 이유는 남편이나 아들들에게 승리를 거두지 못할 경우 머지않아 자신들을 위협하게

---

5 전쟁을 다룬 미술 작품. 특히 14세기의 전승을 기념하는 내용으로 17세기에 유행했던 그림들을 가리킨다.

될 포로 상태에 대한 공포를 심어주기 위해서였다. 플루타르코스의 기록을 보면 리키아[6] 여자들은 자신의 페플로스를 걷어올려 벨레로폰[7]을 물리쳤다고 한다. 폼페이우스 트로구스[8]는 자신의 저서 『세계사』 제1권에서 말하기를, 아스티아게스[9] 왕의 메디아인들과 키루스 왕[10]의 페르시아인들 간의 전쟁에서 페르시아인들이 조금씩 밀리자, 그들의 어머니와 아내들이 달려나와 자신들의 옷을 걷어올렸고(*sublata veste*), 자신들의 음란한 부분을 내밀면서(*obscena corporis ostendunt*) 어머니나 아내의 자궁 속으로 피신하고 싶으냐고(*in uteros matrum vel uxorum vellent refugere*) 빈정대며 그들에게 물었다고 한다. 그러자 페르시아 전사들은 나체를 본 것만으로도 마치 명령을 받은 듯이 전열을 재정비하여 마침내 아스티아게스의 전사들을 물리쳤다는 것이다.

대부분의 에로틱한 로마 벽화에서 신발을 벗은 맨발, 드러난 성기, 풀어헤친 젖가슴이 유일하게 완성된 동작을 이루고 있는 것은 이런 *anasurma*(노출)의 토대에 의해서이다. 어느 날, 루키우스 비텔리우스[11]는 메살리나[12]에게 그녀의 신발을 벗길 수 있게 허락해달

---

6 고대 소아시아 남서쪽에 위치했던 지역.

7 그리스 신화의 영웅이며 코린토스의 왕자. 그의 모험담은 고대 회화의 소재로 즐겨 다루어졌다.

8 B.C 1세기 말에 활동한 로마의 역사가. 44권에 해당하는 그의 역사책은 필리포스 2세가 세운 마케도니아 제국을 중심 주제로 다루고 있어 일명 『필리포스 역사』라고도 불린다.

9 B.C 6세기 메디아 제국(이란 북서부에 있던 고대 국가)의 마지막 왕(B.C 585~B.C 550 재위).

10 그리스어 발음은 '쿠로스,' 일명 키루스 대왕. 페르시아 아케메네스 제국의 창시자이다. 고대 페르시아 사람들에게 백성의 아버지로 불렸으며, 성서에서는 바빌로니아에 잡혀 있던 유대인들의 해방자로 기억된다.

11 로마 황제 아울루스 비텔리우스의 아버지(B.C 5~A.D 51). 클라우디우스 황제의 동료로

라고 요청했다. 그는 그녀의 오른쪽 장화를 벗긴 후에 그것을 자신의 토가와 튜닉 사이에 줄곧 품고 다녔다. 그리고 자기 코에 갖다 대기도 하고, 입술에 갖다 대고 입을 맞추기도 했다. 아풀레이우스는 샌들 한 켤레를 소재로써 나름대로 신데렐라 이야기를 하고 있다. 신비의 빌라에서 아리아드네[13]의 의자 앞에 벗어놓은 샌들을 보라. 로마에서는 한 여자가 전라로 그려진 예를 거의 찾아볼 수 없다.

벽화에 가장 빈번하게 등장하는 에로틱한 장면은 '노출'이다.

신비의 중심을 이루는 장면은 페니스(*phallos*)의 드러남(음경*fascinus*의 노출*anasurma*)이다. 베일을 들추기, 그것은 분리하는 무엇을 떼어놓기이다. 소리 없는 불법침입이다.

플루타르코스는 Alètheia(진실)가 빛의 혼돈이라고 말한다. 저 자신의 광채가 자신의 형태를 지우고 얼굴을 알아보지 못하게 만든다. 그렇다고 해서 — 플루타르코스가 아주 기이하게도 덧붙이는 바를 보면 — Alètheia가 베일에 가려 있다는 의미는 아니다. 그것은 알몸이다. 베일로 가려진 것은 우리들 자신이다. 오직 죽은 자들만이 감춰지지 않은 무엇을 본다.

플루타르코스의 기록을 보면, 라이스[14]는 아리스티포스[15]에게 자기

감찰관과 세 번이나 집정관을 지냈다.

12　클라우디우스 황제의 세번째 아내.

13　그리스 크레타 섬의 미노스 왕과 파시파에 사이에서 태어난 딸. 아테네의 영웅 테세우스가 괴물 미노타우로스를 퇴치하기 위해 미궁에 들어갈 때 그에게 실을 주어 무사히 미궁을 빠져나올 수 있게 한다.

14　고대 그리스의 상류층 유녀(遊女)의 이름.

15　고대 그리스의 철학자. 소크라테스의 제자로 쾌락주의를 내세운 키레네 학파의 창시자이다. 철학을 가르치는 대가를 요구한 최초의 철학자로도 유명하다.

몸을 허락한 다음에 젖가슴에 다시 띠를 둘러 감았다. 그리고 자신은 아리스티포스를 사랑하지 않는다고 밝혔다. 그러자 아리스티포스는 포도주와 생선이 자신을 사랑한다고 생각한 적이 전혀 없으나 즐겨 포도주와 생선을 먹어치운다고 대답했다.

*

마지막으로 침대와 어둠, 침묵이다.

로마에서는 촛불을 밝히지 않는다. 욕망의 몫은 밤에 맡겨야 한다는 것이다. 그런데 최면의 근원은 이성(異性)이 불어넣는 매력이고, 밤은 그것을 방해한다. 어둠이 최면의 힘을 중지시키기 때문이다. 애가(哀歌)에 나오는 연인은 끊임없이 불 켜진 램프를 얻고자 애원하는데, 빛의 요구에 곁들여 젖가슴의 노출도 주문한다. "베누스는 눈먼(*in caeco*) 사랑을 좋아하지 않는다. 사랑에서는 두 눈이 안내자로다(*oculi sunt in amore duces*). 오, 환히 빛나는 밤의 기쁨이여! 오, 내 쾌락의 행복한 작은 침대(*lectule*)여! 램프 불을 밝히고 얼마나 많은 말들을 주고받았던가. 그리고 불을 끈 다음에(*sublato lumine*) 어둠 속에서 얼마나 많은 전투를 치렀던가. 단 하룻밤이면 어느 남자나 신이 될 수 있도다(*Nocte una quivis vel deus esse potest*). 때로 그녀는 젖가슴을 드러낸 채 저항했고, 때로는 튜닉을 입고서 내 애를 태우기도 했노라. 옷을 입은 채로 잠자리에 들기를 고집한다면, 내 손으로 그대의 옷을 찢으리라. 그대의 늘어진 유방(*inclinatae mammae*)도 사랑놀이를 막지는 못하리. 수치심일랑 애를 낳은 여자들에게 맡기라. 그리고 운명이 허락하는 한 우리의 눈이 사랑을 보게 하라. 기나긴 밤이 그대에게 다가온다. 그 밤이 지나 새벽이 오는 일은 결코 없으리라"(프로페르티우스,[16]『비가』, II, 15). 프로페르티우스의 비가들은 거의 매번 최면 상태에서 흔들리는 여자의 머리들, 난폭한 여성 스핑크스의 머리들, 그리고 기원의 장면과 꿈, 분노, 죽음이 어른거리는 시선들의 음산한 특성을 묘사하고 있다. "촛불들로 환히 밝힌 어젯밤, 그대의 격정이 내게는 얼마나 감미롭던지. 미쳐 날뛰는 그대의 입에서 튀어나온 저주들마저 달콤했다오. 격앙되고(*furibunda*) 포도주에 취한 당신은 탁자를 밀쳐버렸소. 더 이상 제어 불능인 손으로는 가득 찬 술잔들을 내 머리로 집어던졌다오. 정말로 내 머리로 달려드시게. 내 머리칼을 쥐어뜯게나. 내 뺨을 할퀴어 손톱자국을 남기고, 촛불을 들이대서 내 눈을 태워버려. 그리고 내 맨가슴을 드러내시게. 그렇게 하는 것이 내게는 징표가 된다오. 사랑에 빠진 여자는 격해지는 법이니까. 한 여자가 격정(*rabida*)에 사로잡혀 욕설을 내뱉을 때, 위대한 베누스의 발밑에서 데굴데굴 구를 때, 흥분에 휩싸여 바쿠스의 무녀(*maenas*)처럼 거리로 뛰쳐나올 때, 황당한 몽상(*dementia somnia*)에 시달려 얼굴이 해쓱해질 때, 여자가 주제인 그림(*tabula picta*)을 보고 감동할 때, 진정한 점쟁이인 나는 가장 확실한 사랑의 징표들을 알아본다오"(『비가』, III, 8).

에로틱한 벽화에는 자주 침대(*cubile, lectus, grabatus, grabatulus*)가 등장하는데, 공들여 다듬어지고 장식 술이 달린 고급 침대들이

---

16 고대 로마의 가장 위대한 비가 시인(B.C 47~B.C 15).

있는가 하면, 더할 나위 없이 소박한 것들도 있다. 유베날리스는 황제의 부부 침상(*pulvinar*)보다 돗자리(*teges*)를 더 좋아했던 메살리나를 보여준다. 안락의자가 기혼 여성의 지위를 나타내는 기호라면 침대는 사랑의 기호이다. 침대는 침묵의 세계, 최소한 고백이 부재하거나 사회 언어에 대한 반감이 부재하는 세계에 속한다. 오비디우스는 침대를 자신의 글(『사랑』, III, 14)에서 이렇게 묘사하고 있다. "관능이 의무가 되는 장소이다. 침대를 모든 쾌락(*omnibus deliciis*)의 안식처로 삼으라. 그곳에서 수치심(*pudor*)은 추방되어야 한다. 하지만 침대를 나올 때는 수치심을 되찾고, 네 죄는 침대 속에(*in lecto*) 묻어두라. 그곳에서는 부끄러워 말고 튜닉을 벗어라. 네 사타구니(*femori*)로 애인의 사타구니를 떠받쳐야 한다. 그곳에서는 네 붉은 입술(*purpureis labellis*) 사이에 언어를 숨겨두도록 하라. 그곳에서는 두 육체가 사랑의 방식을 만들어내게 하라. 음탕한(*lascivia*) 몸부림으로 침대의 나무가 삐걱거리게 하라. 그 후에 튜닉을 다시 입어라. 그리고 다시 겁에 질린(*metuentem*) 표정을 지어라. 수치심이 너의 음란함(*obscenum*)을 부인하도록 하라. 나는 여자에게 정숙할(*pudicam*) 것을 요구하지 않는다. 절대로 죄를 고백해선 안 된다. 아니라고 잡아떼면 죄는 존재하지 않는다(*non peccat quaecumque potest peccasse negare*). 고백이 죄(*culpa*)를 만들어낸다. 그런데 너의 밤이 감춘 것을 대명천지에 드러내다니 이 무슨 미친 짓(*furor*)인가? 은밀히(*clam*) 하는 일을 공공연히(*palam*) 떠들게 만드는 광기는 무엇이란 말인가? 로마의 아무 남자에게나 몸을 허락하기 전에 암늑대는 빗장(*sera*)을 지를지어다."

두 명의 주요 신이 침대를 보호한다. 벽화를 보면, 큐피드[17]와 솜누스[18]는 낮과 밤처럼 확연히 구분된다. 큐피드의 하얀 날개는 솜누스의 검은 날개와 대비된다. 티불루스[19]는 이렇게 기록했다(『비가』, II, 1). "어느새 밤의 신이 자신의 말들을 비끄러맨다(*Nox jungit equos*). 어머니의 수레(*currum matris*) 뒤에는 흥분된 합창대(*choro lascivo*)인 별들(*sidera*)이 있다. 그리고 검은 날개(*furvis alis*)로 몸을 감싼 잠의 신이 있다. 끝으로 잠의 신의 흐릿한 발밑에(*incerto pede*) 검은(*nigra*) 신인 꿈들이 있다." 낮잠을 잘 때는 정오의 여신(여성 스핑크스)이 와서 잠든 사람 위로 올라탄다. 로마 벽화에 자주 등장하는 '교미하는 말(*equus eroticus*)'의 자세는 꿈의 장면이다. '에쿠스 자세(말 타는 자세)'는 오늘날 현대 사회의 여성들이 실행하고 선호하는 것으로도 알 수 있듯이, 남성의 마조히즘이나 수동성(*impudicitia*)과 관련되기는커녕 규정에 맞는 남성의 쾌락이다. 귀족 남성은 누운 채로 먹었다. 기혼 부인은 좀 떨어진 곳에 자신의 신분(*status*)에 해당하는 안락의자에 앉았다. 그리스에서 *equus eroticus*는 정오의 여성 스핑크스, 즉 낮잠 시간에 잠든 남자들의 곤두선 성기 위에 웅크리고 앉아 그들의 정액을 훔치는 날개 달린 여신들을 가리킨다. 프랑스어 cauchemar(악몽)라는 말에는 잠든 남자의 가슴에 걸터앉거나 그를

---

17 그리스의 에로스(Eros) 및 라틴 시에 나오는 아모르(Amor)에 상응한다.

18 잠의 신. 힙노스라고도 한다. 흔히 그는 부드러운 침대에 누워 있고, 꿈을 부르는 역할을 맡은 아들들이 그를 둘러싸고 있다. 아들 중 중요한 인물로는 사람에 대한 꿈을 꾸게 하는 모르페우스, 동물에 대한 꿈을 꾸게 하는 이켈로스, 사물에 대한 꿈을 꾸게 하는 판타소스가 있다.

19 로마의 시인(B.C 55~B.C 19). 위대한 비가(élégie) 작가들의 반열에서 제2인자로 꼽힌다.

발로 짓밟는(*calcare*) 암말에 대한 기억이 여전히 남아 있다. *Mare*
는 여귀(女鬼)이다. 밤에 나타나는 흡혈귀로서 'nightmare(악몽)'라
는 영어 단어에도 나온다. 롯이 동굴에서 자는 동안에 딸들은 발기
한 제 아비를 올라타서 아몬과 모압을 낳았다.[20] 보아즈가 자고 있을
때 이삭 줍는 여자는 그의 곤두선 성기에 접근한다.[21] 이것은 기습을
통한 남자의 수태이다. 이것이 올라탄 암말(*equus eroticus*)의 자세이
다. 그런데 주인(*dominus*)이 누워 있는 이유는 그가 자고 있는 데다
가 꿈이 일으켜 세운 그의 욕망을 여자가 사용하기 때문이다. 부부
침대(*lectus genialis*)에 누워 있는 까닭은 그가 주인이므로 노력할 필
요가 없는 탓이다. 안주인(*domina*)이 와서 그의 몸 위에 올라타고
앉는 것은 무토 의식 때 여자들이 돌에 새긴 초상 위에 걸터앉는 것
이나 자기 신분에 맞는 안락의자에 앉는 것과 마찬가지이다. 혹은
하녀가 와서 남자 몸에 올라타기도 하는데, 어떤 경우에도 주인
(*dominus*)을 '지배하기' 위해서가 아니라 오히려 귀찮게 하지 않으
면서 지극히 공손하게 쾌락(*voluptas*)을 제공하기 위해서이다.

*

그들은 베일을 들추고 바라본다. 남자들에게 여성은 사랑의 여신
을 규정 짓는 절단된 성기이다. 그것은 베누스의 탄생이다. 남자들
이 볼 수 없는 무엇이다. 훔쳐보지만 보지 못하는 무엇이다. 그들은

---

20 『구약성서』의 「창세기」, 모압과 아몬족이 생겨나다(제19장 30~39절) 참조.
21 『구약성서』의 「룻기」, 밤을 타서 보아즈와 가까워지다(제3장 1~20절) 참조.

보면서도 보지 못한다. 보아도 눈을 떼지 못한다.

남자에게 밤은 자신의 과거이고, 꿈을 꾸는 사람 누구에게나 과거의 외피는 집이다. 가장 오래된 과거는 자궁이 아닌 질(膣)이다. 그것은 바로 *fascinus*의 매혹, 매혹적인 거처, 최초의 집(*domus*), 시원(始原)의 피막(*vagina*)이다. 태아 형성이 질을 전제로 한다는 것은 이상한 일이다. 질은 *mentula*(음경)에 앞서 존재하며 무엇보다도 *mentula*의 거처인 까닭이다. 그로부터 근친상간의 금기가 유래한다. 페니스는 분만 시에 그것이 빠져나온 곳(어머니의 질)으로 성교를 통해 되돌아갈 수 없다.

성교(*coïtus*)는 태아보다 더 오래된 것이다.

'난자에서 유래한(*ab ovo*)' 것보다 더 오래된 '기원에서 유래한(*a origine*)' 것이 있다.

곁눈질을 할 수밖에 없는 이유는 우리가 보지 못하는 무엇, 우리의 눈을 멀게 하는 무엇을 시야에서 놓치면 안 되기 때문이다.

남자의 시선은 여자들을 구멍 뚫는다. 꿰뚫는 시선, 구멍 내는 능력이 내장된 시선은 바라보는 사람 자신마저 구멍 뚫는다. 훔쳐보는 사람은 누구나 자신의 성기가 구멍으로 변할까 봐 두려워한다. 고대인들은 *fascinus*로 변해 곤두선 자기 페니스를 바라보지 않았다. 바라보는 자의 거세는 두 눈의 거세가 되기 때문이다. 요약하자면 거세된 자는 눈먼 사람이다. 호메로스, 티레시아스, 오이디푸스가 그렇다. 매혹된 자, 정면으로 바라본 자는 자신의 두 눈을 잃는다.

그것은 우리가 보기를 욕망한다는 의미가 아니다. 욕망하는 것과 보는 것은 동일하다. 그것은 꿈이다. 꿈의 생물학적이고 동물학적인 허구에 따르면 '욕망은 바라본다'고 한다. 포유동물에게는 결핍된 것이면 무엇이든 보려고 하는 욕망이 있으며, 그로부터 꿈의 환각적 기능이 유래한다. 이러한 욕망은 파괴할 수도 충족시킬 수도 없다. 욕망은 생명이 야기한 꽃, 산, 색깔, 발기, 반영과 꿈 안에서 자연이 자체적으로 지닌 현시(顯示), 전시, 시각적 제시의 힘을 자연발생적이며 거의 필수적인 대칭과 증식으로 이어나간다. 그것은 시선에 드러난 두 팔이나 두 다리 혹은 두 눈이 시선에 두려움을 느끼는 그만큼 시선을 매혹하는 것과 마찬가지이다. 베르길리우스는 『목가』 제2권에서 여성에게 이렇게 권한다. "그대는 겸손하게 제 가슴을 향해 시선을 내리깔고 있지만, 다시 눈을 치켜뜨는 법을 배우라. 그대의 시선에 제공된 것을 볼 수 있을 만큼 시선을 들라."

남성과 여성의 노출된 육체는 서로 대칭이 아니다. 여성의 육체에서 성기는 남성에게 잘 보이지 않고, 충분히 보이지 않고, 거세된 것처럼 보이고, 남성에게 제기된 고통스런 질문처럼 보인다. 남성의 나체에서 발기된 성기는 과도한 노출로 인해 지나치게 잘 보인다. 너무 잘 보이는 까닭에 여성이 시선을 돌리도록, 시선이 주변에 머물게, 곁눈질을 하게 만든다.

프시케의 신화에서 아풀레이우스는 절대로 남의 눈에 모습을 보여서는 안 되는 에로스의 본성이 무엇인지 말하지 않는다. 괴물인가? 어린애인가? 그는 괴물 같은 돌연변이, 짐승에서 어린애의 출생에 이르는 변종이다. 그는 프리아포스가 된 로마의 신 무투누스로서 늙은 대머리이거나 미숙한 무정형(*amorphos*)이다. 완벽하면서도 추하다.

“남편의 얼굴에 관해(*de forma mariti*) 알려고 하지 마시오”라고 에로스는 자신의 젊은 아내에게 말한다. “만일 내 얼굴을 보게 되면, 당신은 두 번 다시 남편을 보지 못할 것이오!(*Non videbis si videris!*)” 프시케는 복종(*obsequium*)하며 받아들인다. 매일 밤 그녀는 익명의 남편(*maritus ignobilis*)을 기다린다.

“그녀는 두려움에 떤다(*Pavet*).” 그 어떤 불행보다도 “그녀에게 더욱 두려운 것은 자신이 모르는 무엇이다(*Timet quo ignorat*).” 마다우라의 아풀레이우스가 쓴 이 문장은 ‘신비의 빌라’의 침실 바닥에 씌어질 만한 것이다.

프시케는 밤에 남편이 침대에서 자고 있을 때 소리 없이 기름 등잔을 들이민다. 화들짝 놀란(*consternata*) 그녀는 할 말을 잃는다. 괴물의 모습이 아름다웠기 때문이다. 하지만 아모르는 그 즉시 새로 변해 날아가버렸다.

베누스의 하녀들 중에서 콘수에투디노라는 이름의 하녀가 “네게도 섬길 여주인(*dominam*)이 있음을 마침내 깨달았느냐?”라고 외치며 프시케에게 다가온다. 그녀는 프시케의 머리채를 움켜쥐고 베누스의 발밑으로 끌고 간다(베누스의 아들은 프시케가 호기심으로 그의 몸 위로 치켜든 등잔에서 기름방울이 떨어지는 바람에 상처를 입었다).

‘신비의 빌라(4세기 후에 씌어진 아풀레이우스의 위대한 소설과 하등 상관이 없는)’ 침실 한쪽 벽면에 그려진 벽화에서 보듯이, 솔리키투도와 트리스티시아라는 이름의 두 하녀는 임신한 프시케에게 채찍질을 가한다. 베누스는 자리에서 일어나 몸소 프시케의 옷을 거칠게 벗겨내고, 한 무더기의 밀, 보리, 조, 양귀비, 이집트 콩, 렌즈 콩,

잠두콩 앞에 알몸이 된 그녀를 세워놓는다.

마침내 에로스와 프시케는 결혼한다. 리베르는 포도주를 따른다. 아폴론이 자신의 키타라[22]를 켜며 노래하기 시작한다. 베누스는 춤을 추고, 사투르누스[23]는 한 쌍의 피리[24]를 힘껏 불고(*inflaret tibias*), 파니쿠스[25]는 갈대를 엮어 만든 피리(*fistula*)를 연주한다.

프시케와 에로스의 밤의 포옹에서 태어난 딸은 볼룹타스[26]라는 이름을 얻는다.

*

말은 매혹을 즉시 베일로 가려버린다. 『벌거벗은 임금님』이란 현대 동화에는 이러한 법칙이 함축되어 있다. 어린애, *infans*, 즉 아직 언어를 습득하지 못한 존재에게는 베일마저 없다. 어린애는 여전히 원래의 모습인 나체를 바라본다. 어른들, 즉 언어의 추종자들은 자신을 성인으로 만들어준 언어로 이미 가려진 *fascinus*를 언제나 바라볼 뿐이다. 전혀 위선이 아니라는 듯이 말이다. 왜냐하면 말을 하기 시작해서 스스로 언어가 된 사람은 곧 하나의 육체를 더 가지기 때문인데, 음란한 육체 위에 '철자법에 맞게' 놓여 그것을 가리는

---

22 고대 그리스의 현악기.
23 씨 뿌리는 농업의 신. 그리스의 크로노스와 동일하다.
24 보통 두 개의 피리를 가지고 불었다.
25 작은 목신(牧神)을 가리킨다. 머리에 뿔이 나고 다리는 양을 닮은 모습의 파니쿠스는 일곱 개의 대롱으로 된 피리를 분다.
26 Voluptas는 관능, 쾌락의 의미.

숭고한 육체가 그것이다. 신의 조상(彫像)과 기형적인 남근상은 동일한 것이다. 죽은 자와 산자, 아비와 애인, 완벽한 유령과 짐승 같은 육체, 죽은 자와 죽어가는 자는 구분되지 않는다. '포토스'와 '에로스'는 구분되지 않는다.

황홀경에 빠져드는 두 육체는 눈에 보이지 않는다. 그 둘은 엎치락뒤치락 몸부림을 치다가 서로 끼워맞춰진다. 눈을 감은 채 그들 육체가 몰입되는 과도한 관능은 스스로 빠져드는 태초의 어둠보다 더 캄캄한 어둠과 같아서 눈에 보이지 않는다. 인간의 쾌락을 측정하는 강도는 인간의 시선으로 파악되지 않는다. 쾌락의 재현은 쾌락을 전달하지 못하며 그것을 구분함으로써 부인한다. 쾌락의 재현은 쾌락에서 멀어진다. 그렇기 때문에 인간은 쾌락의 재현을 피한다. 우리가 에로틱한 판화를 싫어하는 것은 타당하다. 그러한 재현이 충격적이기 때문이 아니라 가짜이기 때문이다. 왜냐하면 언제나 '존재하는(présente)' 장면, 그러나 영원히 '제시할 수 없는(im-présentable)' 장면은 바로 그 장면의 결과물인 인간에게는 결코 '재-현(re-présentée)'될 수 없기 때문이다.

제6장
페트로니우스[1]와 아우소니우스[2]

인간의 애정 표현은 끊임없이 리비도나 시간의 갑작스런 한계에 직면한다. 이러한 사실에 대해서는 애무를 활성화시키고 느닷없이 사라지는 욕망으로 도저히 설명할 수 없으며, 언제나 연인들의 의식 탓으로 돌릴 수만도 없다. 불충분한 성애, 행복(*eudaimonia*) 한가운데에서도 불완전하거나 동시에 느끼지 못하는 충족감 때문에 우리는 당혹스러워한다.

쾌락은 우리에게서 욕망을 제거한다.

상어는 바다에 살아야 하듯이 우리는 환상을 품게 마련이다.

남성의 육체에서 성적인 것은 격렬한 행위로만 완전히 풀릴 수 있

---

1 1세기 로마의 시인(?~65). 네로의 측근이었으나 '피소 음모 사건(네로를 암살하고 피소를 황제로 삼으려던 사건)'에 가담했다는 누명을 쓰고 명령에 따라 자살했다. 『사티리콘』의 저자로 알려져 있다.
2 고대 로마의 시인, 웅변가(310년경~395년경).

는 변형으로 나타난다. 매번 과도한 성은 부적절하고 시대착오적인, 그리고 억압적이고 때를 못 맞춘 혹은 수치스럽고 전적으로 비자발적이며 늘 긴박하고 절대 말로 표현될 수 없는——언어는 리비도와 결합하기는커녕 그것을 분리하기 때문에——경험의 형태로 회귀한다. 리비도(*libido*)는 라틴어인데 현대인들이 그것을 다시 사용하면서 번역 불가능한 신성한 단어——로마인이라면 어느 누구도 그 의미에 동의하지 않을 단어——로 바꿔놓았다. 성적 에너지에는 수수께끼 같은 잔여물, 언제나 자기 자신과 동일시되는 짐승의 잔해가 남아 있는데, *fascinus*가 정액과 함께 그것을 배출하지 못하며 역사도 그것에 아무런 영향력을 미치지 못한다는 것을 강조하기 위해서였다. 불가능한 동시성 혹은 진정한 쾌락의 결여로 인해 성적인 것은 자가중독에 빠지고, 채울 수 없는 불만족, 저주받은 몫(*pars obscena*), 어떤 남성의 육체도 부응하지 못할 흥분을 갈망하는 굶주림을 확대시킨다.

『사티리콘』은 가이우스 페트로니우스 아르비테르의 작품이다. 『사티리콘』은 일종의 *satura*(에로틱하거나 외설적 성격의 혼합시)[3]인데, *satura*는 원래 비속시와 *ludibrium*(조롱)에 관련된 것으로 리베르 파테르의 남근(*Fascinus*) 숭배 행렬에 곁들여 풍자 놀이가 행해질 때 허용되었다. 학자들은 마침내 『사티리콘』의 저자와 타키투스의 67년 작 『연대기』에 언급된 위대한 집정관이 동일 인물이라는 증거를 제시했다. 페트로니우스는 오비디우스가 유배지에서 노인이 되었을

---

3 혼합시, 풍자시를 가리킨다. 원래는 여러 가지 곡물, 과일을 가득 담은 접시, 혹은 다진 고기에 포도, 잣 등 여러 가지를 으깨어 섞어 넣은 순대, 뒤범벅을 의미한다.

무렵 마르세유에서 출생했다. 그는 지방 총독과 집정관을 지냈다. 황제는 그를 보호했으나 티겔리누스[4]가 죽음으로 몰아넣었다. 타키투스의 기록을 보면 『사티리콘』은 당시 캄파니아를 여행 중이던 네로에게 복수할 일념으로 가이우스 페트로니우스 아르비테르가 죽어가면서 구술했던 *satura*라고 한다. 페트로니우스는 황제를 칭송하는 책을 쓰기보다는 네로와 그 측근들의 방탕한 행위(*stupri*)에 대한 이야기를 '음란한 청년들과 타락한 여인들의 이름으로(*sub nominibus exoleterum feminarumque*)' 기록했다. 그런 다음 그 풍자를 넣은 '봉인된 봉투'를 황제에게 보냈다. 그리고 자신의 반지를 깨뜨리고 나서 자살했다. 그는 67년 쿠메에서, 자신의 욕실 안에서 아주 천천히 죽음을 맞이했다. 17세기의 편집인들은 진짜 *satura*에 '사티리콘'이란 제목을 붙이는 오류를 범했다. 그중에서 전해지는 것이라곤 발췌된 몇 부분과 짧은 단편들에 불과하다. 줄거리는——처음에는 캄파니아 지방 나폴리 근처의 한 도시——아마도 폼페이이거나 오플론티스이거나 헤르쿨라네움이리라——에서, 그리고 쿠메(이곳은 바로 시불라[5]가 그리스어로 "나는 죽고 싶다"고 중얼거렸고, 페트로니우스가 티겔리누스에게 어쩔 수 없이 목숨을 잃은 곳이다)에서 전개되다가 마지막에는 크로토네[6]에서 끝을 맺는다.

---

4 네로 황제의 근위대 사령관. 네로 암살 음모에 연루되었다고 페트로니우스를 고발했다. 페트로니우스는 결백했지만, 사형을 면할 수 없음을 알았다. 그래서 스스로 동맥을 끊은 다음 죽음을 지연시키기 위해 상처에 붕대를 감은 채 친구들과 대화를 나누고 잔치를 벌이면서 남은 시간을 보내다 죽었다.
5 '시빌'이라고도 한다. 그리스 전설, 문학에 나오는 여성 예언자.
6 이탈리아 남부 칼라브리아 지방의 항구 도시.

화자에게는 아주 어린 소년(*puer*)인 기톤이라는 애인이 있다.

'웅변소설(논쟁*controversia*)'을 듣느라 정신이 팔린 '기록소설(풍자시*satura*)'의 화자는 자신에게서 어린 기톤을 빼앗으려는 친구 아스킬투스의 속셈을 눈치 채지 못한다.

화자는 유곽(*lupanar*)에서 길을 잃고 헤맨다.

그는 싸구려 여인숙에서 아스킬투스를 찾아낸다. 두 사람은 서로 맞붙어 싸우면서 각자 어린 소년에 대한 자신의 독점권을 주장한다.

그들은 기혼 여성 쿠아르틸라가 프리아푸스 신에게 드리는 희생제를 방해한다. 그녀는 두 사람을 채찍으로 후려치면서 프리아푸스 사당(*in sacello Priapi*)에서 그들이 목도한 비밀 의식에 대해 함구한다는 맹세를 받아낸다. 쿠아르틸라는, 하녀 프시케를 시켜 양탄자를 깔아놓고, 그 위에서 여자애 파니키스가 화자에게 수음을 하도록 하고, 기톤에게는 그동안 자기가 보는 앞에서 여자애의 처녀성을 빼앗으라고 강요한다.

화자는 성대한 연회가 벌어진 트리말키오의 집으로 간다. 연회는 괴상망측하고 구역질 나는 도시민(*gens*)의 통음난무의 패러디로 변하고, 술기운이 돌면서 애조를 띠게 된다. 한 사람이 탄식한다. "낮은 아무것도 아니로다(*Dies nihil est*)." 다른 사람이 응수한다. "돌아갈 시간이다. 밤이 되었도다(*Dum versas te, nox fit*)." 다른 이가 말한다. "우리는 날지 못하니 파리(*muscae*)만도 못하다." 다른 사람이 마침내 한숨을 쉬며 말한다. "우리는 그저 공기 방울 같은 존재로다." 여성은 독수리나 요강이라고 불린다. 지속되는 사랑은 암(*cancer*)으로 간주된다. 그렇게 '최고급의' 연회가 진행되는 내내 최상의 요리들이 제공된다. 그 요리들은 로마 세계에서 고안된 극적인 변모와 효과를 지닌 것들이다.

아스킬투스는 화자가 잠든 틈을 타서 기톤에게 비역질을 한 다음 그를 설득해 함께 떠난다.

기톤을 찾아나선 화자는 화랑(*pinacotheca*)에서 한 노(老)시인을 만나게 된다. 그리고 의미를 알 수 없는(*argumenta mihi obscura*) 어떤 그림들 앞에서 자신이 느끼는 당혹감을 털어놓는다.

노시인은 어느 시대를 막론하고 어느 저널리스트나 노인이라도 한결같이 주장할 법한 담론으로 그를 반박한다. "더 이상 예술가는 없다. 돈이 예술을 타락시켰다(*Pecuniae cupiditas haec tropica instituit*). 회화는 죽었다(*Pictura defecit*). 갈기갈기 찢어진 세상은 곧 스틱스[7]의 망령들에게로 떨어질 것이로다(*ad Stygios manes laceratus ducitur orbis*)."

화자와 기톤, 노시인은 함께 배를 타고 떠난다. 배에서 선장의 아내 트리페마가 기톤을 빼앗아 자기 애인으로 삼는다(그녀는 "그의 사타구니 *inguinum*가 어찌나 아름다운지 소년 자신이 자신의 *fascinus*의 부속물에 불과해 보인다"고 말한다). 기톤은 거세되기를 원한다. 선장으로 말하자면, 숭고한 에피쿠로스가 이 세상의 환상(*ludibria*)을 사라지게 하는 데 성공했다고 주장하는 사람이다. "언제 어디에서나 나는 현재의 그날을 즐기며 살아왔다. 마치 그날이 마지막 하루여서 결코 다시 오지 않을 것처럼."

배가 난파한다. 난파되는 동안에도 노시인은 말을 멈추지 않는다.

---

7 그리스 신화에서 지하 세계를 흐르는 강들 가운데 하나.

"내가 말을 마치도록 해주시오! (*Sinite me sententiam explere!*)"

크로토네에서 화자는 매춘으로 생활을 꾸려간다. 그는 한 귀족부인을 만난다. "비천한(*sordibus*) 사람에게만 몸이 달아오르는 여자들이 있는데, 그녀들의 욕망(*libidinem*)은 튜닉을 걷어올린 노예(*servos altius cinctos*)를 보아야 비로소 깨어난다." 그녀를 만족시키려는 순간 그는 여전히 물렁물렁한 채로 있다. 이런 무기력(*languor*)이 여러 차례 반복된다. 귀족 부인은 '보다 단단한 쾌락(*voluptatem robustam*)'을 찾아 떠난다. 화자는 자신이 마법에 걸렸는지(*venefico contactus sum*) 의심이 들어 늙은 여제관 프로셀레노스를 찾아가 발기부전을 치료해달라고 부탁한다. 화자가 고백한다. "헬레스폰트[8]를 지배하는 프리아푸스의 분노가 내 몸을 짓누르는 느낌입니다(*Hellespontiaci sequitur gravis ira Priapi*)." 여제관은 프리아푸스 찬가를 낭송한다. "눈에 보이는 지상의 만물은 내 말을 따르노라. 내가 원하면(*cum volo*) 꽃이 만발한 대지가 메마르고 시든다. 내가 원하면 더 이상 식물들 속에서 수액이 돌지 않는다. 또 내가 원하면 수액은 철철 넘치도록 자신의 풍요를 쏟아내고, 험상궂은 바윗돌(*horrida saxa*)이 나일 강물을 솟구치게 한다. 나는 바다를 다스리노라. 강과 호랑이, 용들도 내 명령을 따른다. 사람들은 내가 건 주문(*carminibus meis*)으로 하늘에서 내려오는 달의 모습(*Lunae imago*)을 본다."

여제관 프로셀레노스가 화자를 빗자루로 두들기지만 아무런 변화도 생기지 않는다. 그러자 그를 프리아푸스 신의 여제관 오에노테

---

8 다르다넬스의 옛 이름. 에게 해와 마르마라 해를 잇는 터키 북서부의 좁은 해협이다.

Oenothée(그리스어로 '포도주를 신으로 섬기는 여자')에게 데려가지 않을 수 없다. 오에노테는 그의 항문 속에 기름과 후추를 바른 가죽 음경(*scorteum fascinum*)을 집어넣는다. 그런 다음 녹색 쐐기풀(*viridis urticae*) 다발(*fascem*)로 그의 성기를 때린다. 그러자 마침내 되살아난 성기가 화자의 튜닉을 들어올린다.

우리는 이 이야기가 어떻게 끝나는지 알지 못한다. 하지만 어떤 결말로 끝나든 간에 이 모호한 단편은 가치가 있을 듯하다.

*

페트로니우스는 이 이야기를 66년과 67년에 걸쳐 썼다. 헤르쿨라네움, 오플론티스, 폼페이, 그리고 스타비아이[9]가 매몰된 것은 79년의 일이다. 엄밀한 의미에서 로마의 문학사 자체는 *ludibrium*(조롱)에서 끝난다. 집정관 데키무스 마그누스 아우소니우스는 놀라[10]의 파울리누스[11]와 그라티아누스[12] 황제의 스승이었다. 아우소니우스는 그리스도교인이었고 역시 그리스도교인이던 파울루스에게 말을 건네고 있는데, 그의 *ludibrium*은 별반 가치가 없다. 베르길리우스(수줍음 때문에 '동정녀'라는 별명이 붙은 *Parthenien dictum causa pudoris* 시인)의 시편들에서 발췌한 몇 개의 시구나 그 일부분을 짜깁기해서 자신의 *ludibrium*(외설적 풍자)으로 만들었기 때문이다. 하지만 중

---

9 이탈리아 캄파니아 지방에 있던 고대 도시.
10 역시 캄파니아 지방 나폴리 주의 도시.
11 로마의 시인(353~431). 놀라의 주교를 지냈다.
12 로마의 황제(367~383 재위).

세를 여는 이 선택 자체는, 그것이 『전원시』에서 끌어낸 이미지와 『아에네이스』에서 끌어낸 이미지들을 뒤섞은 것임에도 불구하고, 결코 에트루리아인 푸블리우스 베르길리우스 마로의 것이 아닌 사랑에 대한 전망과 엄격주의를 드러내고 있다. 아우소니우스는 자신의 풍자 퍼즐을 다음과 같은 방식으로 보여준다. "결혼 축하연(*celebritas nuptialis*)에서는 비속시(*Fescenninos*)[13]가 선호될 뿐 아니라 고대에 기원을 둔 놀이(*vetere instituto ludus*)에는 외설적인 언어가 사용되므로, 나는 침실과 침대(*cubiculi et lectuli*)의 비밀을 써내려갈 참이다. 그러면 필경 베르길리우스를 파렴치한 사람(*Vergilium impudentem*)으로 만들게 되어 나는 두 번 얼굴을 붉히게 되리라."

남편이 어린 아내에게 다가간다. "오래전부터 얼굴을 돌리고 있던 아내가 남편을 바라본다. 그녀는 공포스러운 것을 밀쳐내고 싶어 한다. 위협적인 창(槍) 앞에서 떨고 있다. 남편의 옷 밑에 숨어 있는, 딱총나무의 핏빛 열매처럼 붉고 주사(朱砂)처럼 새빨간 음경이 드러난 귀두를 내민다. 일단 네 다리가 얽히자, 이 무시무시하고 흉측하고 거대하고 눈먼 괴물(*monstrum horrendum informe ingens cui lumen ademptum*)은 사타구니를 벗어나 정염에 불타면서 뜨겁게 달아오른 아내의 몸을 짓누른다. 좁은 오솔길로 인도되는 후미진 구석에 반짝이는 틈새가 있다. 틈새 좌우의 둔덕에서 역한 냄새가 발산된다. 제아무리 순수한 존재라도 죄를 짓지 않고서는 그 입구에 있을 권리가 없다. 그곳은 무시무시한 동굴이다. 동굴 깊숙한 어둠 속에서 코를

---

13 '페세니아인들'을 의미하기도 한다.

찌르는 냄새가 풍겨나온다. 남편은 그곳에 마디지고 껍질이 우툴두 툴한 자신의 창을 단숨에 박아넣고 있는 힘을 다해 용을 쓴다. 창은 꽂혔고, 그것은 대단한 추진력을 발휘하며 처녀의 피를 마신다. 움 푹 파인 동굴은 반향을 일으키며 신음했다. 축 늘어진 손으로 아내 는 무기를 뽑으려고 한다. 하지만 창끝은 뼈들을 비집고 살아 있는 살들의 상처 속으로 너무 깊이 박혀버렸다. 그녀는 세 번이나 몸을 추스르며 팔꿈치를 짚고 몸을 일으키려고 했다. 세 번 다 도로 침대 에 쓰러졌다. 남편은 두려움도 유예도 휴식도 없이 요지부동이다. 자기 못에 충실하게 들러붙은 채 아무것도 포기하지 않는다. 그의 두 눈은 별들을 향해(*oculos sub astra*) 있다. 그는 박자에 맞춰 왕복 한다. 자궁을 두드린다. 두 사람은 피로에 지쳐 막바지로 치닫는다. 그러자 그들은 가쁜 숨을 몰아쉬며 사지를 떨고, 그들의 입술이 바 싹 마른다. 온몸에서 땀이 비 오듯 흘러내린다. 마침내 남편은 기 진해서 축 늘어지고 그의 사타구니에서 방울방울 액체가 떨어진다 (*distillat ab inguine virus*)."

제7장

도무스와 빌라[1]

벽화들은 책들의 비극적인 개요이다. 이야기의 개요들은 다른 책들을 위한 기억의 매체이기도 했다. 고대인들은 기억 훈련을 통해 상당량의 기억술을 축적하게 되었는데, 오늘날은 그 기술이 사용되지 않는다. 대(大)세네카는 당대에서 가장 놀라운 기억력을 소유했던 사람들 중의 하나였다. 카이사르의 독재 시절[2]에 들었던 비극시를 아우구스투스 황제 치하에서 처음부터 끝까지 암송할 정도였다. 벽화와 조상(彫像)들, 정원, 집들도 역시 기억의 교재로 쓰였다. 키케로는 시모니데스가 불타버린 거처의 방들(loci)의 배치에서 도움을 받고, 그 방들의 생김새(imagines)에서 출발하여 말들의 연쇄 전

---

1 라틴어로 *domus*는 '집,' *villa*는 '별장'을 의미한다.
2 율리우스 카이사르의 독재 정치로 공화제가 무너진 후 그의 양자인 옥타비아누스가 아우구스 투스라는 칭호와 함께 황제 자리에 올랐다.

부를 한 덩어리로 점착시킴으로써 어떻게 인위적 기억술(*l'ars mem-orativa*)을 창안하게 되었는지 이야기한다. 라틴어 단어 *imagines*는, 선조들이 사망하면 바로 그날 후손들이 그들의 입술에 청동 거울을 올려놓고 그들의 얼굴을 화폭에 그리거나, 점토에 그려 굽거나, 밀랍에 새긴 다음 현관 홀의 작은 찬장에 보관하던 두상을 가리키던 말이다. 프랜시스 예이츠[3]는 고대 구전문학에 적합했던 인위적 기억술에 관한 연구를 했다. 키케로 이후 거의 두 세기가 지난 다음에도 파비우스 퀸틸리아누스는 여전히 기억을 하나의 건물, 즉 그 안에 인위적으로(artificiellement, 라틴어 *artifex*는 화가를 의미한다) 놓인 물건들을 찾으려고 구석구석 살펴보는 건물처럼 여겼다.

로마의 집들은 우선 책이고 그 다음으로 기억이었다. 로마에서 집에 들어가는 것은 '책의 페이지'에 발을 들여놓는 것이고 '비망록(*memorandum*)'으로 들어가는 것임을 잊어서는 안 된다. 또한 공화국 말기에 키케로가 했던, 우리로서는 매우 이해하기 힘든 다음 단언들을 머릿속에 다시 떠올려야 한다(『헤레니움[4] 가(家)에게』, IV, 『웅변에 대하여』, II). "왜냐하면 그 장소들은 초칠을 한 얇은 서판(書板)이나 파피루스와 아주 흡사하고, 물건들의 이미지들(*simulacris*)[5]은 글자들(*litteris*)과 흡사하기 때문이다. 이미지들의 배열과 배치는 글쓰기와 유사하다. 연설을 하는 행위는 독서에 비견될 수 있다."

---

3 르네상스 시대를 연구한 영국의 여류 역사학자, 예술사가(1899~1981). 로마인들의 기억술에 관한 저서 『기억술』(1966)이 특히 유명하다.

4 로마인의 씨족명.

5 라틴어 *simulacrum*(프랑스어로는 simulacre)의 복수형. 여기에서는 '외관, 생김새, 형상'에 가까운 의미로 쓰였는데, 키냐르 자신이 프랑스어 image로 옮기고 있다.

이러한 단언들은 벽을 바라보며 연설을 외우던 웅변가의 말이다. 키케로는 덧붙여서, 기억에는 수치스러운 일들이 가장 잘 남는 법이므로 기억력을 증진시키고 싶을 때 음란한 이미지를 이용하면 언제나 득을 보게 되리라고 말했다. 마음속에 그려진 내면의 회화들은 실제로 화폭에 그려진 장면이나 침실들을 닮아가기 시작했다. 회랑이나 주랑들은 꿈의 외관을 갖추기 시작했다. 꿈은 시각화된 말의 유희로 가득 찼다. 왜냐하면 꿈은 부동의 압축과 유사한데, 압축은 기억과 동일시되기 때문이다. 압축은 또한 부동인 탓에 비장하고, 비장하기 때문에 자신의 심금을 울렸다. 그리고 심금을 울린 까닭에 꿈은 벽과 주랑, 침실과 벽화에 재연되었다. 벽화는 마음이 압축한 책들을 압축했다.

*

그리스 초기 철학자들은 시민 사회에 눈을 돌리고 욕망으로 인해 빠져드는 일상의 불안에 대해 성찰할 당시 자신들이 나름대로 피타고라스 학파, 견유 학파, 에피쿠로스 학파, 스토아 학파, 새로운 종교의 신봉자들로 서로 분리되어 있다고 주장했다. 하지만 그들은 하나같이 외부의 폭력 및 내면의 불안과 관련이 없는 생각을 권장했다. 그들은 참주 정권이 들어서자 폭정이 지배하는 땅에서 자신들은 이방인이므로 폭군들을 피해 시골에 틀어박혀야 한다고 생각했다. 제국이 수립되자 그들은 조국이라는 개념 자체를 내면화시켰다. 세상을 등진 그들은, 자신의 반영을 보고 자신의 시선을 마주한 채 공포심에 사로잡힌 나르키소스가 돌처럼 굳어지는 것보다 더 재빠르게 중얼거렸다. "우주란 바로 자아"라고.

기원전 3세기에 에피쿠로스는 20세기의 프로이트와 같은 존재였으며, 두 사람의 학설이 담당했던 사회적 역할도 비슷한 전염성을 지니고 있었다. 그들의 제1명제는 동일한 것으로, 즐기지 못하는 사람은 자신을 소진시키는 병을 만들어낸다는 것이다. 그들 모두가 덧붙여 말하기를, 불안은 성적 리비도일 뿐이므로 그것이 부유하게 되면 자신에게 해를 끼치고 정신을 마비시키게 된다고 했다. 유사성은 여기에서 그친다. 에피쿠로스의 단장 51에는 이렇게 씌어 있다. "모든 사람은 자신의 불안을 전염병처럼 서로에게 전파한다." 그는 자신이 철학자보다는 치료사이기를 원했다. 그리스어 *epikouros*는 '구원하는 사람'을 뜻하고, *therapeutikos*는 '보살피는 사람'이라는 의미이다. 에피쿠로스는 모든 철학을 증오했는데, 거기서 단지 도피와 환상의 구조물을 보았기 때문이다. 루크레티우스에 따르면, 에피쿠로스야말로 모든 인간은 내면(*domi*)에 불안한 마음(*anxia corda*)을 지니고 있으며, 그로 인해 정신이 부질없는 고통에 끊임없이 시달린다는 것을 이해한 최초의 인물이었다(『사물의 본성에 대하여』, VI, 15). 오직 자연학만이 도움을 준다. "케레스[6]는 인간에게 밀을, 리베르는 포도주를, 에피쿠로스는 삶의 치료약(*solacia vitae*)을 주었다." 치료약은 다음 네 가지였다. "신은 두려움의 대상이 아니다. 죽음에는 아무런 위험이 없다. 행복은 획득되는 것이다. 두려운 것은 무엇이나

---

6 로마 신화에서 식용 식물의 성장을 관장하는 여신.

견딜 만한 것이다."

데모크리토스[7]의 말이다. "성교는 잠깐 동안의 유사 뇌졸중(*apoplex-iē smikrē*)이다. 그 이유는 마치 일격(*plēgē*)에 의해서인 듯 한 사람이 한 사람에게서 분리되어 떨어져 나오기 때문이다." 에피쿠로스는 데모크리토스의 명제와 정반대의 입장을 취했다. 모든 쾌락은 육체(*sarx*)의 쾌락에서 유래하고, 쾌락마다 고통의 부재를 능가하는 생명의 단위를 하나씩 지니고 있다. 육체적 쾌락(*voluptas*)은 인간을 신격화시키는 유일한 감각으로, 비록 그것이 우리를 불멸의 존재로 만들지는 못하지만 실제로 원자들의 집합체인 우리를 그러한 존재 이상으로 만들어준다. 쾌락은 육체를 우월한 자아로 느끼게 하고, 영혼을 신적인 존재(*sum*)로 끌어올린다. '자신이 살아 있음을 느끼는' 경험은 오직 한 가지 바로 쾌락뿐이다. 왜냐하면 쾌락은 육체와 영혼을 결합시키기 때문이다. 성교는 살아 있는 육체의 근원인 동시에 가장 건강한 상태로 살아 있는 육체의 목적이기도 하다. 그 근원에서 인간의 육체는 정말로 삶에 통합되며, 그리하여 *Est*가 *Sum*[8]으로 바뀐다. 쾌락은 '인간이 삶과 일체를 이루는 능력'으로 규정될 수 있다. 포옹 속에서 쾌락은 스스로를 느낀다. 스스로를 느끼는 쾌락, 그런 것이 행복이다. 고통 속에서나 생각 속에는 통합을 이루는 이런 경험에 비할 만한 것이 전혀 없다.

다음은 솔론[9]의 말이다. "마지막 순간에 이르기 전에는 아무도 자

---

7 그리스의 자연철학자(B.C 460년경~B.C 370년경). 스승 레우키포스와 함께 원자론을 확립하고 물리학과 우주론의 이론을 체계화시켰다.

8 *est*는 라틴어 *sum* 동사(영어의 be 동사에 해당하는 존재 동사)의 직설법 현재 3인칭 단수, *sum*은 1인칭 단수이다.

신이 행복하다고 말할 수 없다." 에피쿠로스는 이렇게 선언했다. "모든 인간은 존재가 완전한 현재 시제로(충족된 현존 상태로) 누리는 행복에 감사해야 한다." 또 로마인들은 말했다. "시간은 매 순간 최상이다(suprême)"라고. 라틴어 *supremum*은 '정점'을 의미한다.

인간의 꿈속에 나타나는 신들의 시뮬라크르는 그 보편적 모습이 멀리 흐릿하게 보인다는 특성을 지니고 있다. 신들의 육체는 신의 속성상 매우 은밀하고 매우 유동적인 원자 구조로 인해 반투명하다. '준(準)회화'의 수준이다. 에피쿠로스주의는 공간의 원자와 시간의 원자에 대한 학설이었다. 오직 시뮬라크르와 순간들(삶의 순간들과 죽음의 한순간)이 있을 뿐이라는 것이다. 순간의 강렬함이 유일한 치료제이다. 죽음의 공포는 즉각적이고 차분한 삶의 열정으로 다스려야 한다.

시간의 원자들이며 사회의 원자들인 에피쿠로스의 제자들은 도시와 군중보다 고독이나 적어도 소규모인 인간 집단을 선호했다. 에피쿠로스는 어떤 군중도 폭풍우와 같다고 말했다. '개인'을 의미하는 라틴어 단어는 그리스어 '원자'를 옮긴 것이다. 에피쿠로스는 자긍심이 있고(sobarous) 독립적인(autarkeis) 개인들을 군중에 대립시켰다. 이론의 토대인 동시에 물질계의 유일한 소재가 되는 '합목적성 없는 원자론'은 각각의 인간 원자를 '은둔'으로(치료를 위한 독립으로, 사회적 개인주의로) 이끈다. 일상적 삶에 대한 이러한 원자론은 정원의 이미지로 압축되었다. 즉 도시 안에 시골의 원자 하나를 갖다 놓고, 그

---

9 아테네의 시인이며 정치가(B.C 640년경~B.C 560년경). 그리스의 일곱 현인 중의 한 사람이다.

원자 가운데에서 마치 순간의 원자(*atomos*)에 바쳐진 삶을 사는 개체(*individuum*)로서 살아가는 것이다. 이러한 생각이 대(大)플리니우스에게는 믿을 수 없을 만큼 참신하게 여겨졌다. 그런 연유로 에피쿠로스 학파는 '정원 학파'[10]라는 이름을 얻게 되었다.

*

1752년 헤르쿨라네움에서 1,700개의 두루마리(*volumina*)로 된 에피쿠로스의 장서가 발굴되었다. 도시를 뒤덮었던 뜨거운 용암 때문에 가장자리가 모두 타버린 것들이었다. 장서가 발견된 집은 즉시 '파피루스 빌라'로 명명되었다. 두루마리들은 화석화되고 말라붙어서 펼칠 수조차 없었던 탓에 각각의 두루마리(*volumen*)를 종단으로 잘라낸 다음, 그 조각들의 끝과 끝을 잇대어 다시 맞추었다. 에피쿠로스의 방대한 물리학 개론서를 제외하면, 대부분의 두루마리들이 그의 제자인 한 철학자의 친구의 것이었는데, 그 친구로 말하자면 공화국 시절과 카이사르의 독재 시절에 살았던 필로데모스[11]라는 사람이었다. 필로데모스의 작품은 병(病), 죽음, 부(富), 건강, 분노, 솔직한 말, 시(詩), 별자리, 신, 신앙심, 음악에 관한 일련의 소론들이다. 1752년 이후에 헤르쿨라네움의 빌라에서 발견된 두루마리들은 아직도 펼쳐지고 재단되고 전사되어 출간되지 못한 것들이 남

---

10 에피쿠로스는 B.C 306년에 아테네에 있는 자기 집 정원에서 학파를 창시했다고 한다.

11 그리스의 시인. 에피쿠로스 학파의 철학자(B.C 110년경~B.C 35년경). 고전 미학 학설을 반박한 예술론으로 유명하다.

아 있다.

 "우리는 모든 것을 빼앗아가는 시간을 꿈에서조차 소유할 수 없다"고 헤르쿨라네움의 필로데모스는 썼다(『죽음에 대하여』, XIV). 인간이 장수하기를 바라서는 안 된다. 길든 짧든 인생에는 '더 이상의' 시간이란 없다. 중요한 것은 충만하게 현존하는 순간의 최대치이다. 그런데 순간은 '점증적'인 것들이 아니다. 『바티칸 선언문』에는 "어떤 즐거움도 절대 미루면 안 된다"고 씌어 있다. 아우구스투스 황제 치하의 호라티우스는 "*Carpe diem*"이라고 말했다(꽃을 피운 단 한 송이 꽃인 듯이 매일 그날 하루를 꺾는다는 이미지가 당시에는 새로운 것이었다. 똑같은 이틀은 없다. 똑같은 두 송이의 꽃도, 똑같은 두 육체도, 똑같이 생긴 두 얼굴도 없다). 우리는 매 순간에게 말해야 한다. "멈춰라!"라고. 삶은 거듭나는 매 순간의 솟구침일 따름이다. 삶은 그렇게 재생되고, 매 지점마다 불쑥불쑥 솟아오르고, 매번 남김 없이 행복을 만끽하면서 더욱더 불안과 두려움을 떨쳐버리게 된다. 인간은 현재를 진하게 '농축'할 수 있다.

 삶의 목적은 무엇인가? 굶주림, 잠, 경련이다. 굶주림, 잠, 욕망, 바로 그 원 속에서 우리가 맴돌고 있다(*Cibus, somnus, libido, per hunc circulum curritur*). 경련, 우리는 바로 그곳에서 태어난다. 신경쇠약은 출생 이전의 어둠 속으로 달려가 틀어박힌다. 에로틱한 정념은 우리가 살아가는 동안의 유일한 궁극적 목적이며, 육체로 인해 우리는 그 목적에 자신을 바친다. 욕구는 욕망만큼 강박적이지 않다. 게다가 욕망과는 반대로 일단 충족되면 사라진다. 음식이나 음료나 온기는 욕망이 하듯이 우리 눈앞에 절대로 매혹적인 대상들을 제시하지 않는다. 내가 '매혹적인 대상'이라고 부르는 것은 그것이 우리에게 주는 만족감을 넘어서는, 그리고 그것이 제공하는 쾌락의 내부에서조차 영원히 지속되는 대상을 의미한다. 에피쿠로스는 에로틱한 쾌락이 우리 내면에서 갖가지 행복을 측정하는 척도로서 존재한다고 말했다. 성행위는 대우주의 질서가 임박하게 만든다. 아리스토텔레스는, 음경(*phallos*)이란 시민권이 구체화되는 별들의 대장간이라고 말했다. 에로틱한 순간은 강렬한 쾌감 속에서 삶이 가장 힘차게 (욕망하는 음경의 과격하고도 거의 고통스러운 힘과 더불어) 드러나는 때이다. 쾌락은 충족된 현재이다. 쾌락 속에서 바로 삶 자체가, 마치 열기가 불에 합쳐지고 하얀색이 눈〔雪〕에 어우러지듯이, 삶 자신에 그리고 자신의 유기체에(그리고 유기체의 필멸성에까지) 들러붙는다.

*

여백이 그림의 채색된 인물상들을 에워싸고 있다. 이러한 '섬의 지형'을 이해하려면 에피쿠로스의 원자물리학에서 출발할 필요가 있다. 루크레티우스는 만물이 여백에 둘러싸여 있다고 믿었다. 우주는 무한하므로 중심이 없다. 우주는 모을 수 없는 것이다. 루크레티우스는 공간이란 무한한 여백인데, 그곳에서 원자들이 영원토록 변함없이 위에서 아래로 무한정 쏟아져 내린다고 상상한다. 그리고 삶이란 공간 속에서 비 오듯 쏟아지는 시뮬라크르들과 다를 바 없는 정액의 동일한 분출이라고 생각한다.

그리스어 *eikôn*, *eidôla*는 이미지(아이콘, 우상)를 의미한다. 라틴어 *simulacra, simul*[12]은 환상들(빛의 이미지들)의 근간들이다. 신들은 특히 상상의 동반자들——*simul*, 분신들, 연극 가면들(*personae*), 디오니소스의 가면들——에 속한다. 다음은 루킬리우스[13]의 『사투라』 XV(「어린애처럼 *Ut pueri infantes*」)에 씌어진 글이다. "아직 언어를 습득하지 못한 어린애들은 청동 조상(彫像)들을 모두 살아 있는 사람으로 생각하기 때문에, 허구인 꿈(*somnia ficta*)을 사실로 믿는 사람들과 마찬가지로, 청동상 속에서 심장이 팔딱거린다고 믿는다. 하지만 그것은 그림들이 걸린 화랑(*pergula pictorum*)에 지나지 않는다. 어느 것도 진짜가 아니다(*veri nihil*). 모조리 다 가짜이다(*omnia ficta*)." 스트라본[14]은 모든 고대 회화가 "국가 원수에게서 보수를 받는 화가와 조각가들이 심약한 사람들을 무섭게 할 목적으로 만든 연극의 가면들"로 이루어져 있다고 덧붙였다(『지리학』, 1, 2, 9).

다음은 아리스토텔레스의 말이다. "상상의 이미지가 없으면(*aneu phantasmatos*) 사고할 수 없다(*noein*)." 그는 덧붙여 환상이 없으면 기억도 없다고 말했다(『기억에 대하여』, 449 b). 라틴어 *simulacra*는 그리스어 *eidôla*뿐만 아니라 *phantasmata*의 번역어이기도 하다. 따라서 루크레티우스가 시뮬라크르(*simulacra*)를 정의한 바 있는 다음 세 가지 의미를 한꺼번에 고려해야만 한다. 즉 원자들의 얇은 막에 불과한 것으로 세계 전체를 구성하는 육체의 물질적 발현, 사자

---

12 라틴어 *simul*은 원래 부사로서 '함께'라는 뜻이지만 여기에서는 관사를 붙여 '함께하는 존재, 즉 동반자'의 의미로 쓰였다.
13 로마의 작가(B.C 180년경~B.C 103년경). 라틴 문학의 '사투라'를 오늘날의 '풍자시'라는 뚜렷한 장르로 확립시킨 인물로 평가된다.
14 그리스의 지리학자(B.C 58년경~B.C 21/25년 사이).

(死者)들의 망령, 신들의 모습이 그것이다. 오직 원자들이 있을 뿐이다. 모든 감각은 원자들의 충격이다. 갑작스런 접촉은 소리가 없고, 비이성적이고(*alogos*), 터무니없고, 절대적이고, 필지적(必至的)이다. 눈에 보이는 모든 것은 여백에서 비처럼 쏟아지는 원자들에 부딪쳐 튀어오르는 원자들의 사정(射精)이다. 세계가 존재하는 것은 매 순간 반복되는 우연에 의해서이다. 우리가 생각을 하는 것도 매 순간 반복되는 우연에 의해서이다. 우리가 존재하는 것 역시 우연에 의해서이다.

*

여백이 원자들의 집합체인 인간의 육체를 에워싸고 있다. 독립적(*autarkeia*)이 되려는 욕망은 가장 덜 불행해지려는 염원에 해당된다. 개인은 도시에서 멀리 떨어져야 보다 원자적 삶을 누리게 될 것이다. 도시에 대한 증오와 그로 인한 은둔이 지혜의 첫걸음이다. 플리니우스가 미니키우스 푼다누스[15]에게 보낸 편지에는 이렇게 씌어 있다. "도시에서(*in urbe*) 보낸 날들을 하루하루 짚어보게. 자네는 자신이 보낸 순간들의 계산이 맞는다고 생각할 테지. 그중 몇몇 순간을 생각해보게나, 그러면 더 이상 계산이 맞지 않네. 모든 일이 그 일을 하던 날에는 꼭 필요한(*necessaria*) 것으로 여겨졌을 테지만,

---

15 로마 황제 하드리아누스와 플리니우스가 그에게 보낸 서한에 그의 이름이 등장할 뿐, 그에 관해 전해지는 자세한 기록은 없다. 하드리아누스는 아시아 지역의 총독이던 그에게 재판 없이 기독교인들을 처형하지 말라는 서한을 보낸 바 있다.

평온한 시골에서는 무의미하게 느껴질 것이고, 그러면 이런 생각이 들 것이네. 지나간 날들을 헛되이 보냈구나, 라고 말일세. 이것이 일단 라우렌테스[16] 빌라에 도착하자 내게 떠오른 생각이었네. 나는 책을 읽고(*lego*), 나는 글을 쓰네(*scribo*). 여기에서 나는 들어서 후회되는 그 무엇도 듣지 않고(*nihil audio quod audisse*), 말해서 후회되는 그 무엇도 말하지 않네(*nihil dico quod dixisse paeniteat*). 누군가를 헐뜯으려고 내 귀에 악의적인 말(*sinistris sermonibus*)을 하러 오는 이도 없고, 나 자신도 누구를 비난하지 않는다네. 나는 어떤 욕망에도 긴장하지 않고, 어떤 두려움에도 시달리지 않으며, 어떤 소문에도 불안해하지 않네. 오직 나 자신과 내 글들하고만 대화를 나누지(*mecum tantum et cum libellis loquor*). 오, 바다여, 오, 강이여, 오, 진짜이며 홀로인 미술관이여, 당신의 말을 받아쓰리라! (*O maris, o litus, verum secretumque mouseion, dictatis!*)"

에피쿠로스가 *autarkeia*(노예가 되기를 거부하는 것, 현자에게 부여된 목적처럼 만물의 독립적인 자유)라고 부른 것을 로마인들은 이상하게도 *temperantia*(극기, 극단적 쾌락, 즉 그 경계가 매 순간 고통과 맞닿는 쾌락이라는 의미에서)라고 옮겼다. Autarcie(자급자족체제)는 또한 언제라도 자연 상태로의 복귀 가능성을 의미한다. 시민전쟁 이후에 로마인들은 정치나 국가, 제국이나 우주 그 어느 것의 몰락이든 간에 몰락에서 시작되는 투자를 생각했다. 그들에게는 시민전쟁에 대한 기억이 있었다. 그들은 파괴된 문화와 자신들이 세계 곳곳에 세

---

16 이탈리아 라티움 지방의 서부 해안 도시.

웠던 도시들의 잔해를 목도했다. 개개인은 몰락의 순간에 대한 두려움에 휩싸여 자신의 토지를 거대한 민간 라티푼디움[17]에 통합시키게 되었다.

사람들은 은둔의 장소를 도시의 궁전뿐만 아니라 은신처 자체에도 그려넣었다. 심지어 정원으로 둘러싸인 캄파니아 빌라들에도 벽에 정원을 그린 벽화가 있다. 플리니우스는 로마누스[18]에게 자기 소유의 빌라들을 묘사하면서, 자신이 빌라를 알렉산드리아인들의 연극에 비유함으로써 재치를 부린다고 믿었다. 하지만 사실은 이미 4세기 전에 그리스에서 로마인들이 열광했던 디오니소스제(祭)의 비극 공연들을 재연한 데 지나지 않는다. "나는 라리우스[19] 호숫가에 여러 채의 빌라를 소유하고 있는데, 그중에서 나를 당혹케 하는 만큼 즐거움을 주는 빌라는 두 채입니다. 하나는 바이아이[20]식으로 높이 솟은 암벽 위에 있어 호수가 내려다보이고, 다른 하나는 역시 바이아이식이지만 호수에 접해 있어요. 그래서 나는 첫번째 빌라를 비극(*tragoediam*), 두번째를 희극(*comoediam*)이라고 부른답니다. 첫번째는 '코투르누스'[21]를 신은 듯이(*quasi cothurnis*) 위로 솟아 있고, 두번째는 '소쿠스'[22]를 신은 듯이(*quasi socculis*) 보이기 때문입니다. 불쑥 튀어나온 산등성이 위에 지어진 첫번째 빌라는 양쪽으로 만을 가

---

17 고대 로마에서 노예를 두고 경작하는 광대한 사유 농지.
18 소(小)플리니우스의 가까운 친구인 보코니우스 로마누스.
19 지금의 이탈리아 북부 롬바르디아 주에 있는 코모 호수.
20 이탈리아 캄파니아 지방에 있던 고대 도시. 황제나 부유한 로마인들이 즐겨 찾던 고급 거주 지역이었다. 네로 황제가 자신의 어머니 아그리피나를 살해한 곳이기도 하다.
21 고대 로마, 그리스의 비극 배우들이 무대에서 키가 커 보이도록 신었던 굽 높은 반장화.
22 주로 부인들이나 희극배우들이 나약성을 드러내기 위해 신었던 굽 낮은 반장화.

르고 있는데, 두번째는 널따란 곡선을 그리며 그저 하나의 만을 감싸고 있어요. 첫번째 빌라에서는 가마용 산책로가 테라스에서 테라스로 구불구불한 곡선들을 그리는 반면에, 두번째에서는 가마들이 호숫가를 따라 난 긴 오솔길을 따라가게 됩니다. 첫번째 빌라는 파도에서 벗어나 있지만, 두번째에는 파도가 밀려와 부서지곤 하지요. 첫번째 빌라에서 바라보면 낚시꾼들의 배들이 보일 뿐이지만, 두번째에서는 직접 낚시를 할 수도 있어요(*ipse piscari*). 자기 방에서(*de cubiculo*)나 심지어 휴식하는 침대에서(*etiam de lectulo*)도 마치 배(*naucula*) 안에서 하듯이 낚싯바늘을 던질 수 있답니다."

*

인간만 집(*domus*)의 내부에 거주하는 것이 아니라 *domus*도 인간의 영혼 속에 거주한다. 로마의 기혼 여성에게 내려진 금기인 사랑 및 열정적 베누스는 역설적이게도 집의 개념과 따로 떼어 생각할 수 없다.

로마는 농민 귀족의 도시였고, 집안의 가장들(*Patres*라고 불리는)이 모인 곳이었다. 그들은 보다 큰 집단(원로원이라고 불리는)에서 자기 가문을 대표하며, 가문의 종교(수호신들, 죽은 조상들의 초상들)를 따랐다. 아이스킬로스는 『에우메니데스』 606~657행에서 아이를 낳는 것은 어머니들이 아니라고 말한다. 아폴론은 어머니들이란 *fascinus*로 변한 아버지들(*Patres*)의 *mentula*가 그녀들의 자궁 깊숙이 뿌린 씨앗을 키우는 유모에 불과하다고 단언한다. 따라서 성에 관한 한 여성은 어린애와 무관하며 단지 어린애에게 배〔腹〕라는 집을 제공할 뿐이라는 것이다. 중요한 것은 오직 배에 씨를 뿌리는 '불룩하게 솟은 것(곤두선 것, 튀어나온 것)'이다. 플루타르코스는 카토가 어느 날 기혼 여성의 감상적 사랑을 금지하는 논거를 제시하면서, 사랑에 빠진 남자는 "자기 영혼을 타인의 육체 속에 살게 한다"는 말을 했다고 전하고 있다(플루타르코스, 『카토』, XI, 5). 탁월한 이 정의는 게니우스(Genius)의 위상을 밝혀주는 동시에 감상적 사랑이라는 질환의 악마적 본성을 부각시키고 있다. 감상적 사랑은 규정에 위배될 뿐 아니라 개인의 정체성마저 위협한다. 그것은 집을 바꾸게 만드는 사랑이기 때문이다.

고대 그리스에서, 그 후 에트루리아 사회에서, 그리고 로마에서조차 사랑과 죽음은 동일한 것이었다. 사랑은 다른 집으로(헬레네를 유괴해서 트로이 성으로) 데려간다. 죽음도 다른 집으로(페르세포네를 유괴해서 화장되었거나 매장된 육체들의 지하 세계로) 데려간다. 에로스와 타나토스는 주요한 두 가지 유괴 가능성이다. 우선 사회적으로 볼 때 그들은 '지역 편중 해소'에 기여하는(하나는 살아 있는 남편의 집으로, 다른 하나는 죽은 남편의 무덤으로) 위대한 두 신이다. 그리고 육체적으로도 두 유괴는 잠이라는 동일한 상태, 즉 간헐적인 잠이거나 영면(永眠)에 빠뜨린다. 바로 그런 이유로 힙노스는 에로스뿐만 아니라 하데스와도 관련 있다. 욕망의 헐떡임 혹은 임종의 헐떡임 속에서 이들 유괴(raptus)는 어둠 속으로 납치를 감행한다. 극도로 희미한 단계에서 심리 상태는 오랫동안 동일하게 유지된다. 기본적으로 유괴의 근원에서는 포토스(pothos)와 에로스(éros)가 구분되지 않는다. 잠을 자든 깨어 있든 간에 애도에 잠긴 자나 사랑에 빠진 자가 느끼는 부재자에 대한 욕망은 다르지 않다. 부재자의 *domus*(집)는 무엇인가? 무덤이고 마음이다. 자신의 가짜 유해가 담긴 쇠 항아리를 든 살아 있는 오레스테스와 엘렉트라[23]가 마주 보고 서 있는 장면은 타키투스가 말한 "마음은 사랑했던 사람들의 무덤"이라는 단언에 사용된 강렬한 은유만큼이나 충격적이다. 타키투스의 비유는 오래된 만큼 단순했던 힘을 상실했다. 무덤이 이 세상의 '빛'을 떠나 불 속으로 들어간 '망령들'이 거주하는 '살아 있는 마음'인 것처럼, 마음은 사랑하는 대상의 환상이 거주하는 '지옥의 집'이다.

그런데 게니우스에게 허락된 개인의 육체가 아닌 다른 집(*domus*)에 거주하는 일이 기혼 여성에게는 불가능하다. 안주인(*domina, domus*를 지키는 여자)이 계급을 벗어난 거주지의 노예가 될 수는 없다. 심리적 편재(페르세우스의 날개 달린 샌들, 큐피드의 날개)는 아내에게서 태어날 시민의 정체성, 계급 제도의 순수성과 아내의 지위를 파괴한다. 로마인들은 시민이 자기 집(*domus*)이 아닌 다른 장소에서 욕망을 충족시킴으로써 사랑의 정념에서 보호받을 필요가 있다고 생각했다. 플루타르코스의 기록에 따르면, 어느 날 감찰관 카토가 포룸에서 돌아오는 길에 마침 유곽에서 나오는 한 젊은 귀족을 보았다. 카토가 오는 것을 보고 그는 재빨리 토가 자락으로 얼굴을 가렸다.

---

23 그리스 아르고스의 왕 아가멤논과 클리템네스트라의 딸이며 오레스테스의 누이이다. 엘렉트라는 성인이 되어 돌아온 오레스테스가 어머니와 그녀의 정부 아이기스토스를 죽여 아버지의 원수를 갚는 것을 돕는다. 이 전설은 자주 고대 비극 작가들의 작품의 주제가 되었으며, 그 후의 서구 문학(볼테르의 『오레스트』, 괴테의 『타우리스의 이피게네이아』, 유진 오닐의 『상복이 어울리는 엘렉트라』, 사르트르의 『파리떼』 등)에서도 빈번히 다루어지고 있다.

감찰관은 꾸짖기보다는 큰 소리로 이렇게 말했다. "젊은이, 배짱을 가지게! 자네가 보잘것없는 여자들에게 드나들며 정숙한 여자들을 넘보지 않는 것은 잘한 일이네." 카토의 동의에 우쭐해진 이 젊은이는 다음 날 다시 유곽을 찾았고, 일부러 보란 듯이 정확히 같은 시간에 그곳에서 나왔다. 카토는 그에게 말했다. "나는 자네가 넘쳐나는 정액을 쏟으러 매춘부에게 가는 것을 칭찬했던 것이지 유곽을 자네의 집(*domus*)으로 삼으라고 했던 게 아닐세!"

게니우스(*Genius*)들과 영혼들(âmes) 간의 혼신(混信)은 연인들이 그들의 사랑을 위해 지어냈고, 프랑스어 단어 Dame(부인)이나 Madame(나의Ma 부인dame)에 끈질기게 남아 있는 âme(영혼)이라는 명사에서 그 흔적을 읽을 수 있다. *Domina*란 노예들이 기혼 여성을 부르던 이름이다. *Domina*는 *domus*(집)를 지배하는(domine) 여자라는 뜻이다. 애인이 사랑하는 상대 여성을 *Domina*(부인Dame, 여주인maîtresse)라고 부르게 되면 그는 자신의 지위(*status*)를 파기하고 그녀의 노예가 되는 것이다. 섹스투스 프로페르티우스의 책 제1권의 열번째 비가(悲歌)에서 그 사실이 입증되고 있다. "화려한 말과 과도한 침묵을 피하라. 사랑을 즐기려면 언제나 보다 겸손하고 (*humilis*) 언제나 보다 순종적(*subjectus*)이어야 한다. 그대가 사랑하는 여인, 오직 하나뿐인 여인과 행복하려면(*felix*) 더 이상 자유로운 (*liber*) 남자임을 포기하라." 이러한 상황은 위장된 것일망정 여성 측의 역명제로 바뀌면 내파(內破)를 일으킨다. 기혼 여성이 '안주인-노예(*domina-esclave*)'인 것은 용어상의 모순이기 때문이다.

로마 자체도 상반된 두 가지 명령에 복종했다. 즉 생명의 원천,

남성 수액의 원천, 타 민족에 대한 승리의 원천을 마르지 않게 하려면 무엇이든 할 것, 그리고 베누스에 대한 열광으로 도시의 질서를 어지럽히지 않으려면 무엇이든 할 것이 그것이다. 파도에서 솟아오르는 베누스의 광채는 여신이 생겨난 포말의 결실이다. 바다의 딸 베누스의 쾌락은 대양의 느낌과 관계가 깊지만, 남성들은 그 느낌을 자신의 쾌락에서 경험하지 못한다. 렘니우스[24]는 여성이 느끼는 쾌락이 남성과 비교할 때 두 배라고 말했다. "여성은 남성의 정액을 탈취해서 그것과 함께 자신의 것을 배설한다." 여성의 자기 제어 불능(*impotentia muliebris*), 정념으로 인해 여성이 빠져드는 격렬함, 베누스와 관련된 전염성 강한 광기, 그런 것들이 로마에서는 늘 되풀이된다. 그것은 또한 로마의 건국 신화, 즉 로마의 디오니소스 숭배주의(그리스인들은 그 정도로 경험하지 못했는데, 그 이유는 한편으로는 남색 관습 때문이고, 다른 한편으로는 규방이라는 사회적 제도 때문이었다)이기도 하다. 오비디우스의 『사랑의 기술』에는 이렇게 씌어 있다. "여성의 욕망은 우리 남성의 욕망보다 훨씬 강할 뿐만 아니라 더 격렬하고 더 문란하다(*Acrior est nostra libidine plusque furoris habet*)."

오비디우스의 에로틱한 세 권의 책(『사랑』『사랑의 기술』『에로이데스』[25])에서 세간의 빈축을 사는 점은 바로 상대성의 개념, 즉 정조와 쾌락, 점잖음과 에로스, 혈통과 관능, 아내의 규정상의 지배(*dominatio*)와 남편(*vir*)의 감정적이고 불경스런 예속을 뒤섞어놓은 사고

---

24 네덜란드의 유사요법 의사인 레비누스 렘니우스(1505~1568)로 추정된다.
25 신화, 전설의 유명한 여주인공들이 연인이나 남편에게 보내는 편지 형식으로 여성의 연애 심리를 그린 작품.

이다. 아우구스투스 황제는 천재 시인 오비디우스를 다뉴브 강변으로 유배시켰다. 정숙한 부인인 그의 아내는 그를 따라나서지 않았다. 그가 18년 후에 홀로 죽을 때까지 한 번도 그를 보러 오지 않았다.

안토니우스는 클레오파트라와 죽음의 계약을 맺었다. 사랑의 열정은 연인들 자신에게는 느린 임종의 순간처럼 느껴진다. 티불루스와 델리아[26]도 마찬가지였다. 프로페르티우스와 킨티아[27]의 경우도 마찬가지였다. 동방에서 빌려온 이러한 죽음의 계약, 심리적 예속은 로마의 결혼이 지닌 생식과 거주지 결정의 계약과는 반대되는 것이다. 죽음의 계약은 효성(*pietas*, 아들에서 아버지에게로 향한 비상호적 종속)과는 정반대의 것이다.

폼페이우스는 자기 아내(율리아, 카이사르의 딸)와 사랑에 빠졌다. 이내 그는 떠들썩한 조롱의 대상이 되었으며, 만천하에 알려진 사랑은 그가 권력을 잃고 전쟁에서 패하는 한 요인으로 작용했다. 권력은 사랑과 연관될 수 없다. 사랑은 오직 욕망과 연관된다. 어떻게 지배가 종속에 종속될 수 있겠는가? 아내에 대한 변함없는 사랑이 폼페이우스에게서 정치적 영향력(로마 세계의 생명력을 증가시키고 거듭되는 승리로 로마를 성장시키는 그의 힘)을 박탈했다.

*

---

26 티불루스(로마의 비가 시인)의 첫사랑의 상대자가 그의 시집 제1권에 '델리아'라는 이름으로 등장한다.

27 프로페르티우스가 사랑했던 여인. 그의 네 편의 비가 가운데 첫번째 작품 여주인공의 실제 모델이기도 하다.

은둔 생활 끝에 자아(*ego*)는 내면의 집(*domus*)이 되었다. 개체의 (*individuus*) 영혼이라는 개념은 에피쿠로스주의에 의해 생겨났다. 죄의 기억 속에 함축된 영혼의 자율성이란 개념은 토미스에서 오비디우스가 구축하여 카르타고에서 아우구스투스가 결정적으로 확립(의식*conscientia*)하였다. 영혼은 내면화된 침실이다. 은밀하고 방음이 잘된 규방은 코뭄[28]의 플리니우스에게 향락 추구의 이상적인 은신처가 되었다. 이 빌라 저 빌라로 옮겨 다니며 가이우스 플리니우스 카에킬리우스 세쿤두스[29]는 끊임없이 자신의 침실(*zôtheca*)을 손보았다. 그리스어로는 회화를 *zôgraphia*라고 한다. 서재는 그의 영혼(*zôtheca*)이 되었다. 그리스어 *zôtheca*는 '삶을 정비하는 장소(규방, 작은 침실)'를 의미하는 단어이다. 플리니우스는 자신의 *zôthèque*, 즉 자신이 삶을 설계하는 장소인 '작은 침실'을 이렇게 묘사하고 있다(『서한집』, XVII, 22). "테라스의 끝에, 주랑의 끝에, 정원 깊숙한 곳에, 내가 아주 좋아하는(*amores mei*), 정말로 좋아하는(*vera amores*) 작은 집이 한 채(주거 건물*diaeta*) 있다. 바로 그곳에(*Ipse posui*) 집을 앉힌 것은 나이다. 그 집의 태양열 한증실 하나에서는 테라스가 보이고, 다른 하나에서는 바다가 보이는데, 둘 다 창문이 햇빛에 드러나 있다. 방의 이중문은 주랑으로 통하고, 다른 창문 하나는 바다 위로 돌출되어 있다(*prospicit mare*). 벽들 중 하나는 가운데가 움푹 패었고, 그곳에 알코브(*zôtheca*)[30]가 있다. 유리문과 커튼으로(*specu-*

---

28 이탈리아어로는 '코모'이다. 밀라노 북쪽 코모 호수 남단의 산으로 둘러싸인 도시.

29 소(小)플리니우스를 가리킨다.

30 침실 벽을 파서 침대를 들여놓은 곳.

laribus et velis) 알코브를 방에 합류시키거나 따로 분리할 수 있다. 알코브에는 침대 하나(*lectum*)와 의자가 두 개(*duas cathedras*) 있다. 발밑으로는 바다가 있고(*a pedibus mare*), 등 뒤로는 빌라들이 있으며(*a tergo villae*) 머리맡에는 숲이 있다(*a capite silvae*). 이 전망들은 같은 수의 창문들을 통해 보인다. 이곳에서는 노예들의 목소리(*voces servulorum*)도, 요란한 바다의 철썩임(*non maris murmur*)도, 뒤흔드는 폭풍우 소리(*non tempestatum motus*)도 들리지 않으며, 번개의 번쩍임(*non fulgurum lumen*)이나 심지어 한낮의 빛조차도 창문을 열지 않으면 보이지 않는다. 은둔과 고립(*abitique secreti*)의 깊이는 침실의 벽과 정원의 벽 사이에 복도(*andron*)가 있다는 사실로써 설명된다. 소리는 벽 사이의 빈 공간에서 소멸되고 만다. 침실에 붙어 있는 방은 아주 작은 난방실(*cubiculo hypocauston perexiguum*)로서 좁다란 작은 유리창(*angusta fenestra*)이 나 있는데, 밑에서 올라오는 열은 이 창으로 조절된다. 그리고 대기실(*procoeton*) 하나와 정오까지 햇빛이 드는 침실(*cubiculum*)이 하나 더 있다. 이 집(*diaetam*)에 틀어박혀 있노라면 내 자신의 빌라에서조차 멀리 있는 것처럼 느껴진다(*abesse mihi etiam a villa mea*). 나의 즐거움은 사투르날리아[31]가 진행되는 시기에 특히 커지는데, 그때가 되면 축제날마다 나머지 거주자들 모두가 광기에 휩쓸려 뛰어놀며 기쁨의 함성을 질러댄다. 나는 집안 사람들의 놀이(*meorum lusibus*)를 방해하지 않고, 그들도 내 연

---

31 사투르누스(그리스의 농업신 크로노스와 동일) 축제는 로마에서 가장 큰 축제였다. 원래는 12월 7일 하루 동안에 치러졌으나 후에는 7일간 계속되었다. 그 영향이 지금도 크리스마스나 서양의 신년 명절에 남아 있고, 영어 단어 saturday(토요일)도 라틴어 *Saturni dies*(사투르누스의 날)에서 유래한 것이다.

구를 전혀 방해하지 않는다."

*

　로마 제국은 쇠퇴나 몰락, 추락을 경험하지 않았다. 후기 로마 제국[32]의 문명은 로마 역사상 가장 학식이 풍부했다. 왕정의 정치 혁명에 건축술의 지속적인 성장과 유례없는 예술의 열정이 호응했다. 에피쿠로스주의는 은둔이었다. 견유주의도 은둔이었다(비록 통이 도시에서 발견되기는 했지만). 스토아주의도 은둔이었다. 그리스도교 역시 은둔이었다. 이 세상을 떠나기(오늘날 중산 계층의 전원주택, 일반 계층의 관광여행, 부유한 소수 집단의 조세회피지)가 고대 사회의 행동 지침이었다.

　도시들의 수는 증가했고 야만스러워졌다. 폐허가 확장되었다. *saltus*(야생 목초지나 산악 지대)에 영지들이 늘어갔다. 귀족들 간의 평등은 사라졌다. 서열이 확립되자 그로부터 계급에 대한 열정이 생겼다. 주교들을 임명하고 성직자를 관료로 만든 것은 콘스탄티누스 황제가 아니었다. 그는 제국의 열정에 동조한 사람들의 계급에 대한 열정을 규정화시켰을 따름이다. 새로운 사제들은 신부들(*Patres*)의 하얀색 토가를 검은색 토가로 바꾸었다.

　제국의 후원이 토지로 확대되면서 사람들은 오히려 토지에서 멀어졌다. 모든 것이 떠났다. 모두가 떠나갔다. 전제군주가 유배시킨

32　콘스탄티누스 대제 이후의 동로마 제국(393~1453)을 가리킨다.

사람들은 섬으로, 땅을 빼앗긴 사람들은 시골로, 은둔자들은 인적 없는 곳으로 떠나갔다. 자치시의 권한은 막강해졌다. 사람들이 제물을 바치지 않자 힘을 상실한 신들은 영(靈)으로 전락했다. 사원을 떠난 의식(儀式)은 흐지부지되었지만 완전히 사라지지 않은 채로 세속화되었다. 거기에 개인의 다이모니온,[33] 수호신(Genius), 수호천사, 천상의 쌍둥이,[34] 눈에 보이지 않는 가호가 섞여들었다. 내면화된 사회의 피라미드는 진로를 사후(死後)로 이탈해서 하늘로 사라져버렸다. 천사(*angelos*)라는 말 자체도 내면의 인격의 자율성을 의미하게 되었고, 그리하여 일체의 친족관계가 제거됨으로써 예전에 로마에서 Genius(출생을 주관하는 수호신)라는 단어가 지닌 자손 생식을 위한 생명력의 유입이라는 의미도 사라졌다. 이 중개자적 신들의 반열에 특별한 신들, 즉 원형 경기장에서 죽임을 당했거나 노예처럼 십자가형에 처해진 순교자들이 추가되었다. 그리고 가장 가깝거나 가장 먼 층을 이루는 단 하나의 서열에 따라 사람들은 눈에 보이지 않는 가호 속에서 자신의 보호자를 찾았다. 즉 수호천사가 된 수호신(Genius)을 찾고, 성인에게서 수호성인을, 대주교에게서 황제를, 신에게서 하느님 아버지를, 즉 지상에서 순교자들을 거두어 하늘로 올라간 지배자(*imperium*)를 찾았다. 관습적으로 이루어지던 빵과 의식(儀式)의 분배를 교회가 대체했다. 피투성이 인간 제물이 원형 경기장에서 사라지자, 사람들은 바실리카(basilica, 지붕이 있는

---

33 소크라테스가 어릴 때부터 자주 들은 것으로 전해지는 신령(다이몬)과 같은 것으로부터의 신호. 그것은 어떤 행동을 하려고 할 때 주로 금지하는 신호였다고 한다.

34 그리스 신화에 나오는 쌍둥이 카스토르와 폴룩스(폴리데우케스)를 가리킨다. 이들이 황도대의 쌍둥이 별자리인 까닭에 천상의 쌍둥이라고 부른다.

시장, 수크[35]) 한가운데 놓인 농노처럼 인간으로서 십자가에 매달린 신의 참혹하고 인간적인 희생을 선호하게 되었다.

예전에는 가문에 종속되었던 것을 천사(*angelos*)가 영원한 원천에 대한 영혼의 수직적 충성으로 변환시키자, 그리스도교인의 이웃은 이제 친척이 아니라 신이 되었다. 바로 이것이 복음서(*eu-angelon*)의 교훈이다. 인간의 출산(*genitalia*)에만 관여하던 수호신(Genius)에게 등을 돌리고 나면, 개개인의 천사(*angelos*)는 복음서(*eu-angelon*)가 예고하는 그 무엇이 된다. 그것은 다름 아닌 인간의 모습을 한 신이었다. 개인의 영혼도 도시에서 멀리 떨어진 빌라가 되었다. 다시 말해 뇌물과 세금에서 격리된 은신처가 되었다. 사자(死者)들에 대한 숭배는 중단되었다. 더 이상 망령들을 부양하는 일조차 없어졌다. 사람들은 신을 그 계승자로 삼았다. 사실상 교회가 죽음과 은둔의 모든 재산을 상속받았다.

은둔 생활이나 금욕적인 종교 운동의 동조자 모집에는 대단한 동기가 있는 게 아니었다. 동기는 수도원의 기부 재산들, 즉 시에서 부과되는 증가일로의 과중한 세금에 대한 거부와 불가분한 것이었다. '세금 회피,' 아마도 그것이 *anachôrèsis*(은둔)라는 단어에 딱 들어맞는 번역어이리라. 다음 일화가 그 사실을 보여준다. 316년에 아우렐리우스의 농장이 습격을 받았다. 아우렐리우스가 말했다. "내 토지가 넓다고는 하지만 나는 마을 사람들과 아무런 유대 관계 없이 그저 내 집에 머물러 있을 뿐이다(*kata emauton anachôrountos*)."

---

35 아라비아의 시장.

*anachôrèsis*는 정치적 은퇴이자 마을에서(마을의 세금에서)의 이탈이기도 하다. 은둔자(둔세자)의 이상은 로마인이 로마가 아닌 도시, 예컨대 폼페이 같은 곳에 빌라를 지으며 느끼던 자급자족의 이상과 동일한 것이었다. 프랑스어 'moine(수도사)'은 그리스어로 *monos*(혼자), 즉 정치적 원자(*atomos*)로서가 아니라 사회적 사망자로밖에는 인식되지 않는 자, 시대와 무관한 자주성(*autarkeia*)을 지닌 자, 에피쿠로스주의가 총체적으로 심화된 상태인 '홀로인 자'로 인식된다.

제8장

메데이아

메데이아는 무분별한 정념의 인물이다. 그녀는 알렉산드리아의 문학과 로마의 문학에서도 전형적인 마법사(그 후에는 마녀)의 기원이 되고 있다. 메데이아에 관해서는 두 편의 위대한 비극이 씌어졌다. 그리스의 에우리피데스의 비극과 로마의 세네카의 비극이 그것이다. 에우리피데스의 『메데이아』는 기원전 431년 펠로폰네소스 전쟁[1] 직전에 아테네에서 상연되었다. 에우리피데스는 전설에서 한 가지 에피소드만을 취하지 않고, 메데이아의 긴 생애에 걸친 온갖 에피소드가 최후의 위기에 이를 때까지 줄곧 쌓여가게 만들었다. 이야기인즉 이러하다. 이아손은 테살리아 해안에 위치한 이올코스의 왕자였다. 숙부 펠리아스가 그의 아버지의 왕국을 빼앗고는 그를 콜키

---

[1] 고대 그리스 도시국가들의 양대 세력인 아테네와 스파르타가 서로 패권을 다툰 전쟁(B.C 431~B.C 404).

스로 보내 황금 양털을 가져오도록 했다. 그곳은 흑해 끝에 있는 데다가 황금 양털은 용이 지키고 있었다. 결국 펠리아스는 이아손이 돌아오지 못하게 할 심산이었다.

이아손은 아르고선(船)을 타고 떠났다. 심플레가테스 암벽들[2] 사이를 지나 아이에테스 왕이 다스리는 콜키스 왕국에 도착했다.

아이에테스 왕에게는 메데이아라는 딸이 하나 있었다. 그녀의 할아버지 헬리오스는 태양신이었다. 왕의 누이이자 메데이아의 고모인 키르케 자신도, 호메로스의 작품에서 보면, 사람을 돼지나 사자나 늑대로 변하게 만드는 마법사였다. 키르케는 오디세우스의 사랑을 받아 꿈같은 한 달을 보낸 후에 그의 아들 텔레고노스(그는 투스쿨룸[3]을 세웠는데, 그곳에서 키케로가 살았고, 그의 딸 테렌티아도 자식을 낳고 죽었다)를 낳았다. 메데이아는 배에서 내리는 이아손을 보자마자 그 자리에서 절대적인 사랑에 빠졌다. "그녀는 그를 바라본다. 그녀의 시선이 그의 얼굴에 고정된다. 미친 듯한 사랑에 빠진 그녀에게 그의 얼굴은 여느 인간의 얼굴 같아 보이지 않는다. 그녀는 시선을 돌릴 수가 없다"(오비디우스, 『변신 이야기』, VII, 86).

그러자 아이에테스 왕이 이아손에게 불가능한 일들[4]을 시켰다. 메데이아는 이아손이 죽음의 위기에 처할 때마다 그를 구한다. 그가

---

2 절벽의 밑뿌리가 움직여 그 사이를 지나가는 것은 무엇이든 박살내버리는 두 개의 절벽. 이아손은 흑해 어귀에서 만난 눈먼 늙은 왕 피네우스의 조언에 따라 비둘기 한 마리를 미리 보내 암벽에 끼어 죽게 한 다음, 암벽이 다시 되돌아가는 틈을 타서 아르고선을 타고 빠져나간다.
3 이탈리아 라티움에 있던 고대 도시. 로마에서 남동쪽으로 24킬로미터 떨어져 있다.
4 왕은 이아손에게 불을 뿜는 황소에 쟁기를 씌워 전쟁의 신 마르스의 밭을 간 다음 그곳에 왕뱀의 이빨을 뿌리고, 그 땅에서 돋아나는 무사들과 싸워 이기면 황금 양털을 가져가도 좋다고 말한다.

불을 뿜는 황소들을 다룰 수 있도록 돕고, 아레스 들판에 뱀들의 이빨을 뿌리는 일을 돕는다. 그러자 땅에서 무사들이 돋아나더니—어린애가 어머니의 뱃속에서 존재의 각기 다른 부분들이 모여 인간의 형상을 얻게 될 때까지 자라고, 마침내 성숙기에 달하면 배에서 나와 대기 중에서 살게 되는 것과 같다— 즉시 무기를 들고 일어선다.

이렇게 메데이아 덕분에 이아손은 황금 양털을 손에 넣는다. 그들이 왕국을 떠나려고 출항 준비를 할 때, 메데이아의 남동생 아실토스가 위협하자 그녀는 동생을 죽인다. 그리고 배에 올라탄다. '욕망의 광란'에 빠져 이아손에게 몸을 맡긴다. 이아손은 그녀에게 결혼을 약속한다.

이아손이 테살리아로 돌아오자 펠리아스는 왕국을 되돌려주기를 거부한다. 그러자 메데이아는 회춘시켜준다고 펠리아스를 설득해서 가마솥에 들어가게 한 다음 그를 끓여 죽였다.

펠리아스를 가마솥에 넣어 죽인 죄로 그들은 이올코스에서 도망치지 않을 수 없었다.

메데이아와 이아손은 크레온 왕이 지배하는 코린트에 정착했다. 크레온 왕은 자신의 딸인 공주를 이아손에게 주었다. 그녀가 그리스인이었기 때문에 이아손은 그녀를 맞아들이고 이방인인 메데이아를 쫓아냈다.

메데이아는 이아손과 사랑할 때 잉태된 두 아이를 보고 있다. 자신은 그를 위해 아버지를 배반했고, 남동생을 죽였고, 펠리아스를 죽였고, 그에게 두 아들을 낳아주었는데, 이제 그가 그런 그녀를 내쫓으려는 것이다. 화가 치밀어오른 그녀는 아이들 방으로 들어갔다.

한 아이의 이름은 메르메로스이고, 다른 아이는 페레스이다. 그녀가 가정교사에게 말했다. "가서, 아이들에게 매일 필요한 것들을 챙겨 주세요." 그것이 아이들과 함께 땅속 무덤에 묻히게 될 물건들임을 그녀는 알고 있었다. 그녀는 아이들을 바라본다. 그녀는 아이들을 죽이려고 한다. 그것이 바로 그림이 나타내고 있는 순간이다.

디오스쿠레스 가문의 집 벽화에서는 가정교사가 지켜보는 가운데 아이들이 오슬레 놀이[5]를 하고 있다. 오른쪽에 메데이아가 서 있다. 주름 잡힌 긴 튜닉이 발까지 내려와 있다. 그녀는 오른손으로 왼손에 쥔 칼의 손잡이를 더듬고 있다. 시선은 아이들을 향해 있고, 아이들은 자기 또래들처럼 완전히 방심한 가운데 착각(*illusio*)에 빠져 오락(*lusus*)에 열중하고 있다. 한 아이는 다리를 꼬고 입방체 탁자에 가볍게 기대 서 있고, 다른 아이는 탁자 위에 올라 앉아 있다. 두 아이가 모두 오슬레 쪽으로 손을 내밀고 있다. 그들도 곧 오슬레가 될 것이다. 메데이아의 분노는 잠잠하다. 그것은 광기의 발작에 앞선 부동(不動), 무시무시한 정적이다. 라틴어로 말하자면 *augmentum*(점증)이다.

이아손 가계의 벽화에서는 아이들의 시선과 어머니의 시선이 교차한다. 가정교사는 메르메로스와 페레스를 바라보고 있다. 메데이아의 태도와 시선에 대한 해석으로는 두 가지가 있을 수 있다. 하나는, 죄를 짓기 전에 깊은 생각에 잠긴 그녀는 상반된 두 감정인 연민과 복수로 분열되어 있다. 내면에서 모성과 여성이 대립한다. 행

---

5 양의 발목뼈로 만든 것을 던지고, 잡고, 흐트러뜨리며 노는 놀이.

위의 포기와 두 번의 잔인한 자식 살해 사이에서 망설이고 있다. 다른 하나는, 죄를 짓기 전에 깊은 생각에 잠긴 그녀는 마음속에서 억누를 수 없는 분노, 억제할 수 없는 행위, 불가항력적인 죽음의 순간이 솟구침을 느낀다. 첫번째는 심리적 해석이다. 두번째는 심리적이 아니라 생리학적이고 비극적인 해석이다. 후자가 유일하게 가능한 해석인데, 왜냐하면 그것이 벽화가 함축하고 있는 텍스트의 해석이기 때문이다. 에우리피데스의 해석이기 때문이다.

*

기원전 431년에 씌어진 에우리피데스의 『메데이아』는 남성에 대한 여성의 열정에서 출발하여 문명화된 관계의 해체를 묘사하고 있다. 사랑은 증오로 바뀌고, 애인에 대한 강렬한 욕망은 잔인한 가족 살해로 변모하면서 그리스인들이 보기에 에로스의 토대로 여겨지던 '식육제'를 드러낸다.

열정은 병이다. 자키 피조[6]는 고대 의학에 관한 심도 있는 논문을 썼다. 크리시포스[7]가 쓴 글을 보면 광기 속에서 영혼은 도약한다. 일단 몸을 날린 다이빙 선수는 중간에서 멈출 수 없다. 달리기 자체도 걷기의 '광기'이며, 달리는 사람이 단번에 정지하면 넘어진다. 아리스토텔레스는 돌을 던진 사람이 던진 돌을 다시 잡기란 불가능하다

---

6 프랑스 낭트 대학과 프랑스 학사원의 그리스어 교수로서 『영혼의 질환』(1981), 『광기와 광기에 대한 고대 그리스-로마 의사들의 치료법』(1987)을 위시한 다수의 저서와 번역서를 출간했다.
7 그리스의 철학자(B.C 280년경~206년경). 스토아 철학을 체계화한 주요 인물이다.

고 말했다. 다음은 키케로가 『투스쿨라네스』(IV, 18)[8]에 쓴 말이다. "레우카스[9] 곶의 꼭대기에서 몸을 던진(*praecipitaverit*) 사람은 자신의 의지대로 멈추지 못한다." *praecipitatio*란 머리부터 심연으로 떨어지는 행위를 뜻한다. 소(小)세네카는 『분노에 대하여』(I, 7)에서 심연으로 다이빙하는 사람에 대한 키케로의 이미지를 이어받아 '죽음의 다이빙'을 이렇게 설명한다. 몸을 던진 사람은 단지 뒤로 되돌아올 수 없을 뿐만 아니라 자신이 "가지 않을 수도 있었을 곳에 가지 않을 도리가 없다(*et non licet eo non pervenire quo non ire licuisset*)."

메데이아는 심연으로 뛰어내리는 여자이다. 전혀 거리낌이 없다. 코르네유[10]적 괴로움도 심리적 힘들 간의 갈등도 느끼지 않는다. 식물이나 동물처럼 광기에도 파종기와 개화기, 종말이 있다. 광기는 성장한다. 그것은 태어나고, 자라고, 돌이킬 수 없게 되고, 행복하거나 불행한 종말을 향해 치닫는다. 아풀레이우스는 "실명(*caecitas*)하면 스스로를 볼 수(*videre*) 없듯이 광기(*insania*)에 빠지면 스스로를 알지(*scire*) 못한다"고 쓰고 나서 이렇게 덧붙였다. "만물의 운명은(*fatum rei*) 격렬한 급류(*violentissimus torrens*)와도 같아서 그 흐름을 멈출 수도(*retineri*) 재촉할 수도(*impelli*) 없다."

벽화는 메데이아가 내뱉는 대사인 고대에서 가장 유명한 시구(에

---

8 투스쿨룸에 있는 키케로의 별장 투스쿨라네스에서 저술한 철학 서적. 『투스쿨룸에서의 논쟁』이라고도 한다.
9 '레브카스'라고도 한다. 이오니아 해에 있으며, 그리스의 레브카스 주를 이루는 섬이다. 레브카스라는 섬 이름은 이 섬 근처에 있는 60미터 높이의 하얀 절벽에서 유래했다. 이 절벽은 고대에 '레브카스의 도약'이라는 이름의 신성 재판을 하는 장소로 사용되었으며, 여기에서 뛰어내려 살아난 죄수는 보트에 태워 구해주었다고 한다.
10 프랑스 17세기의 비극 작가. 그의 주인공들은 사랑과 의무 사이에서 갈등한다.

우리피데스, 『메데이아』, 1079)를 그려내고 있다. "내가 어떤 불행을 자초하려는지 알고 있도다. 하지만 나의 *thymos*(나의 생명력, 리비도)는 나의 *bouleumata*(내가 원하는 것들)보다 더 강하구나." *euthumia*(신뢰)가 행복의 비밀이라면 *dysthumia*(낙담)는 광기의 근원이다. 메데이아는 자신이 무슨 일을 저지르려는지 알고 있다. 욕망의 물결이 사고를 침범해서 모든 것을 빼앗아가리라는 사실을 알고 있다. 그림이 선택한 순간은 심리적이지 않다. 여주인공은 광기와 이성 사이에서 고통스러워하지 않는다. 그 순간은 비극적이다. 메데이아는 자신을 행동으로까지 이끌어갈 도저히 억누를 수 없는 내면의 격류에 속수무책으로 휩쓸린다. 그 순간이 너무도 심리적이지 않은 탓에 에우리피데스는 순전히 생리학적인 설명을 하고 있다. 모든 불행은 메데이아의 장기들, 즉 뇌와 심장, 간이 지나치게 부푼 탓이라는 것이다. 메데이아에게는 *thymos*가 지나치게 많다. 유모도 그 점을 지적한다. "장기는 부풀고(*megalosplangchnos*) 불행으로 고통받으며 진정할 수 없는(*dyskatapaustos*) 그녀가 대체 무슨 일을 저지르려는 것일까?" 에우리피데스는 메데이아를 짓누르는 고통스러운 감정(*bareia phrēn*)의 갖가지 기호들을 기술한다. 즉 그녀는 더 이상 먹지 않고, 사람들과 어울리기를 꺼리며, 어린애를 두려워한다. 그리고 끊임없이 눈물을 흘린다. 때로는 땅만 쳐다보는가 하면, 이따금 황소처럼 사나운 눈초리로 흘겨보기도 한다. 어떤 말에도 통 귀를 기울이지 않는다. 가까운 사람들의 권유에도 그저 바위가 '바다의 파도'에 기울이는 만큼의 관심을 보일 뿐이다. 세네카의 『메데이아』는 좀더 명확하다. 그 작품은 로마식으로 모든 행위가 마지막 순간에 집약될 뿐만 아니라, 행위의 막바지에 이르러 메데이아는 자신의 광기(*furor*)의 원인이 무엇인지(자신의 장기), 사랑의 원인이 무엇인지(자신의 질과 그녀 자신이 입증한 과도한 육체적 욕망), 끝으로 그로 인한 결실(자궁 속의)이 무엇인지 비극적으로 요약하면서 자신이 세번째 자식을 잉태하지 않았음을 확인하기 위해서라면 서슴없이 칼로 내장을 "파헤치겠노라"고 주장한다. 다음 2행의 시구가 그것이다(『메데이아』, 1012~1013). "사랑의 어떤 증거가 아직 어미의 자궁 속에 숨어 있음이 드러난다면, 나는 내 장기들을 칼로 파헤쳐 그것을 뽑아내리라(*In matre si quod pignus etiamnunc latet, scrutabor ense viscera et ferro extraham*)." 그녀는 서로 맞물린 불행의 세 가지 원인들을 한데 모은다. 그 불행은 점차 '커지다가' 자신의 장기들이 음문(*vulva*)이 낳은 결실들(어린 메르메로스와 페레스)을 통해 *vulva*의 복수를 하게 될 행위를 하기에까지 이른다. 세네카의 메데이아는 마침내 이렇게 말한다. "이제 나는 메데이아이다(*Medea nunc sum*)." 그리고 설명한다. "불행한 사랑이 미쳐 날뛴다(*Saevit infelix amor*)."

내가 본능적으로 욕망하는 것과 내 의지로 바라는 것 사이에 개별적으로 발생되는 갈등은 없지만, 본성의 대양(大洋)은 있다. 벽화에 그려진 온갖 육체는 바로 대양의 파도를 이루는 것들로서 파도는 점점 높아지다가(최고조*augmentum*에 이를 때까지 늘어나다가) 마침내 제방을 무너뜨린다. "나는 내 야성의 영혼이 내 안에서 결정한 바를 알지 못한다(*Nescio quid ferox decrevit animus intus*)." 소(小) 세네카의 메데이아를 통해 우리는 로마인에게 '열정적' 베누스의 의미가 무엇인지 이해한다. 베누스에게 분노(*ira*), 고통(*dolor*), 사랑(*amor*)과 광기(*furor*)는 동일한 것이다. 게다가 병(病)과 열정은 서로 뒤섞여 하데스의 소란스럽고 음탕한 춤을 춘다.

실성한 메데이아(*Medea furiosa*)의 시선이란 어떤 것인가? 시선은 매혹되었거나 굳어버린 듯 고정되고, 두 눈은 뿔처럼 튀어나왔다(황소의 눈, 흘겨보는 눈, 사팔뜨기 눈은 베누스의 흥분된 눈의 기호, 즉 사랑의 기호인 동시에 광기*furor*의 기호이다). 두번째 기호는 사고의 장애로 나타난다. 라틴어 *mentes*(생각)는 그리스어 *phrènès*(사고)를 옮긴 것이다. *phrénitis*(광기)는 무엇보다도 사고의 혼란을 뜻한다. 그 단어가 라틴어로 번역되면서 자신에 대한 인식의 상실인 감각 상실(*anaisthesia*)을 제치고 장애(*difficultas*)가 전면에 나타나게 되었는데, 로마인들은 후자를 광기(*furor*)라고 불렀다. 달리 말하자면 고정된 시선은 분노, 즉 발작 자체보다 먼저이다. 분노가 폭발하는 동안 눈앞의 상황을 꿈으로 착각하는 실성한 자는 자신이 저지르는 행위(범죄*facinus*)가 죄가 된다거나 자신이 무슨 꿈을 꾸고 있는지조차 알지 못한다. 범죄(*facinus*)를 저지르는 자는 자신의 시선에 매료된(*fascinatus*) 상태이다. 그는 다른 광경을 보고 있는 것이다. 플리니우스의 작품에서 마법사는 매혹자로 불린다. 제 아들을 죽이는 아가베[11]의 눈에는 아들이 한 마리 사자로 보인다. 키케로는 "몽롱해진(감각이 마비된) 정신에는 창문이 막혀 있다"는 매우 인상적인 표현을 사용하고 있다(『투스쿨라네스』, I, 146). 발작(*augmentum*) 후에는 눈

---

11 테베의 건설자 카드모스의 딸이며, 테베의 2대 왕인 펜테우스의 어머니이다. 디오니소스의 벌을 받아 미쳐버린 아가베는 디오니소스 종교 제전을 구경 나온 자신의 아들 펜테우스를 짐승(전설에 따르면 멧돼지)으로 오인하고 죽였다. 그녀가 지팡이로 이마를 내려쳐 죽였다는 설도 있고, 디오니소스의 여신도들과 함께 찢어 죽였다고도 한다.

이 뜨이는데, 영웅 오이디푸스가 스스로 눈을 뽑아낼 정도로 각성된다. 그는 창문을 활짝 열어젖히고 행위를 바라본다. 광기 어린 행위 가운데에서 주체가 조금이라도 자신을 알아본다면, 그리고 행위자가 행위를 하는 자기 손을 알아본다면 광기 자체는 저절로 치유된다. 고대인들이 보기에 사고의 모든 과도함(정신 *phrèn*의 온갖 광란)에는 최고조(*augmentum*)에 달하는 경계가 있고, 과도함이 바로 그 경계에 이르면 폭발한다. 광기 어린 행위는 극단적인 개화일 따름이어서 곧이어 감소와 진정으로 진행된다.

그리하여 메데이아는 그 이후에 아테네로 간다. 그녀는 아이게우스[12]와 결혼하고, 그의 아들 메도스[13]를 낳게 되며, 아들을 사랑한 나머지 그에게 왕국을 물려주기 위해 페르세스의 살해를 돕는다.

포세이도니오스의 말에 따르면 무슨 병에나 씨(*sperma*)와 꽃이 있다고 한다. 벽화가 응축해서 표현하고 있는 것은 열정의 '꽃'이며, 그것이 '죽음의 순간'으로 드러나는 것은 오직 행위의 결과에 따라서일 뿐이다. 호라티우스는 그 순간의 '꽃'을 땅에서 뽑아 '딸 것'을 권유한다. 성숙한 여인의 관능이 열매를 맺기에 이르렀다는 오비디우스의 말과 마찬가지로 메데이아를 그린 그림에 나타난 순간은 성숙(*maturus*)에 도달한 광기(*furor*)이다.

그런 이유로 고대인들은 언제나 미술에 치료나 정화의 기능이 있

---

12 아테네의 왕. 그리스 신화의 영웅 테세우스의 아버지이다.

13 메데우스 혹은 폴릭세노스라고도 한다. 메데이아가 이아손과의 사이에서 낳은 아들이라고도 하고, 아테네의 왕 아이게우스와 결혼해서 낳은 아들이라고도 한다. 그는 메데이아의 아버지 아이에테스를 죽이고 왕이 된 페르세스(아이에테스의 친형제)가 다스리는 콜키스로 가서 페르세스를 죽이고 왕이 된다.

다고 믿었다. 미술은 증상을 그려내고, 그것을 격리시키듯이 희생양 (*pharmakos*)으로 도시에서 몰아낸다. 고대 미학에 대해서는 말할 필요가 없을 것이다. 말해야 할 것은 윤리학에 대해서이다. 고대의 메데이아와 현대의 메데이아를 비교해보라. 벽화에 그려지는 촉진된 성숙에서는 극적인 요소가 전혀 드러나지 않는다. 벽화가 묘사하는 것은 비극이 요약되는 순간일 뿐 어떤 경우에도 그 결말을 드러내지는 않는다. 들라크루아[14]도 메데이아를 그렸다. 1885년 그 작품에 대한 미술평을 썼던 테오필 고티에[15]는 작품의 미학을 설명하면서, 그것이 요컨대 고대 회화의 정신과는 대조적임을 명확히 밝히고 있다. "들라크루아의 분노에 찬 메데이아는 격정과 흥분을 표현하고 있으며, 루벤스[16]라면 반대했을 강렬한 색으로 칠해져 있다. 암사자가 제 새끼들을 끌어모으듯이 도망치는 자식들을 붙잡는 메데이아의 몸짓은 훌륭한 창의력에 속한다. 반쯤 어둠에 묻힌 그녀의 얼굴은 잔인한 장면에서 자신의 배역을 연기하는 마드무아젤 라셀[17]이 짓던 살무사 같은 표정을 떠올리게 한다. 그 표정은 어떤 대리석상이나 석고상과도 닮지 않았으나 정말로 고대적 특성을 지니고 있다. 불안에 휩싸여 우는 아이들은, 비록 상황 파악은 안 될지언정 자신들에게 결코 좋은 일이 아니라는 것쯤은 짐작하고서, 자신들을 옥죄며 이미 단도를 휘두르기 시작한 팔 안에서 몸부림치며 저항한다.

---

14 프랑스의 위대한 낭만주의 화가(1798~1863).
15 프랑스의 시인, 소설가, 비평가, 저널리스트(1811~1872).
16 플랑드르의 화가(1577~1640).
17 주로 코르네유나 라신의 작품에서 여주인공 역을 맡았던 프랑스의 비극 배우(1821~1858). 본명은 엘리자베스 라셀 펠릭스이다.

빠져나오려고 안간힘을 쓰는 바람에 작은 튜닉이 말려 올라갔고, 아이들의 알몸이 드러나 보인다. 드러난 어린 몸뚱어리는 독사 같은 어미의 푸르스름한 창백함과는 대조적으로 산뜻한 장밋빛 톤으로 죽죽 칠해져 있다.” 파리에서는 몸짓인데, 로마에서는 시선이다. 파리에서는 아이들이 불안에 휩싸여 울며 저항한다. 로마에서는 게임을 하며 놀이에 흠뻑 빠져 있다. 파리에서는 극도로 흥분한 메데이아가 상황을 설명해준다. 로마에서는 복수의 분노에 휩싸인 메데이아가 분노를 억누르기보다는 복수할 궁리에 잠겨 있다. 파리에서는 행위인데, 로마에서는 행위에 앞선 순간이다. 단지 앞선 순간일 뿐만 아니라, 결말을 알려주지 않는 절제된 한순간으로 압축된 에우리피데스의 텍스트 전체이기도 하다.

파리에서는 오페라의 외침인데 로마에서는 아연실색한(*obstu-pefactus*) 침묵이다.

이아손에게 배신당했으며, 놀고 있는 메르메로스와 페레스를 느닷없이 찾아와 자식들을 죽여야 할 필요성 때문에 공포에 질린 메데이아의 끔찍한 생각에서 로마인들은 좋은 주제를 찾아냈다. 고대에서는 티모마쿠스[18]가 그린 메데이아에 감탄했다. 그 그림이 매우 아름답다고 생각한 카이사르는 그것을 고가에 매입했다. 고대인들은 그 그림에 대해 카이사르가 감탄해 마지않았던 원인을 한목소리로 되풀이해서 말했다. 원인은 메데이아의 눈이었다. 그녀의 시선은 경이로운 것으로 여겨졌다. 눈꺼풀 가장자리는 '붉게 물들어' 있고, 눈

---

18 B.C 1세기 카이사르와 동시대에 살았던 그리스 화가.

썹에는 분노가 짙게 드리워져 있으며, 촉촉이 젖은 눈에는 연민이 서려 있었다. 아우소니우스는 "티모마쿠스의 그림에서 노여움은 눈물 속에 있다(*ira subest lacrimis*). 제 자식의 피를 묻혀본 적 없는 손 안에서 칼이 번쩍인다(*prolis sanguine ne maculet*)"고 썼다. 그는 이어서 티모마쿠스의 붓도 메데이아가 메르메로스, 페레스와 시선을 마주칠 때 왼손에 쥐고 있던 칼만큼이나 고통스러웠다고 덧붙였다.

*

아풀레이우스 역시 메데이아를 다룬 작품을 썼다. 적어도 메데이아에 관한 풍자(*ludibrium*)를 집필했다. 그가 그려낸 메데이아는 자식들의 죽음과 복수를 분리시키면서, 세네카의 메데이아가 언급한 파헤친 내장이 그랬던 것보다 더 구체적으로 원초적 장면을 출생과 연관 짓는다.

어둠이 내릴 무렵이다. 여행에 지친 주인공은 목욕탕 건물로 들어가려던 참이다. 그는 땅바닥에 주저앉아 있는 옛 친구 소크라테스를 알아본다. 소크라테스는 핏기 없는 안색에 꼬챙이처럼 바싹 마른 몸으로 마치 손을 내밀고 동전(*stips*) 몇 닢을 구걸하는 거지 꼴을 하고 있다. 화자는 그에게로 다가가 자신이 누구임을 밝힌다. 즉시 수치심으로 얼굴이 빨개진 소크라테스가 누더기 외투로 얼굴을 가린다. 그 바람에 나머지 몸뚱어리인 배꼽부터 치골까지(*ab umbilico pube*)의 알몸이 그대로 드러난다. 화자는 소크라테스를 일으켜 목욕탕으로 데리고 들어가서 문질러 닦고 씻긴 다음, 자신이 지닌 두 벌의 튜닉 중 한 벌을 입혀서 주막으로 데려간다. 소크라테스는 마법사 메로에에 관해, 그 유명한 메데이아(*ut illa Medea*)의 욕망처럼 채워질 수 없는 메로에의 욕망에 관해, 그리고 그녀의 만용에 관해 말한다. 그녀가 남자들을 비버나 개구리 혹은 숫양으로 둔갑시킨다는 것이다. 마침내 소크라테스와 화자는 잠이 든다. 갑자기 문의 굴대가 뽑히면서 문이 열린다. 아니 문이 앞으로 튕겨져 나왔다는 편이 더 맞으리라. 화자의 침대(*grabatulus*)가 뒤집히고 바닥에 널브러진 화자의 몸 위로 덮친다.

화자는 뒤집힌 침대 밑에 깔린 채 곁눈질(*obliquo*)로 바라본다. 불켜진 등잔(*lucernam lucidam*)을 든 한 노파와 해면(海綿)과 칼집에서 뽑은 칼(*spongiam et nudum gladium*)을 든 또 한 노파가 보인다. 후자가 메로에인데, 그녀는 소크라테스에게 다가가면서 턱으로 자기 친구에게 침대에 깔린 화자를 가리킨다. 판티아라는 이름의 친구 마녀는 바쿠스의 여제관들(*bacchatim*)이 하듯이 화자의 몸을 갈기갈기 찢거나 그의 사지를 묶어놓고 거세하자고(*virilia desecamus*) 제안한다. 하지만 메로에는 판티아의 의견을 무시한 채 칼을 소크라테스의 왼쪽 옆구리에 날밑까지 들어가게 깊이 꽂은 다음, 가죽 포대에 피를 받으면서, 오른손을 상처 속으로 집어넣어(*immissa dextera per vulnus*) 내장(*ad viscera*)을 헤집더니 심장을 꺼낸다. 판티아가 벌어진 상처를 즉시 해면으로 틀어막으며 이렇게 말한다. "바다에서 태어난 너, 해면이여! 강물을 지나지 않도록 조심하라!" 그리고 나서, 방을 나서기 전에 두 노파는 화자가 숨어 있는 침대를 들어올렸고, 그의 얼굴 위로 다리를 벌린 채 쭈그리고 앉아 방광을 비워 음란한 오줌으로 그의 얼굴을 흥건히 젖게 만든다(*super faciem meam residentes vesicam exonerant quoad me urinae spurcissimae madore perluerent*).

그 장면에서 화자는 이렇게 기술한다. "나는 바닥에 던져진 채 (*humi projectus*) 무력하고(*inanimis*), 벌거벗고(*nudus*), 오그라들고 (*frigidus*), 오줌에 흠뻑 젖어서(*lotio perlutus*) 마치 어머니의 자궁에 서 나온 갓난아이와도 같았다(*quasi recens utero matris editus*)."

아풀레이우스는 맞물린 비교들을 계속 발전시켜나간다. "게다가 나는 반쯤 죽어 있었다(*semimortus*). 게다가 나는 나 자신의 생존자 (*supervivens*), 내 자아의 유복자(*postumus*), 아무튼 이미 세워진 십 자가(*destinatae jam cruci*)의 후보자(*candidatus*)였다."

아풀레이우스의 이 마지막 문장(『변신』, I, 14, 2)의 의미를 놓고 학자들과 번역자들은 난처해한다. 텍스트의 원문을 수정할 수도 있 겠지만 그것은 부질없는 짓이다. 이 텍스트가 제시하는 이미지는 세 가지이다. 방금 어머니의 성기를 빠져나와(*editus*) 알몸으로 오줌을 뒤집어쓴 채 대지에 내던져진 어린아이, 그리고 반쯤 죽은 남자, 마 지막으로 하얀색 토가를 걸친 사후(死後) 부활자이거나 혹은 이미 세워진 노예의 십자가에 매달릴 '후보자(아마도 주막집 방에서 자기 옆 에 잠든 친구 소크라테스의 목을 베었기 때문이리라)'가 그것이다.

알 수 없는 두 가지가 우리를 가로막고 있다. 기원의 장면과 죽음 의 순간이 그것이다. 이 두 가지는 끊임없이 우리를 사로잡고 있다 가 느닷없이 서로 결합된다. 피타고라스[19]는 모든 영혼은 "출생 때

---

19 그리스의 철학자, 수학자(B.C 580년경~B.C 500년경).

문에 원래 미쳐 있다"고 썼다. 내가 주해했던 적이 있는 아낙사고라스[20]의 단장 21에는 "현상이란 알 수 없는 것들이 가시화된 것이다(*Opsis adèlôn ta phainomena*)"라고 씌어 있다. 그것을 히포크라테스[21]는 이렇게 설명했다(『식이요법』, I, 12). "인간은 눈에 보이는 것을 통해 보이지 않는 것을 이해한다. 현재를 통해 미래를 안다. 죽은 것을 통해 살아 있는 것을 안다. 남자는 여자와 결합해서 어린애를 낳았다. 그는 가시적인 것을 통해 비가시적인 것이 어떠할지 알게 된다. 인간의 이성(*gnômè anthropou*)은 비가시적(*aphanès*)이지만 가시적인 것(*ta phanera*)을 이해하고, 어린애에서(*ek paidos*) 어른(*es andra*)의 상태로 넘어간다. 현재를 통해 미래를 이해한다." 이 텍스트는 난해하다. 최초의 성교에서 히포크라테스는 암컷을 품는 수컷에게 나타나는(혹은 서로 사랑하면서 자신들의 모습을 끌어안는 연인들의 모습에 나타나는?) 어린애의 모습을 '본다.' 다음은 소(小) 세네카의 말이다. "인간은 태어났다(*Natus est*)." 그는 곧이어서 이렇게 말한다. "인간은 죽음을 위해 태어났다(*Morti natus est*)." 출생은 성교의 결말이다. 태어나는 것은 소멸해가는 쾌락이다.

---

20 그리스의 자연철학자(B.C 500년경~B.C 428년경).
21 그리스의 의사(B.C 460년경~B.C 377년경).

제9장

파시파에[1]와 아풀레이우스

이탈리아는 수 세기 동안 지중해 세계의 아마존이었다. 그 당시 이 탈리아 땅에는 오렌지나무도 올리브나무도 레몬나무도 포도나무도 없었고, 그리스인들의 자랑거리인 거대한 키의 떡갈나무와 너도밤나 무가 있었을 뿐이다. 브루티움[2] 숲은 야수들로 우글거렸고, 울창한 베네벤툼[3] 숲은 피로스의 병사들을 막아냈고, 북부 갈리아 지방[4]의

---

1 크레타의 미노스 왕의 왕비. 미노스는 포세이돈의 도움으로 왕이 되었지만 포세이돈에게 황 소를 바치지 않았다. 이에 화가 난 포세이돈은 파시파에가 황소에게 욕정을 느끼도록 만들었 다. 그러자 대장장이 다이달로스가 실제 모습과 똑같은 암소를 만들어 그 안에 파시파에를 넣 어 황소에게 데려다주었고, 이 암소를 진짜로 착각한 황소가 그녀와 교접을 했다. 그 결과로 반인반우(半人半牛)의 괴물 미노타우로스가 태어났다.
2 지금의 이탈리아 남부 칼라브리아에 해당하는 고대 지명.
3 이탈리아 남부 캄파니아 지방 베네벤토(이탈리아명) 주의 주도. B.C 275년 이피로스(혹은 에피로스)의 피로스 왕(B.C 319~B.C 272)이 이곳에서 로마와 마지막 전투를 벌였으나 패 배했다.
4 롬바르디아, 피에몬테 지방을 가리킨다.

거대한 떡갈나무 서식지에서는 멧돼지 떼와 여전히 회색의 반 야생 돼지들이 풀을 뜯었고, 주위의 느릅나무와 밤나무들이 그곳의 경계를 이루고 있었다. 이런 숲들은 전부 사라져버렸다. 오직 신화와 이름들만이 고대 로마인들이 살았던 세계를 여전히 드러내준다. 토템인 늑대, 비미날리스,[5] 쿠에르쿠에툴라노스,[6] 파구탈[7] 같은 로마 구릉들의 옛 이름들…… 그때는 멧돼지, 늑대, 곰, 사슴, 다람쥐, 산양, 야생 양이 우글거렸다. 로마의 역사는 오직 한 가지 열정으로 이어져온 것으로 보인다. 바로 전쟁이다. 하지만 전쟁은 고대 로마인들에게 단지 특별한 사냥에 불과했다. 왜냐하면 원주민이던 소규모 집단의 목동들 모두가 사냥 동료였기 때문이다. 당시의 사냥은 새총으로 돌멩이를 쏘거나, 투척봉, 몽둥이, 창, 그물을 이용한 수준이었다. 무리를 이끌고 하는 기마 사냥이 스키피오[8] 일가와 황제들에 의해 동방과 마케도니아에서 도입된 것은 훨씬 나중의 일이었다. 로마의 귀족들은 원로원에 모이기보다는 밭을 갈거나 숲을 돌아다니는 데 더 많은 시간을 할애했다. 오락(lusus)을 위해 원형 극장에서 벌어지던 모의 사냥의 첫번째 기능은 도시 생활에서 금지된 인간 혹은 동물 사냥을 대신하는 것이었다. 그것은 사냥에 대한 향수를 일깨웠다.

동물성은 우리 내면에서 낯선 것이 아니다.

우리는 동물로 태어났다. 인류의 폭력성을 없애려고 대표자들이

---

5 로마의 일곱 구릉 중의 하나. 이탈리아명은 비미날이다.

6 로마 남동부의 셀리노 구릉의 옛 이름. '떡갈나무 숲'을 의미한다.

7 원래는 로마의 에스퀼리노(로마명 에스쿠일리오) 구릉의 너도밤나무 숲에 있는 주피터 신전의 이름이다.

8 고대 로마의 코르넬리아 씨족의 가문.

어떤 권고를 하든 국가가 어떤 법률을 제정하든 간에 인류는 절대 '동물성'에서 벗어나지 못한다. 로마는 그리스를 인류의 동물성 속으로, 다시 말해 그리스라면 오히려 인류의 이집트라고 불렀을 무엇 속으로, 현대인들이 무의식이라고 부르는 무엇 속으로 다시 밀어넣었다. 무의식이란 항온동물의 경우 꿈에 의한 육체의 재해석과 더불어 근간을 이루는 동물성을 뜻하는 최근의 단어에 불과하다. 로마인들은 그리스인들이 강제로 동물의 형태를 밀어내버린 신화를 끌어내어 다시 동물성을 형상화시켰고, 신화에 다시 활력을 불어넣었다. 오비디우스의 『변신 이야기』는 인류의 인간성을 사소한 것으로 만드는 매우 불안정하고 불안하기 그지없는 인류 형태학에 관한 광범위한 책이다. 이런 불안에 페트로니우스와 아풀레이우스의 위대한 로마 소설들이 정면으로 맞선다. 디도는 숨을 거두면서 말한다. "결혼관계를 벗어나 야생 동물들(*more ferae*)이 누리는 죄 없는(*sine crimine*) 사랑을 누리는 것이 내게는 허용되지 않았으리라. 절대로, 시카이우스[9]의 유해에 맹세했던 내 서약을 지킬 수 없었으리라!"(베르길리우스, 『아에네이스』, IV, 550) 마르티알리스는 "맹수들은 거짓말하는 법을 배우지 못했다(*Mentiri non didicere ferae*)"고 말했다. 파시파에에 관한 이야기는 이러하다. 미노스 왕의 아내이며 크레타의 왕비인 파시파에는 넵투누스[10]가 왕에게 선물한 신의 황소에게 사랑을 느낀다.

---

9 디도의 첫 남편(본래 이름은 아케르바스). 디도의 아버지인 페니키아 왕이 죽자 오빠 피그말리온이 왕위를 계승하면서 시카이우스의 재산을 탐내 그를 죽인다. 디도는 금은보화를 배에 싣고 아프리카로 달아나 카르타고를 건설하게 된다.

10 바다의 신. 원래는 강의 신이었으나 그리스의 신 포세이돈과 동격화되어(B.C 399) 바다의 신이 되었다.

파시파에는 '장인(匠人)' 다이달로스를 찾아간다. 그녀는 자신이 그 안에 들어갈 수 있는 움직이는 암송아지 모형을 만들어달라고 부탁한다. 황소는 아주 교묘하게 만들어진 모형에 속아 그 음문에 발기한 자신의 페니스(*fascinus*)를 집어넣는다. 그리하여 파시파에는 짐승들의 쾌락(*ferinas voluptates*), 허락되지 않은 욕망(*libidines illicitas*)을 경험하게 된다. 파시파에의 암송아지는 욕망의 트로이 목마이다.

*

아풀레이우스는 아프리카 태생으로 124년 누미디아의 도시 마다우라에서 출생했다. 그는 카르타고에서 연설법 교사가 되었고, 돈 많은 과부 푸덴틸라와 결혼했다. 그녀에게는 첫번째 남편과의 사이에서 낳은 아들이 둘 있었다. 158년 푸덴틸라의 첫 남편의 동생 시키니우스 에밀리아누스는 아풀레이우스를 고발했다. 아풀레이우스가 클라우디우스 막시무스 총독의 아프리카 순방을 기회 삼아 자기 조카인 시키니우스 푸덴스의 이름으로 유산을 탈취했을 뿐만 아니라 마법을 사용했다는 죄목이다. 변호사 탄노니우스는 고소장을 작성하면서 플라톤 학파 철학자인 아풀레이우스가 실제로는 푸덴틸라의 육체와 영혼에 마술을 건 마법사(*magus*)라는 사실을 증명하려고 고심했다. 노예들은 아풀레이우스가 손수건(*sudariolo*)을 덮어서 가려놓은 외설스런 조각상들을 숭배하는 장면을 목격했고, 그가 거울을 좋아했으며, 어린 소년들에게 최면을 걸었다고 증언했다. 아풀레이우스는 『변명』을 집필해서 사브라타[11]의 총독에게 제출했으며, 아내의 편지를 제시함으로써 자신이 어린 노예들에게 최면을 건 것이 아니라 가루치약(*dentifricium*)을 만들고 있었음을 입증했다. 클라우디우스 막시무스는 그가 마법사(*magus*)라는 누명을 벗겨냈지만 그 소송은 아풀레이우스의 삶을 변화시키고 작품에도 흔적을 남겼다. 그는 바다가 보이는 멋진 빌라에서 아내와 함께 살던 오에아 현[12]을 떠났다. 그는 푸덴틸라와 함께 카르타고에 정착했고, 그녀에게서 아들을 하나 얻었다. 아이의 이름을 파우스티누스라고 지었다. 시키니우스 에밀리아누스가 제기하고 탄노니우스가 변론을 맡았던, 마법에 관한 고대 로마 최초의 소송이 바로 파우스트 전설의 기원이다.

아풀레이우스는 세상에서 가장 위대한 소설 가운데 하나로 꼽히는 11권으로 된 『변신』을 썼다. 그 후에 역시 카르타고의 또 다른 아프리카인 아우구스티누스[13]가 '황금 당나귀(*Asinus aureus*)'란 제목으로 이 책을 인용하면서 결정적으로 이 책의 저자를 악마 같은 인간으로 명성을 누리게 만들었다.

아풀레이우스의 『변신』의 주제는 그리스인 루키오스의 아주 짧지만 놀라운 소설에서 빌려온 것으로, 욕망 때문에 짐승이 된 한 사람이 다시 인간이 되려는 이야기이다. 그리스 작품의 주제는, 느닷없이 짐승으로 변모한 데 이어 우리 인생과 마찬가지로 끊임없이 인간의 모습이 나타난다는 것이다. 소설의 화자는 여자 마법사를 찾아간다. 그는 새가 되기를 원하는데 당나귀로 변한다. 달리 말하자면,

---

11 고대 아프리카의 트리폴리타니아를 형성했던 세 도시(오에아, 사브라타, 렙티스) 가운데 가장 서쪽의 도시.

12 현재 리비아의 수도인 트리폴리의 옛 이름. 지중해 연안의 항구 도시이다.

13 로마령 아프리카에 있던 도시 히포의 주교(396~430)를 가리킨다.

에로스가 되기를 원하는데 프리아포스로 변하는 것이다. 피르미아누스 락탄티우스[14]는 프리아포스가 당나귀와 경쟁을 벌였다고 기록하고 있다(『신의 가르침』,[15] I. 21). 당나귀의 *mentula*는 신의 영원한 *fascinus*보다 훨씬 커졌다. 프리아포스는 여전히 발기 상태의 페니스를 지닌 당나귀를 즉시 죽이고 인간들에게 차후로는 자신에게 당나귀를 제물로 바치라고 명했다.

일단 당나귀로 변한 화자는 마구간에 몸을 감춘다. 그런데 마구간에 도둑들이 들어온다. 그들은 훔친 물건을 운반할 목적으로 당나귀를 데려간다. 이 주인 저 주인의 수중으로 넘어가면서 화자는 이런저런 이야기를 하게 된다. 그는 키벨레[16]의 사제들 수중에 넘어가는데, 그들은 그를 자신들의 펠라치오(*irrumatio*)의 증인으로 삼는다. 그는 또다시 코린토스의 귀족 티아수스의 수중으로 넘어간다. 지체 높고 아주 부유한 기혼 여성(*matrona quaedam pollens et opulens*)이 그의 *fascinus*를 열정적으로 사랑하게 된다. 그녀는 당나귀와 하룻밤을 보내기 위해 관리인에게 상당한 금액을 건넨다. 그녀는 바닥에 솜털을 넣어 부풀린 쿠션과 양탄자를 깔게 한다. 그리고 밀랍 양초들로 불을 밝힌다. 그녀는 '아름다운 젖가슴을 졸라맨 끈(*taenia*)을 포함해' 옷을 완전히 벗어던지고 알몸이 된다. 그런 다음 향기로운 기름을 채운 주석 병을 들고 당나귀에게로 다가간다. "널 사랑해

---

14 그리스도교 호교론자(240년경~320년경). 하지만 그리스도교의 가르침을 확립하기보다는 이교도의 다신론이 지닌 모순을 밝히는 데 더욱 성공했다고 평가된다.

15 반(反)그리스도교적 글들에 대한 반론으로, 로마 가톨릭 교회 최초로 그리스도교인의 생활 태도를 체계적으로 설명한 책이다.

16 프리지아(아나톨리아 중서부에 있는 고대 지역) 사람들이 숭배하는 대모신.

(*Amo*) " "널 원해(*Cupio*) " "오직 너만이 소중해(*Te solum diligo*) " "이제 너 없인 못 살아(*Sine te jam vivere nequeo*) "라고 속삭이면서 당나귀의 몸에 기름을 바르고, 당나귀 아래 누워서 팽팽하게 솟은 커다란 *fascinus*를 제 몸 안으로 밀어넣고 그것을 송두리째(*totum*) 즐긴다.

티아수스는 자기 당나귀의 성적 능력을 알게 된다. 그는 관리인을 매수한다. 그는 '파리스의 심판'을 재현하는 살아 있는 그림들에 바로 이어서, 자신이 하려는 경기에 당나귀를 웃음거리(*ludibrium*)로 등장시킬 작정을 한다. 화자는 모든 사람 앞에서 수간(獸姦)을 하도록 선고받은 여죄수와 함께 원형 극장으로 끌려간다. 그는 경기장을 빠져나와 켄크레 해안에 다다른다. 그러자 밤의 여신이 다음날 자신에게 바쳐질 축제에 가라고 일러준다. 당나귀는 축제에 가고, 거기에서 장미꽃(베누스의 꽃이며 리베르 파테르의 꽃)을 씹는다. 그는 다시 인간으로 돌아온다(*renatus*). 그는 이시스 여신의 사제로서 로마의 캄푸스 마르티우스 평원에서 생을 마친다.

*

페르수(Phersu)라는 늑대 가면은 에트루리아의 놀이(*lusi*)에서 유래했다. 한 남자가 늑대 한 마리를 줄에 묶어 데리고 있는데, 그 늑대는 얼굴에 두건을 뒤집어쓴 허름한 옷차림의 한 남자에게 달려든다. 죽음은 마지막 날 밤 살아 있는 자들에게 두건을 씌우는 늑대 가면을 쓴 사람이다. 그 '놀이'는 포식(*praedatio*)을 무대화한 것이다(서사시 『오디세이아』가 '납치'를 무대화한 것과 마찬가지이다). 오비디우스는 이렇게 쓰고 있다(『변신 이야기』, I, 533). "그렇게 남자는 여자를 뒤쫓는다. 그렇게 신은 요정을 뒤쫓는다. 그렇게 들판에서 토끼(*leporem*)를 발견한 갈리아의 사냥개(*canis Gallicus*)는 사냥감을 쫓아 달린다. 사냥감은 목숨을 부지하려고(*salutem*) 달린다. 바야흐로 개가 토끼를 잡으려고 한다. 거의 잡은 것이나 다름없다. 튀어나온 개 주둥이(*extento rostro*)가 토끼를 스친다. 토끼의 발자취(*vestigia*)를 바짝 따라붙는다. 사냥감은 자신이 잡혔다고 생각한다. 개가 막 물려는 순간 토끼는 개의 주둥이를 벗어난다. 그렇게 아폴론은 희망에 부풀어 달린다. 그렇게 다프네는 공포에 사로잡혀 달린다. 사랑의 신 아모르가 아폴론에게 날개를 달아준다. 이미 그는 도망치는 처녀의 어깨 위로 몸을 굽히고 있다. 그의 숨결이 처녀의 목 위로 흐트러진 머리칼을 스친다. 그녀가 파랗게 질린다." 우리는 벽화에 그려진 변신의 순간을 다시 본다. 그것은 포식의 순간이다(월계수로 변신하는 순간이 아니다). 그것은 사냥꾼의 이야기이다. 그것은 활을 겨냥하는 자, 당겨진 활시위를 갑자기 놓아버려 죽음의 소리를 내는 자, 소리와 동시에 사냥감이 쓰러지게 만드는 자의 외눈이다. 라틴어 동사 *excitare*(흥분시키다)는 개들에게 사용하는 기술 용어로서, 우선 개들이 사냥감을 유인하고 쫓아가고 추적에 몰두하도록 사람들이 지르는 외침 소리를 가리킨다. 사람들은 사냥감의 효율적 포식을 목적으로 길들인 이 늑대들에 자신들을 비유하면서 자신들에게도 *excitare*라는 말을 사용했다.

인간은 늑대에게 공격을 당하듯이 욕망에 의해서도 괴롭힘을 받는다고 느낀다.

*excitare*는 오랫동안 사냥 용어로 남아 있었다. 페트로니우스의 작품에서 화자는 발기부전(*languor*)을 고쳐볼 셈으로 늙은 마녀를 찾아간다. 노파는 우선 자기 가슴에서 알록달록한 실로 짠 그물을 꺼내더니 그것으로 화자의 목을 졸라맨다. 그런 다음 먼지를 가지고 입으로 작은 환을 빚어서 그것을 자기 중지 위에 올려놓고는 그 손가락으로 화자의 이마에 낙인을 찍는다. 끝으로 노파는 주문(*carmine*)을 외우면서 그에게는 자줏빛 천을 씌운 작은 마법의(*praecantatos*) 조약돌들을 자기 가슴속으로 던지라는 명령을 내린다. 화자가 돌을 던지는 동안 노파 자신은 손으로 화자의 성기를 자극한다. "말〔言〕보다 더 빠르게(*dicto citius*) 근육(*nervus*)이 거대하게 불끈 일어나서(*ingenti motu*) 노파의 손을 가득 채운다. 그녀가 외친다. 보라, 어떤 토끼(*leporem*)를 내가 몰아냈는지(*excitavi*)!"

*

고대 이탈리아인들 특유의 사냥에는 세 종류가 있었다. 그물을 이용한 토끼 사냥, 허수아비(*formido*)를 이용한 사슴 사냥, 그리고 창으로 잡는 멧돼지 사냥이다. 오비디우스가 보기에는 그 모두가 사냥이다. 사냥은 동물성에서 인간성으로의 부단한 이행이다. 오비디우스의 작품에 등장하는 아레투즈는 여자를 "개들의 적대적인 주둥이를 알아보자 옴짝달싹 못하고 덤불 아래 웅크린 토끼"(*lepori qui vepre latens hostilia cernit ora canum nullosque audet dare corpore motus*)라고 말한다. 사냥을 하던 중에 나르키소스는 잠시 사냥감의 탐색을 잊은 채 긴 창을 내려놓고 실개울을 굽어보면서 물에 비친 자기 얼굴을 사냥감으로 만든다. 루크레티우스는 꿈을 묘사할 때 상상의 사슴을 쫓아가는 그럴듯한 이미지를 본능적으로 취하면서, 자신이 개들을 좋아하는 까닭에 사냥개들이 목청껏 짖어대며 강렬한 공포와 불안의 분위기 속에서 사냥감의 흔적을 쫓아 길을 거슬러 올라가는 장면을 그린다. 로마에서 사용되던 사냥과 관련된 주요 동사로는 *excitare* 말고도 *debellare*가 있다. *debellare*는 '길들이다' '굴복시키다' '지배하다' '사랑하다' '자신의 의사를 강요하다'라는 의미이다. 모의 사냥과 역전된 인간 사냥, 그것이 로마이다. 코린토스의 기혼 여성의 이야기에서 알 수 있듯이 사랑과 원형 경기장에서의 게임은 동일한 것이다. 술라의 열정은 곧 악타이온[17]의 열정이었다. 아우구스투스는 젊은 귀족이나 자치 도시(*municipes*)의 청소년들(*juvenes*)을 짐승처럼 원형 경기장 안으로 내려 보낼 것을 요구했다. 수에토니우스의 단언을 보면 아우구스투스는 사냥을 오직 볼거리로 만든 최초의 인물이었다. 초대 황제(*princeps*)[18]는 그라티우스[19]를 핑계 삼아 확실하게 사냥과 전쟁을 동일 부류로 묶어놓았다. 그 이유는 한 세기에 걸쳐 도시들을 황폐화시킨 내란이 마침내 주민들까지 모조

---

17 오비디우스의 『변신 이야기』를 보면, 영웅이며 사냥꾼인 악타이온은 키타이론 산에서 우연히 아르테미스 여신의 목욕 장면을 엿보게 된다. 그 벌로 수사슴으로 변하게 되었고, 아르테미스의 사냥개 50마리에게 쫓기다 죽었다.

18 아우구스투스를 가리킨다. 그는 회복된 공화정의 수반을 뜻하는 '프린켑스(제1시민)'로 자처했다.

19 그라티우스는 아우구스투스 시대의 로마의 시인으로 특히 사냥에 관한——다양한 사냥 놀이, 사냥 방식, 가장 우수한 혈통의 말과 사냥개에 관한——6각시(六脚詩)의 저자로 유명하다. 그중 541행 정도가 남아 있다.

리 몰아내지 않을까, 그리고 버려졌던 땅으로 사람들이 돌아오면 자신들의 폭력성을 만족시키려고 이번에는 인간 대신 짐승의 생명을, 도시 대신 숲의 생명을 빼앗지는 않을까 하는 우려 때문이었다.

맹수와 위험한 싸움을 벌이면서 도시인은 내면에 도사린 야만인의 냉혹성(*duritia*), 원시 부족의 냉혹한 사냥꾼(*duri venatores*)이 지닌 왕성한 폭력성, 근원적인 격렬한 폭력성의 충동, 영웅을 만드는 일촉즉발의 위협을 되찾으려고 한다. 게다가 사냥꾼을 정의하는 주요 덕목들은 모두가 군주의 역할을 규정한다. 모든 황제는 괴물들을 죽이는 헤라클레스이다. 군주는 심지어 평정자(*eirènikos*)가 되기 위해서라도 모름지기 자기 민족의 전사, 용감하고 완강하고 참을성 있는 전사여야 한다. 군주의 오락조차 전쟁 준비여야 한다. 사냥은 전쟁이나 종교보다 앞서는데, 그 이유는 사냥이 타인의 파괴와 공동의 제물이라는 전쟁과 종교의 두 원천을 이루고 있기 때문이다.

virtus(덕성)란 '*victoria*(승리)를 거둘 수 있는 능력'을 의미한다. 따라서 *virtus*를 소유한다는 것은 자신의 내면에 가공할 힘과 승리의 수호신을 지닌다는 뜻이다. *virtus*는 불패(성공 *felicitas*)로서 입증된다. 덕 있는 황제는 맹수들을 지배하는 황제이다. 그렇기 때문에 황제는 자신의 *virtus*를 강화시키고, 원형 경기장에서 재현을 통해 *victoria*를 증가시키고, 그렇게 해서 자신의 힘(*vis*), 용기(*fortitudo*)와 성 기능(*fascinus*)을 재결합시키지 않을 수 없었다.

*

　그렇게 해서 로마에서는 사냥의 열정에 수간(獸姦) 취미가 추가되었다. 인간이 아닌 동물과의 성교를 수간이라고 부른다. 티베리우스가 '염소' 황제였듯이 네로는 '사자' 황제였다. 전자가 은둔과 퀴닐랭귀스(cunnilingus)를 즐겼다면, 후자는 비극과 음란함(impudicitia)을 즐겼다. 로마에서는 정숙하다는 말이 비역질을 당한 적이 없다는 뜻임을 상기하기 바란다. 수에토니우스는 네로에 대한 인물 묘사를 하면서 이렇게 속내 이야기를 덧붙이고 있다. "내가 여러 사람에게서 들은 사실인데, 네로는 자기만큼 정숙함을 존중하고 자신의 육체를 순수하게 보존하는 사람은 아무도 없으며(neminem hominem pudicum aut ulla corporis parte purum esse), 하지만 대부분의 사람이 그런 사실을 숨기고 있다(dissimulare)는 것을 굳게 믿고(persuasissimum) 있었다."

　티베리우스는 말했다. "나는 매일 죽어가는 것을 느낀다(Cotidie perire sentio!)." 네로는 말했다. "글을 쓸 줄 모른다면 좋으련만(Quam vellem nescire litteras!)." 네로는 짐승의 '비(非)언어'를 되찾기를 주장했다. 그는 수간을 일종의 연극으로 만들려고 애썼다. 세 가지 원천이 서로 논거를 뒷받침하고 있다.

　다음은 수에토니우스의 글이다(『열두 명의 카이사르의 생애』, XXIX, 1). "네로는 자신의 몸을 빠짐없이 모조리 더럽히고 나서도 결국 새로운 놀이(lusus)를 생각해낼 정도로 정절을 싸구려로 낭비했다. 그는 맹수의 가죽을 뒤집어쓰고(ferae pelle contectus), 우리(cavea)에서 뛰쳐나와, 말뚝(*stipidem*)에 묶여 있는 남자와 여자의 음부(*inguina*)로 돌진해서 자신의 음란함을 양껏 채운 다음에, 다시 해방 노예 도리포르에게 몸을 맡겼다.”

디오 카시우스[20]의 기록이다(『로마사』, LXIII, 13). “어린 소년과 소녀들을 완전히 알몸(*gumnas*)으로 십자가(*staurois*) 모양의 말뚝에 묶게 한 다음에, 자신은 짐승 가죽(*doran thèriou*)을 뒤집어쓰고, 마치 무엇을 먹을(*ôsper esthiôn*) 때처럼 입을 우물거리면서, 그들에게 덤벼들어 파렴치하게 공격했다.”

아우렐리우스 빅토르[21]가 쓴 글이다(『황제들에 대한 책』, V, 7). “그는 마치 죄수를 묶듯이 남자들과 여자들을 함께 묶도록 한 다음에, 자신은 짐승 가죽을 둘러쓰고 얼굴로 그들의 성기를 파헤쳤으며(*utrique sexui genitalia vultu contrectabat*), 훨씬 더 후안무치한 방식으로 더욱 치욕스럽고 파렴치한 짓을 하도록 그 남녀를 부추겼다.”

말뚝, 짐승 우리, 짐승 가죽, 난입은 이러한 가학적인 모의 수간 장면들이 진짜 공연임을 입증하고 있다. 네로는 비극 배우로서 해산하는 카나케[22]를 연기했다. 자기 어머니를 죽이는 오레스테스[23]를 연기했다. 장님이 된 오이디푸스를 연기했다. 분노에 휩싸인 헤라클레스를 연기했다. 그는 특정한 배역의 얼굴을 나타내는 가면들(*personis*

---

20 로마의 정치가, 역사가(150년경~235년경).

21 4세기경 로마의 역사가.

22 그리스 신화에 나오는 마그네시아의 왕 아이올로스의 딸. 오빠 마카레우스와 근친상간을 저지르고 자살했다(아버지가 죽였다는 설도 있다). 그들의 이야기가 에우리피데스의 작품 『아이올로스』의 주제이다.

23 그리스 신화에 등장하는 아르고스의 왕 아가멤논과 왕비 클리템네스트라 사이에서 태어난 아들. 아버지의 원수를 갚기 위해 어머니와 그녀의 정부를 죽인다.

effectis ad similitudinem oris sui)을 써서 자신의 얼굴을 감추곤 했다. 연극, 놀이(*lusus*), 벽화, 성(性)과 관련된 일화, 그것들은 언제나 죽음의 순간이다. 네로는 자기 오른쪽 손목(*dextro brachio*)에 항상 뱀 껍질을 두르고 있다가 잘 때만 베개(*cervicalia*) 밑에 넣어두곤 했다. 맹수로 분장한 네로 황제가 등장하는 괄목할 만한 이 공연은 한때 황제를 사로잡았던 미트라교[24] 의식의 한 장면이 반영된 것일 가능성도 있다. 그렇다면 장면의 시기는 티리다테스[25]가 로마에 체류했던 서기 66년으로 거슬러 올라가게 되리라. 수에니토스의 기록을 보면, 네로는 키벨레 여신에 대한 동양식 숭배와 아타가르티스[26]에 대한 숭배에 지대한 관심을 보였다고 한다. 성과 관련된 어떤 전설에는 율리우스 카이사르적 의미에서(베누스적 의미에서) 동일하게 신비적이면서도 성격은 다른 한 장면, 즉 사자(*leo*)로 변한 주피터가 비교승(秘教僧)들을 불로 정화시키는 장면이 들어 있다.

---

24 조로아스터교 이전 이란의 태양, 정의, 계약, 전쟁의 신인 미트라를 숭배하는 종교.

25 아르메니아의 왕(B.C 52~B.C 73). 네로 황제로부터 왕권을 부여받기 위해 로마를 방문했을 당시 아르메니아와 강력한 로마 사이의 우호적 유대 관계를 기원하는 미트라 의식을 로마에서 치른 바 있다.

26 신화 발생 초기에 대지의 풍요와 재생을 주관했던 사랑의 여신. 유프라테스 강변에 밀려온 거대한 알에서 태어났으며, 반은 물고기이고, 반은 여인의 모습이라고 한다.

제10장
황소와 다이버

비극 작가 소포클레스는 여든아홉 살의 나이에 이르렀다. 생애 말년에 이르러 그는 자신이 고령으로 인해 육체의 리비도에서 벗어나 "너무나 행복하다"고 말하곤 했는데, 그 이유는 '맹렬한 야성적 주인에게서 벗어났기(*luttônta kai agrion despotèn*)' 때문이다. 『국가』[1] 제1권(329 c)에서 케팔로스는 소포클레스의 답변을 칭찬한다.

욕망이란 인간의 내면에 잠재하는 동물성의 습격이다. 그것은 '우리 내면의 개, 우리 내면의 황소'이다. 인간이 성교 시에 암송아지와 황소의 교미, 암늑대와 숫늑대의 교미, 암캐와 수캐의 교미, 암퇘지와 수퇘지의 교미를 모방하는 것은 바람직하다. 우리의 시선이 동일한 원천에서 비롯된 형태의 동물에게 끌리는 것은 불가피한

---

1 '이상적 국가'에 대한 구상이 담긴 10권으로 이루어진 플라톤의 저서. 제1권은 '정의란 무엇인가'라는 문제를 다루고 있다.

일이다. 게다가 그것은 자기 내부에서 일어나는 충동인 격렬한 교미에 보다 더 부합된다. 다른 어떤 민족보다 특히 로마인들은 이러한 경악의 흔적들, 그리고 우리 자신보다 더 진정한 우리 자신을 보게 만드는 변신의 재현을 황소나 늑대의 모습으로 남겨놓았다.

타르퀴니아에 있는 소위 '황소들의 무덤'은 기원전 540년의 것이다. 그 무덤은 스푸리나 가문의 소유였다. 무덤 주실(主室) 내부의 중앙 벽면에 그려진 벽화에는 흥분한 황소와 성애를 나누는 두 그룹의 사람들, 그리고 트로이 이야기에서 빌려온 한 장면이 뒤섞여 있다. 벽화에는 동일한 붉은 색채와 동일하게 강렬한 필치로 그려진 인간의 성애, 동물의 발정, 전쟁에서 죽음을 노리는 매복이 의도적으로 섞여 있다.

교미 중인 황소는 죽음이 임박한 순간의 트로일로스[2] 위로 불쑥 솟아 있다. 왼쪽에는 아킬레우스가 샘물 뒤에 웅크리고서 매복 중이다. 오른쪽에는 트로일로스가 말을 타고 다가오고 있다. 중앙의 붉은색 종려나무가 두 사람 사이를 갈라놓는다. '붉은색'과 '종려나무'는 둘 다 그리스어로 *phoinix*이다. 피와 죽음이 결합되어 있다. 트로일로스의 죽음과 아킬레우스의 죽음이 같은 날 일어나게 되는 것처럼, 황소의 에로스와 인간의 에로스가 결합되어 있는 것처럼, 매복에 깃든 죽음에 대한 집중과 연인들에게 달려드는 발기한 황소의 신성하고 에로틱한 불후성이 결합되어 있는 것처럼 말이다.

---

2 트로이의 왕자(프리아모스 왕의 아들). 한 전설에 따르면 아킬레우스가 그를 죽였다고 한다. 그의 불행한 열정에 대한 이야기는 셰익스피어의 희곡 「트로일로스와 크레시다」의 주제가 되었다.

『일리아스』는 8세기의 작품이다. 『일리아스』(XXIV, 257)에서 호메로스는 '말이 끄는 전차(戰車)를 탄 트로일로스(*Trôilon hippocharmèn*)'를 환기시킨다. 자기 아들에 대해 말하는 인물은 아버지인 프리아모스 왕이다. 형용사가 어려운 까닭은 그 단어가 기마전투의 기쁨을 나타내는 동시에 전차를 가리키기 때문이다. 신탁에 따르면 트로일로스가 스무 살이 되면 트로이의 함락은 불가능해진다고 했다. 어린 트로일로스는 어느 날 저녁 자기 말들을 스케스 문 근처의 물 마시는 곳으로 끌고 갔다가, 샘물 뒤에 매복해 있던 아킬레우스의 습격을 받아 죽었다.

『키프로스의 노래』[3]에 따르면, 벽화에서 말의 다리 아래로 그려진 붉은 석양이 어린 트로일로스가 살해된 시각을 알려준다.

다른 설에 따르면, 트로일로스는 저녁마다 자신이 좋아하는 샘물로 말들을 데려가곤 했는데, 그 샘물 뒤에 아킬레우스가 숨어 있었다. 샘물 뒤에서 아킬레우스가 불쑥 나타나자 그는 즉시 도망쳤다. 아킬레우스는 그를 뒤쫓았다. 그는 팀브라의 아폴론 신전으로 피신했다. 날이 저물었다. 아킬레우스가 나오라고 하지만 그는 거부했다. 아킬레우스는 신전 안으로 들어가 트로일로스를 창으로 찔렀다.

*

언어 이전과 인류 이전을 제외시키면 안 된다. 한편으로는 그리스

---

3 B.C 6세기 말로 추정되는 고대 그리스의 서사시. 『일리아스』를 비롯한 트로이 전쟁 이야기의 원전이다.

인들이 *logos*라고 부르고 로마인들이 *ratio*라고 부르던 것, 다른 한 편으로는 그리스인과 로마인들 모두가 *ego*라고 부르던 것은 언어 이 전과 인류 이전의 등에 붙은 한낱 파리들에 불과하다. 게다가 그 파 리들은 이상한 바이러스의 보균자들이다. 고대 로마인들이 벽화에 부여한 기능을 근원적으로 이해하려면 라틴 문화 이전과 그리스 세 계를 빼놓을 수 없다. 나는 *antiquus rigor*(고대의 엄격성)에 대해 좀 알아본다. 타키투스는 *antiquus rigor*에 대해 말하면서 고대 로마인 들은 아름다움보다 엄격함을 우선시했음을 환기시키고, 엄격함 (rigidité)과 엄밀함(rigueur)이 결합된 장소가 어디인지 가리키고 있 다. 바로 욕망으로 인해 단단해지면서 곤두서는 인간이나 황소의 성 기가 그곳이다.

무덤을 파고 그 내부에 남근을 그렸던 사람들에게 그것의 상징적 인 의미가 무엇이었는지 우리는 결코 알지 못할 것이다. 아마도 트 로일로스가 말을 타고 향하던 샘물이며, 아킬레우스가 그 뒤에 숨어 매복하던 샘물에서 직관적 의미를 찾아낼 수 있을지도 모른다. 질시 에 찬 넋들이 던지는 원한 맺힌 저주에서 우리를 보호할 목적으로 화장(火葬)이나 매장으로 지하 세계에 붙잡아둔 죽은 자들에게 약 간의 생명을 마시게 하는 것, 복수를 위한 그들의 귀환이 무덤의 벽 위에 멈추도록 하는 것, 아마도 죽은 자들을 경계해서 무덤이 행하 던 '매복'의 의미가 그것이리라. 혹은 죽은 자들에게 생존이나 부활 은 아닐망정 최소한 절정에 달한 생명력의 동반을 보장해줄 목적으 로, 지하 동굴의 무덤에 교미 중인 황소를 에워싼 동성애 장면들을 비밀리에 그렸을 수도 있다.

죽음에 대한 생각은 삶에 대한 열광을 고조시킨다. 하지만 쾌락의 환기는 우리의 정신을 불가항력적으로 기원의 수수께끼로 회귀하게 만든다. 자신의 기원이란 결국 죽음보다 더 낯선 신이다.

고대 에트루리아인들은 항상 욕망과 죽음을 연관 지었다. 어째서 트로일로스에 관한 전설은 하나는 단순하게 에로틱하고, 다른 하나는 단순하게 죽음과 관련된 두 가지 판본(젊은 전사 아킬레우스는 젊은 전사 트로일로스를 강간하려다 그가 신전으로 숨어버리자 그를 죽인다. 혹은 전사 아킬레우스는 매복하고 있다가 말을 타고 오는 전사 트로일로스를 죽인다)이 있는 것일까? 어째서 화가는 트로이 전쟁의 일화 바로 위에 교미 중인 황소 앞에서 벌어지는 동성애 장면을 그렸을까? 어떤 점에서 죽음의 매복이 항문 성교와 연관되는가?『일리아스』(XIII, 291, XVII, 228)에서 호메로스는 전사들의 사생결단의 맞대결을 지시하기 위해 '사랑의 밀회(*oarystys*)'라는 말을 사용했다. 트로일로스의 맏형 헥토르는 아버지와 어머니가 자신에게 트로이 성벽 안으로 돌아와 피신하기를 간청하자 마음속으로 묻는다. 그는 방패와 투구, 창을 내려놓고 갑옷을 벗을 생각을 한다. 아킬레우스 앞으로 나가 헬레나와 트로이의 보물들을 넘겨줄 생각을 한다. 하지만 갑자기 항복을 만류하는 것이 있었으니, 호메로스의 시를 보면 그것은 그럴 경우 자신은 '여자처럼 발가벗겨지고' 아킬레우스에게 트로일로스처럼 죽게 되리라는 생각이었다. 호메로스의 작품에서 '성교'를 뜻하는 *meignumi*라는 동사는 '난투'를 의미하기도 한다. '여자를 속박하다'와 '적을 죽이다'라는 단어는 동일한 동사이다. 에로스와 타나토스는 둘 다 굴복시키는 힘, 수동적인 나체를 요구하는 힘, 다른 *domus*(집)

로 이동시키는 힘과 '사지를 절단시키는' 능력을 지니고 있다.

첫번째 *domus*는 여성의 배〔腹〕이다. 두번째 *domus*는 번식을 위해, 그리고 다시 여성의 배〔腹〕를 얻을 목적으로 남자가 여자를 납치해서 데리고 들어오는 집이다. 세번째 *domus*는 무덤이다.

인간은 욕망에 뿌리를 내리고 있다. 그것은 젖먹이가 어머니에게, *fascinus*(발기된 페니스)가 *vagina*(질)에, 성인 남성이 유년기의 역사에, 개체 발생이 계통 발생에 뿌리를 내리고 있는 것과 마찬가지이다. 삶이 우주에 소속되고, 계절의 순환에, 심장 박동의 리듬에, 낮과 밤의 리듬에, 밀물과 썰물에, 그리고 빛을 발하는 별들에의 소속에 뿌리를 내리고 있는 것과 마찬가지이다.

*

왜 타르퀴니아의 벽화에는 '뒤로 하는 성교(*coïtus a tergo*)'의 장면이 그려져 있을까? 패배한 트로일로스는 폭력에 몸을 맡긴다. 연약함은 자석처럼 폭력을 끌어당기는 힘이다. 라틴어로는 *dominatio*(지배)에 헌신하는 *obsequium*(복종)이다(주인에게 충성하는 노예이다). 이런 지배 관계는 아버지(*Pater*)에 대한 자식(*infans*)의 충성(*pietas*)보다 주인(*dominus*)에 대한 노예(*servus*)의 복종에서 더 잘 드러난다. 하늘의 신들과 제국의 독재자들, 그리고 가족의 아버지들이 스스로 가학적 행위를 하지는 않는다. 낳아주는 자를 요구하는 것은 태어날 자식들이다. 사회를 요구하는 것은 백성들이고, 아비를 요구하는 것은 자식들이고, *dominus*(집)를 요구하는 것은 여자들이고, 종교를 요구하는 것은 신도들이며, 쾌락으로부터 거리를 요구하는 것은 신경증 환자들이다. 티베리우스 황제의 경멸을 자초한 것도 원로원 의원 자신들이다.

비역하는 자(*paedicator*)가 바로 코앞에서 교미 중인 황소를 쳐다보지 않고 얼굴을 뒤로 돌린 까닭은 무엇인가?

우리는 결코 그 이유를 알지 못하리라. 엄밀히 말해 그것은 불가사의이다.

오르페우스는 왜 뒤를 돌아보는가? 원초적 장면에서, 마치 보초가 망을 보듯이 혹은 관음증 환자가 눈에 보이는 것을 손가락 사이로 보듯이 형체로 나타나고자 하는 것은 주체의 기원이다. 우리가 존재하는 것은 그들이 성교를 했기 때문이다. 반과거 시제[4]로 성행위를 하는 복수(複數)의 존재에 현재 시제의 자아(ego)가 대응한다. 과거가 현재 안에 살아 있듯이 시선 안에는 뒤편도 존재한다.

최초의 장면은 볼 수 없으며 접근도 불가능하다. 누구의 접근도 불가능한 이유는 음력 열 달간이 우리를 최초의 장면에서 영원히 격리시키는 탓이다. 아무도 자신을 만드는 정자가 흘러나오는 순간의 외침을 들을 수 없다. 외침이 터져나올 때의 정자는 아직 불확실한 상태에 있다. 눈으로 볼 수 없는 장면은 언제나 조작되게 마련이다. 그 장면은 잇따르는 개별적인 별개의 요소들을 가지고 연출된다. 그렇게 연출된 장면은 형태가 없는 것에 형태를 부여하는 무엇이다. 부재하는 이미지들의 이미지이다. 즉 기원 이전에, 수태 이전에, 출

---

4 과거에서의 '진행'을 나타낸다.

생 이전에 등장했거나 이미 기정사실이 되어버린 재현될 수 없는 것의 재현을 마련해주는 무엇이다(왜냐하면 인간의 경우에 성교, 수태, 기원, 출생은 시간이 흐르면서 격리되기 때문이다).

자신의 기원에 대한 주체의 사유(cogitation)는 자신을 만들어낸 성교(coït) 시의 격렬한 움직임(agitation)과 뒤섞인다. 성적인 것은 현재 시제로 기술될 수 없다. 그것은 전혀 동시대적(우리 자신조차도)이 아니며 운명적으로 절대 과거에 속한다. *Sum: Coitabant*[5]처럼 명확한 시점을 밝히지 않는 과거이다. 꿈은 성적인 것이므로, 인간의 정신을 사로잡은 장면은 꿈에 나타나고 꿈으로 활성화된다. 따라서 문제는 언제나 인간에게 가능한 '상상력' 하나만으로 살아 움직이게 된 장면인 꿈(인간이 비롯된, 생생해진 장면)이다. '살아 움직이게 된 장면'은 우연하게도 예술, 즉 '영화'가 되었다. 영화야말로 수천 년간 보편적이고 개별적으로 밤마다 되풀이되던 기대를 단번에 충족시킨 기술의 개발이다. 에피쿠로스의 말에 따르면, 신들은 하늘에서 비처럼 끊임없이 쏟아져 내리는 원자들 가운데서 쉴 새 없이 그 원자 구성이 새로워지는 형상을 지니고 있다. 따라서 신들의 모습은 투명하고 매우 신속하게 생기를 띠게 된다고 한다. 키케로는 에피쿠로스주의를 조롱할 셈으로 그들이 말하는 신들의 육신이란 '연속적으로 쏟아지는 작은 물방울들'이라고 말했다. 루크레티우스는 제4권(『사물의 본성에 대하여』, IV, 768) 중간에 이렇게 기록했다. "시뮬라크르들(*simulacra*)이 움직이고(*moveri*), 팔을 휘두르고, 박

---

5 라틴어 동사 '*coire*(성교하다)'의 3인칭 복수 반과거 시제는 '*coibant*'이나 저자는 '*coitus*(성교)'를 동사로 바꾸어 '*coitabant*'라고 한 것으로 보인다.

자에 맞춰 다른 사지들을 놀린다는 사실에 놀라서는 안 된다. 왜냐하면 이미지(*imago*)는 바로 그런 식으로 꿈속에서(*in somnis*) 행동하기 때문이다. 한 이미지가 사라지기 무섭게 그것을 대신할 다른 이미지가 나타나 다른 거동을 보이지만, 첫번째 이미지와는 단지 움직임만 바뀌었을 뿐이다. 이러한 대체는 아주 신속한 리듬에 맞춰 이루어지는데, 시뮬라크르가 너무 재빠르게 생성되고 그 수도 지각 가능한 한순간에 지나치게 많다." 로마 시대의 오래된 텍스트를 읽다 보면 신기하게도 이미지들이 활성화되는 불가능한 예술에 빠져드는 것만 같다.

*

아말피[6]에서 만(灣)을 지나 80킬로미터 떨어진 곳에 '파이스툼[7]의 다이버'라고 불리는 무덤이 있었다. 무덤은 베수비오 화산이 경석(硬石)들을 분출하고 용암을 뿜어낸 시기보다 최소한 8세기 먼저 형성된 것이다. 지하 묘소의 덮개에 다이버가 그려져 있는데, 바탕은 하얀색이고 윤곽선은 검은색이다. 그것은 '투영된 그림자'이기도 하다. 그것을 그리스인들은 '*skiagraphia*(축자적으로 옮기면 '글로 씌어진 그림자')'로 부르고, 플리니우스가 '*umbra hominis lineis circumducta*(선을 둘러 그려진 사람 그림자)'라고 옮긴다.

---

6 이탈리아 남부 캄파니아 주 살레르노 현의 작은 도시.

7 그리스어로는 포세이도니아. 이탈리아 루카니아에 있는 고대 도시. 물에 뛰어드는 사람이 새겨진 석관이 발견된 곳이다.

무덤을 덮은 묘석 위에는 암석으로 이루어진 건물 꼭대기에서 푸른 수면 위로 다이빙하는 작은 사람 하나가 그려져 있다. 물가에는 나무 한 그루가 있다.

우리는 이 장면에 압축된 무토스(*muthos*)[8]를 알지 못한다. 아리스토텔레스(『문제들』, 932 a)의 설명을 보면 윤리적인 화가들은 푸른색과 노란색으로 바다와 강을 구분했다. 살아생전에 '헤라클레스의 기둥'[9]을 넘기는 불가능하다고 핀다로스[10]는 두 번이나 거듭 경고했다. 시모니데스는 시 한 편을 스코파스[11]에게 헌정했는데, 그 시는 이렇게 시작된다. "다른 사람들의 기억에서 잊혀지지 않게(*alathéôs*) 모범적이고(*agathon*), 손과 발, 그리고 생각에서도 솔직한(*tetragônon*) 사람이 되기는 어렵도다." 바꾸어 말하자면 살아 있는 동안에는 kouros(조각상)[12]처럼 되기가 어렵다는 뜻이다. 쿠로스는 기원전 7세기에 장례식에 쓰이던 대리석 조각상으로 두 다리를 붙이고 두 팔도 옆구리에 붙인 모습이었다. 도시는 구성원 중 한 사람이 죽으면 그것을 그의 묘석으로 사용할지의 여부를 표결에 부치곤 했다. 살아생전에 '헤라클레스의 기둥'을 넘기는 어려운 법이다. 다음은 테오그

---

8 '플롯'이란 문학 용어는 아리스토텔레스의 '무토스(이야기의 순서를 정한 극의 줄거리)'란 용어를 옮긴 것으로 '이야기(신들이 등장하는 이야기인 '신화'라는 말도 여기에서 유래한다)'를 의미한다. 아리스토텔레스는 『시학』에서 이야기가 어떻게 조직되어야 하는지에 대해서, 즉 이야기의 필연성, 개연적 연결성에 관해 논하고 있다.

9 고대인들이 지브롤터 해협의 깎아지른 절벽을 가리켜 불렀던 표현이다.

10 고대 그리스의 가장 위대한 서정 시인(B.C 518/522~B.C 446 이후).

11 B.C 4세기경에 활동한 그리스 후기 고전주의 시대의 조각가, 건축가.

12 초기 쿠로스는 청년 입상으로서 두 팔은 옆구리에 바짝 붙이고, 주먹을 쥐고, 두 발로 땅에 굳게 버티고 서서, 무릎은 쭉 편 채 왼발을 약간 앞으로 내민 정면 자세를 취하고 있다. 후기 쿠로스의 자세는 보다 자유롭다.

218

니스[13]의 단언이다. "태어나지 않는 편이 좋다고 생각하지만, 일단 태어난 바에는 최대한 빨리 죽음의 문들을 넘기 위해 서두르는 편이 좋다." 아킬레우스도 지옥에서 같은 말을 했는데, 그는 인간에게는 선택 가능한 두 가지 운명이 주어진다고 말했다. 하나는 이름 없는 농부로서 장수하는 삶이고, 다른 하나는 불멸의 명성을 남기는 전사로서의 단명한 삶이다. 무덤의 석관 뚜껑에 그려진 남자는 죽음 속으로, 헤라클레스의 기둥 저 너머로, 저 세상의 바다 속으로 뛰어들고 있다. 마치 생존자들의 기억에 새겨진 쿠로스 상(像)과도 같다. 그것은 영웅적인 선택이다. 파이스툼의 묘석 아래 묻힌 죽은 자는 한낱 목동처럼 이름 없이 오래 살기보다는 만인에게 기억될 죽음의 이야기를 남기고 싶었던 것이다.

*

최초의 두 가지 공포는 어둠과 고독에 연관된다. 어둠은 가시적인 것의 부재이다. 고독은 어머니의 부재 혹은 어머니를 대체하는 대상의 부재이다. 인간은 다음과 같은 공포를 경험한다. 즉 비정형의 캄캄하고 거대한 심연인 자궁으로 다시 떨어지는 공포, 즉 다시 태아로 돌아가는 공포, 다시 동물로 변하는 공포, 자신이 사라지는 공포, 허공에 던져지는 불안, '비(非)인간'에 합류되는 공포가 그것이다. 사자이고 새이면서 여자의 모습을 하고 수수께끼를 내던 테베의

---

13 B.C 6세기 말부터 5세기 초까지 활동했던 그리스 시인.

스핑크스는, 일단 오이디푸스에 의해 수수께끼가 풀리자, 피케이온 산 정상에서 죽음 속으로 몸을 던진다. 이카로스[14]의 추락은 다이빙 하는 자의 무덤을 상상으로 이어받았다.

세상의 창조, 그것은 추락해서 다시 솟아오르는 것이다. 심연 속으로의 도약, 죽음 속으로의 도약이 초기 단계를 구성한다. 아프로디테는 물을 뚝뚝 흘리면서 바다 표면에서 솟아오른다. 아비새는 부리로 흙을 물어온다.

로하임[15]은 1953년에 사망했다. 그는 죽기 1년 전에 『꿈의 문들』을 출간했는데, 그 책은 마지막 작품으로 산도르 페렌치[16]에게 헌정되었다. 로하임의 말에 따르면 모든 꿈은 자기 내면으로 빠져들어가 어머니의 질 속으로 되돌아간다고 한다. 출생 직후에 거의 지속되는 잠은 자궁 내의 삶을 '연장하는' 것이다. 현실은 '잠에서 깨어남'과 마찬가지로 배고픔과 추위, 고통스러운 욕망의 순간일 뿐이다. 노화로 인해 육체는 점차 잠에서 멀어지고, 죽음(꿈이 없는 잠) 속에서 음문과도 분리된다.

우리들 각자는 매일 밤 하데스로 내려가는 영웅이다. 그곳에서 영웅은 자신의 이미지로 변하고, 성기는 쿠로스 상처럼 꼿꼿이 일어선다. 매일 아침 새벽녘에 꿈은 다시 성기를 곤두서게 하고, 두 눈은 빛을 향해 열린다.

끊임없이 폼페이는 다시 무(無)로 빠져든다. 끊임없이 헤르쿨라

---

14 그리스 신화에 나오는 다이달로스의 아들. 밀랍으로 만든 날개를 달고 태양에 너무 가까이 날아갔기 때문에 날개가 녹아 떨어져 죽었다.
15 헝가리 태생의 미국 정신분석학자(1891~1953).
16 1915년 부다페스트로 돌아온 로하임이 함께 연구를 시작했던 동료 정신분석학자.

네움은 용암으로 뒤덮인다. 끊임없이 무언가 질기고 살아 있으며, 우리보다 더 오래된 것이 영혼 속으로, 욕망 속으로, 욕망의 서술 속으로 귀환한다. 어떤 문명이나 어떤 사회의 동시대적인 그 어떤 것도 그것을 절대 수용하지 못한다.

용암은 끊임없이 분출하고, 끊임없이 혼란을 야기하고, 끊임없이 두려움에 떨게 한다.

하지만 통풍이 잘 되는 곳에서는 끊임없이 이내 굳어버린다. 용암은 자신에게 다가가지 못하도록 스스로의 접근을 봉쇄하고, 작품들 속에서 굳어지고, 언어에 의해 관학적(官學的)이 되며, 건조되면서 시커멓고 혼탁해진다.

우리는 아이스킬로스의 『구원을 청하는 여인들』에 나오는 펠라스고스의 다음 대사를 쉬지 않고 되풀이해야 한다. "그래, 내게는 심사숙고(*batheias*)가 필요해. 그래, 다이빙하는 사람처럼(*dikèn kolumbèteros*), 쳐다보는 시선처럼(*dedorkos omma*) 그렇게 나는 심연(*buthon*)으로 내려갈 필요가 있는 거야."

제11장

로마의 우수

세상이란 바닷물이 서서히 물러갈 때 파도가 남겨놓는 흔적들이다. 루크레티우스에 따르면, 일어나는 파도의 이름은 *voluptas*(쾌락)이며, 그것은 매번 성교할 때마다 베누스의 쾌락이 요절을 내버리는 *fascinus*(발기된 음경)에서 비롯된다. 회화는 현실에 대한 그리움의 기슭이다. 우리는 죽은 자들로 인해 삶을 영위한다(*Mortibus vivimus*). 다음은 해방 노예 무사(Musa)의 말이다. "우리의 배〔腹〕는 강과 숲의 무덤이다." 이 말에 나는 타렌티우스 바로[1]의 말을 덧붙이겠다. "조약돌과 꽃은 신의 뼈와 손톱 같은 것이다." 세상은 끝나지 않았다. 인간 암컷들은 끊임없이 교미를 해서 세상을 인간들로 채운다. 항구적 숙성자(Toujours-mûrissant)인 세상은 항구적 분열자

---

1 로마의 위대한 학자, 풍자 작가(B.C 116~B.C 27).

(Toujours-déchirant)인 시간에 맞서 끊임없이 싸운다. 베누스와 마르스는 끊임없이 서로 지탱하고, 서로 포옹하고, 서로 괴롭힌다.

사정 후에는 남녀 모두가 지쳐서 망각에 빠진다. 그들은 가장 고귀한 질(質)을 소량 방출했던 것이다. 자신들의 분비물이 생명의 정수인데도 그것을 더러운 것으로 여겨 씻어버린다. 그것이 이상하게도 자신들을 끈적끈적하게 더럽히는 것 같기 때문이다. 권태(*taedium*), 혐오, 불응기는 갑자기 욕망이 사라지자 욕망의 흔적과 대면한 육체에 성공적인 성교가 드리우는 그림자에 지나지 않는다. 특히 성교는 인간에게 생기를 주는 삶의 장면인 까닭에 그것의 퇴조는 작은 죽음이다.

우리가 쾌락을 느낄 때 영혼에 속한 무엇이 우리를 떠나간다. 시야가 흐려진다. 우리는 탈진한 동물이 된다.

로마의 우수로 인해 멍해진 시선은 수치와 공포로 인한 곁눈질과 분리되지 않는다. 집정관 페트로니우스는 이렇게 썼다. "성교로 맛보는 쾌락(*voluptas*)은 역겹고 순간적이며, 베누스의 행위에는 권태(*taedium*)가 잇따른다." 쾌락이란 우리가 마치 요술처럼 그리로 인도되기를 원하는 조급증에 불과하다. 욕망이 충족되면 우리는 오르가슴에 잇따르는 두번째 쾌락으로 잠겨드는데, 그것은 단지 충족에 선행되는 돌진에 비해서뿐만 아니라 충족 이전의 시간들과 충족을 준비하는 날들 동안 줄곧 떠나지 않던 빛과 팽창, 분노, 흥분(*elatio*)에 비해 느껴지는 실망감 속에서 행해진다. 오비디우스의 말에 따르면 문제는 '패배해서 축 늘어진 무력한' 사람들이 서둘러 잠 속으로 달아나서 피해보려는 죽음인 것이다.

박물학자들은 수컷들이 짝짓기를 하고 난 후에 성적으로 반응을 보이지 않는 시기를 '불응기'라고 명명한다. 암컷들은 교미 후(*post coïtum*)의 불응기를 겪지 않는다. 그녀들의 경우에는 해산 후(*post partum*)에 우울증의 경향을 보인다. 수컷들은 혐오감을 피할 셈으로 잠을 잔다. 그들은 도망치는 게 아니라 죽은 자들과 망령들의 다른 세계로 합류하러 달려가는 것이다. 여자들은 성교 후에 남성이 느끼는 권태(*taedium*)를 젖먹이가 포유 후에 빠져드는 평온과 무반응의 단계처럼 생각한다. 로마인들은 피로감, 풍랑도 일지 않는데 느끼는 배멀미의 느낌, 메스꺼운 영혼에 대해 말했다. 어쨌든 이러한 것이 고대 로마인들의 *taedium vitae*(삶의 권태)라는 주제에 관한 일상적인 분석이다.

더 중요한 비밀이 하나 있다. 사랑은 포식성 전쟁에 불과한 것도, 단지 육식성 성교에 지나지 않는 것도 아니다. 밤은 낮을 지향하지 않는다.

밤은 하나의 세계이다.

행복에 속했던 무엇이 성교 중에 사라진다. 가장 완벽한 사랑, 행복 자체에도 갑자기 모든 것을 죽음 속으로 전복시키는 욕망이 들어 있다. 쾌락의 와중에 난폭하게 범람하는 무엇은 심리적이지 않은 슬픔으로, 그리고 두려움을 주는 무기력으로 극복된다. 물기 없는 눈물들이 서로 뒤섞인다. 쾌락에는 궤멸하는 무엇이 존재한다.

그것은 가슴을 저미는 타인에 대한 연민이다. 우리에게 불가능한 순간에 대한 느낌이다. 과거에 느꼈으나 무엇에 대해서인지 모르며 다시 불러들일 수도 없는 질투이다. 기쁨으로 충만했던 음경의 수축은 갱신 불가능의 느낌과 겹쳐지면서 울고 싶은 욕망과 비슷해진다. 우리는 많은 동물이 산란을 하거나 짝짓기를 하는 순간에 죽는다는 사실을 알고 있다. 무엇이 끝난 것이다. 가장 강렬하게 사랑할 때 무엇이 끝난다.

끔찍한 정적의 본질은 소란의 와중에서 떠오르는 법이다. 매번 쾌락 속에서 죽는 것이 가능하다. 죽음에는 너무나 통합적이어서 동의를 얻지 못하는 결합이 존재한다. 셉티미우스 플로렌스 테르툴리아누스[2]는 『영혼에 대하여』에서 이렇게 썼다. "생식의 분비액이 방출되는 충족감의 열기 속에서 우리는 영혼의 무엇이 빠져나갔음을 느끼지 않는가? 시력이 무뎌짐과 동시에 기진맥진하지 않는가? 그것은 영혼이 정자를 생산하기 때문이다. 그 결실로 태어난 어린애의 육체는 부모의 영혼이 방울져 흘러내린 것이라고 할 수 있다." 테르툴리아누스가 분명하게 언명한 바에 따르면, 쾌락(*voluptas*)이 시선의 쇠약(*prostratio*)인 까닭은 쾌락으로 인해 '시력의 약화'가 초래되기 때문이다. 쾌락 자체의 '섬광'이 쾌락을 눈멀게 하여 사라지게 만든다. 최초의 장면을 제외하면 보이지 않는 장면에서 소진되는 쾌락은 없다. 하지만 쾌락의 순간에는 진행 장면이 눈에 보이지 않는다. *fascinus*는 마약 중의 마약이다. 그것은 눈을 멀게 한다.

그렇기 때문에 *fascinus*는 욕망하는 자의 얼굴을 혼미 상태(*stupor*)로 만든다.

---

2 초기 그리스도교의 주요 신학자(155/160년경~220 이후), 그의 저서 『영혼에 대하여』는 그리스도교의 인간론을 다룬 책이다.

짝짓기할 때 증대되는 흥분은 먹이를 먹어치우는 육식동물의 이미지, 먹이를 덮치는 맹금류의 이미지와 자주 연관되었다. 인간은 흥분이란 은근히 타오르다가 느닷없이 기관 전체를 태워버리는 불이라고 변함없이 믿고 있다. 불꽃—오르가슴, 불타는 쾌락의 절정—은 부수적인 현상이나 부차적 이득이 아니라 욕망의 완성이다. 인간은 견디기 힘든 긴장을 완화할 목적으로 욕망하지 않는다. 흥분의 감소를 추구하는 것도 아니다. 사랑이 추구하는 바는 결코 삶의 권태(*taedium vitae*)가 아니다. 그것은 이미지, 회화, 영화, 환영을 모조리 태워버리는 신경학의 불꽃이다. 그것은 심연의 납치이다. 쾌락에 선행하는 미지의 것을 포획함이다.

프랑스어 lorgner(곁눈질하다)는 무슨 의미인가? 보면 안 되는 무엇을 비스듬히 훔쳐보는 것이다. 그것은 로렐라이[3]이다. 그것은 네레이스[4]이다.

프랑스어 reluquer(곁눈질하다)는 무슨 의미인가? Lure[5]는 호시탐탐 노리면서 뚫어지게 바라보는 것이다. Lauern[6]은 매복해서 망을

---

3 독일 라인 강에 있는 메아리치는 암벽의 이름 혹은 이곳에서 몸을 던졌다는 처녀의 이름이기도 하다. 전설에 따르면 그녀는 아름다운 목소리로 뱃사람들을 유혹하여 조난시키는 반인반조(半人半鳥)의 바다 요정이 되었다.

4 그리스 신화에서 바다의 신 네레우스(바다의 신 폰토스의 장남)와 오케아노스(평평한 지구를 둘러싸고 있는 물의 신)의 딸 도리스 사이에서 태어난 50~100명에 달하는 딸. 아킬레우스의 어머니 테티스도 네레이스이다.

5 영어 명사('사람의 마음을 끄는 것, 미끼') 혹은 동사('꾀어들이다, 유혹하다').

6 '매복하다'라는 의미의 독일어 동사.

보는 것이다. 그것은 샘물가에서 아킬레우스가 곁눈질로 트로일로스를 살피는 것이다. 악몽은 꿈과 동일한 장면을 '곁눈질한다lorgne.' 눈으로 볼 수 없는 성교 장면은 흥분시키는 만큼 두렵기도 하기 때문이다. 탐욕스럽게 먹어치우는 죽음의 늑대는 무엇인가? 바로 성교의 공격성이다. 서로 사랑을 나누는 입술들은 갈기갈기 찢어발겨 먹어치우는 입술들이기도 하다. "성교는 사냥이고, 그리고 전투이고, 마지막엔 분노"라고 한 루크레티우스의 묘사는 정확하다. 육식 동물의 이빨 위로 말려 올라간 입술들이 피범벅이 되어 비죽거릴 때, 우리는 그것을 웃음이라고 부른다. 그 입술들은 원시적인 사냥과 게걸스럽게 희생물을 먹어치우는 사냥의 결말을 상기시킨다.

쾌락 가운데에서 느끼는 공포는 그것이 비롯된 무기력 이상으로, 페니스 형태로 바짝 말라붙은 파스키누스(Fascinus)와 오그라든 무토(Muto)' 이상으로, 욕망의 '해외 여행' 이상으로, 우리가 공포로 인해 빠져드는 잠과 더욱 밀접하게 관련 있다. 거기에서 영원히 깨어나지 못할까 봐 우리가 두려워하는 잠은 죽은 자들의 첫번째 세계이다. 서로 포옹했던 두 육체는 잠 속에서 눈에 보이지 않는 이미지를 다시 만난다. 그것이 에로스와 타나토스의 중간에 있는 힙노스이다.

쾌락은 욕망을 위협한다. 따라서 욕망이 쾌락을 증오하고 수축에 대한 전반적 혐오를 느끼는 것은 당연하다(그것은 청교도주의이지만 또한 예술이기도 하다). 욕망은 권태, 탈진, 포만, 잠들기, 혐오, 물렁물렁함, 무정형(*amorpheia*)의 반대이다. 모든 동화와 신화, 이야기는 하나같이 욕망의 고양을 목표로 하며 쾌락에 맞선 투쟁을 포함하

고 있다. 에로틱한 소설이나 포르노 그림(정의상 포르노 소설이나 에로
틱한 그림은 존재하지 않으므로)은 결코 쾌락이 아니라 욕망을 느끼게
하려고 한다. 언어나 가시적인 것을 에로틱하게 만들고자 한다. 불
응기를 축소시키려고 한다. 권태(*taedium*)와의 전쟁을 개시한다.

바로 그렇기 때문에 삶의 권태(*taedium vitae*), 즉 쾌락에 잇따르
는 권태는 나뭇가지가 줄기에 달라붙어 있듯이 예술에 집착한다. 예
술은 한결같이 욕망을 선호한다. 예술은 파괴 불가능한 욕망이다.
쾌락 없는 욕망, 권태 없는 갈망, 죽음 없는 삶이기 때문이다.

＊

호메로스는 벨레로폰[7]이란 인물 속에 최초의 우수를 등장시켰다.
"신들의 증오의 대상인 그는 슬픔으로 미어지는 가슴을 달래며 인적
을 피해 홀로 알레이아 평원을 헤매었다"(『일리아스』, VI, 200). "자
기 심장을 파먹으며(*Thymon katedôn*)"라고 호메로스는 말했다. 그
의 수식어는 우수를 훌륭하게 묘사하고 있다. "영혼에 의한 육체의
자식(自食) 작용"이라는 것이다. 그 불행한 인물은 자신의 반영에 잡
아먹힌 나르키소스이다.

파라시오스는 헤라클레스를 그렸다. 파라시오스는 필록테테스[8]를

---

7 아르고스의 왕비 안테이아는 벨레로폰에게 자신의 사랑이 거절당하자 그가 자신을 농락했다
고 남편에게 거짓으로 고해바쳤다. 프로이토스 왕은 편지와 함께 그를 리키아의 왕에게로 보
낸다. 편지에는 그를 죽이라고 써 있었다. 리키아 왕은 수차례 그를 암살하려고 했으나 실패
하자, 그를 초인으로 인정해 자기 딸과 결혼시켰다. 그리하여 벨레로폰은 행복하게 살았으나
결국 신들의 미움을 사 자식들 중 둘을 잃었다. 그는 슬픔에 잠겨 알레이아 평원을 헤매었다.

그렸다. 이야기인즉 이러하다. 헤라클레스가 죽기를 원하자 필록테테스는 그의 장작더미에 불을 붙여주기로 했다. 감사의 표시로 헤라클레스는 자신의 활과 화살들을 그에게 주었다. 후에 필록테테스도 헬레네를 사랑하게 되었고, 그리하여 트로이를 향해 길을 떠났다. 그는 뱀에게 발을 물렸는데 그 상처가 곪으면서 악취가 심하게 진동하자 그리스 장수들은 참을 수가 없었다. 그러자 오디세우스가 장수들을 설득해서 필록테테스를 인적 없는 섬으로 쫓아버렸다.

필록테테스는 최초의 로빈슨 크루소였다. 아우구스투스 황제의 법률이 제정되기도 훨씬 전에 최초로 '섬에 유배된 자'였다. 최초의 은자였다. 최초의 티베리우스였다.

고대인들은 파라시오스가 필록테테스를 그려 걸작품을 만들었다고 말했다. 파라시오스의 화폭에 그려진 필록테테스는 극심한 고통으로 인해 '더 이상 잠을 이루지 못했음'이 분명해 보였다. 화가는 말라붙은 눈에 매달린 단 '한 방울의 눈물'을 그렸다. 그는 마치 갈증을 풀어줄 샘물에 대한 맹렬한 집착에 사로잡힌 사람처럼 자신이 쓰러뜨린 먹이를 향해 힘겹게 기어가는 모습이었다. 그는 자신의 동굴 부근에 있다. 그의 고독한 탄식 소리가 바위들을 울리게 한다. 그는 자신을 고통스럽게 하는 상처보다도 배신한 사람들에 대해 더욱 분노한다. 곪은 상처의 벌어진 틈에서 흘러나오는 시커먼 피에 통한의 눈물이 섞인다. "그의 머리칼은 곤두서고 텁수룩하다. 메마른 눈꺼풀 밑에 눈물 한 방울이 엉겨 있다"(플라누데스,[9] 『사화집』, IV, 113).

---

8 트로이 전쟁 후반부에서 결정적 역할을 수행했던 그리스의 전설적 영웅.
9 비잔틴의 수사이며 학자(1260~1310).

*

세네카는 "인간보다 더 침울한(*morosius*) 동물은 없다"고 썼다. 네로 황제의 제1대신이던 소(小)세네카는 살아 있는 모든 것에 증오심을 지니고 있었다. 그는 쾌락을 싫어했다. 음식과 술을 싫어했다. 하지만 돈과 고통에 대한 두려움은 좋아했다. 모든 면에서 자기 아버지와는 딴판이었다. 그는 백만장자로 죽었다. 세네카란 인물은 깡마르고 까다롭고 의기소침하고 언어와 권력에 사로잡힌 사람이다. '인류의 스승'으로 자처했던 최초의 사람이며 원칙주의자이다. "죽음은 혐오스럽고 악취 나는 배〔腹〕근처에서 우리를 끌어낸다." 이 문장을 쓴 장본인은 사도 바울로가 아니다. 그와 동시대인인 소(小)세네카이다. 그는 당시의 로마 세계 전체를 대신해서 결정을 내렸다.

루킬리우스에게 보낸 소(小)세네카의 서한(LIX, 15)에는 이렇게 씌어 있다. "어떤 이는 진수성찬과 호색(*luxuria*)에서 기쁨(*gaudium*)을 얻고자 하고, 다른 이는 야망과 수많은 평민을 돌보는 데서 기쁨을 구하려 합니다. 후자는 한 명의 애인에게서 기쁨을 구하고, 전자는 학자의 과시적이고 부질없는 활동이나 아무짝에도 쓸모없는 문학 작업에서 기쁨을 구합니다. 둘 다 똑같이 '헛되고 일시적인 즐거움(*oblectamenta fallacia et brevia*)'에 속은 사람들이지요. 마치 장시간의 권태(*taedio*)로 '한 시간의 희열과 광기(*unius horae hilarem insaniam*)'의 대가를 치르는 취기와도 같습니다. 또한 대중의 박수갈채와 개선 축하 행사의 특혜와도 같아서 그것은 우리의 근심 걱정을 지불하고 얻는 것이므로 동일한 값을 치러야만 상쇄됩니다."

세네카의 이 말에는 모든 것이 내포되어 있는 듯싶다. 음식, 성적 쾌락, 야망, 권력, 과학, 예술이 있다. 하지만 가치는 없다. 갑자기 20세기로 떨어진 것만 같다.

카일리우스[10]는 삶의 권태(*taedium vitae*)가 일종의 낙담(*maestitudo*)이라고 말했다. 세네카는 인간의 질환인 권태(*taedium*)가 수치스러운 두 경계, 즉 자신이 생겨난 성교와 자신이 썩는 죽음의 부패 사이에 놓인 육체를 지니고 있다는 인식에서 비롯된다고 말했다. 우수(*melagcholia*는 슬픔*tristitia*으로 표현된다)와 더불어 즉시 권태와 증오가 잇따라 나타난다. 공포(*phobos*)는 우수(*melagcholia*)의 표지이다(공포는 삶의 권태의 표지이다). 라틴어 *tristitia*는 한 개념 안에 거북함(*dusthumiē*), 구토(*nausea*), 어둠으로 이끌림, 주변 사람들에 대한 증오(은둔 *anachorisis*), 사소한 일에도 두려움에 사로잡히기, 마지막으로 성교의 권태를 모아놓는다. 또 다른 증상은 '양어깨 중앙으로 타고 올라오는 찌르는 듯한 통증'이다. 루크레티우스는 이 통증을 근심, 비탄, 공포, 망각과 회한이라는 다섯 범주로 나눈다. 그리고 그 특징을 죽음의 예견, 마비 상태, 죽음의 병으로 규정한다. 카일리우스 혼자만 주장했던 사고의 장애(난관 *difficultas*)에 대해서는 전혀 언급하지 않는다. 루크레티우스는 다음과 같이 우울증 환자의 초상을 묘사한다. "고통과 두려움으로 인해 넋이 나간 정신, 사납게 치켜올라간 눈썹, 분노에 찬 침울한 시선(*Perturbata animi mens in maerore metuque triste*

---

10 로마인의 씨족명.

supercilium, furiosus voltus et acer, 『사물의 본성에 대하여』, VI, 1183)." 끝으로 소(小) 세네카는 구토, 우수와 정령을 확실하게 연관시킨다. "인간의 입에 담기에는 너무 위대한(*grandius ore mortali*) 노래를 정신이 부를 수 있는 것은 대중(*vulgaria*)의 판단과 상례를 무시했을 때이다"(『정신의 평온에 대하여』, XVII, 10).

*

로마의 회화는 모두 외설적이거나 엄숙한 윤리적 순간을 포착한 것들이다. 안티필로스라는 소년을 그린 플리니우스의 화폭 한 점이 있는데, 그림 속의 소년은 불을 일으키려고 입김을 불고 있으며, 그러느라 얼굴이 발갛게 상기되었다. 그 모습에 사람들은 감탄을 금치 못했다. 그것은 일루저니즘[11]으로 포착된 한순간이다. 그것은 '스냅사진'이다.

삶은 죽음을 배경으로 반짝이는 빛이다.

필로스트라토스[12]는 해골을 그렸다. 그것은 살아 있는 세계의 덧없음과 정반대인 죽음의 '*Carpe diem*'이다. 호라티우스가 말한 시간의 원소(*individuum*)에서, 그리고 루크레티우스가 말한 빛의 원자(*atomos*)에서 동시에 소멸하려는 무엇의 꽃을 꺾어야 하는 것이다. 그때부터 벽화들은 '세계의 약탈(*praedatio*) 목록'이 된다. 따는 순

---

11 자연주의 예술의 환영성을 뜻하는 용어. 실재를 보는 것과 같은 환영(illusion)에 빠지게 하는 사실적인 회화 경향을 말한다. 실재와 같은 착각을 일으키게 만드는 까닭에 '눈속임 기법'이라고도 한다.

12 고대 그리스의 화가.

간의 과일들, 물에서 나오는 순간의 물고기들, 방금 잡힌 사냥감 같
은 것들이다.

잔털로 덮인 복숭아나무 가지가 물이 가득 담긴 유리 화병 옆에
놓여 있다. 유리 화병이 반짝거린다.

수탉 한 마리가 바구니에서 대추 한 알을 쪼아올리려고 애쓴다.
암탉은 넘어진 물병으로 다가간다.

새 한 마리가 열매를 쪼아 먹는다. 불그레한 빛(빛이 새어나오는 창
문턱에 윤이 나는 빨간 사과 한 개가 놓여 있다)을 받으며 큰 토끼 한 마
리가 웅크리고 포도송이의 알들을 갉아먹는다.

무화과, 복숭아, 자두, 버찌, 호두, 대추, 갑오징어, 바다가재와
굴, 산토끼, 자고새와 개똥지빠귀는 예나 지금이나 변함없이 똑같
다. 담겨 있는 그릇들마저 거의 똑같다. 굶주림이 언제나 사람들을
굴복시키는 것처럼, 과일이 풍성한 계절을 꿈꾸면서 없는 과일을
'다시-따는' 굶주린 시선에도 변화가 없다. 선사 시대 동굴에 그려
진 벽화들은 사냥으로 생명을 빼앗긴 사냥감들의 귀환을 보장했다.
다음은 아프라니우스[13]가 쓴 시의 한 행이다. "사과, 야채, 무화과,
포도(*Pomum, holus, ficum, uva*)."

세네카는 서한 LXXVII에서 이렇게 화답한다. "식탁, 잠, 욕망, 다
람쥐 쳇바퀴 돌 듯 우리가 돌고 있는 원이다(*Cibus, somnus, libido, per
hunc circulum curritur*)." 죽고 싶은 마음을 품게 되는 것은 비단 용기
나 불행 때문만은 아니다. "삶의 권태나 지긋지긋한(*fastidiosus*) 단

---

13 고대 로마의 희극 시인(기원전 2세기 후반). 후세에 전해지는 것으로는 그의 시 43편에서
   발췌된 400행 정도이다.

조로움 때문에도 그럴 수 있다." 덜 싫증난 사람들이 자신에게 돌아올 몫으로 죽은 자들(신들)에게 바친 음식이나 술 같은 봉헌물은 점차 초상(肖像)에게 바친 초상으로 바뀌었다. 이상한 것은 어떤 순간에도 사람들은 올린토스의 노예를 그린 파라시오스의 가학적 환상에서, 그리고 아이에게 젖을 물린 채 죽어가는 여자를 그린 아리스티데스의 환상에서 멀어지지 않는다는 점이다. 죽은 게 아니라 죽어가는 자를 그린 실물 크기의 화폭에서 볼 수 있는 것은 언제나 잡아먹히기 전의 비장하고 수동적인 고통이다.

곧 떨어지려는 자두는 회식자들 면전에서 포장도로에 떨어져 펄떡거리는 노랑촉수어와 같다. 그들은 요리사가 그놈을 집어서 요리를 하자마자 먹어치울 것이다. 노랑촉수어는 올린토스의 노예와 같고, 노예 자신은 수탉이 쪼아 먹는 대추나 토끼가 갉아먹는 포도와 같다. 이러한 문화적 전(前)봉헌물(ex-voto)이 복종(*obsequium*, 주인*dominus*에 대한 노예*servus*의 전적인 복종)을 무대에 등장시킨다. 나타난 것은 소비될 자신의 운명 앞에서 굳어진 얼굴(더 이상 '얼굴*prosôpa*'이 아니라 '험악한 표정*vultus*')들이다. 조용한 성질에 속하는 것들이기는 하지만 문제는 침묵만이 아니다. 티티새의 부리 아래 놓인 버찌에는 성적인 아첨이 들어 있다. 그것은 침묵의 고통보다 훨씬 더 비굴한 고통이다.

기원전 3세기의 아테네, 서기 1세기의 로마, 17세기의 네덜란드는 똑같이 도시의 위기를 겪었다. 즉 도시에 대한 방어 진지 구축, 시골로의 귀향, 자연의 찬미를 경험했다. 일루저니즘 화가들의 화폭에 가축들이 지속적으로 등장하고, 달아나는 덧없는 계절이 재현되어 고정되고, 포식과 맹목적 영속화를 염두에 둔 풍성한 먹을거리가 나타나면서 그들의 화가판(畵架版)의 작은 그림은 공적인 것에서 사적인 것으로 돌아섰고, 메갈로그래피(큰 사물을 그리기)에서 로포그래피(자그마한 사물을 그리기)를 거쳐 리파로그래피(폐물이나 너절한 사물들을 그리기. 페르가몬[14]의 소소스[15]가 재능을 발휘했다)로 방향을 틀었다. 헤겔은 네덜란드의 회화가 '세계의 일요일'이었다고 말했다. 로마의 회화는 세계의 선물(*xenion*, 주인이나 자연, 베누스에게 답례로 주는 극진한 선물)[16]이었다. 화가 갈라톤[17]은 구토하는(*emounta*) 호메로스를 화가판(畵架版) 그림으로 그렸는데, 그림 속의 다른 시인들은 그의 입에서 쏟아진 토사물(*ta emémesména*)에서 영감을 길어내고 있었다.

*

마르티알리스는 구체성(*concretio*)을 추구한 시인이었다. 그는 글로 표현 가능하거나 눈에 보이는 것들 중에서 가장 투박하고, 가장 성적이고, 가장 구체적이고, 가장 명확한 것을 모조리 골라냈다. 그

---

14 에게 해에서 25.6킬로미터 떨어진 곳에 있던 고대 그리스 도시.

15 B.C 2세기의 그리스 태생의 모자이크 화가.

16 초대받은 손님이 주인에게 바치는 선물을 가리킨다.

17 B.C 1세기 그리스의 화가. 한 기록[3세기 로마의 클라우디우스 아일리아누스의 『야사(野史)』]에 따르면 이집트의 왕 프톨레마이오스 13세(B.C 51~B.C 47 재위)가 호메로스를 기리는 사당을 짓기로 하고, 화가들을 불러 호메로스를 그리도록 했다. 그러자 갈라톤은 다른 화가들과 달리 구토하는 호메로스를 그렸다. 시인들 한가운데에서 대(大)시인 호메로스가 구토를 하고 그를 둘러싼 시인들이 그의 입에서 나온 토사물을 정성스럽게 줍는 그림이었다.

는 구체적인 바로크 시인이다. 그는 그물버섯, 암퇘지의 성기, 주사위 통, 소년(*pueri*)의 입술 사이에 삽입된 정액으로 가득 찬 주인의 음경(*mentula*), 새끼 산토끼, 최초의 나무로 만든 책들(*codices*)을 묘사했다. 쥐똥나무 꽃들을 묘사했다. "가자미는 그것이 담긴 접시보다 항상 크다"라고 썼다. 술잔에 듬뿍 담긴 부서진 눈 뭉치들을 보여준다. 고대 예술품, 낡은 접시, 오래된 포도주, 페넬로페[18] 시대로 거슬러 올라가는 태피스트리 수집가들을 등장시킨다. 제10권에서는 자신의 예술을 청동을 부식시키는 녹청에 비유한다. 그는 은둔, 연못, 에스파냐의 언덕 위의 작은 집, 장미 정원을 꿈꾼다. 로마를 떠나기를, 노멘툼[19]의 전원주택을 떠나 어린시절의 농가로 돌아가기를, 빌빌리스[20]로 돌아가기를 꿈꾼다.

네르바[21] 황제가 즉위해서 트라야누스[22]를 양자로 삼자 그는 마침내 퀴리날레[23]에 있는 자신의 4층집을 떠난다. 그리고 고향인 에스파냐로 향한다.

소(小)플리니우스가 그의 여행비를 대준다. 그는 에스파냐의 빌빌리스로 돌아온다. 처음에는 9시가 되어서야 기상하고, 무릎까지 내려오는 로마인의 옷을 더 이상 입지 않아도 되며, 참나무 장작으

18　오디세우스의 아내. 구혼자들을 물리치기 위해 낮에는 베를 짜고 밤에는 그것을 풀면서 남편을 기다렸다.
19　라티움(로마 동남쪽에 있던 이탈리아 원주민 지역)의 도시. 지금의 멘타나에 해당된다.
20　에스파냐의 로마 식민지였다. 살로 강변에 있으며 마르티알리스의 출생지이기도 하다.
21　로마의 황제(96~98 재위). 본명은 네르바 카이사르 아우구스투스이다.
22　로마의 황제(98~117 재위). 게르만 속주의 지방 총독이던 트라야누스는 97년 네르바의 양자이자 공동 통치자로 발탁되었고, 이듬해 네르바가 죽자 황제로 즉위했다.
23　로마의 일곱 구릉 중의 하나.

로 난방을 하는 데 엄청난 기쁨을 느낀다. 그러다가 외부와 단절된 연못과 장미 정원뿐인 시골에 다시 처박혔다는 권태감에 시달리면서, 노화에 대한 증오와 '언덕 위의 하얀 집'에서 맞게 될 죽음의 그림자와 힘겨운 싸움을 벌인다.

마르티알리스, 그는 도시를 피해 달아난 문학이다.

100년 전만 해도 사정은 달랐다. 호라티우스는 해방 노예의 아들이고, 베르길리우스는 도공의 아들이었다. 그들은 자신의 예술이 종속적인 것, 즉 즐거움을 주는 오락거리라고 생각했다. 그런 것은 궁정 문학이다. 그들의 문학은 도시가 아닌 궁정을 위한 것이었다.

마르티알리스의 문학은 로마(Urbs)나 왕의 궁전이 아닌 고향의 은신처를 위한 것이다.

*

로마인들은 죽음에 앞선 나날에 대한 생각에 사로잡혀 있었다. 프로페르티우스는 사랑과 죽음을 연관 지었다(『비가』, II, 27). "알 수 없는 죽음의 시간(*incertam funeris horam*), 인간들이여, 그대의 시선이 사방에서 애타게 찾는 것이 바로 그것이로다. 우리의 집이 불타고(*domibus flammam*) 우리의 집이 무너지누나(*domibus ruinas*). 입 가로 가져가는 이 술잔은 우리를 죽일지도 모른다. 죽음의 시간과 얼굴은 오직 연인만이 알리라(*solus amans novit*)." 제1권에서도 이미 이런 언급이 있었다. "가장 오랜 사랑(*longus amor*)으로도 전혀 충분하지 않도다. 내가 느끼는 두려움은 최악이다. 죽음의 순간에 그대의 사랑이 그리울 것이기 때문이다. 내 유해는(*meus pulvis*) 그대의 추억을 간직하리라. 우리는 짧은 빛을 누릴 뿐이다. 어둠, 꿈조차 없는 무거운 잠이 우리를 기다린다. 내 차례가 되어 내려간 어둠의 집에서도, 나 자신의 허망한 이미지(*imago*)가 되어서도 나는 여전히 그대의 남자로 남으리라. 위대한 사랑(*magnus amor*)은 죽음의 강마저 넘어설 수 있나니."

대(大) 세네카는 죽음 직전의 순간에 대한 탁월한 문법적 논쟁에 관해 이야기한다. 코르넬리우스 세베루스[24]는 전투 전야에(*in posterum diem pugna*) 저녁식사를 하는 병사들을 등장시켰다. 그들은 풀밭 위에 눕는다(*strati per herbam*). 그리고 이렇게 말한다. "오늘은 아직 내 것이다!(*Hic meus est dies!*)" 여기에서 두 가지 논쟁이 야기된다. 첫번째는 윤리적인 것이다. 그들은 유죄 판결을 받아 마땅하다. 그 이유는 다음날에 대해 절망했기(*crastinum desperent*) 때문이다. 그들은 패배주의적 탄식을 했다. '위대한 로마 정신을 수호하지(*romani animi magnitudo*)' 못했다. 스파르타 병사라면 그 누구도 패배를 예상하지 않았을 테니 그들보다 나았으리라. 스파르타 병사는 "내일은 내 것이다"라고 말했을 것이다.

두번째 논쟁은 문법적인 것이다. 코르넬리우스 세베루스는 여러 사람에게 말을 하게 하면서 "오늘은 아직 '우리의' 것이다(*Hic noster est*)"라고 복수 인칭을 쓰지 않고 "오늘은 아직 '내' 것이다!(*Hic meus est dies!*)"라고 했는데, 그것은 어법상의 잘못이라고 포르켈루스가

---

24 아우구스투스 시대의 로마 시인. 세네카의 덕분으로 죽음에 관한 단장만이 지금까지 전해진다.

비난했다. 그러자 대(大)세네카가 논쟁에 끼어든다. 그는 포르켈루스의 비난을 비판한다. 표현의 아름다움은 자신들이 죽기 전날 풀밭에 누운 병사들이 비극의 코러스처럼(*in choro*) 함께 말하기 때문이 아니라, 그들 모두를 위협하는 죽음을 각자 자신의 몫으로 생각했으므로 저마다(*singuli*) "오늘은 아직 내 것이다!(*Hic meus est dies!*)"라고 말한 데서 기인한다는 것이다. 그리고 이렇게 결론 지었다. 죽음의 공포는 영웅적인 것이 되기에 앞서 필연적으로 개인적인 것이라고.

병사들은 따로따로 심연으로 빠져든다. 다음은 호라티우스의 말이다. "그들 각자의 목소리는 사라진 목소리이다(*Nescit vox missa reverti*)."

*

로마인들의 권태(*taedium*)는 1세기까지 퍼졌다. 그리스도교인들의 나태(*acedia*)는 3세기에 나타났다가 15세기에 우수(mélancolie)의 형태로 다시 나타났다. 19세기에는 우울(spleen)이란 이름으로, 20세기에는 우울증(dépression)이란 이름으로 다시 나타났다. 겉으로 보면 단지 말들에 불과하지만 속에는 훨씬 고통스러운 비밀이 담겨 있다. 언어로 떠오르지 않는 것이 들어 있다. 언어로 떠오르지 않는 것, 그것은 '현실'이다. 현실은 가라앉은 밑바닥에서도 가장 가라앉은 것의 은밀한 이름에 불과하다. 사실상 언어 이외에는 아무것도 언어가 아니다. 언어가 아닌 모든 것이 현실이다.

'삶의 권태(*taedium vitae*)'는 단지 현실의 귀환에만 관련된 것이 아니다. 그것은 시간을 파괴한다.

욕망을 느껴 물렁물렁한 남성 성기를 보는 것은 항상 '구석기 시대와의 시차'라는 기묘한 황홀감을 불러일으킨다. 욕망과 공포는 동일한 기원에서 비롯된다.

그는 두려움에 사로잡힌다. 불안으로 가득 차 있다. 마치 조상(彫像)처럼 서 있다.

그는 욕망한다. 조상(彫像)과도 흡사하다.

쾌락과 죽음은 몸을 마비시키는 동일한 방식으로 먹잇감을 '매혹한다.' 매의 위협을 받은 참새는 포식자의 부리 속으로 황급히 날아든다. 결국 죽음 속으로 날아드는 것이다. 매혹이란 그런 것이다. 매혹이 야기하는 고통을 피해 서둘러 죽음으로 빠져들게 하는 것이다.

욕망은 공포이다.

무슨 이유로 나는 몇 년을 바쳐가며 이 책을 썼던 것일까? 청교도적인 것은 바로 쾌락이라는 미스터리를 파헤쳐보고 싶어서였다.

쾌락은 쾌락이 보려고 하는 무엇을 보이지 않게 만든다.

오르가슴은 욕망이 이제 막 드러내기 시작했을 뿐인 무엇에서 시선을 거두게 한다.

*

그리스도교인들은 나태(*acedia*)를 치명적인 악습(*vitium*)으로 묘사한다. 그것은 주의집중 불능이다. 만사에, 심지어 재산이나 이웃, 그리고 하느님에게도 무관심한 것이다. 그것은 악마적 혼수 상태이다. 자살의 유혹이다. 그리스도교도가 된 로마인들이 보기에 그것은 권태(*taedium*)의 특성들을 확대시키는 우울증이다. 무한한 자기 만족에서 내면의 페스트로, 힘의 쇠퇴로, 의지의 소멸로, 만사가 시들해지는 매력 상실로 발전되고, 자신의 조물주(생물학적 음경 *fascinus*이 아닌 신학적 신 *deus*)에 고집스럽게 맞서는 삶의 증오가 무한한 불쾌감의 쾌락 가운데에서 절정에 달하는 우울증이다.

페트라르카[25]는 『나의 비밀』[26]에 이렇게 기록했다. "삶의 권태(*taedium vitae*)는 순수 상태의 신랄하고 고통스럽고 끔찍한 유일한 열정이다." 이어서 그는 이유 없는 눈물이라는 특별한 주제를 전개한다. 나태(*acedia*)에 빠져 있으며, 육체를 부여받은 데 대한 순수한 슬픔과 증오에 빠진 삶은 극도로 약화된 삶이다. 그것은 음경(*fascinus*)을 배척하는 제스처를 취하도록 최면을 거는 죽음 자체이다. 그 감정을 그리스어로 다시 번역하려고 했던 두 차례의 르네상스는 '우수(mélancolie)'라는 단어를 재등장시켰고, 로마인들의 '권태(*taedium*)'와 그리스도교인들의 '나태(*acedia*)'라는 기념비적이고 자율적인 두 단계를 앞으로 올 세기들에서 사라지도록 지워버렸다.

영국인들은, 중독자 스스로의 선택인 마약의 중독성은 일단 제쳐두고, 그가 빠져드는 의존 상태를 묘사하기 위해 *addictio*(헌신)라는 오래된 라틴어 단어를 차용했다. 복종(*obsequium*)은 의존 자체에 바치는 '헌신'으로 번역될 수 있다. 고대 로마가 생각조차 할 수 없

---

25 이탈리아의 학자, 시인, 인문주의자(1304~1374).
26 1342~1343년 사이에 씌어진 페트라르카의 자전적 저술로, 상상 속에서 성 아우구스티누스와 주고받은 세 편의 대화로 이루어져 있다.

던 '죄의식'이라는 감정은 바로 '복종'에서 비롯되었다. 나라면 죄의식을 '의존에 얽매인 파멸의 끈'으로 정의할 것이다. 그 끈을 유지시키는 내면의 죄의식은 점점 커지다가 오랜 노예적 의존이 사라지는 순간부터 공황 상태의 결핍으로까지 이르게 된다.

제12장

리베르[1]

소녀는 깊은 생각에 잠겨 있다. 철필[2]이 입술에 닿아 있다. 그녀는 철필의 뾰족한 끝을 입술의 도톰한 곳에 대고 가볍게 누른다. 소녀의 모습은 시선이 멍해진 집중의 순간에 포착되었다. 그녀는 잘 보이려고 애쓰지 않는다. 너무나 골똘한 생각에 빠져 있기 때문이다. 왼손에는 서로 함께 묶인 네 장의 밀랍 서판(書板)이 들려 있다.

어린 귀족 소녀는 글쓰기에 앞서 철필(*stylus*)의 끝을 도톰한 입술에 대고 누른 채 생각에 잠겨 잠시 멈춰 있다. 두 눈은 바야흐로 쓰려는 것에 열중해 있다. 그것은 타인의 꿈으로 가득한 얼굴이다.

그녀의 시선은 보이지 않는 존재에 달라붙어 있고, 그 존재를 향

---

1 라틴어 'Liber'는 리베르 신을 가리키고, 소문자로 쓰면 '자유로운(형용사)' 혹은 '책(명사)'을 의미한다.
2 밀랍을 칠한 판에 글자를 새기거나 지우기 위한 뾰족한 펜.

해 영혼이 옮겨간다. 두 눈은 그녀가 살던 장소를 떠나 그녀가 보고 싶어 하는 누군가를 볼 수 있는 다른 세계로 빠져든다. 히에로니무스[3]가 은둔처인 독방에서 일하는 모습을 묘사한 포스투미아무스[4]의 서한에 씌어진 다음 구절이 떠오른다. "언제나 책에 파묻혀, 독서삼매경에 빠져서, 도무지 지칠 줄 모르니……(*Totus semper in lectione. Totus in libris est. Non die non nocte requiescit…*)" 쾌락(*voluptas*)이 권태(*taedium*)를 끌어들여 잠(*somnus*)에 빠지게 하듯이 독서는 다른 세계로 빠져들게 만든다. 글쓰기 역시 글을 통해 설득하려는 타인의 영혼으로 이동하는 것이다. 그것은 카토가 여자들에게 금했던 것으로 환각상의 거주지 이동, 즉 알려진 세계의 제거, 이곳이 아닌 다른 곳에서 지낸 시간, 다시 말해 은둔이다.

*

리베르(Liber)는 매혹적인 신을 가리키는 여러 이름 중 하나이다. 고대인에게 포도주란 우선 마시면 취하고 마침내는 우울한 구역질(*nausea*)까지 하게 만드는 취기가 아니다. 포도주(리베르)는 무엇보다도 남성 성기를 긴장시키는 무엇(실레노스[5], 바쿠스)을 규정한다. 그리고 진한(뜨거운 물을 섞어 마시는) 흑포도주는 인공의 검은 담즙(*mélagcholia*,[6] 슬픔의 포도주, 각자의 에토스*éthos*[7]를 증가시키고 성격을

---

3 성서 번역자. 수도원 지도자(347년경~419/420). 사제가 되기 전에 한동안 은수자(隱修者)로 지낸 바 있다.
4 본문의 Postumiamus는 Postumius(로마의 흔한 씨족명)의 오기(誤記)로 추측된다.
5 그리스 신화에 나오는 반인반수(半人半獸)의 존재.

적나라하게 드러내는 포도주)을 가리킨다. "취기는 악을 창조하는 것이 아니라 생산한다(*Non facit ebrietas vitia sed protrahit*)." 포도주에 취한 디오니소스는 성기를 드러낸 채 리베르 파테르 축제날 파스키누스(Fascinus)를 짊어진 남자들의 행렬을 이끈다. 이 남자들의 튜닉자락은 아랫배에 붙인 인공 음경(*olisbos*) 때문에 걷어올려져 있다. 리베르 파테르는 *furor*(성숙기에 달한 영혼의 결실로서 간주되는 광기)를 드러낸다. 리베르(Liber)는 '해방시키는(*libère*)' 신이다. 그는 성기를 부풀리고, 특성을 과장한다. 아풀레이우스는 카르타고 찬사(『플로리다』, XX)에서 리베르의 기능을 각기 다른 네 가지로 분류하고 있다. "첫 잔은 갈증을 위해(*ad sitim*), 두번째 잔은 기쁨을 위해(*ad hilaritatem*), 세번째 잔은 쾌락을 위해(*ad voluptatem*), 마지막 잔은 광기를 위해(*ad insaniam*)서이다."

그런데 리베르는 매혹과 포도주의 신을 지칭하는 이름만은 아니었다. 리베르는 책들을 가리키는 명사이기도 했다.

그들은 침묵 속에서 책을 읽는다. 그들이 읽는 것은 라틴어로 씌어진 글이었다. "우리는 죽은 자들로 인해 삶을 영위한다(*Mortibus vivimus*)." 동시대인들에게 무척 비난받던 무사(Musa)라는 이름의 해방 노예가 쓴 글은 더욱 아름답다. "이리저리 날아다니는 모든 새, 헤엄치는 모든 물고기, 펄쩍 뛰어오르는 모든 맹수의 무덤(*sepelitur*)

---

6 '우울(증)'과 동시에 '검은 담즙'을 의미한다. 옛날에는 신장에서 분비되는 검은 담즙이 과다해지면 우울증이 생긴다고 믿었다.

7 인간의 습관적 행위로 말미암아 생긴 지속적 성상(性狀)이나 사회의 관습 등을 가리키는 아리스토텔레스 철학의 주요 개념.

은 바로 우리 뱃속이다. 이제 우리가 그렇게 갑자기 죽는(*moriamur subito*) 이유를 찾아보라. 우리는 죽은 자들로 인해 삶을 영위한다."

그리스인들은 *phallos*(남근)를 지칭할 때 대단히 신중(완곡 어법)을 기했다. 그것을 자연(*Physis*), 기쁨(*Charis*), 거시기(*Pragma*) 혹은 겁나게 좋은 것(*Deina*)이란 별명으로 불렀다. 아르테미도로스[8]에 따르면 흔히 여자들은 남성 성기를 '강요하는 것(*to anagkaion*)'이라는 명칭으로 불렀다고 한다. 하지만 우리들 자신, 우리의 죽은 맹수들, 우리의 욕망, 우리의 정물화, 이런 말들의 핵심에는 라틴어가 들어 있다. 이런 말들 속에서 은근한 불이 타고 있다. *gaude mihi*(나를 즐겁게 해줘)가 godemiché(인공 음경)가 되었다. *cunnus*(음부con), *quoniam*(······한 까닭에), *casus*(경우cas), *causa*(형편, 상황chose), 이런 말들은 18세기에 소멸되었지만, 그 대체 용어들에는 놀랍게도 라틴어 형태가 보존되어 있다. pénis(페니스), phallus(남근), utérus(자궁), hymen(처녀막)도 그러하다. 언제나 근간어, 원모(原母) 언어는 욕설, 즉 외설의 욕망이 극단적으로 드러난 언어이다. 무사(Musa)의 무덤은 결코 다시 닫히지 않았다. 그것은 라틴어이다. 언어보다 앞서 존재하는 무엇은 우리의 출생 이전에 존재하는 무엇을 참조하게 한다. 가장 오래된 침대(라틴어)가 가장 오래된 장면을 말해줄 것이다.

어린 시절 우리가 운동장의 목조 탈의실에서 추위와 혐오를 느끼며 읽던 글, 수영장 탈의실의 문 안쪽에 새기던 글, 어슴푸레한 빛 속에서 얼굴을 붉히고, 손을 내밀고 몸을 떨면서 숲 속에서 불안에

---

8 고대 그리스(하드리아누스 시대)의 점성가이며 꿈 해몽가. 그의 저서 『꿈의 해석』은 중세 사람들에게 대단한 인기가 있었으며, 프로이트에게도 지대한 영향을 미쳤다고 한다.

사로잡혀 속삭이던 말, 그것이 폭력과 불안의 나이에 우리가 느끼는 온갖 당혹감과 호기심, 현학적 성향을 지닌 예전 언어의 재료를 태어나게 한다. 우리 사회는 무슨 까닭으로 우리가 사춘기에 방 안의 어둠 속에서 가슴을 두근거리며 속삭이면서 부자연스럽고 탐욕스럽게 배우는 말들, 적나라하고 자극적인 이런 말들을 과학 서적과 에로틱한 책에까지 라틴어로 기록하는가? 그 이유는 상스러운 단어로 태어난 말들, 그 상스러움으로 우리를 언어가 부재했던 저 세계로 송환시켜주는 말들을 점잖게 만드는 것은 불경한 짓이기 때문이리라. 이런 말들에서 음탕하고 별난 형태가 제거된다면 왜곡은 불가피해질 것이다. 외설적인 말들은 주눅 들은 언어에 적대적인 까닭에 사랑의 말들이다. 거북함과 비천함이 이 말들의 후광이다. 오직 비속하고 걸쭉하고 수치로 가득 찬―남성 성기가 변형되고 묵직해지고 생명과 수치로 가득 찰 때 비로소 사랑을 나눌 수 있는 것처럼― 말들만이 유일하게 정념의 중심에 도달할 수 있다. 언어로 표현되는 영역, 즉 질서(*status*)의 차원에서 비롯되는 것은 모두가 우리가 목이 메어 말하는 무엇을 왜곡시킬 것이고, 욕망의 외곽에 속할 것이며, 타인의 너그러운 자기 폭로를 모독하게 될 것이다. 그것이 비속시를 규정하는 특성인 '*horridus*(무시무시하다)'인 것이다. 475년에 로마 제국은 그리스도교 국가로 바뀌었지만 시도니우스 아폴리나리스, 즉 아비투스[9] 황제의 사위이자 클레르몽[10]의 주교는 여전히 '활력 있는 소위 남성적인(*torosa et quasi mascula*)' 아름다운 산문을 유려

---

9 서로마 제국의 황제(455~456 재위).
10 프랑스 중남부 오베르뉴 지방의 도시 클레르몽페랑을 말한다.

하고 유연하고 매끄럽고 명료한 문체와 비교한다. 풀비아[11]가 아우구스투스 황제에게 했던 "나와 정을 통하든가, 아니면 전쟁이오(*Aut futue aut pugnemus*)"라는 말의 폭력성은 끊임없이 이어진다. 선택은 언제나 동일하고 지극히 단순하다. 베누스이거나 마르스인 것이다. 라클로[12]는 풀비아의 요구를 발몽의 입에 올리고, 아우구스투스의 대답을 메르퇴유 부인의 입에 담아냄으로써 장면을 역전시켰다. 메르퇴유 부인의 답변은 이렇다. "좋아요, 전쟁이에요!"

*

셉티미우스[13]가 남긴 이상야릇하고 끔찍한 말은 이러하다. "글을 쓰는 자는 비역질을 하고 글을 읽는 자는 비역질을 당한다(*Amat qui scribet, paedicatur qui leget*)." 저자(*auctor*)는 계간(鷄姦)하는 자(*paedicator*)로 남는다. 저자는 로마의 자유 시민의 신분(*status*)이다. 하지만 독자(*lector*)는 노예(*servus*)이다. 독서는 수동성과 연관 있다. 독자는 다른 어떤 주인(*domus*)의 노예가 된다. 글쓰기는 욕망하는 것이다. 글읽기는 쾌락을 느끼는 것이다.

11　마르쿠스 안토니우스의 아내. 안토니우스와 옥타비아누스(풀비아의 사위이며, 후에 아우구스투스 황제가 된다)가 삼두정에서 레피두스를 제거한 다음 안토니우스는 클레오파트라와 살았다. 질투심 때문에 남편의 이탈리아 귀국을 원했던 풀비아는 남편의 동의 없이 시동생을 부추겨 옥타비아누스에 대항하는 반란을 일으키도록 한다.

12　프랑스의 군인, 소설가. 그의 서간체 심리소설 『위험한 관계』(1782)는 유혹의 심리 분석과 18세기의 퇴폐한 사교계 풍속 묘사에서 뛰어나다. 난봉꾼 발몽과 공범자 메르퇴유 부인(발몽이 유혹하고 나서 버리는 여자들의 불행을 보고 즐거움을 얻는 여자)이 주요 등장인물이다.

13　로마 황제(193~211 재위) 셉티미우스 세베루스를 가리킨다.

오르가슴의 순간에는 남녀 불문하고 누구나 수동적이 된다. 여자는 태초의 수동성으로 두 팔을 들어올린다. 태초의 수동성에는 공포가 감돈다. 여자의 쾌락은 끼어들어 오는 것을 즐기는 공포이다. 쾌락이란 언제나 침입자여서 욕망하는 육체를 불시에 덮친다. 쾌락의 기습은 뜻밖의 선물이다. 오르가슴에서 공포심과 황홀감은 전혀 구분되지 않는다.

플라톤은 공포를 아름다움의 첫번째 선물로 여겼다. 아름다움은 우리가 미지의 무엇에 대해 느끼는 친숙함이다. 이러한 경험은 여성의 육체를 발견하는 남성의 경험에 비견될 만하다. 단 욕망은 대상에 광휘를 부여하지도, 시선에 의한 폭로의 순간에 공포를 고정시키지도 않는다는 차이점은 제외된다.

악타이온이 짐승으로 변하게 된 이유는 벌거벗은 여신 앞에서 두려워하지 않았기 때문이다. 그가 짐승으로 변했다는 사실은 그의 아랫도리가 여신을 욕망했다는 것을 의미한다. 하지만 그가 짐승으로 변한 이유는 아름다운 여신이 자신의 베일을 벗는 사냥꾼이었던 탓이다. 사냥꾼이란 먹이를 욕망하는 자로 정의되기 때문이다. 아티케[14]의 브라우론에서는 다섯 살에서 열 살 사이의 어린 소녀들이 결혼의 희망을 품고 가족을 떠나 아르테미스[15]의 신전에서 곰이 되어야 했다. 어린 은자들은 곰(여신)의 흉내를 내면서 여신의 성소에서 길들여졌다.

여성에게서 남성에게로, 마치 기혼 여성에게서 남편에게로이듯,

---

14 그리스 중동부에 있던 고대 지방.
15 그리스 신화에 나오는 야생 동물, 사냥, 출산의 여신. 흔히 동물의 여주인 모습으로 묘사된다.

오직 공포의 교환들이 있을 뿐이다.

　독서(*lectio*)는 복종(*obsequium*)이다. 성의 휴지기, 즉 욕망이 충족되어 성이 활동을 자제하는 불응기가 되면 삶은 자신의 쾌락을 이야기 속에 활성화시키거나 회화에 재현함으로써 배가시킨다. 이야기는 섹스보다 훨씬 더 끊임없이 "또!"라고 말한다. 이야기 자체의 즐거움은 욕망이지 쾌락(*voluptas*)이 아니기 때문이다. 이야기의 욕망은 이야기의 기원이다. 그것은 가장 오래된 팽창의 장면—자신의 번식력을 드러낼 목적으로 부풀어오를 필요가 있는 장면—이다. 그것은 언어가 존재하기도 전에 이미 서술체의 줄거리를 지어내고, 얽히고설키면서 연속되는 시퀀스들을 만들어낸다. 줄거리는 시간을 제공하는 무엇, 즉 우리를 사로잡는 비가시적 장면을 꿈의 형태로 반복함으로써 이전과 이후 사이의 순간을 창출해내는 무엇이다. 줄거리를 '요약하는' 순간, 그것은 언제나 로마 회화의 변함없는 주제였다. 벽화는 바로 이 응축된 순간의 공간(*spatium*)이다.

　4세기에 성(聖) 아우구스티누스가 『고백록』에 자신이 느낀 황홀경들을 기술했을 당시만 해도 로마의 벽화는 몇 안 되는 요소들, 즉 나무 한 그루, 벤치 하나, 책 한 권으로 요약되는 장면이었다. 아우구스티누스는 알리피우스[16]와 더불어 정원으로 내려온다. 알리피우스의 곁을 떠나 자신의 책(*codex*)을 벤치 위에 놓는다. 그리고 무화과나무(*fici*) 아래로 가서 눕는다. 정원 담장 너머에서 어린아이의 노랫소리가 들려온다. "집어들고 읽으라. 집어들고 읽으라(*Tolle, lege.*

16　아우구스티누스의 고향인 누미디아 타가스테의 주교(427)를 지낸 성인.

Tolle, lege)." 그러자 곁눈질로 벤치 위의 책을 바라보는 그의 눈에서
눈물이 흐른다.[17]

*

대(大)플리니우스—혹은 베로나[18]의 플리니우스—는 그야말로
대단한 독서가였다. 날이 밝기도 전에 일어나서 식사 중에도 책을
읽고, 산책하면서도 책을 읽고, 목욕 중에도 책을 읽고, 베수비오
화산재가 날아올 때도 나룻배 안에서 책을 읽었다.

소(小)플리니우스—혹은 코모[19]의 플리니우스—는 자기 삼촌의
열정을 이어받았다. 그는 수에토니우스를 후원했고, 마르티알리스
에게 도움을 주었으며, 타키투스의 친구였다. 가스통 부아시에[20]는
로마 제국 말기에 대해 이렇게 말했다. "문학이 이처럼 사랑받는 시
대가 또 있으리라고 생각하지 않는다." 가이우스 솔리우스 아폴리나
리스 시도니우스[21]는 반달족이 로마에 침입해서 가이세리크[22]의 약탈

---

17 아우구스티누스의 『고백록』 제8권에 나오는 유명한 회심 이야기이다. 그는 금욕주의를 시행
하던 중 어느 날 밀라노의 정원에서 "집어들고 읽으라(*Tolle, lege*)"는 어린아이의 목소리를
들었고, 『신약성서』를 펼쳐들고 바울로의 「로마인들에게 보내는 편지」를 읽었다. "주 예수
그리스도로 온몸을 무장하십시오. 그리고 육체의 정욕을 만족시키려는 생각은 아예 하지 마
십시오"(「로마서」 13:14). 그리하여 그는 육체적 저항을 넘어서게 되었다.
18 이탈리아의 북동부에 있는 도시.
19 이탈리아 북부의 도시.
20 프랑스의 역사가, 문헌학자(1823~1908).
21 그리스도교 사제이고 시인이며 작가(430~487/488).
22 반달족과 알라니족의 왕(428~477). 아프리카에 있던 로마 속주(屬州) 대부분을 정복하고
455년에는 로마를 약탈했다.

이 자행된 다음에 이렇게 기록했다. "나는 그 수가 제아무리 많더라도 문학 연구에 문외한인 자들의 무리를 절대 고독이라고 부르겠다(*Ego turbam quamlibet magnam litterariae artis expertem maximam solitudinem appello*)."

플리니우스는 마치 마르셀 프루스트[23]가 코르크로 만든 파리의 자기 방에 칩거했던 것처럼 토스카나의 빌라에 자신을 위해 만든 방음과 난방이 잘된 침실에 틀어박혀 있었다. 그런 모습을 나는 앞에서 묘사한 바 있다. 그의 작업 방식은 이러했다. 독서가 하루 일과의 대부분을 차지했던 탓에 그는 눈병으로 고통을 받았다(아마도 그의 안염은 베수비오 화산이 폭발할 때 쏟아진 화산재와 유황 찌꺼기 때문이었으리라). 눈을 보호하려고 자신이 어떤 예방책을 취하는지 그는 코르누투스[24]에게 털어놓는다. "나는 거의 방이나(*quasi cubiculo*) 마찬가지로 사면이 막힌 마차를 타고 왔습니다. 펜을 들기도, 심지어 책을 읽는 일조차 포기했지요. 이제는 오직 귀로만 일을 한답니다(*Solis auribus studio*). 거처의 빛은 두터운 커튼을 쳐서 약화시키지요. 노예들이 책을 읽어주거나, 내가 구술하거나 합니다."

그는 푸스쿠스[25]에게 자신의 일과를 일러준다. "내 방의 창문들은 닫혀 있습니다(*Clausae fenestrae manent*). 어둠과 침묵 덕분에 주의를 산만하게 하는 모든 것에서 벗어나, 아무도 짐작하지 못할 정도

---

23 프랑스의 작가(1871~1922). 말년에 그는 4면을 코르크로 막아 빛과 소리를 차단한 방에 칩거하고 고치가 실을 뽑아내듯 『잃어버린 시간을 찾아서』를 집필했다.
24 54~68년에 활동한 로마의 스토아 철학자.
25 고대 로마의 수사학자. 오비디우스와 대(大)플리니우스의 스승으로 추측된다. 플리니우스는 자신의 『박물지』에서 그의 말을 인용하고 있다.

로 자유롭고(*liber*) 홀로 남겨진(*mihi relictus*) 채, 나는 영혼이 눈을 위해 봉사하는 것이 아니라 눈이 정신을 위해 봉사하게 합니다(*sed animum oculis sequor*). 머리로 창작을 하는 거지요. 마치 글을 쓰듯이 말입니다. 기억력이 미치는 한도 내에서 단어들을 선택하고, 고치고, 줄이거나 늘립니다. 그러고 나서 비서(*notarium*)를 불러요. 그에게 창문을 열도록 하지요. 그런 다음 준비된 내용을 구술합니다. 비서가 나갑니다. 그리고 다시 불려옵니다. 다시 돌려보내고요. 날씨에 따라서는 4~5시쯤 테라스나 궁릉으로 덮인 주랑에 나가 명상이나 구술을 계속하기도 합니다. 그리고 마차에 올라타요. 마차 안에서도 산책할 때나 침대에 있을 때와 동일한 방식으로 일을 계속합니다. 일을 마치면 잠시 눈을 붙여요. 그 후에는 산책을 하지요. 돌아오면 목과 가슴을 틔우기 위해 그리스어나 라틴어로 씌인 연설문을 소리 내어 읽습니다. 그리고 다시 산책을 나갑니다. 그런 다음에는 마사지를 받고, 운동을 하고, 목욕을 해요. 저녁식사 때는, 만일 회식자가 아내와 손님 몇 사람뿐이라면, 우리가 식사를 하는 동안 노예 한 명이 책을 읽어줍니다. 식사 후에는 코미디를 관람하거나 리라 연주를 감상하지요. 그런 다음에 학식 있는 노예들을 데리고 산책을 나갑니다. 아무리 해가 길어도 다양하고 유식한 대화 덕분에 금세 밤이 됩니다. 사냥을 가게 될 때도 나는 반드시 회양목 서판을 챙겨서 떠납니다."

타키투스에게 보낸 플리니우스의 편지에는 책의 포식과 맹수의 포식을 혼합시킨 로마적 특성이 묘사되어 있다. "타키투스, 그대는 웃을 겁니다. 내가 커다란 멧돼지 세 마리(*tres apros pulcherrimos*)를 잡앉거든요. 고대 에트루리아의 한 숲에서였어요. 나는 그물 뒤편에 앉아 있었지요. 곁에는 내 창(*venabulum*)과 작살(*lancea*)을 놓아두고 말입니다. 그것들은 바로 내 펜(*stilus*)과 서판(*pugillares*)이었답니다. 나는 골똘히 생각에 잠겨(*meditabar*) 메모를 했습니다. 속으로 이렇게 생각했지요. '아마도 빈손으로 돌아가게 되기 십상이지만 서판만은 가득 채워가리라.' 일하는 내 방식을 경멸하지 말아주세요. 육체의 왕복은 정신을 깨어나게 하니까요. 숲(*silvae*)과 숲의 고독 (*solitudo*), 심지어 사냥에 필요한 거대한 침묵(*illud silentium*)조차도 그 어떤 것보다 사고(思考)에 자극을 준답니다."

밖에서 말을 타거나 매복 사냥을 하면서도 글을 쓸 목적으로 플리니우스는 토시 달린 겨울용 서판을 발명하기까지 했다.

*

플리니우스 시대에 신분 규정들이 붕괴되었다. 제국 행정부의 경비견이 되어버린 귀족들은 해방 노예와 천민 계급의 풍습에 빠져 타락했다. 그들은 새로운 신(神)들을 받아들였고, 그리스인들의 옛 정령과 조상의 옛 수호신들은 천사(*angelos*)로 여겼다. 다음은 470년 로마의 신임 총독 솔리우스 아폴리나리스 시도니우스가 요하네스에게 쓴 편지의 한 구절이다. "가장 비천한 계급에서 가장 고귀한 계급에 이르기까지 사회 계급의 구분이 되던 품격의 정도가 이제는 더 이상 존재하지 않는 까닭에, 차후로는 문학에 대한 조예가 귀족 계급을 식별하는 유일한 표지가 될 것입니다"(『서한집』, VIII, 2).

65년 네로 황제 치하에서였다. 안티오크의 의사 루가[26]는 글레오파에게서 이야기를 전해 듣고 예루살렘에서 일어나고 있는 일을 옮겨 적었는데, 그 내용은 이러하다. 그 주(週)의 첫날 동이 틀 무렵 막달라의 마리아와 요안나, 또 야고보의 어머니 마리아가 향로를 가지고 예수의 무덤에 갔을 때이다. 그녀들은 무덤을 막았던 돌이 굴러나와 있고, 무덤 속에는 풀린 끈들만 남긴 채 시체가 사라지고 없음을 알게 되었다.

그때 두 여자는 눈부신 옷을 입고 무덤가에 서 있는 두 남자를 보았다.

두 천사(*angelos*)가 세 여자에게 물었다.

"너희는 어찌하여 살아 계신 분을 죽은 자 가운데서 찾고 있느냐?(*Quid quaeritis viventem cum mortuis?*)"

같은 날, 두 제자(그중 한 사람은 루가에게 이야기를 전한 글레오파이다)가 예루살렘을 떠나 그곳에서 한 30리쯤 떨어진 곳에 있는 엠마오라는 동네로 가고 있었다. 그들은 자기들끼리 이야기를 하면서 걸어가는데, 한 사람이 걸음을 재촉하여 그들 곁으로 다가오더니 대화에 끼어들었다.

글레오파는 사흘 전에 로마 병사들에게 십자가 처형을 당한 나자렛 사람 예수에 대해 이야기했다. 예수는 매장되었는데도, 바로 그날 아침에 찾아간 막달라의 마리아가 발견한 바로는 무덤이 텅 비어 있더라고 말했다.

---

26 『신약성서』의 「루가의 복음서」와 「사도행전」의 저자. 시리아 안티오크 출신으로 추정된다.

그들은 함께 길을 갔다. 그들이 엠마오에 다다르자 저녁이 되었고, 낯선 사람은 더 멀리 가려는 것 같았다(*et ipse se finxit longius ire*).

하지만 두 제자는 자신들과 함께 머물자고 그를 부추겼고, 주막에서 함께 저녁식사를 하자고 제안했다. 글레오파가 말했다. "이젠 날도 저물어 저녁이 다 되었으니 여기에서 우리와 함께 묵어가십시오(*Mane nobiscum quoniam advesperescit et inclinata est jam dies*)."

낯선 이가 수락했다.

그들은 여인숙으로 들어갔다. 세 사람 모두 각자의 침대에 눕는다. 서로의 팔꿈치가 닿았다.

그들은 손을 씻었다.

낯선 이가 식탁 위의 빵을 집었다. 빵을 떼어 두 사람에게 한 조각씩 나누어주었다.

그제야 그들은 눈이 열려 예수를 알아보았는데 예수의 모습은 이미 사라져서 보이지 않았다(*Et aperti sunt oculi eorum, et cognoverunt eum: et ipse evanuit ex oculis eorum*). 그리스어로 씌어진 루가의 이야기에서는 그 의미가 더욱 명료하다. 즉 그의 모습이 그들 앞에서 '보이지 않게(*aphantos*)' 되었다는 것이다.

*

사랑하고, 잠자고, 책을 읽는 것은 보이지 않는 것(*aphantos*)을 보는 것이다. 독서는 보이지 않는 존재를 눈으로 쫓아가는 것이다. 당신이 하는 이야기의 주인공은 당신 가까이 있다. 그는 친지들이 당신과 가까워지기를 바라는 거리보다 당신과 더 가깝게 마주하고 있다. 그는 그렇게 '당신 앞에 보이지 않게' 있다. 품을 수 없는 여인(즉 성교로 우리를 태어나게 한 여인)은 그림자보다 더 바싹 육체에 붙어 다닌다. 우리의 머릿속을 사로잡고 있는 그녀의 유령은 우리가 여자를 선택해서 지명하기 전까지는 열정적인 이승 세계를 떠돈다고 한다. 우리가 읽는 이야기 속의 주인공은 우리 자신보다 더 우리와 가깝다. 이야기 속의 주인공은 책을 읽는 시선이 잊게 마련인 책을 쥔 손보다 독서하는 자에게 더 가깝다. 그는 시선 속에 마치 눈동자처럼 존재한다. 눈동자는 라틴어로 *pupilla*, 즉 작은 인형이라고 한다. 그 이유는 동공 속에 어머니의 작은 영상이 그려지기 때문인데, 어느 시대의 어느 여자애나 그 영상을 가지고 논다. 열정적으로 사랑에 빠진 남자는 애인의 눈 위로 몸을 굽힌다. 사랑하는 여인에게로 몸을 굽혀 눈을 들여다보는 남자는 거기에서 다소 개인적이고 다소 실종된 얼굴을 발견하고 두려움을 느낀다.

플라톤이 쓴 글이다(『알키비아데스』, 133 a). "맞은편에 있는 누군가의 눈을 바라보면, 마치 거울에 비치듯이, 우리 얼굴(*prosôpon*)이 소위 어린 여자애(*korē*)라고 불리는 동공 속에 비친다. 바라보는 사람은 거기에서 자신의 반영(*eidôlon*)을 본다. 이처럼 그가 타인의 눈의 최상의 부분에 시선을 고정시킬 때 그가 보는 것은 자기 자신이다."

처음으로 거울에 비친 제 모습을 보는 어린애에게 안도감을 느끼게 해주는 거울 속의 분신을 현대인들은 '자기애의 수호자'라고 부른다. 그것은 로마의 수호신(*genius*)이고 그리스의 천사(*angelos*)로서 개인의 반영을 승인하도록 해준다. 그것은 거울의 '수호천사'이고 육체의 '선한 정령'이다. 낮잠을 잘 때나 새벽녘에 혼자일 때 자기 성기에 손을 대는 남자나 여자를 도와주러 오는 게니우스나 유노를 지칭하기 위해 현대인들은 고대 그리스인들에게서 *phantasma*(환영)라는 단어를 빌려왔다. 그들은 의도적인 것은 아니지만 완전히 비(非)의도적인 것도 아닌 꿈속에서 자신이 자신의 분신이라는 환각을 일으키며, 그것은 그 말미에서 그들이 기대하는 쾌락(*voluptas*)에 도움을 준다.

자위하는 여성과 남성을 지켜주고 그 쾌락을 무르익게 만드는 천사는 익명의 천사이다. 1730년에 나온 크레비용[27]의 작품은 완전히 자위의 환영에 대한 것이다. 기원전 399년에 소크라테스가 내면의 목소리를 다이몬(*daimôn*)이라고 명명하기로 했던 것처럼, 크레비용은 1730년에 고독한 손의 정령을 '실프*sylphe*'라고 부르기로 했다. 『실프』는 인간에 관해 씌어진 가장 당혹스런 책들 가운데 하나이다.

---

27 프랑스의 작가(1707~1777). 주로 외설적인 작품들을 썼다. 『소파』(1745) 때문에 몇 년간 옥살이를 하기도 했다.

제13장
나르키소스

나르키소스가 자신을 사랑했고, 그로 인해 벌을 받았다는 사실을 현대인들이 대체 어디에서 들었는지 나는 알지 못한다. 그들은 이 전설을 그리스 신화에서 찾아낸 게 아니었다. 로마 신화에서 빌려 온 것도 아니다. 이러한 신화 해석은 자신에 대한 의식, 개인의 거처(*domus*)인 육체에 대한 반감, 그리고 그리스도교가 초래한 내면의 심화된 은둔을 상정한다. 신화의 내용은 단순하다. 한 사냥꾼이 숲 속의 시냇물에 비친 한 시선과 마주치자 그것이 자신의 시선인 줄도 모르고 깜짝 놀란다. 그는 정면의 시선에 압도되어 자신을 매료시키는 영상 속으로 뛰어든다.

로마의 벽화에 그려진 나르키소스의 모습은 왜 물에 비친 자신의 반영 위로 전혀 몸을 굽히고 있지 않을까?

그것은 점증(*augmentum*)이다. 죽음에 앞선 순간이다. 만일 그가 몸을 굽힌다면 자신의 시선에 매료되자마자 삼켜지고 말 것이다.

자신을 향한 시선 속으로 빠지면 어디로 떨어지게 되는가? 그 장면 자체 속으로 떨어진다. 강물이 냇물을 범해서 그가 태어났기 때문이다. 고대인들의 말은 정곡을 찌르고 있다. "그를 죽이는 것은 분신에 대한 그의 사랑이 아니다. 그것은 바로 시선이다."

나르키소스 전설에는 세 가지 판본이 있다. 보이오티아[1]의 전설(*muthos*)은 이러하다. 나르키소스는 테스피아이[2]에 살고 있었다. 그는 헬리콘 산[3]에서 사냥을 즐기는 젊은이였다. 아메이니아스라는 다른 젊은 사냥꾼이 그를 미친 듯이 사랑했다. 질겁한 나르키소스는 언제나 그를 물리쳤다. 얼마나 그를 싫어했던지 선물로 검을 한 자루 보낼 정도였다. 검을 받은 아메이니아스는 검을 집어들고 집에서 나와, 여전히 손에 검을 쥔 채로 나르키소스의 집 대문 앞으로 갔다. 그리고 문 앞의 돌 위에 흐르게 될 피로써 신들의 복수를 기원하며 목숨을 끊었다. 아메이니아스가 자살한 지 며칠 후에 헬리콘으로 사냥을 나간 나르키소스는 샘에서 물을 마시려고 했다. 그의 시선이 눈앞에 비친 그림자의 시선에 멈추었고, 그는 자살했다.

파우사니아스[4]의 이야기는 다음과 같이 교훈적이다. 나르키소스는 자신의 쌍둥이 누이를 사랑했는데, 그녀는 젊어서 죽었다. 그로 인한 고통이 너무나 커서 나르키소스는 다른 여자들을 사랑할 수 없

1　고대 그리스의 지방.
2　그리스 중부의 고대 도시.
3　그리스의 보이오티아에 있는 헬리콘 산맥에 속한 산. 아홉 명의 뮤즈가 즐겨 나타나던 곳이다.
4　143～176년에 활동한 그리스의 지리학자, 여행가. 그의 저서 『그리스 이야기』(전10권)는 고대 유적에 대한 귀중한 안내서이다.

었다. 어느 날 그는 샘물에 비친 자기 모습에서 누이를 보았고, 그 얼굴을 보자 슬픔이 가라앉았다. 그는 물가에서 몸을 굽혀 슬픔을 달래주는 누이의 모습을 다시 보게 되기를 바랐지만 가는 도중에 샘물이나 냇물은 더 이상 없었다.

파우사니아스의 합리적인 판본은 명료하다는 장점이 있다. 주인공은 제 얼굴이 비친 거울 같은 물속을 들여다보며 자기 자신에게 도취될 생각 따위는 하지 않는다.

오비디우스가 쓴 이야기는 이러하다. 나르키소스는 강의 신 케피소스와 냇물의 요정 레이리오페의 아들이었다. 케피소스는 강제로 요정을 범했다. 아이가 태어나는 즉시 레이리오페는 아들의 운명을 알아보려고 예언가 티레시아스를 찾아 아오니아[5]로 떠났다. 티레시아스는 장님이었다. 두 눈이 영원한 어둠(*aeterna nocte*)의 벌에 처해진 까닭은 그가 남녀 양성의 형태로 쾌락을 경험했기 때문이다. 장님 티레시아스가 레이리오페에게 대답했다. "그가 자신을 알게 되지만 않는다면(*Si se non noverit*)."

열여섯 살이 되자 나르키소스가 어찌나 아름다웠던지 처녀 총각들뿐 아니라 요정들까지도 그를 탐냈는데, 특히 에코라는 요정이 그랬다. 하지만 나르키소스는 그들 모두를 물리쳤다. 처녀, 총각, 요정들보다 숲 속에서 사슴들을 쫓는 것을 더 좋아했다.

에코는 이루지 못할 사랑에 절망했다. 그녀는 사랑하는 나르키소스의 말들을 모조리 따라하기까지 했다. 화들짝 놀란(*stupet*) 나르키

---

5 보이오티아의 신화적 명칭.

소스는 목소리가 들려오는 곳을 찾아 사방을 두리번거렸다. 따라다니는 사람의 모습을 본 적은 없지만 그 수수께끼의 목소리를 향해 하루는 그가 이렇게 소리쳤다.

"만납시다! (*Coeamus!*)"

그러자 수수께끼의 목소리가 응답했다.

"만납시다! (*Coeamus!*)"

방금 자신이 내뱉은 말에 현혹된 요정 에코가 갑자기 숲에서 나와 모습을 드러냈다. 그녀는 달려들어 나르키소스를 껴안았다. 그는 즉시 그녀를 피해 달아났다. 모욕감을 느낀 에코는 숲 속으로 들어가 숨었다. 수치심(*pudibunda*)에 사로잡혀 에코는 점점 여위어갔다. 사랑에 빠진 그녀는 이내 목소리와 뼈만 남게 되었고, 뼈는 바위로 변해버렸다. 그러자 오직 탄식의 목소리만 남게 되었다. 음성, 그것만이 그녀에게서 살아남은 전부였다(*Sonus est, qui vivit in illa*).

무시당한 처녀들, 무시당한 총각들, 무시당한 요정들은 하늘에 복수를 요청한다.

몹시 더운 어느 날 나르키소스는 사냥을 떠났다. 사냥에 지치고 한낮의 더위로 갈증에 시달리던 그는 손에 창을 쥔 채로 신선한 샘가의 풀밭에 누웠다. 그리고 목을 축이려고 물위로 몸을 굽혔다. 물을 마시던 중에 거기 비친 자신의 모습을 보게 된 그는 형체 없는 환영을 사랑하게 되었다(*spem sine corpore amat*). 그는 물에 불과한 것을 형체라고 믿었다(*corpus putat esse quod unda est*). 아연실색한 채 움직이지 않는(*immotus*) 그의 얼굴은 마치 파로스[6] 섬의 대리석에 새겨진 조각상 같았다(*ut e Pario formatum marmore signum*). 그는 하늘의 별처럼 빛나는 자신의 두 눈을 응시했다. 바쿠스만큼이나 (*dignos Baccho*) 그의 머리칼도 아름다웠다.

그는 자신이 바라보는 것이 무엇인지 알지 못한다. 하지만 그가 바라보는 무엇이 그를 소진시킨다(*Quid videat, nescit; sed quod videt uritur illo*). 착시 현상 같은 동일한 오류가 눈들을 흥분시킨다(*Atque oculos idem qui decipit incitat error*).

그는 자신의 눈으로 인해 스스로 파멸한다(*Per oculos perit ipse suos*).

오비디우스는 그 신화를 훨씬 더 발전시킨다. 지옥의 스틱스 강변에 다다른 나르키소스는 또다시 물위로 몸을 굽히고 지옥을 흐르는 검은 강물을 바라본다(*in Stygia spectabat aqua*).

*

오비디우스는 시선과 시선 사이에서 발생하는 치명적 매혹을 확신한 나머지 자신이 직접 주인공을 불러 세운 다음 이렇게 훈계한다. "순진한 젊은이여, 어찌하여 덧없는 환영(*simulacra fugacia*)을 품에 안고자 부질없이 고집을 피우느냐? 네가 찾는 그것은 존재하지 않는 것이다. 네가 돌아서는 즉시 네 사랑의 대상은 사라질 것이다. 네가 바라보는 그림자(*umbra*)는 네 모습(*imago*)의 반영(*repercussio*)에 불과하다." 하지만 나르키소스는 오비디우스의 말을 전혀 귀담아듣지 않으면서 맞은편에서 자신을 바라보는 두 눈에 아연실색해 있을 뿐

---

6 그리스 키클라데스 군도의 섬.

이다.

오비디우스는 나르키소스가 물에 비친 자신의 반영에서 바쿠스 신상(神像)을 본다고 말한다. 반영은 유사함을 뜻하지 않는다. 이 사실은, 호라티우스가 자신의 젊은 연인에게 보냈고, 다시 롱사르[7]가 카산드라에게 보냈던 오드[8]에 잘 나타나 있다. "진분홍 장미꽃도 시샘할 네 얼굴빛이 짙은 턱수염 아래로 사라지겠구나, 오, 리구리누스여. 네 어깨 위로 흘러내리는 긴 머리칼도 빠져버릴 테지. 너는 거울에 비친 다른 사람의 모습을 보고(*in speculo videris alterum*) 이렇게 말하리라. '오늘의 내 얼굴은 예전의 그 모습이 아니로다! 오늘처럼 될 줄을 예전에는 생각조차 못했구나!"(『오드 시집』,[9] IV, 10) 사람의 겉모습은 흘러가는 물처럼 불안정한 것이고, 정체성 역시 흘러가는 물이나 그 소용돌이처럼 그다지 개성적인 것이 아니다. 고대인들이 생각하기에, 나르키소스의 죽음의 원인은 물에 비친 자기 모습에 대한 사랑이 아니다. 그것은 매혹(*fascinatio*)의 시선이다.

로마의 회화는 이 시선을 피한다.

로마의 화가들은 나르키소스를 어떻게 그렸는가? 마치 메데이아가 오슬레 놀이 중인 자식들을 쳐다보는 것과 같은 죽음 직전의 순간을 그렸다. 벽화에 그려진 나르키소스는 아직 발아래 물에 비친 제 모습에 매료되기 전이다. 날씨는 덥다. 그는 숲 속의 빈터에 있다. 젊은 사냥꾼의 손에는 여전히 창이 들려 있다. 아직은 발밑을

---

7 프랑스 르네상스 시대의 시인(1524~1585).

8 송가(頌歌)라고도 불리우는 서정 단시를 말한다.

9 1550~1553년 사이에 나온 『오드 시집』은 모두 다섯 권이다.

흐르는 물을 보기 전이다. 물위로 몸을 굽히지도 않았다. 그가 아직 보지 못한 그의 반영(*repercussio*)은 의도적으로 서둘러 그려져 있어 우리 눈에도 잘 보이지 않는다.

마주 보는 시선은 피해야 한다. 그런데 나르키소스는 메두사의 시선을 피하기 위한 페르세우스의 계략을 미처 생각해내지 못했다. 그는 맞대면의 치명성을 모르고 있다. 욕망의 시선을 피하기 위한 부적(*apotropaion*)이 존재한다는 사실을 모르고 있다. 그것은 *fascinus*(발기한 음경)이다. 숲 속의 시냇물은 언제나 리코수라의 사원[10]이다. 신도들은 그곳의 불투명한 청동 거울에서 자기 모습을 보는 게 아니라 신의 모습이나 혹은 저승 세계 사자(死者)들의 모습을 보았다.

에로스가 자기 몸과 관련해서 프시케에게 미리 경고했던 말은 이러하다. "만일 당신이 내 몸을 본다면 더 이상 앞을 보지 못하게 될 것이오(*Non videbis si videris*)."

정면으로 바라보는 것은 금지된다(페르세우스, 악타이온, 프시케). 뒤돌아보는 것도 금지된다. 이야기꾼 오비디우스가 자기 이야기를 중단하면서까지 나르키소스에게 했던 말이 바로 그것인데, 그 말은 이상하게도 나르키소스보다 오르페우스에게 더 적합하다. "뒤돌아보는 즉시 너는 네가 사랑하는 대상을 잃게 될 것이다(*Quod amas, avertere, perdes*)." 나르키소스가 왜 뒤를 돌아볼 생각을 하게 된단 말인가? 로마 여인들의 곁눈질은 맞대면을 피하기 위해서, 때로는

---

10 아르카디아(고대 그리스의 산악 지역)의 리코수라에 있는 데스포이나(대지의 여신)를 숭배하는 사원.

180도 회전이 아니라 살짝 뒤돌아보기 위해서이다.

프시케는 에로스의 육체를 벌거벗기지 않았다. 어두운 침실에서 그의 얼굴 가까이 기름 램프를 비추던 중에 그만 어깨에 화상을 입혔을 뿐이다. 그는 새가 되어 날아갔다. 뤼지냥 백작은 납으로 만든 벽에 뚫어놓은 구멍에 한쪽 눈을 갖다 대고 욕조 속의 벌거벗은 멜뤼진[11]을 훔쳐보았다. 그녀는 물고기로 변해 사라졌다.

오이디푸스는 자신의 두 눈을 후벼서 파냈다. 티레시아스는 양성의 쾌락을 경험한 벌로 장님이 되었다. 고르곤은 페르세우스가 내민 거울에 비친 자기 반영의 희생자가 되었다. 그 거울은 요정 레이리오페가 나르키소스에게 내민 어머니의 물과도 흡사하다. 오르페우스의 시[12]에 등장하는 에로스 파네스에게는 남녀의 성기뿐만 아니라 눈도 두 쌍이나 있다. 디오니소스는 어린 시절에 팽이와 마술용 방추(紡錘)와 오슬레를 가지고 놀다가 거울(세계)로 떨어지는데, 그곳에서 티탄[13]들에게 갈가리 찢긴다. 디오니소스의 거울은 나르키소스의 거울이며, 또한 아우구스투스의 거울이기도 하다. 로마인들이 연극 형태의 거의 대부분을 그리스인들에게서 빌려온 것과 마찬가지로, 아우구스투스는 생의 마지막 날 '거울을 요구했다(*petito speculo*).' 수에토니우스는 황제의 임종 순간을 다음과 같이 기록하고 있다(『열두

---

11 프랑스 푸아투 지방 뤼지냥 가문의 고성(古城)에 얽힌 전설에 나오는 반신사체(半身蛇體)의 여인. 토요일에만 하반신이 뱀으로 변하는 그녀는 영주 레몽과 결혼하여 10명의 아들을 낳고 행복하게 산다. 그러나 호기심을 못 이긴 남편이 뱀으로 변한 아내의 모습을 보게 되고, 멜뤼진은 용(전설에 따르면 '용'이다)이 되어 창문으로 날아가버리고 만다.
12 다양한 시대에 걸쳐 오르페우스의 이름이 붙은 진위를 알 수 없는 문학(주로 시)을 말한다.
13 그리스 신화에서 우라노스(하늘)와 가이아(땅)의 모든 자녀와 그 후손들. 헤시오도스에 따르면 원래는 12명의 티탄이 있었다고 한다.

황제의 생애』, XCIX). "그는 머리칼을 가다듬게 하고 늘어진 두 볼을 치켜올리게 했다. 그리고 친구들을 들어오게 한 다음, 그들에게 자신이 삶이라는 소극(笑劇)을 끝까지 잘 연기한 것으로 보이냐고 물었다. 심지어 그리스어로 관례적인 결말을 덧붙이기까지 했다. '연극이 당신들 마음에 들었다면 박수갈채를 보내주시오. 그리고 다 같이 기쁨(*charas*)을 나타내시라.' 그러고 나서 황제는 그들을 내보냈다. 그런 직후에 갑작스런 두려움에 사로잡혔다(*subito pavefactus*). 그는 마흔 명의 청년들(*quadraginta juvenibus*)에게 끌려간다고 불평하다가 숨을 거두었다."

*

악타이온은 자신이 불시에 디아나 여신의 알몸을 보게 되리라는 사실을 알지 못했다. 사냥개들은 탐욕스럽게 똑바로 쳐다본다. 시선은 자신이 모르고 있는 무엇에 대한 열정에 굴복한다. 보려는 욕망은 미지의 것이다. 아우구스투스는 오비디우스를 접견하고, 오비디우스가 보아서는 안 되는 무엇을 보았다는 이유로 자신이 공표한 법에 따라 '가혹하고 한심한 몇 마디 말로' 그를 유형(流刑)에 처했다.[14] 다음은 『슬픔』 제2권에 실린 시의 103행이다. "왜 나는 무엇을

---

14 당시 엘바 섬에 있던 오비디우스는 황제의 부름을 받고 로마로 돌아왔고, 아우구스투스로부터 호된 질책을 당한 다음에 흑해 연안의 토미스(지금의 루마니아의 콘스탄차)로 추방되었다. 끈질긴 탄원에도 불구하고 10년 동안 유배지에서 살다 죽었다. 오비디우스 자신은 이런 벌을 받게 된 이유가 자신의 시 『사랑의 기술』과 또 한 가지 이유 때문이라고 여러 번 언급한 바 있다. 하지만 이 한 가지가 무엇인지는 밝히지 않고 다만 죄가 아니라 무분별한 짓이

보았단 말인가?(*Cur aliquid vidi?*) 왜 나는 두 눈이 죄를 짓게 만들었는가? 왜 무분별한 짓을 저지른 후에야 내 잘못(*culpa mihi*)을 깨달았단 말인가?" 오비디우스는 악타이온과의 비교(*inscius Actaeon*)를 자청한다. "신은 의도하지 않은 무례에 결코 자비를 베풀지 않는다. 나는 치명적인 잘못(*mala error*)을 저지른 날 내 집(*domus*)을 잃게 되었도다."

아우구스투스는 오비디우스를 세상의 끝, 즉 '얼음의 축' 아래 있는 처녀지 파라시아[15]로 추방했다. "그 누구도 이보다 더 먼 곳에 유배된 적이 없다. 주변에는 아무것도 없다. 빙산이 가득한 바닷물뿐이다." 다음은 그가 쓴 자의식에 관한 최초의 글이다. "나는 부질없이 돌이 되기를 바라는 사람이다. 내 글에서 내가 말하는 것은 나에 관해서이다. 나는 침묵 속에서 죽지 않으려고 노력한다. 책을 쓰는 일은 광기의 위험이 도사린 병이다." 잃어버린 대상과 무한한 가치를 지닌 대상, 괴물(*monstrum*), 공상, 기적, 예술 사이에는 끊임없는 상호 교환 관계가 있다. "두 가지 잘못이 나를 파멸시켰다. 시와 무분별이 그것이다(*Perdiderint cum me duo crimina: carmen et error*). 두번째 잘못에 관해서는 침묵을 지켜야 한다(*silenda culpa*)."

*

율리우스 바수스[16]의 말이다. "우리 스스로가 하는 일을 눈으로 보

---

15 고대 그리스의 도시국가 아르카디아에 속했던 지역.

지 않을 때 우리는 더욱 자신 있게 행동한다. 행위의 잔혹성(*atrocitas facinoris*)을 감소시킬 수는 없지만 우리가 느끼는 공포심(*formido*)은 줄어든다"(대 세네카,『논쟁』, VII, 5).

육체와 육체를 이루고 있는 것들 사이에는 거리가 없다. 육체는 기관들을 정말로 소유하고 있지 않다. 우리도 쾌락에 빠져 서로의 육체를 파고들지만 결코 육체를 소유하지 못한다. 마찬가지로 우리가 독서에 열중해 있을 때 우리의 두 손에 쥐어진 책은 없으며, 우리의 현존은 중단되고, 우리는 육체연하는 육체이기를 그친다. 개인의 육체가 '의식(*conscientia*)'에 존재하는 것은 고통을 겪는 육체로서, 혹은 타인의 눈에 비친 겉모습으로일 뿐이다. 연인들의 비극은 사랑을 나누면서 자신의 육체를 서로에게 남김 없이 충분하게 주지 못한다는 것이다. 사랑은 청교도적이다. 연인들은 자신들을 결합시켰던 포옹을 떠올리지 못한다. 왜냐하면 충분히 만끽하지 못했기 때문이다. 육체를 완전히 포옹한다는 것은 사랑에서 가장 어려운 일이다. 우리는 육체에 절대로 충분히 몰두하지 못한다. 결코 충분히 무반성적이지(*immeditatus*) 못한 탓이다. 쾌락은 육체보다 망각을, 충족을 위한 서두름을 선호하는 까닭에 육체에 전념하기에는 적합하지 못하다.

나르키소스는 불가능한 *gnôthi seauton*(너 자신을 알라), 즉 불가능한 자기 환시, 과거를 돌아볼 수 없는 시선을 이야기한다. 오르페우스는 자신이 잃어버린 사랑했던 여인의 추억에 잠겨 리라를 타며

---

16 도미티아누스 황제(81~96 재위) 치하에서 비티니아(소아시아에 있던 고대 지역. 지금의 터키)의 지방 총독을 지냈으며, 그리스어로 집필한 의학 저술을 남겼다.

상심을 달래려고 했다. "그는 인적 없는 강가에서 홀로 노래했다. 다시 하루가 시작되고 저물었건만 여전히 노래를 불렀다. 그는 타이나론[17] 만의 협곡으로 내려갔다. 그리고 공포의 검은 안개로 캄캄해진 신성한 숲을 통과했다. 사자(死者)들과 그들의 무시무시한 왕에게로 다가갔다. 그는 노래를 불렀다. 그러자 빛을 빼앗긴 자들의 망령들(*simulacra luce carentum*)과 만질 수 없는 그림자들(*umbrae tenues*)이 노래에 감동해 깊은 에레보스[18]로부터 나와서 앞으로 다가왔다. 그 수가 헤아릴 수 없이 많았다. 날이 어두워지거나 천둥번개가 치면 산새들이 수풀 속이나 나뭇잎 아래로 황급히 몸을 피하듯이, 그들은 바쁘게 서둘렀다. 어머니들, 남편들, 영웅의 유령들과 아이들이 보였다. 주변의 검은 진흙이, 고인 물이 썩어가는 무시무시한 늪이, 코쿠토스[19] 강의 지독한 갈대들이 그들을 옭죄고 있었다. 그들은 또한 아홉 개의 동심원으로 이루어진 스틱스 강에 갇힌 포로였다. 바람이 멈추었다. 머리가 셋 달린 케르베로스[20]는 입을 벌린 채로 있었다. 익시온[21]의 수레마저 멈추었다. 그는 이미 에우리디케와 함께

---

17 그리스 남부 펠로폰네소스 반도의 남동부 라코니아에 있는 만. 포세이돈 신전이 있던 이곳의 동굴은 지옥의 입구로 여겨졌다.

18 의인화된 '암흑.' 그리스 신화에 나오는 카오스의 아들인 '암흑의 신'을 가리킨다.

19 지옥의 강. 전설에 따르면 부정한 자들의 눈물로 인해 수위가 높아진다고 한다.

20 지옥문을 지키는 개. 머리가 셋이고 뱀의 꼬리를 가졌다.

21 그리스 신화에 나오는 인물로 영겁의 죄로 신음하는 자의 상징이다. 테살리아의 라피테스족의 왕인 그는 아내를 맞이하면서 납폐금(納幣金)을 지불하지 않으려고 장인을 죽였다. 아무도 그의 죄를 용서하지 않았지만, 제우스만은 그를 불쌍히 여겼다. 제우스는 그의 죄를 용서해주고 올림포스로 데리고 갔다. 그런데 그는 올림포스에서 제우스의 아내 헤라를 범하려고 했다. 그러자 제우스는 구름으로 헤라의 환영을 만들었고, 그는 헤라의 환영과 관계를 맺었다. 그 사이에서 반인반수의 괴물 켄타우로스가 태어났다. 노한 제우스는 그를 불수레에 묶어 영원히 굴러다니게 만들었다.

돌아오고 있었다. 페르세포네는 그녀를 오르페우스 뒤에 서도록 했다. 오르페우스는 대기에 가까워지면서 빛을 알아보는 순간 갑자기 어리석은 생각에 사로잡혔다. 그는 멈춰 섰다(*Restitit*). 그들은 이미 환한 강가에 도달했으며, 에우리디케는 그의 것이었다. 하지만 모든 기억을 잊은(*immemor*) 그는 어리석은 생각에 넘어가 그만 뒤를 돌아보고 말았다(*respexit*). 이제 그녀를 마주 보았다. 시선이 그녀를 향했다. 그러자 아베르노[22]의 늪에서 올라오는 무시무시한 소리 (*fragor*)가 세 번 울렸다. 에우리디케가 말했다. "오르페우스, 어떤 어리석음을 저질러 나를 잃게 되었나요? 어떤 어리석음을 저질러 당신을 잃게 되었나요? 두번째로 나는 저 아래로 돌아갑니다. 두번째로 잠이 내 눈을 가리고 무한한 어둠 속으로 나를 데려갑니다." 그녀의 모습은 보이지 않는 대기 속으로 연기가 사라지듯 갑자기 그의 시야에서 사라졌다(*ex oculis subito*). 오르페우스는 망령들을 붙잡으려고 했으나 소용이 없었다. 다시 늪을 건너갈 수도 없었다. 오르쿠스[23]의 뱃사공이 더 이상 허락하지 않았기 때문이다. 망연자실한 모습의 에우리디케는 이미 지옥의 배를 타고 떠나가고 있었다. 만 일곱 달이 흘렀다. 그는 인적 없는 스트리몬[24] 강변의 산기슭에서 눈물을 흘렸다. 그의 불행한 이야기에 동굴 속의 호랑이들마저 눈물을 흘렸다. 그의 노래를 들으며 떡갈나무들은 몸을 떨었다. 어떤 사

---

22 이탈리아 나폴리 서쪽에 있는 화구호. 고대에는 빽빽한 숲으로 둘러싸여 있던 이 호수를 가리켜 시인 베르길리우스가 하데스(지옥)의 입구라고 표현했고, '시'에서는 지옥의 대명사로 쓰이기도 한다.
23 지하 세계의 신. '플루톤' 혹은 '하데스'라고도 한다.
24 불가리아 서부와 그리스 북동부 사이를 흐르는 강. 현재는 스트루마 강으로 불린다.

랑이나 어떤 결합에도 그의 마음은 요지부동이었다. 오직 유괴당한
(*raptam*) 에우리디케와 쓸모없어진 디스[25]의 선물을 슬퍼할 뿐이었
다. 그의 변함 없는 사랑이 키코네스[26]의 나라에 사는 부인들(*matres*)
에게 모욕감을 안겨주었다. 바쿠스를 기리는 밤의 향연에서 성사극
(聖史劇)이 상연될 때 여인들은 그 젊은이를 붙잡아 몸을 갈기갈기
찢어서 사지를 들판에 뿌린다. 몸통에서 뽑혀나온 그의 머리를 오이
아그로스 에브로스[27]가 집어던지자 소용돌이치는 강물 한가운데로
굴러 떨어졌다. 그때 사람들은 그의 목소리와 혀가 에우리디케를 부
르는 소리를 들을 수 있었다. 그의 입은 숨을 거두면서도 여전히 그
녀의 이름을 불렀다. 두 입술이 움직여 "에우리디케!"를 반복했다.
그러자 강을 따라 내려가며 강기슭들이 줄줄이 "에우리디케!"를 반
복했다(베르길리우스, 『농경시』, IV, 465).

*

　　자기 환시와 식육제(*omophagie*) 사이에는 별 차이가 없다. 자기혐
오는 심화되었다. 시민전쟁 동안에 어떤 병사가 한 시민의 머리를
베었다. 이제 막 포장도로에 떨어진 머리는 자신을 죽인 자에게 이런
말을 할 틈이 있었다. "나보다 더 나를 미워하는 누군가가 있단 말인

25　로마 신화의 지하 세계의 신. 그리스 신화의 하데스(플루톤)와 동일시된다.
26　에브로스 강(불가리아를 흐르는 현재의 마리차 강) 부근에 거주하던 트라케(현대 그리스어
　　로는 '트라키.' 라틴어로는 트라키아, 발칸 반도 남동부의 고대 및 현대 지역)의 주민을 가
　　리킨다.
27　트라키아의 왕이며 오르페우스의 아버지(오르페우스의 아버지는 아폴론이라는 설도 있다).

가? (*Ergo quisquam me magis odit quam ego?*)" 그는 역사상 최초의 그리스도교인이었으니, 때는 그리스도가 오기 60년 전이었다.

레이리오페에게 한 티레시아스의 대답은 명확하다. "자신을 알지 못하는 자는 살 것이오." 나르키소스들은 죽는다. 에고(*ego*)는 죽게 만드는 기계이다. *fascinus*(라틴어 *fascinus*는 '음경'이고 *facinus*는 행위 자체로서의 '범죄'이다)가 에로틱한 매혹에 복종하는 것과 마찬가지로, 자신(*sui*)을 향해 돌리는 나르키소스의 시선은 '자기 살해적(*fascinus*가 *facinus*가 되는)' 매혹이다. 로마 시대에 그려진 나르키소스를 보면 반사된 그의 모습이 벽화 하단에 디테일로 처리되어 있는데, 더러는 그 가장자리가 부식된 경우도 있다. 르네상스 시대의 나르키소스의 경우에는 화가들이 가장 공들여 그리는 부분이 그의 거울상이고, 그것이 화폭의 중심부를 차지했다. 작품에 나타난 시뮬라크르는 그것에 영감을 준 모델보다 언제나 더 매혹적인 법인데, 그 이유는 작품에서는 삶과 변모의 여지가 덜하기 때문이다. 작품의 아름다움이 경직되게 느껴진다면, 그 작품은 죽음을 맞이한 것이다. 작품에는 원천이 되는 정신의 환상보다 더 고귀한——그들의 판단으로는 더 비열한—— 부분이 있으며, 우리를 우리 자신에게서 떼어내고 육체와도 분리시키는 시선에 우리보다 덜 복종적이지만 우리와 흡사한 동물이 이 부분에 통합된다. 그러므로 회화 애호가는 수상한 자이다. 삶은 스스로를 바라보지 않는다. 동물의 동물성에 활기를 주는 것, 영혼의 동물성에 활기를 주는 것은 자아와 다르지 않다. 에고(*ego*)는 반영(反影)을 원하고, 안과 밖의 분리를 원하고, 그 둘 사이를 끊임없이 오가는 것의 죽음을 원한다. 따라서 무지 속에서 지속되는 삶 자체와 마찬가지로, 우리는 자신이 헤어나지 못하는 무지를 사랑해야 한다. 안다고 믿는 사람들은 누구나 자기 머리와 분리되어 있고, 애초의 운명과도 분리되어 있다. 안다고 믿는 사람들의 머리는 몸통 위에서 절단되어 있다. 잘린 머리는 거울 같은 물속에 있다. 그를 매혹(에로틱한 욕망)에 빠뜨리는 것은 그를 광기에서 보호하는 일이기도 하다.

　로마의 귀족 부인들은 매혹을 포기했다. 살아 있는 자의 연속체에서 자신을 분리하기 시작했고, 욕망과 공포를 구분했고, 에로스(éros)와 포토스(pothos)를 나누었고, 성교와 사랑을 별개로 여겼다(감정의 특성인 전제적 청교도적 망상은 정치에 속할 따름이어서 어떤 경우에도 에로스에 속하지 않는다. 모든 감정은, 욕망과는 반대로, 타인에 대한 권력을 확보하고, 권력을 근거로 '봉건적 feodalis' 관계를 맺으며, 자궁의 소유와 족보상의 부계 자본이 뒤섞이는 사회 경제의 이익 분배로 권력을 채운다). 남성들은 마치 '화덕' 앞에 놓는 불막이처럼 쾌락 앞에, 그리고 나체 앞에 삶의 권태라는 차단막을 설치한다. 여성들은 신앙심을 지키는 데 열중했다. 즉 성기를 가린 죽은 신의 모습, 아버지에 의해 목숨을 희생당한 신의 모습을 지키는 데 헌신했고, 죽을 때는 자신이 상속자로 삼은 교회나 은둔지의 별장에 재산을 기증했다. 그 신은 화염에 휩싸인 트로이에서 죽어가는 아버지를 제 어깨에 짊어진 아에네아스가 아니었다. 하느님 아버지는 당신의 아들에게 신앙심을 불리하게 적용시켜 그를 '하느님의 종(servus)'으로 희생시킨다. 그리스도교는, 이혼했거나 과부가 되었거나 혹은 아들의 상속권을 박탈한 로마의 귀족 부인들의 재산을 상속받아서 생겨난 대규모 부동산 현상이다. 그리스도교는 어머니들이 어깨에 짊어진 죽은 아들이다. 욕망에 대한 최초의 증오는 이러한 유아 살해의 욕구 혹은 최소한 미래를 보장해주고 그 미래를 부동산의 확장으로 흡수시키는 금욕주의자와 관련 있다. 구약도 신약도 번식을 멈추라고 설교하지 않았고, 유언에 따른 세습 토지의 유증, 세제(稅制)와 도시에 등을 돌린 은둔, 그리고 삶의 권태(*taedium vitae*)를 설파하지도 않았다.

로마 시대의 성(性)은 황제의 의지나 종교 혹은 법에 따라 억압된 것이 아니었다. 로마의 성 자체가 스스로를 억압했다. 폭정을 휘두르는 자가 바로 희생자 자신인 이상한 관계는 감상적 성격을 지니고 있었다. 예속에 길들여진 복종하는 신하들은 무기력에 만족했고, 그들을 구속하는 관계를 신처럼 숭배하기 시작했다. 그들은 관계의 고삐를 더욱 조이는 어리석음을 저질렀다. 그리고 서둘러 여성의 종속을 예찬하고, 고통이 되어버린 공포를 완화시킬 목적으로 의식(儀式)의 힘과 금욕의 부차적 이득의 힘을 빌려 노예 상태를 가치 있는 것으로 만들었다.

봉사하는 새로운 귀족 계층은 의무 개념을 확대시켰다. 관리가 군주(*princeps*)의 은혜를 입는 사람으로 여겨지는 것과 마찬가지로, 남편과 아내 사이의 의무감은 남편을 위해 아내에게 강요되던 예전의 비상호적 관계가 재조직되어 자발적인(사랑의 감정으로) 상호 선택의 감정으로 바뀐다. 독재자이며 족장이던 귀족 계급의 가장은 부족 간의 투쟁을 포기하고 제국의 관리이며 국왕의 종복인 가장이 되었다. 비굴한 복종과 자기 징벌은 별반 다르지 않다. 나르키소스의 자기 환시는 벨레로폰의 자식(自食) 작용에 합류한다.

　알몸이 타인의 시선에 노출되자 두려움을 느꼈다. 그 다음에는 신의 시선을 받고 두려움에 사로잡혔다. 마지막으로 자신의 시선 아래에서 두려움을 느꼈다. 이 새로운 상호 의존 관계가 남편, 아내, 자식들 간의 뒤섞임을 초래했다. 그와 동시에 모자(母子)간의 근친상간은 점차 기피되었다. 그것은 부부간의 믿음을 깨뜨렸으므로 공포(*borror*)가 되었다. 남색과 중절, 유기(遺棄)라는 세 가지 형태로 자행되던 의례적이고 정치적이고 편리한 낙태는 손가락질을 받기 시작했다. 기혼 여성들을 수유에서 배제시키던 관습도 다시 문제시되었지만, 그럼에도 불구하고 부인들은 이에 복종하지 않았다. 아를[28]의 파보리누스[29]가 그리스도교도 어머니들에게 수유를 명했으나 허사였다. 욕망은 예속의 방문 판매를 중단했고, 농노들마저 전염되어 억지로 영지에 매이는 데 만족하지 않고 자기들끼리 서로 단골손님이 되었고, 자유인들처럼 서로 결혼도 했다. 공급도 수요도 없어진 동성애는 규약을 따르지 않게 된 모든 것과 마찬가지로 점차 소외되었다. 정숙, 욕망의 절제, 자급자족, 순결은 원래 그것들 상호 간의 연관성 없이 다발로 통합되는 개념들이다. 스토아 철학은 자급자족을 지나치게 선호한 나머지 욕망을 세련되지 못한 결함으로 간주했다. 현자는 여자와 자식, 친구에 대한 사랑을 자제할 수도 있었던 실수로 여겨 용인했다. 서기 57년에 사도 바울로가 로마인들에게 했

28　프랑스 남동부 프로방스 지방의 도시. 예전에는 서로마 제국의 주요 도시로서 주교관구가 있었다.
29　2세기경에 활동한 로마 제국의 회의주의 철학자, 수사학자.

던 다음 말은 스토아주의자의 말일 수도 있다. "정념으로 불타느니 결혼하는 게 낫다(*Melius est enim nubere quam uri*)."

최초로 지참금 계약서들이 등장했고, 곧이어 남편은 첩이나 사내애(*pais*)를 취하지 않는다는 조항들이 명시되었다. 결혼 계약서는 비록 법적인 격식을 전혀 갖추지 못했지만 그것이 서양 최초의 결혼 계약서였다. 그리하여 우리는 에피쿠로스 학파의 제자인 마르쿠스 아우렐리우스 황제[30]의 개인 기록에서 그가 자신의 욕망에도 불구하고 하녀(베네딕타라는 이름의)나 남자 노예(테오도토스라는 이름의)를 건드리지 않았다고 스스로 자랑스러워하는 모습을 보게 되었다. 이러한 내면의 자기 검열(거의 심리학적인)은 '복종하고 비위를 맞추는 남편(*subjectus et obsequens maritus*)'이라는 주제로 귀착했다. 고분고분하고 순종적이라는 것은 거의 수동적이라는 의미이다. 공화국 시대의 로마인들이라면 이런 남편을 '파렴치하다(*impudicus*)'고 생각했으리라. 남성은 유노 유가의 지배하로 들어갔다. 이제 출산의(*genialis*) 사랑은 부부의(*conjugalis*) 사랑으로 바뀐다. 부부의 사랑은 신화인데, 이 신화로 인해 힘에 기인한 복종(덕*virtus*에 기인한 복종*obsequium*)이 심리적이고 종교적인 것으로(충성*pietas*과 신앙심*fides*으로) 변한다.

그렇게 해서 키케로 시대와 안토니우스 황제들[31] 시대 사이에 부부간의 성관계는 그리스도교의 영향과 전혀 무관하게 변모되었다.

---

30 로마 제국의 제16대 황제(161~180 재위).
31 서기 96~192년 사이의 로마 황제들을 일컫는 명칭이다. 트라야누스, 하드리아누스, 마르쿠스 아우렐리우스 황제 등이 여기에 속한다.

새로운 종교인 그리스도교가 전파되었을 때는 변모가 이루어진 지 이미 한 세기나 지나 있었다. 그리스도교인들은 아우구스투스 황제와 그의 사위 티베리우스 황제 치하에서 제국의 기반이 다져질 때 비약적으로 발전했던 지나치게 공손한 새로운 윤리를 자신들의 것으로 받아들였다.

그리스도교인들이 라틴어를 만들지 않았던 것과 마찬가지로 그리스도교 윤리도 만들지 않았다. 그들은 신이 자신들에게 나누어주었다는 듯이 라틴어와 로마의 윤리를 채택했을 뿐이다.

성 윤리는 이제 전혀 신분상의 문제가 아니게끔 되었다. 이러한 변화로 인해 제국의 법률에는 아무런 수정도 가해지지 않았는데, 변화를 정착시킨 것이 바로 제국의 법률이었기 때문이다. 이러한 진전은 아우구스투스, 아그리파,[32] 메세나스,[33] 호라티우스, 베르길리우스 등이 확립한 제국의 이데올로기와 새로운 신학에 아무런 변화도 가져오지 않았다. 그것들은 계속 보존되었을 뿐 아니라 강조되기까지 했던 탓이다. 서서히 진행된 철저히 의도적인 과정이 있었고, 그것들을 보존하는 일은 고통의 몫으로 넘겨졌다. 하지만 인간의 고통은 욕망을 유지하는 것에 불과해 아무것도 보존하지 못한다. 고통은 욕망으로부터 자신을 보호하는 까닭에 결핍만을 지닌다. 마침내는 고통이 공포를 증가시키면서 오직 욕구불만을 지니게 된다. 그것은 솔직히 말해 '아무것'도 보존하지 못한다. 단지 '삶이 아닌 것(non-

---

32 아우구스투스 황제의 강력한 부관.
33 아우구스투스 황제의 신하로서 문학과 예술을 장려했다. 그의 이름은 예술의 후원자와 동일시된다.

vie),' 가려진 성기, 죽은 육체——못으로 영원히 고정시킬 정도로 거부된 육체——를 보존할 뿐이다.

제14장
술피키우스[1]와 폼페이의 유적

그리스의 도시 네아폴리스(나폴리)에서 20킬로미터 떨어진 곳에 위치한 만(灣)은 오스크[2]인들의 것이었다. 폼페이 역시 북쪽의 헤르쿨라네움과 마찬가지로 그리스인들이 사르노 강변에 세웠다. 에트루리아인들은 오스크인들과 그리스인들을 정복했다. 기원전 420년에 삼니움[3]인들은 쿠메와 폼페이를 정복했다. 로마인들은 3세기 말에 폼페이를 정복했다. 1세기에 폼페이는 로마에 반기를 들었고, 술라가 폼페이를 포위 공격했다. 로마인들은 베수비오 화산이 바다 한가운데에서 솟아나게 만든 이 땅의 명백한 소유권을 가지게 될 때까

---

1 로마의 법학자(B.C 106년경~43). 키케로와 함께 수사학을 공부하기도 했다. 그가 키케로에게 보낸 편지들 중 지금까지 두 통이 남아 있는데, 그중 하나가 키케로의 딸 툴리아의 죽음을 애도하는 내용으로 유명하다.
2 이탈리아 남부에 살던 고대 민족.
3 이탈리아 남부 산악 지대에 살던 호전적인 고대 부족.

지 인구 2만의 이 도시국가를 식민지로 만들었다.

베수비오 화산의 분화구는 그 당시 산봉우리에 불과했다. 산허리는 나무와 포도밭, 관목과 경작지로 덮여 있었다. 화산은 역사 시대 초기부터 꺼진 상태였다. 네로 황제 치하의 어느 화창한 겨울날, 서기 62년 2월 5일 빌라들이 흔들렸다. 주민들은 대피했다. 지축이 울리는 소리가 그쳤고, 그들은 다시 돌아왔다.

그로부터 17년의 세월이 흐른 후 티투스[4]가 황제이던 시절 79년 8월 24일 화산이 폭발했다. 플리니우스 일가는 그곳에 있었다. 대(大)플리니우스는 죽음을 맞았다. 타키투스에게 보낸 소(小)플리니우스의 서한에는 죽음으로 뛰어든 삼촌의 이야기가 씌어 있다.

대(大)플리니우스는 몹시 비만이었다. 그는 자신이 함대를 지휘하던 미센[5]에 있었다. "9월 초하루가 되기 9일 전 7시경이었습니다. 우리 어머니께서 모양과 크기가 범상치 않은 구름이 보인다고 삼촌에게 말씀하셨어요. 삼촌께서는 막 식사를 마친 후 침대에 누우신 채로 책을 읽으며 구술을 하던 중이었지요. 삼촌께서 신발(*soleas*)을 가져오라고 하셨습니다." 나무(*arbor*) 형상의 거대한 구름이 피어올랐다. 하늘에 피어오른 구름은 가지를 펼치고 있는 소나무(*pinus*)를 연상시켰다.

대(大)플리니우스는 즉시 2열의 노(櫓)를 갖춘 갤리선에 무장을 갖추도록 지시했다. 그는 조카에게 자기와 함께 가고 싶냐고 물었다. 소(小)플리니우스는 남아서 티투스 리비우스[6]의 책들을 읽으며

___

4 70년에 예루살렘을 정복한 로마의 황제(79~81 재위).
5 이탈리아 캄파니아 지방의 만(灣).

베끼고 싶다고 대답했다. 삼촌은 자기 누이(소 플리니우스의 어머니)에게로 가서 포옹했다. 집을 나서다가 카스쿠스[7]의 아내인 렉티나의 쪽지를 전해 받았다. 위험을 감지한(집이 바다 근처의 저지대에 있었으므로) 그녀는 잔뜩 겁에 질려 있었다. 무서운 상황에서 자신을 구출해달라고 간청하는 내용이었다. "삼촌은 계획을 바꿔 4열로 앉아 노 젓는 배를 출범시켰습니다. 모두가 피하는 지역으로 황급히 달려간 그는 뱃머리를 돌려 곧장 어두컴컴한 위험 지점으로 향했지요. 그리고 배의 갑판 위로 뜨거운 화산재가 두텁게 쏟아져 내리는데도 아랑곳하지 않고, 그는 재난의 모든 단계를 눈에 보이는 대로 구술했습니다."

그는 도착했다. 경석들이 비 오듯 쏟아져 내리고, 불에 타서 검게 그을리고 부서진 자갈들도 쏟아져 내렸다. 땅은 굴러내린 바위들로 이미 움푹 패었고, 그로 인해 해변에는 접근조차 불가능했다. 플리니우스는 조타수에게 명령했다. "폼포니아누스의 집으로 키를 잡아라." 폼포니아누스는 만(灣) 건너편의 스타비아이에 살고 있었다. "그는 삼촌이 포옹할 때 겁에 질려 떨고 있었습니다." 폼포니아누스는 바람의 방향이 바뀔 경우에 대비해서 짐을 모두 배에 실어놓았다고 말했다. 플리니우스는 목욕을 했다. 그러고 나서 두 사람은 짐짓 쾌활함을 가장하며 저녁식사를 했다.

캄캄한 밤의 어둠 속에서도 베수비오 화산은 곳곳에서 빛을 발했

---

6 『로마사』의 저자(B.C 64/54~A.D 17). 살루스티우스, 타키투스와 함께 로마의 3대 역사가 중 한 사람이다.
7 고대 로마의 집정관(71)을 지냈던 인물.

다. 붉은빛이 밤의 어둠으로 인해 더욱 강렬했다(*excitabatur tenebris noctis*). 버려진 농가들이 외롭게 불타고 있었다(*desertas villas per solitudinem ardere*).

"그때 삼촌은 휴식을 취하고 잠이 들었는데, 잠을 잤다는 사실에는 의심의 여지가 없습니다. 삼촌은 거구였지요. 몸집 큰 사람답게 숨을 쉴 때마다 저음으로 드르렁거리는(*gravior et sonantior*) 소리를 냈지요. 공포에 사로잡혀 그 방문 앞을 지나다니는 사람들은 삼촌이 자는지 소리를 들으려고 귀를 기울일 필요조차 없었습니다."

그의 거처로 통하는 마당에는 경석이 섞인 화산재가 이미 가득히 쌓여 있어서 플리니우스가 방 안에 더 오래 머무른다면 그곳을 빠져나오지 못할 만큼 위험한 지경이었다. 사람들이 그를 깨웠고, 그는 폼포니아누스에게로 되돌아왔다. 모두가 밤을 지새우며 회의를 했다. 실내의 대피 장소에 머물러 있어야 할까? 잦은 강진이 벽을 흔들어대자 집들이 폭삭 무너져 내렸다. 밖에 있는 것이 더 안전할까? 하늘에서 쏟아지는 경석과 바윗돌들은 무시무시했다. 그들은 베개(*cervicalia*)를 머리에 얹어 천으로 동여매기로 결정했다. 하늘에서 떨어지는 돌멩이들에 대한 보호책이 고작 그것이었다.

이미 동이 트고 있었다. 하지만 주변은 어떤 밤보다 더 어둡고 더 짙은 밤일 뿐이었다(*nox omnibus noctibus nigrior densiorque*). 그들은 해변으로 가서 바다로 나갈 가능성을 가까이에서 타진해보기로 했다. 바다는 너무나 거칠었다. "너무 비만이었던 삼촌은 호흡 곤란을 느꼈습니다. 당연히 후두는 약하고 조여들었지요(*angustus*). 화산재가 가득 섞인 탁한 공기가 목구멍을 막았던 겁니다. 사람들이 해변에 천(*linteus*)을 깔고 그 위에 삼촌을 눕혔습니다. 그는 여러 번 찬물을 청해 마셨습니다. 불길과 유황 냄새 때문에 일행들은 몸을 피했지요. 유황 냄새(*odor sulpuris*)를 맡고 삼촌이 깨어났고, 두 노예의 부축을 받아 몸을 일으켜 세웠지만 이내 다시 쓰러지고 말았습니다.

그로부터 3일 후 다시 날이 밝았을 때 삼촌의 시신은 손상 없이 고스란히 발견되었습니다. 우리 모자와 헤어질 때 입었던 옷차림 그대로였습니다. 그의 모습은 죽은 사람(*defuncto*)이라기보다는 잠든 사람(*quiescenti*)의 모습이었습니다."

타키투스에게 보낸 소(小)플리니우스의 편지는 이렇게 끝을 맺고 있다. "선별해서 인용하는 것은 당신의 몫입니다. 편지 한 통이 역사는 아니니까요." 아마도 역사는 아닐 것이다. 하지만 그것은 한 폭의 그림이다. 죽음의 순간이다. 그림이 정점(*augmentum*), 병의 발작, 죽음의 순간, 변신의 비극적 순간을 그리는 것과 마찬가지로, 소(小)플리니우스의 편지는 폼페이의 매몰을 묘사한 한 폭의 벽화이다. 르포르타주가 아닌 현장에서 포착된 순간이다. 현장에서 포착된 현실을 가장 생생하게 만드는 것, 그것이 바로 죽음 직전의 순간이다.

'생생한 시신'이란 명백히 로마적인 개념이다. 또한 로마 요리 특유의 관례이기도 하다. 요리사는 살아 있는 물고기를 식당에 자리한 회식자들 앞으로 가져오곤 했다. 그들은 고통의 진행 과정을 지켜보았다. 살아 있는 노랑촉수의 살이 주홍빛으로 변했다가 창백해지는 것을 보았고, 노랑촉수가 바닥에 떨어져 마지막 요동을 치고 나서 뻣뻣해지는 것을 보았다. 그때야 비로소 요리사는 그것을 주방으로 가져가 요리할 수 있었다. 플라우투스[8]의 작품(『아시나리아』, 178)에 나오는 한 여자는 남자를 이렇게 묘사한다. "애인은 물고기와 같다. 막 건져 올린 것이 아니면 아무런 가치도 없다. 싱싱해야 즙이 있다." 회식자들은 자기들이 먹게 될 노랑촉수가 펄떡이는 것을 보며 죽음으로 인한 변신의 순간을 주시하는 것이다. 그것은 죽어가는 신의 '수난'의 광경이다. 파이스툼의 다이빙이다. 원형 경기장이다. 매몰된 폼페이 혹은 스타비아이이다. 올린토스의 늙은 노예를 그리는 파라시오스이다.

*

소(小)플리니우스가 타키투스에게 보낸 두번째 서한이 있다. 타키투스는 소(小)플리니우스에게 79년 8월 24일, 오전 10시 15분에 그가 침대에 누워 티투스 리비우스의 책(*librum Titi Livi*)을 읽으며 발췌해서 기록하고 있을 때 어떤 느낌이 들었는가를 물었다.

사람들이 불에 타서 죽어가는 마당에 책이나 읽고 있는 그를 본 에스파냐 사람 하나가 그에게 욕을 했다. 소(小)플리니우스는 잠시 눈길을 들었다가 다시 책으로 시선을 돌리고 엄지손가락으로 두루마리(*volumen*)를 펼치며 독서를 계속했다.

그는 불빛이 사그라진 것 같다(*quasi languidus*)고 말했다. 건물들에는 균열이 생겼다. 노예들은 겁에 질려 있었고, 에스파냐 사람은

---

8 로마의 희극 작가(B.C 254~B.C 184). 테렌티우스와 함께 로마의 2대 희극 작가로 꼽힌다.

이미 떠나고 없었다. 소(小)플리니우스와 그의 어머니도 마침내 빌라를 떠나기로 결정했다. 그들은 서둘러 걸음을 재촉하고 있는 혼비백산한(*vulgus attonitum*) 군중과 합류했다. 일단 건물들이 있는 장소를 벗어나자 넓어진 해변과 밀려난 바다, 그리고 수많은 바다 동물이 말라버린 모래 위로 밀려 올라와 있는 것이 보였다. 무시무시한 시커먼(*atra et horrenda*) 구름이 하늘을 뒤덮었다. 소(小)플리니우스는 나이와 비만, 공포로 몸이 둔해진 어머니의 팔을 잡아 부축했다. "화산재가 억수같이 쏟아져 내렸습니다. 뒤를 돌아보니(*Respicio*), 마치 우리를 쫓아 땅 위를 흐르는 급류와도 흡사한 두터운 검은 띠가 뒤에서 다가오고 있었지요."

그들은 어둠 속에서 길가에 주저앉았다. 소(小)플리니우스는 어둠을 자세히 기술했다. "불빛이 모두 꺼진 닫힌 방 안에 있는 것처럼 캄캄했습니다(*nox qualis in locis clausis lumine exstincto*)." 여자들의 신음 소리, 아기들의 울음소리, 남자들의 고함 소리가 들렸다. 얼굴을 분간할 수 없었으므로 목소리로 알아보려고 애를 썼다. 죽음에 대한 공포로 인해 죽음을 간청하는 사람들도 많았다. 많은 사람이 신들을 향해 두 손을 모으고 기도드렸다. 그보다 훨씬 더 많은 사람은 더 이상 신들이 없다고 말하며 그날 밤이 영원히 계속될 것이고 세상의 종말일 것이라고 주장했다. 엄청나게 쌓이는 화산재는 무거웠다. "우리는 이따금 일어나서 화산재를 털어냈어요. 나는 신음 소리를 내지 않았습니다. 내가 만물과 함께 죽는다고, 거대한 세계가 나와 동시에 죽어간다고 생각했습니다."

＊

시간은 촉박하다. 죽음은 만물 안에서 몸을 떨고 있다. 몰락에 대한 우울하고 거의 심리적인(혹은 적어도 사적인) 인식은 키케로의 딸 툴리아가 죽자 기원전 45년 3월 로마 귀족 세르비우스 술피키우스가 키케로에게 보낸 편지에 처음으로 표현되었다. 당시 서른한 살이던 툴리아는 투스쿨룸의 농가에서 해산을 하다 죽었다. 키케로의 고통이 어찌나 심했던지 로마 사람들 모두가 편지를 보냈다. 카이사르는 스페인에서 편지를 썼다. 브루투스, 루케이우스,[9] 돌라벨라[10]도 서둘러 그와 함께 고통을 나누었다. 당시 그리스를 다스리던 술피키우스 역시 편지 한 통을 보냈는데, 당시로서는 그 내용이 아주 새로운 것이었다. 그것은 서구 문명에 나타난 '여행'에 관한 최초의 우울한 흔적들이었다(『우정론』, IV, 5). "아시아에서 돌아오는 여행길이었네. 아이기나[11]에서 메가라[12] 쪽으로 배를 타고 가면서 주변의 풍경을 바라보았어. 뒤편에는 아이기나, 앞에는 메가라, 오른쪽에는 페이라이에우스,[13] 그리고 왼쪽에는 코린토스가 있었어. 모두가 예전에는 명성을 누리며 번창했던 도시들이지. 하지만 이제는 땅 위에 흩어진 폐허일 뿐이어서 잔해에 묻혀 점차 매몰되고 있었네. 나는 혼자 중얼거렸어. 아, 가족 한 사람이 죽었다고 해서 단명(短命)하게

---

9 로마의 지방 대관(代官)이며 웅변가.

10 로마의 장군. 키케로의 사위이다.

11 에게 해의 사로니코스 만에 있는 그리스의 섬.

12 사로니코스 만을 끼고 있는 그리스의 고대, 현대 지방.

13 그리스 아티케 지방의 도시.

태어난 우리가 어찌 감히 신음 소리를 낼 수 있단 말인가? 주변에는 도시국가들의 시체들이 즐비하지 않은가. 여보게, 키케로, 이런 생각을 하자 다시 힘을 얻을 수 있었네. 자네도 그렇게 해보게."

그것은 에트루리아인들의 묘석에 씌어진 「*Lupu*」를 이어받은 「*Vixi*」[14]라는 오드이다. '나는 살았노라'를 의미하는 그 주제를 호라티우스가 다시 이어받았다. 그것은 죽음의 위협을 전혀 받지 않으며, 덧없는 시간의 추억을 매 순간의 지주로 삼을 뿐 아니라, 죽음이 삼켜버린 것의 그림자보다는 기만적이고 상상적인 불확실한 미래에서 우리가 현재 살아가는 무엇을 더 많이 얻어낼 수 있게 한다. "불멸한 것들에게 아무것도 바라지 말라(*Immortalia ne speres*). 그것은 해가 가고 계절이 바뀌고 세월이 흐르면서 얻어지는 충고이다. 우리는 끊임없이 고대 로마의 왕들과 다시 합류하고 덧창은 새벽을 향해 열린다. 순간은 끊임없이 영원한 해안을 만들어낸다. 우리는 티끌과 그림자로 이루어진 존재이다(*Pulvis et umbra sumus*). 한순간 돌풍이 멎으면 우리는 빛 속으로 나아가는 얼굴과 닮은 모습으로 변한다. 영혼이여, 현재에 만족하라, 다음에 올 것에 대한 걱정을 증오하라."

『투스쿨라네스』 제5권에서 키케로는 어느 날 몇몇 친구와 더불어 노예들을 거느리고 시라쿠사[15] 주변의 들판을 산책했던 이야기를 하고 있다. 그는 아그리젠토[16]의 관문에서 그리 멀지 않은 곳에서 원주

---

14 에트루리아어 *Lupu*와 라틴어 *Vixi*는 모두 '나는 살았다'라는 뜻이다.
15 이탈리아 시칠리아 섬 시라쿠사 주의 주도.
16 시칠리아 섬 남해안 근처의 아그리젠토 주의 주도.

와 원이 새겨진 작은 묘석이 있는 것을 알아보았다. 그것은 가시덤불 속의 나무딸기들 틈새에 파묻혀 있었다. 누가 원주에 구(球)를 새겨넣었을까? 아르키메데스[17]였다. 묘석의 임자는 누구인가? 죽은 자였다. 그것은 아르키메데스의 무덤이었다. 키케로는 노예들을 시켜 낫도끼로 학자의 묘석 주변을 말끔하게 청소한다. 그리고 비명체(碑銘體)의 시를 구술한다. "시라쿠사인들에게 그들의 도시가 낳은 최초의 천재가 묻힌 무덤의 존재를 알려주고자 아르피눔[18]의 보잘것없는 한 시민이 와야만 했노라."

포시디우스[19]는 노년의 아우구스티누스[20]가 플로티노스[21]의 말(플로티노스 자신도 에픽테토스[22]에게서 빌려온 말이다)을 즐겨 인용했다고 말하고 있다(『성 아우구스티누스 전기』, XXVIII). "나뭇조각과 돌덩어리(*ligna et lapides*)의 붕괴, 그리고 인간의 죽음을 대단한 것으로 간주하는 일은 대단하지 않다." 하지만 로마가 롬바르디아[23]족의 왕 아길룰프에게 포위 공격을 받았을 때 성 아우구스티누스는 불타버린 숲, 무너져 내린 돌 더미, 파괴될 수 있는 것들의 파괴에 눈물을 흘렸다.

폐허에 대한 애정은, 그로 인해 우수 어린 위대한 설교들이 힘을

17　고대 그리스의 학자(B.C 280/290~B.C 212). 구(球)와 구에 외접하는 원기둥의 표면적과 부피의 관계, 아르키메데스의 원리, 아르키메데스의 스크루펌프 등으로 유명하다.

18　키케로의 고향(지금의 이탈리아 아르피노)이다. 라티움 지방 프로시노네 주의 도시.

19　성 아우구스투스의 친구이며 제자이고 전기 작가였던 성인.

20　로마령 누미디아(지금의 알제리) 히포레기우스의 주교(396~430)를 지냈다. 축일은 8월 28일이다.

21　신(新)플라톤주의 학파의 창시자로 여겨지는 고대 철학자(205~270).

22　그리스의 스토아 학파 철학자(55년경~135년경).

23　이탈리아 북부의 지방. B.C 3세기부터 로마 제국에 속했으며, 고대 게르만족(롬바르디아족)이 세운 롬바르디아 왕국(568~774)의 중심지였다.

얻어 중세를 열게 되듯이, 성유골에 대한 열정을 낳았다. 풀겐티우스[24]가 이렇게 말문을 열었다. "현재의 우리 존재에 대한 기억이 대지에 흡수되지 않기를……" 히에로니무스가 말을 이었다. "나는 한낱 재에 불과하고, 가장 거친 진흙덩어리이며, 이미 먼지에 지나지 않도다(*Ego cinis et vilissimi pars luti et jam favilla*)." 오렌티우스[25]가 말을 맺었다. "말을 하는 이 순간에도 우리는 미끄러지듯 소리 없는 변화를 눈치 채지 못하고 죽어가기 시작한다. 우리는 쉬지 않고 최후의 날을 향해 서둘러 달려간다(*urget supremos ultima vita dies*)."

나마티아누스[26]는 417년 배를 타고 티레니아 해안[27]을 따라 여행했던 이야기를 한다. 그의 눈에 보이는 것이라곤 폐허들뿐이다. 그리스도교는 세르비우스 술피키우스 총독에게서 유래한 시체를 찾아다니는 감상적인 관광 여행을 자신의 것으로 삼았다. 546년 토틸라[28]가 로마를 포위하자, 굶주린 시민들은 폐허에서 자라는 쐐기풀을 으깨서 반죽을 만들어 먹었다. 547년 1월 토틸라는 모든 로마인을 강제로 이주시켰다. 로마는 40일 동안 개미새끼 한 마리 없이 비어 있었다. 마르티알리스는 500년이나 앞서 이렇게 말한 바 있다(『에피그람』, IV, 123). "신은 존재하지 않고 하늘은 비어 있다(*Nullos esse deos.*

---

24 성 아우구스티누스의 열렬한 제자였던 풀겐티우스(467년경~533)는 '작은 아우구스티누스'라고도 불렸으며, 아프리카 루스페의 주교를 지냈다.

25 오슈(프랑스 제르스 지방의 도시)의 주교였던 로마의 성인(?~438).

26 5세기 초에 활동했던 고대 로마의 이교도 시인. 배를 타고 여행을 하며 주로 바다를 주제로 한 시를 썼다.

27 이탈리아 서해안과 코르시카, 사르데냐, 시칠리아 섬들 사이의 지중해 일부.

28 서고트족의 왕. 로마를 점령했으나(546) 유스티니아누스 1세(비잔틴의 황제)의 장군 나르세스에게 격퇴당했다(552).

Inane caelum)."

*

빌라는 원래 농가를 가리키는 말이었다. 사적인 공간은 박물관 (*mouseion*)으로 변했고, 화장(火葬)은 매장으로 바뀌었다. 석관 위에 개인의 초상을 새기는 일들이 늘어났다. 이 초상의 주인공들을 검열된 비정치적 사(私)문학이 다루었다. 그 결과 자전적 이야기들이 나타나게 되었다. 오비디우스에서 소(小)플리니우스에 이르는 로마의 개인주의, 그것은 바로 빌라의 신격화이다. 책 속으로의 침잠이다. 성벽과 울타리 옆에 세워진 요새화된 망루, 즉 도시에 비하면 원자적이고, 사회에 비하면 섬 같은 존재가 되어버린 영혼의 변모이다. 로마의 빌라(*villa*)에서 그리스의 폴리스(*polis*)[29]로, 로마의 성채(*urbs*)로 이어지는 돌이킬 수 없는 지속적 대립이다. 프랑스어 ville (도시)이라는 단어 자체(*villa*가 농가를 의미했으므로)가 그곳의 주민들 자신에 의해 고대 도시들에 귀속된 운명을 말해주고 있다.

고전주의 세계나 문학 세계가 붕괴한 적은 전혀 없었다. 클로비스 (*Chlodovecchus*)[30] 치하의 학자들(*eruditi*)은 율리아누스 황제[31] 때보다 잘살았고, 아우구스투스 황제 때보다는 훨씬 더 잘살았다. 엄격한 염세주의는 로마가 한결같이 견지하던 태도였다. 엄숙할 정도로

---

29 고대 그리스의 도시국가.
30 프랑크 왕국 메로빙 왕조의 왕. 클로비스 1, 2, 3세가 있다.
31 로마 황제(361~363 재위).

진지해야 했고, 음란하고 풍자적인 욕망에서조차 점잖을 빼야 했고, 굼뜰 정도로 침착해야 했고, 슬플 정도로 심각해야 했다. 속을지도 모른다는 두려움, 즉 이성(理性)에 대한(그리스인들의 *logos*에 대한) 전적인 불신이 로마인들의 특성이 되었고, 잔인성과 현실주의의 토대가 되었다. 그들은 '부정적 진보'를 믿었다. 전제정치가 잔인성을 발전시킨다고 믿었다. 시대가 진보한 나머지 늙어가면서 지상의 추함을 증가시키고 마음속의 두려움을 심화시킨다고 믿었다. 만사가 끔찍하게 악화된다는 믿음, 그리고 화원에서의 은거 혹은 빌라(*villa*), 섬(*insula*), 벽지(*eremus*)에서의 자급자족을 통해 그러한 믿음에서 벗어나야 한다는 과제, 이 두 가지가 그들의 보수주의를 이루는 핵심이었다. 모든 변화는 악화였다. 지극히 불길한 가정조차 언제나 부인되었다.

베수비오 화산이 폭발하던 날 밤 자신의 빌라(*villa*)를 떠났던 것처럼 소(小)플리니우스는 도시를 떠나 자신의 빌라(*villa*)로 도피했다. 남쪽에는 바다로 난 길 아래로 포도 재배자들이 살던 작은 빌라가 있었다. 그 빌라는 18세기에 발견되었다. 로코 조아키노 데 알쿠비에레[32]가 그 빌라를 발굴했고, 1754년에 헤르쿨라네움을 발굴했고, 같은 해에 스타비아이를 발굴했다. 구릉 위의 고대 도시 치비타는 1763년 폼페이라는 제 이름을 되찾았다. 빙켈만[33]은 1768년 살해

---

32 발굴을 지휘했던 스페인 군인(1702~1780).

33 독일의 고고학자, 미술사가(1717~1768). 주요 저서로는 『회화 및 조각에서의 그리스 미술품 모방에 관한 고찰』(1755)과 『고대 미술사』(1764)가 있다. 동성애자로 추측되는 그의 죽음의 원인에 대해 명확히 밝혀진 바는 없으나, 드레스덴과 빈을 방문하고 로마로 돌아오던 중에 트리에스테에서 우연히 만나 사귀게 된 사람의 칼에 찔려 죽었다고 전해진다.

당하기 전에 이렇게 기록했다. "엘뵈프 공이 자신의 집에서 가까운 곳에 우물을 파게 한 덕분에 현재의 발견이 이루어졌다. 이 영주는 거처로 삼기 위해 그 집을 짓게 했다. 위치는 성 프란체스코회 수도원 뒤편이었다. 문제의 우물을 팠던 장소는 맨발의 성 아우구스티누스 수도회의 정원 근처였다. 용암을 뚫고 응회암과 화산재까지 파들어 가야만 했다. 유적이 발견되자 엘뵈프 공에게 그가 이미 착수한 굴착을 중단시킬 빌미가 주어졌고, 그 후 발굴 문제는 잊혀진 채로 30년의 세월이 흘렀다. 나폴리의 공병부대 대령이 상관의 명령에 따라 발굴을 재개했다. 그는 달과 가재의 관계만큼이나 고대 유적과는 전혀 관계가 없는 문외한이었다. 벽에 새겨진 대형 공공 게시문이 발견되자, 그는 게시 내용을 베끼지도 않은 채 글자들을 파내게 했다. 파낸 글자들은 아무렇게나 바구니 속에 던져졌고, 나폴리 왕국의 왕에게도 그렇게 뒤죽박죽인 상태로 보내졌다. 사람들은 무엇보다도 글자들이 의미하는 내용이 궁금했지만, 어느 누구도 답을 알 수 없었다. 수년 동안 진열실에 전시된 글자들을 각자 제멋대로 맞춰볼 수 있었을 뿐이다."

1763년 시작된 폼페이 발굴 당시에 출토된 102점의 외설적인 유물들을 1819년에 관리자인 아르디티가 다시 모아서 '음란성 유물 전시실'을 만들었다. 1823년에는 금지된 작품들이 소장된 이 전시실의 명칭이 '유보된 유물 전시실'로 바뀌었다. 1860년에는 주세페 가리발디[34]로부터 임무를 부여받은 알렉상드르 뒤마[35]가 전시실을 '포

제14장 술피키우스와 폼페이의 유적 293

르노 컬렉션'이라고 명명했다. 그렇게 그 명칭은 뒤마의 머릿속에 느
닷없이 떠올랐던 것인데, 사실상 그 말을 만들어낸 장본인은 2300년
전의 화가 파라시오스였다.

제15장
신비의 빌라

자신의 비밀에 탐닉하려면 그 비밀이 눈에 보일 정도로 몰두해야 한다. 잠은 꿈을 꾸는 사람 혼자에게만 이미지의 형태로 비밀을 드러내주는 유일한 것이다. 꿈은 결코 함께 꾸지 못한다. 언어로 꾸지도 못한다. 수치심은 비밀인 성(性)과 관련 있다. 언어로는 비밀에 접근할 수 없는데, 그 이유는 비밀이 언어보다 수천 년 이상 앞서 있기도 하지만 무엇보다도 그 비밀이 매번 기원에 속하기 때문이다. 반면에 언어는 기원에서 영원히 배제되어 있다. 말을 하는 사람이 음문(*vulva*)에서 영원히 나왔다는 이유로 기원에서 영원히 배제되는 것과 마찬가지이다. 그는 더 이상 *infans*(말하지 못하는 아기)가 아니라 *maturus*(성인), *adultus*(어른)가 되었기 때문이다. 다시 말해서 언어가 되었기 때문이다. 그래서 처음에는 말하지 못하는(*infans*) 비밀이 언어에 장애를 일으키지 않지만, 그 후에 비밀은 '이미지'로 인간을 교란시킨다. 꿈을 꾸게 될 지경으로 말이다. 그래서 이 장면을 보면 누구나 침묵 속에서 옴짝달싹 못한 채 어둠 속으로 빠져든다.

플루타르코스는 모방이 눈에 보이는 것을 만들어낸다면 상상력은 눈에 보이지 않는 것을 만들어낸다고 테스페시온[1]에게 설명하는 아폴로니우스[2]의 모습을 보여주었다. 그때 아폴로니우스는 갑자기 이렇게 말했다. "미메시스(*mimèsis*)[3]가 겁을 먹고 자꾸만 물러선다면 판타지아(*phantasia*)[4]는 절대 불가능하다"(플라비우스 필로스트라토스,[5] 『티아니의 아폴로니우스의 생애』, VI, 19).

언성이 높아지리라고 모두가 예상하는 순간 원로원에 흐르는 침묵보다 이 세상에서 더 무서운 것은 없다고 키케로는 기록했다.

폼페이 남쪽의 포도밭 빌라에 들어서면 공포에 앞서 정적이 흐른다. 플라톤은 공포가 아름다움의 첫번째 현존이라고 말했다. 덧붙여 말하자면 두번째 현존은 아마도 언어에 대한 적대감(언어를 침묵하게 만드는)이리라. 침묵에 싸인 벽화 속에서 한 아이가 책을 읽고 있다. 아이의 두 손에 들린 두루마리가 펼쳐지는 소리조차 들리지 않는다.

일찍이 이 벽화의 사실 같지 않은 수치심이 세간의 주목을 끌었으리라는 생각은 들지 않는다. 몇 가지 면에서 볼 때 이 벽화는 수치심이라고 불릴 만하다. 왼쪽 치우친 곳에 한 부인이 안락의자에 앉아

---

1 1세기 이집트의 나체 고행자.
2 1세기에 카파토키아 타냐에서 활동한 신(新)피타고라스주의자.
3 모방, 흉내와 함께 예술적 표현도 의미하는 수사학, 미학 용어이다.
4 머릿속에 있는 대상의 이미지를 그려내는 과정을 뜻한다.
5 1세기 고대 그리스의 문인(170년경~245년경). 로마 황후 율리아 돔나의 부탁으로 아폴로니우스의 전기를 썼다.

있다. 그리고 아이는 작은 방에 감도는 침묵 속에서 책을 읽고 있다. 중앙에는 어떤 물건 하나가 베일로 덮여 있다. 3면의 벽은 여자들, 아이들, 남자들, 악마들과 신들에게 충격을 주는 수치심의 신비를 사람들의 시선에 드러내고 있다.

로마인들이 바쿠스제라고 불렀던 디오니소스 축제에서 로마인들은 수치심을 신에 대한 모독으로 여겼다. 바쿠스제(*bacchatio*)는 한 남자를 거세하고 그의 사지를 절단한 다음 산 채로 잡아먹는 의식이었다. 오직 남근의 주체하지 못한 욕망만이 베누스의 육체를 '숭배'할 수 있었다.

그럼에도 불구하고 어둠에 잠긴 작은 3면의 벽은 수치심 그 자체이다. 벌거벗은 인물들조차 엄숙한 부동 자세로 응결되어 있다. 아이는 책을 읽고 있다. 그것은 기억이다. 우리 머릿속의 '기억나지 않는 기억'에 대한 기억이다.

한 아이가 책을 읽고 있으며 그 내용은 벽화에 그려져 있다. 책 읽는 아이는 두려움에 휩싸여 있다. 그 장면에 참여한 사람들 모두가 두려움에 휩싸여 있다. 화가는 벽이 설치된 자리(*chôra*)에 그린 그들을 겁에 질린 침묵의 위엄으로 둘러쌌다.

고대 벽화는 어느 것이나 벽화 전체가 이야기를 향하고 있는데, 결정적인 순간, 즉 벽화가 드러내지 못하는 죽음 직전의 순간에 멈춰 있다. 회화는 단 '한' 순간으로 의례 전체를 이야기한다. 그것은 점증(*augmentum*), 접근, 위기, 지속의 현존, 음경(*fascinus*)의 노출(*anasurma*), 바쿠스제, 죽이기와 날로 먹기(*ômophagia*)를 준비하는 순간이다. 따라서 텍스트가 없던 시기의 로마 회화는 어느 것이나 수수께끼처럼 보인다.

공포는 환상의 기호이다. 공포(effroi), 두려움(peur), 불안(angoisse)은 동의어가 아니다. 불안은 발생하게 되리라고 여겨지는 위험을 예상한다. 두려움은 그 근원이 알려진 것임을 가정한다. 공포는 아무런 대책도 없는데 위험한 상황에 처할 때 갑자기 찾아오는 상태를 가리킨다. 공포는 놀라움과 관련 있다. 이런 의미에서 포도밭 빌라의 신비의 방은 환상과 대면하는 공포의 방이다.

신비는 공포에 매혹이 더해질 때 솟아난다. 매혹(fascination)이 있으려면 *fascinus*(발기된 음경)의 존재가 필요하다. *fascinus*는 어두운 색 천에 싸여 골풀로 엮인 신성한 바구니 한가운데 들어 있다. 종교적이거나 소름 끼치는 공포심은 넘치는 느낌과 억제되는 느낌을 한 쌍으로 결합시킨다. 결합된 감정은 로마인들이 위엄(*majestas*)이나 공포(*tremendum*)로 규정했던 어떤 느낌으로 주체를 돌처럼 굳어지게 만든다. 매혹에 더해지는 지배의 느낌을 보다 정확히 말하자면 창조주 앞의 피조물의 느낌, 한 쌍을 이룬 주인(*dominus*)과 안주인(*domina*) 앞의 어린애의 느낌, 기원의 장면과 관련된 시선의 느낌이다.

가시적인 벽화 뒤편에 있는 비가시적 장면은 바쿠스제에서 인간 제물로 바쳐지기 전(前) 단계의 남성의 나체이다.

빌라의 발코니(*tablinum*)로 들어서면 왼쪽에서 오른쪽으로 29명의 인물들이 그려져 있다.

방 안으로 쑥 들어가보자. 시선을 피해 한쪽 구석에서 안주인(*domina*)이 신분에 맞는 안락의자에 앉아 의식을 주재하고 있다.

결혼 면사포를 쓰고 그리스의 페플로스(*peplos*)를 걸친 젊은 여인이 아이의 낭독하는 목소리에 귀를 기울이고 있다.

목이 긴 장화를 신은 벌거벗은 아이가 두루마리(*volumen*)를 펼치면서 전례서를 읽는다.

앉아 있는 여자의 오른손이 책 읽는 아이의 어깨 위에 얹혀 있다. 반지(*anulus*)를 낀 왼손에는 둥글게 말린 두루마리가 들려 있다.

월계관을 쓴 바쿠스의 무녀는 케이크가 담뿍 담긴 둥근 쟁반을 양손으로 들고 있다.

테이블 가까이 뒷모습만 보이는 여제관은 바구니에 담긴 내용물을 덮고 있는 베일을 들춘다.

시중 드는 여자는 여주인이 내민 올리브 가지에 헌주(獻酒)를 붓는다.

한 실레노스[6]는 피크로 자기 리라의 현들을 긁는다.

염소 귀를 가진 한 사티로스는 목적(牧笛)[7]을 불 채비를 한다.

여성 목신이 새끼염소에게 젖을 물리고 빨게 한다.

고개를 뒤로 젖히고 서 있는 여인은 질겁해서 뒤로 물러서며 왼손으로 눈에 보이는 무엇을 밀어낸다. 오른손으로 붙잡은 베일은 휘몰아치는 맞바람의 저항으로 머리 위에서 둥글게 부풀어 있다.

담쟁이덩굴을 머리에 두른 늙은 실레노스가 포도주가 가득 든 단

---

6 그리스 신화의 사티로스와 마찬가지로 디오니소스 신과 관련 있는(B.C 5세기경부터 실레노스가 디오니소스의 양아버지로 여겨졌다) 반인반수(半人半獸)의 괴물. 실레노스는 반이 말〔馬〕이고, 사티로스는 반이 염소라고 하다가 나중에는 디오니소스제(바쿠스제)에서 그 구분이 흐려져 통합되고 만다.

7 주로 목자들이 불었던 피리와 유사한 원시적인 악기.

지를 사티로스에게 내밀며 마시기를 권한다.

그들 뒤편에서 한 젊은 사티로스는 *persona*(연극용 가면)를 들어 올린다.

신 하나가 여신에게 몸을 기대고 있다. 벽화의 왜곡은 영원히 계속된다. (바쿠스가 아리아드네에게 기대고 있는 것일 수도 있고, 혹은 세멜레[8]에게 기대고 있는지도 모른다.)

튜닉 차림의 한 여자는 맨발로 무릎을 꿇고서 '버드나무 키(*liknon*)' 속에 놓인 *fascinus*의 베일을 벗기기 시작한다. 외투자락이 엉덩이 위로 늘어져 있다.

커다란 검은 날개가 달린 여자 악마가 채찍을 휘두르며 서 있다.

유모용 모자를 쓴 한 여자가 앉아 있는 여자 시종에게 몸을 기댄 채 무릎을 꿇고서 채찍질을 견디고 있다.

어두운 색 옷차림에 머리는 천으로 둘러싸서 얼굴만 내놓은 한 여자가 희생 제의 때 쓰는 지팡이(*thyrsus*)[9]를 손에 쥐고 서 있다.

뒷모습만 보이는 벌거벗은 무희 하나가 두 손을 치켜들고 팔을 둥글게 구부린 채 심벌즈를 두드리며 선 자리에서 빙글빙글 돌고 있다.

한 여자는 앉아서 머리를 손질한다.

하녀가 서서 여자의 몸단장을 돕는다.

하얀 날개의 꼬마 큐피드가 내민 거울에 머리를 매만지는 여자의 얼굴이 비친다.

하얀 날개의 꼬마 큐피드는 활을 들고 있다.

---

8 티오네라고도 한다. 제우스와의 사이에서 디오니소스를 낳았다.
9 주신(酒神) 바쿠스의 지팡이로 송악나무 가지와 포도나무 가지로 엮은 것이다.

300

*

신비 의식에는 비밀이 담겨 있다. 우리는 엘레우시스의 주신제(*Orgia*)에 대해 결코 알지 못할 것이다. 아리스토텔레스는 신비 의식에 세 부분, 즉 모방된 행위(*ta drômena*), 예언(*ta legomena*), 드러난 사실(*ta deiknumena*)이 있다고 설명했다. 그것은 드라마, 파롤,[10] 노출이며 연극, 문학, 회화이다. 이러한 '신비스러운(즉 '비의 전수자 전용의')' 것들은 성(性)과 사자(死者)들의 세계와 관련 있다. 우리는 그것들을 결코 알지 못할 것이다(하지만 우리는 죽음에 의해서만큼이나 욕망에 의해 영속함으로써 그것들을 알고 있다).

신비의 빌라의 기원은 B.C 30년이라는 견해가 일반적이다. 마케도니아의 무덤과 유사하다는 이유로 B.C 220년으로 추정하는 학자들도 있다. 엘레우시스에서는 초상화의 성스러운 제막을 거행하는 사제를 예로판트(*hiérophante*)라고 불렀다. 곧 공개될 남근(*phallos*)이 놓인 성스러운 바구니는 리크논(버드나무 키 *liknon*)이라고 불렀다. 신탁(*fatum*)을 읽고 있는 벌거벗은 연약한 아이의 입을 통해 예언(*legomena*)이 흘러나온다. 벽화들 모두가 모방된 행위(*drômena*)의 장면들을 촘촘히 이어서 보여주고 있다.

"롬비(*rhombi*)[11]의 연주가 그쳤다. 어떤 마술적인 노래(*magico carmine*)도 더 이상 악기의 물레 회전에 박자를 맞추지 않는다. 월

---

10 언어학 용어로 개인이 발화하는 언어를 뜻한다.
11 제례 때 사용하는 주술용 악기.

계수(*laurus*) 가지는 꺼져버린 불 속에 누워 있다. 이제는 달이 하늘을 떠나려고 하지 않는구나"(섹스투스 프로페르티우스, 『비가』, II, 28).

의식(儀式)은 아무런 의미가 없으므로 절대 거기에서 의미를 찾지 말아야 한다. 의식은 바쿠스제의 엉뚱한 신(神) 놀이를 완성시킬 것이다. 내재성이라든가 성실성에 대해 말할 수는 없다. 그것은 놀이에 열중한 역할에 불과하다. 오히려 개인들(*individuus*) 사이의 공기와도 같고 원자들(*atomos*) 사이의 여백과도 같은 것으로 공포에 가깝다. 그것은 성스러운 놀이이다. 장난(*lusus*), 빈정거림(*illusio*), '놀이-안으로(*in-lusio*)' 입장하는 것이다. 또한 어머니가 지켜보는 가운데 오슬레 놀이를 하는 메르메로스와 페레스와도 같다. 모든 놀이는 '딴 데' 정신을 팔게 만든다. 의식의 목적은 한 가지뿐으로, 입문 예정자(비의 전수자)와 그렇지 않은 자〔비(非)비의 전수자〕를 분리시키는 것이다. 신비 의식에는 전혀 믿음이 필요하지 않다. 의식은 참여자들을 결집시키고, 비(非)참여자들——말없이 참여자들을 바라보는 우리 같은 사람들——을 배제한다.

이러한 큰 그림(*megalographia*), 즉 실물 크기의 성대한 대형 화폭은 비극뿐 아니라 조각술에서 차용된 것으로 연단 역할을 하는 정사영(正射影)[12]의 선 위에 놓여 있다. 이런 화폭의 인물들이 입은 그 옷들의 질감이 고의적으로 흐릿하고, 얼굴과 팔에 비친 빛의 효과가 균일하며, 물체들이 모호하게 처리되어 있다. 그리고 모든 육체를 그 끝으로, 즉 '가장자리(*extremitas*)'의 '경계'로 단순화시켜서 완결

---

12 수학 용어로 한 도형상의 한 점에서 한 직선이나 한 평면으로 내린 수선의 발을 그 점의 정사영이라고 한다.

된 존재라는 인상을 줌과 동시에 중대한 움직임을 고정시키고 응축된 내면의 고독을 강조한다. 그렇게 해서 육체의 관능적 밀도(로마인들이 '폰두스*pondus*'[13]라고 부르는 것)를 증가시킨다.

로마 회화에서 육체로 집중된 에너지는 정지된 육체들 간에 소통되는 행동의 형태로 주변에 발산되지 않는다. 화폭에서 육체의 움직임은 멈춰 있다. 파라시오스가 빛을 보게 한 *termata technès*(미술의 최고봉)가 그것이리라. 육체의 정지된 가장자리(*extremitas*)를 가리키는 것이리라. 퀸틸리아누스의 글에 따르면, 화가가 인물들의 육체에 그림자가 지지 않도록 그들 간의 간격을 떼어놓는 이유는 대략적 윤곽이 여백으로 인해 입체감을 얻기 때문이라는 것이다(『웅변술 강좌』, VIII, 5). 크세노폰은 회화에서 여백은 공백이 아닌 깊이라고 설명했다. 더 정확히 말하면 선 하나가 그어졌을 뿐 부피를 차지하지 않은 환경이라는 의미에서 그것은 *chôra*(자리)이다(『가정 경제』, VIII, 18).

의식(儀式)은 알려지지 않았지만 그 사실임직함이 불가항력적으로 마음을 잡아끈다. 사실임직함은 공포의 시선과 더불어 침묵이 되어버린 운명의 말('두루마리*volumen*'를 펼치면서 '예언*fatum*'을 읽는 아이)에서 기인한다. 벽화 전체의 움직임은 느림이 아니다. 그것은 영원한 현재이다. 영원한 현재란 석화(石化)를 의미한다. 의식은 확고부동한 변모의 과정을 반복한다. 그것은 관객 없는 연극이다. 유일한 관객은 연극이 다시 불러들인 신이다. 바로 바쿠스 신이다. 벽화

---

13 리브라(libra)와 같은 로마의 무게 단위로서 1폰두스(pondus)는 327.45그램에 해당한다.

는 바쿠스를 기리기 위한 '바쿠스 축제(*bacchatio*)' 직전의 순간을 재현한다.

*

만일 벽화가 3세기의 것이라면, 버드나무 키(*liknon*) 안에 작은 수건(*sudariolus*)으로 덮어놓은 파스키아누스는 프리아포스가 아니다. 그것은 리베르 파테르 신 자신이다. 파트리키우스라는 이름의 10인조장의 아들 아우렐리우스 아우구스티누스는 『신의 국가』 제7권(VII, 21)에서 이렇게 말하고 있다. "리베르 축제가 거행되는 며칠 동안 사람들은 파렴치한 음경을 거창하게 수레 위에 싣고 그것을 제일 먼저 들판으로, 여기저기 광장으로, 그런 다음 시내 중심으로까지 끌고 다녔다. 도시(*oppido*) 라비니움[14]에서는 리베르 축제에 꼬박 한 달이 소요되었고, 그동안은 매일같이 누구나 가장 음란한 언어(*verbis flagitiosissimis*)를 사용했다. 음경(*membrum*)이 거창한 행렬을 이루어 광장(*forum*)을 지나 성소에 놓일 때까지 그러했다. 이 수치스러운(*inhonesto*) 음경 위에 가장 존경할 만한 가문의 어머니(*mater familias honestissima*)가 만인 주시하에 영관(榮冠)을 씌우곤 했다. 그것은 행복한 파종의 성공을 위해(*pro eventibus seminum*), 그리고 불길한 매혹을 물리치기 위해(*fascinatio repellenda*) 리베르 신이 그들에게 호의를 베풀도록 만드는 방식이었다."

---

14 이탈리아 중서부 라치오(라티움)의 고대 도시. 로마에서 남쪽으로 30킬로미터 떨어져 있다.

리베르 파테르는 모든 세대를 망라하는 신이었다. 그의 축일에 젊은이들은 남성복 토가를 입고 아버지들(*Patres*) 층으로 편입되었다. 젊은 남녀들은 모여서 술을 마시고 노래를 부르면서 음란하고 자극적이며 소위 매혹적인 시들을 서로 주고받았다. 디오니소스 종교는 남근 떠받들기, 바쿠스 제관들의 행렬, 그리고 그들의 사티로스 분장——남자들이 염소가죽을 뒤집어쓰고 *fascinum*(음경)이라는 나무나 가죽으로 만든 *olisbos*(인공 음경)를 그 끝이 배꼽을 향하도록 허리에 묶었다——과 더불어 B.C 3세기 말부터 이탈리아에 퍼졌다. 리베르 파테르는, 그 신비 의식이 전체 시민들(*gens*)의 바쿠스 축제를 이어받은 것이므로, 동일하게 남근(*phallos*) 숭배 의식을 치르던 그리스인들의 디오니소스와 곧 동일시되었다. 고대 에트루리아에서는 디오니소스가 처음에 '푸플룬스'라는 에트루리아식 이름으로 불리다가 나중에 이 신의 이름이 '파샤'로 바뀌었다. 파샤와 파샤 축제는 볼세나[15]에서 위세를 떨치다가 차츰 로마로 전파되었다. 로마에서 디오니소스의 로마식 이름은 바쿠스(Bacchus)가 되고, 그 축제의 명칭은 바카날리아(Bacchanalia)가 되었다. B.C 186년에 바카날리아 사건[16]이 있었고, 그 결과 원로원의 무시무시한 탄압이 이어졌다. 그 해에 로마인들은 아벤티누스[17] 언덕 기슭에 있는 스티물라[18] 여신의 신성한 숲에서 바쿠스 축제를 지냈다. 밤에 머리를 산발한 여제관들

---

15 이탈리아 라치오(라티움) 지방의 도시.

16 이 축제가 통음난무의 난잡한 축제라는 평판이 나자 원로원은 이탈리아 전역에 바쿠스 축제 금지령을 내려 특별한 경우에만 축제를 허락했다.

17 로마의 일곱 구릉 중에서 가장 남쪽에 있는 것.

18 로마 신화의 자극(刺戟)의 여신. 그리스 신화의 인물인 세멜레와 동일시된다.

은 횃불을 들고 티베리스 강[19]까지 달려갔다. 히스팔라 페세니아라
는 천박한 이름[20]의 유녀(遊女)가 총독에게 보고한 바로는, 신성한
바쿠스 축제(*bacchatio*)가 끝날 무렵 자기 어머니가 바쿠스 신도들
에게 딸의 젊은 애인 아에부티우스를 제물로 바치라고 한 탓에 애
인이 거의 죽을 뻔했다는 것이다. 원로원은 수사에 들어갔고 고소
를 부추겼다. 디오니소스 사제들은 체포되고 제전은 유죄 판결을
받았으며, 의식이 진행되는 동안 사람을 죽이는 일은 농촌에서든
로마(Urbs)에서든 일체 금지되었다.

B.C 186년에 내려진 원로원의 긴급 법령은 효력을 거두지 못했
다. 디오니소스 종교는 귀족 계급으로 퍼져나갔고, 제국하에서 가장
대중적인 밀교가 되었다. 정원이나 포도밭에 있던 오래된 리베르 파
테르의 *fascinus*는 프리아포스로 대체되었다.

*

비극(그리스어로 '염소의 노래')은 그리스에서 성대한 디오니소스
축제가 진행되는 동안 모든 도시민 앞에서 상연되던 이야기였다. 비
극은 B.C 472년에서 B.C 406년까지 계속되었다. 5세기 말 그리스
비극의 황혼기에 고르기아스[21]는 글에 대한 고찰을 했다. 그의 대담

---

19 이탈리아 테베레 강의 라틴어명.

20 페세니아(Fecenia)는 라틴어 *fescennia*(저속한)와 발음이 같다.

21 그리스의 소피스트 철학자(B.C 487년경~B.C 380년경). 그는 "존재하는 것은 없고, 존재
한다고 해도 알 수 없으며, 안다고 해도 다른 사람에게 전달할 수 없다"고 주장했다. 그가
부정하는 것은 지각된 실재나 지각 능력이 아니라 지각된 것에 부여하는 존재나 비(非)존재

한 시도를 활용하기는 어렵지만, 그는 언어를 현실 세계(réel) 가운데서 자율적 실재(réalité)를 구축하는 능력으로 고찰했던 최초의 인물이다. 그는 또한 최초의 '작가'였다. 세상에는 아무런 실재가 없다고 고르기아스는 썼다. 이어서 만일 실재가 존재하더라도 우리는 인식하지 못할 것이며, 설사 인식하더라도 말로 표현할 수 없으리라고 결론 지었다. 비극 작가 에우리피데스는 소피스트인 고르기아스를 존경했다. 그는 고르기아스가 다루었던 주제들을 답습했다. 꿈을 꾸면서 고르기아스처럼 헬레네를 주제로 한 작품을 썼다. 그는 트로이 전쟁을 다른 전쟁들과 마찬가지로 허울뿐인 명분을 위해 흥건하게 흘린 피에 불과한 것으로 다루었다. 그는 『바쿠스의 여제관들』을 썼다. 사회 질서의 저변에는 이루 말할 수 없는 무질서가 존재한다고 그녀들은 말한다. 도시국가는 한 희생자의 폭력적 죽음을 토대로 해서 비로소 이룩되는데, 희생자가 국가 폭력의 임의적 속죄양이 되기 때문이다.

에우리피데스의 『바쿠스의 여제관들』은 다음과 같은 무토스(*muthos*)에 근거를 두고 있다. 바쿠스(디오니소스)는 무녀들을 거느리고 테베에 가서 제우스의 번개에 맞아 죽은 자신의 어머니 세멜레의 묘지에 참배한다. 디오니소스는 무덤에 영원히 죽지 않는 포도나무 한 그루를 심어 자라게 했다. 테베의 여인들은 티레시아스와 카드모스[22]를 따라서 디오니소스를 참배하러 모여들었다. 테베의 왕이었던 펜테

여부이다.

22 세멜레의 아버지, 즉 디오니소스의 외조부. 그는 제우스가 납치한 누이 에우로페를 찾아 나섰다가 결국 포기하고, 신탁에 따라 테바이(티베리스, 테베의 그리스식 이름) 시를 세운다.

우스[23]는 바쿠스 축제를 금지시켰다. 그는 테베의 여인들을 감금하고 디오니소스를 체포하도록 했다. 디오니소스는 왕의 이마와 배, 발을 만져서 그에게 바쿠스 사제의 옷을 입게 만들었다. 펜테우스 왕은 키타이론 산을 향해 달려가기 시작했는데, 그곳에서 그의 어머니와 바쿠스의 무녀들이 그를 벌거벗기고 손으로 찢어발겨서 날로 먹었다.

그것은 남성을 제물로 바친 바쿠스 축제(*bacchatio*)이다. 신비 의식의 '날고기를 먹는 행위(*ômophagia*)'이다.

남녀 간에는 분열이 있을 뿐이다. 시민 사회는 잔혹성과 식육제(食肉祭) 위에 덮인 얇은 베일에 불과하다. 문명화된 관습과 예술은 잘라낸 발톱일 뿐이어서 그것은 끊임없이 자란다. '날고기를 먹기(*ômophagia*),' 즉 어미가 제 아들을 날로 먹고 아들은 피를 통해 자신을 몰아냈던 여자의 몸속으로 돌아가는 것이다. 인간 사회의 토대가 되는 유혈이 낭자한 황홀경은 바로 그런 것이다. 모든 어미는 자식이 음문을 빠져나오면 그를 죽음에 맡긴다. 바쿠스의 무녀들을 가리키는 *mainades*라는 그리스어 단어는 '미친 여자들'을 의미한다. 그녀들은 지쳐 쓰러질 때까지 머리를 휘저으며 제자리에서 맴돌았다.

빌라에 그려진 벽화의 주제는 바로 그런 것이다. 바쿠스의 무녀 하나가 제자리에서 빙글빙글 돌고 있다. 비의 전수자인 한 여자는 채찍질을 당한다. 바쿠스 축제(*bacchatio*) 직전의 순간이다.

---

23 카드모스의 딸 아가우에와 용의 이빨에서 태어난 에키온의 아들로 아버지의 뒤를 이어 테베의 왕이 되었다. 디오니소스 신앙을 금지한 그는 몰래 그 의식을 보러 갔다가 때마침 광란 상태에 빠져 있던 어머니와 누이들에게 찢겨 죽었다.

에우리피데스의 작품에서 펜테우스 왕은 바쿠스 축제를 금지시키려고 하지만 허사이고, 바쿠스를 궁정 지하에 감금하려고 하지만 실패한다. 에우리피데스는 펜테우스로 하여금 이렇게 말하게 한다. "나는 모든 곳의 문들을 닫을 것을 명하노라." 비극 시인은 디오니소스로 하여금 이렇게 대답하게 한다. "무슨 소용인가? 벽으로 신을 막을 수 있단 말이냐?"

염소를 비극적 제물로 삼는 신, 동물 가면으로 관객을 사로잡는 신, 춤을 추며 선회하고 포도주에 취해 헛소리를 하게 만드는 신 디오니소스는 언어를 파괴하는 신이다. 그는 모든 승화를 단락(短絡)시킨다. 모든 갈등의 전파를 거부한다. 모든 옷을 찢어발겨 태초의 알몸으로 돌아가게 한다.

신비의 방의 벽화에서는 알몸이 곧 드러나려고 한다. 바쿠스는 이미 취해 있다. 떨리는 팔에 몸을 의지하고 있다.

*

메살리나는 고대 로마에서 가장 도덕성이 결여된 여자로 여겨졌다. 사랑에 빠졌다는 것이 그 이유였다. 유베날리스는 클라우디우스 황제가 잠들었기를 바라며 몸을 굽혀 그를 들여다보는 새파랗게 젊은 황후의 모습을 묘사했다. 황후는 즉시 쿠쿨로스(*cucullos*, 두건 달린 겉옷)를 걸치고, 갈색 가발을 써서 검은 머리칼을 감추고(*nigrum flavo crinem abscondente galero*) 로마의 길거리로 걸어 나간다. 그리고 낡은 커튼을 밀치고 훈훈한 유곽(*calidum lupanar*)으로 들어가 작은 빈 방(*cellam vacuam*)에 눕는다. 거기에서 그녀는 리키스카라는 그리스식 이름을 쓴다.

그곳은 로마이다. *Lycisca*는 그리스어로 '어린 암늑대'를 의미한다.

남자에게 진력이 났지만 만족하지 못한(*lassata viris necdum satiata*) 메살리나는 슬픔에 잠기고, 감각을 긴장시키는 경련으로 아직도 뜨겁게 달아오른 채(*ardens rigidae tentigine voluae*) 궁정으로 돌아온다. 파리한 얼굴은 램프의 그을음(*fumoque lucernae*)으로 더럽혀져 있다. 그녀는 매음굴의 냄새(*lupanaris odorem*)를 씻어내지 않은 육체를 황제의 부부 침상(*pulvinar*) 속으로 슬며시 밀어넣는다.

하지만 청춘기의 황후가 비도덕적으로 보인 까닭은 야밤의 외출 때문이 아니라 한 남자를 사랑했기 때문이다. 감정(황후는 한 남자의 노예가 되었으므로)은 기혼 여성에게 방탕보다 더욱 금지된 것이었다.

메살리나는 실리우스를 사랑했다. 타키투스의 기록을 보면 그는 로마인들 중에서 가장 잘생긴 남자였다(*juventutis romanae pulcher-rimum*). 그리고 원로원 의원이었다. 그는 메살리나와 살기 위해 가장 유서 깊은 귀족 가문의 아내인 유니아 실라나와의 결혼을 파기하는 데 동의했다. 한 남자를 공유하기를 수락하지 않았던 메살리나의 태도는 사람들에게 놀라움을 안겨주었다. 그녀는 전혀 조심성 없이, 그리고 추문을 일으킬 정도로 고집스럽게 사랑에 전념했다. 처음에는 클라우디우스 황제도 눈감아주었다. 하지만 메살리나는 그의 말을 듣지 않았다. 도시민 모두가 지켜보는 가운데 보란 듯이 노예들을 거느리고 가이우스 실리우스의 집에 드나들 정도였다. 그의 집에서 벌이는 잔치를 위해 황실의 집기와 식기를 날라오게 하기도 했다.

안토니우스의 후손인 그녀는 안토니우스와 클레오파트라의 '모방해서는 안 될 삶'을 다시 시작했던 것이다('모방해서는 안 될 삶'을 사느라 할아버지가 체결했던 죽음의 계약을 갱신했다는 증거는 없다).

실리우스는 황후가 자신에게 쏟는 사랑의 막바지에 권력을 예감했다. 그는 메살리나에게 자기 자식들을 입양하라고 제안했다. 그녀는 즉시 실리우스의 사랑이 식은 것이 아닌지 두려웠다. 그가 자신을 사랑하기보다는 자신을 이용해 제국에 다가갈 수단을 엿보는 것이 아닐까 하는 의심이 들었다. 그녀는 상황의 허를 찌르기로 마음먹었다. 수단이라곤 대담성(*audacia*)밖에 없는 탓에 그녀는 제국을 포기하기로 결심했다고 타키투스는 기록하고 있다(『연대기』, XI, 12). 그녀는 실리우스와 결혼하기로 결심했다. 로마의 여성들은 누구나 남편을 소박할 절대권한을 지니고 있으므로 점을 치고, 제물을 바치고, 계약서를 작성하고, 증인들이 출석한 가운데 결혼식을 올렸다.

로마는 아연실색했다. 제국이 메살리나의 지참금이었다. 실리우스냐, 아니면 클라우디우스냐였다.

48년 8월 23일은 포도 수확 축제가 시작되는 날이었다. 메살리나는 이날 바쿠스 축제(*Bacchanalia*)를 거행하기로 결정했다. 바쿠스의 무녀로 변장한 여자들은 맹수 가죽으로 만든 옷을 걸치고 춤을 추면서 포도와 압착기와 리베르 신과 바쿠스 신을 찬양했다. 실리우스는 바쿠스 신으로 변장했다. 머리에 송악을 두르고(*hedera vinctus*) 발에는 굽 높은 반장화를 신은(*gerere cothurnus*) 실리우스 옆에서, 아리아드네로 변장한 메살리나는 머리칼을 출렁이고(*crine fluxo*) 바쿠스의 지팡이를 흔들며(*thyrsum quatiens*) 춤을 추었다.

클라우디우스는 황제는 오스티아에서 『에트루리아 역사』[24]를 집필 중이었다(그는 에트루리아어를 읽을 줄 알았다). 황제는 아내를 죽이라는 명령을 내렸다. 나르키수스[25]의 지시를 받은 백부장(百夫長)들이 도착했을 때 메살리나는 축제장에서 떨어진 정원에 있었다. 그 정원(전에는 루쿨루스[26]의 소유였다)은 실리우스에 대한 사랑에는 못 미칠지언정 세상의 어느 곳보다 그녀가 사랑하는 장소였다. 옆에는 어머니 레피다가 있었다. 메살리나는 아리아드네로 변장한 모습 그대로였다. 그녀는 베스타의 늙은 무녀를 불러들였다. 자신은 지팡이(*thyrsus*)를 내려놓고 철필(*stilus*)을 집어들었다. 그리고 잠시 생각에 잠겼다. 철필을 입술의 도톰한 부분에 댄 채로 클라우디우스에게 보낼 편지를 머릿속에서 쓰고 있는 중이었다. 그녀의 나이 스무 살이었다. 그녀는 나르키수스가 파견한 병사들이 나무 뒤편에 있는 것을 보고 철필을 이용해 자살하려고 했다. 하지만 그들이 한 발 빨랐다. 그들을 지휘하던 호민관이 그녀를 검으로 찔렀다. 정적이 흐르는 리키니우스 루쿨루스의 정원 한복판에서였다.

*

두려워하는 시선은 자신을 바라보는 자를 피한다.

확실하게 통제되고, 근엄하고, 정확하고, 현혹적이고, 당당하고,

---

24 모두 20권으로 그리스어로 씌어졌다.
25 해방 노예로 황제의 서신 담당 비서였다.
26 폰투스의 왕 미트라다테스 6세 유파토르와 싸운 로마의 장군(B.C 117년경~B.C 56).

내재적이고, 수수께끼 같으며, 불안에 휩싸이고, 숙명적인, 어떤 의식(儀式)이 바라보는 자를 둘러싸고 있다. 폼페이에서 헤르쿨라네움으로 가는 도로상에 있던 포도밭 빌라를 매몰시킨 데 대해 이 의식을 주재하는 난폭한 신에게 감사 기도를 드려야 한다. 소(小)세네카가 파이드라[27]의 입을 통해 읊었던 독백이 떠오른다. "나는 팔라스[28]가 창안한 직조 일을 집어치울 테다. 내가 양모 실을 잡으면 실은 손 사이로 미끄러져 빠져나간다. 만사가 시들하게 느껴진다. 신전에 참배하는 일, 그곳에서 기도를 올리고 제물을 바치는 일, 입문자들과 더불어 성화(*sacris faces*)를 흔들며 비밀 의식을 따르는 일 따위에는 더 이상 신경도 쓰지 않는다. 나는 밤이 되어도 잠을 이루지 못한다. 내 고통은 자라고 커지면서 에트나[29] 분화구 안에서 화염이 끓듯이(*vapor exundat antro Aetnaeo*) 내 속을 태우고 있다(*ardet intus*)." 이 장면에서 내면의 끓어오름과 숙명적 매몰이 점증되어 있다. 에트나 화산에 이어 베수비오 화산도 갑작스런 메두사의 가면이었다. 그 가면은 파국의 순간에 놀라서 일어난 생명이 들끓는 존재를 얼어붙게 만든다.

벽화 자체도 자신이 준비 중인 파국의 순간에 굳어져 있다.

아름답지 않은 것, 끔찍한 것, 아름다운 것보다 더 아름다운 것, 눈으로 찾게 만드는 호기심을 사로잡는 것, 바로 그런 것이 매혹적인 것이다. 성기가 눈에 보여도 우리는 그것을 보지 못한다. 성기는

---

27 '페드르'의 그리스식 이름. 미노스 왕과 파시파에 사이에서 태어난 딸이며 아리아드네와 자매이다.
28 아테나 여신의 다른 이름.
29 시칠리아 섬 동안(東岸)에 있는 활화산.

그것을 키우고 팽창시킨 욕망에 이끌려 보이지 않게 된다. 성기는 오르가슴의 순간에 형태를 수축시키는 쾌락에 이끌려 보이지 않게 된다.

신은 여성의 넋을 빼앗아 쾌락으로 이끈다. 신은 남성을 증대시켜 쾌락으로 이끈다. 고대 미술은 원기를 북돋는 것, 지배력이자 힘이고 위대함이었다. 미술은 권력 중의 권력이었다. 미술은 거대한 조상(彫像)을 통해 신의 권력을 증대시키는 것, 석상이나 초상화, 또는 벽화를 통해 남성의 힘을 영원하게 만드는 것이었다. 마치 옛날 음영시인의 시구에 등장한 영웅의 이름이 도시국가의 기억에 영원히 새겨지는 것과도 같다.

고대인들은 미술에 언제나 양가적 목표를 부여했다. 즉 아름다움(그리스어로 *kallos*, 라틴어로 *pulchritudino*)과 지배 혹은 위엄(그리스어로 *megethos*, 라틴어로 *majestas*)의 혼합이 그것이다. 고대인들은 폴루클레이토스[30]의 작품에는 권위(*pondus*)가 결여되었다고 비난했다. 아름다움은 넘치는데 무게(*pondus*)가 없다는 것이었다. 라틴어 *pondus*를 그리스어로 옮기면 *semnon*이다. 위엄, 품위, 완만함, 위대함, 이런 것은 신들이나 육체의 힘을 지닌 사람들의 속성이며, 심미적 매혹에 결합되어야 할 윤리적 무게이다. 아름다움(*pulchritudino*)과 위엄(*majestas*)의 단락(短絡)이다. 라신은 타키투스를 인용하면서 자신은 '장엄한 슬픔'을 추구한다고 말했다. 아울루스 겔리우스[31]는 보다

---

30 5세기에 활동한 그리스의 청동 조각가.
31 2세기에 활동한 로마의 작가. 그의 문집 『아테네 야화』는 그 시대의 지식과 학문을 알 수 있는 귀중한 자료이다.

상세하게 "비굴함이나 잔인성은 없으나 공포와 숭배의 불안으로 가득한 장엄한 슬픔(*neque humilis neque atrocis sed reverendae cujusdam tristitiae dignitate*)"이라고 말했다. 그것은 플리니우스가 말한 '육체와 얼굴에 관한 고대의 성적 완고함(*voltum antiquo rigore*)'이다. 끈질긴 학자들과 할리우드의 미국 배우들은 바로,[32] 퀸틸리아누스와 비트루비우스[33]의 책들을 공들여 연구했다. 존 웨인[34]은 스크린 너머의 '정사영(*orthographia*)' 직선에 발을 들여놓은 다음에야 비로소 모습을 드러낸다. 절대 일찍 나타나는 법이 없고 언제나 알아챌 수 없을 만큼만 늦게 나타나는 바로 그 지점에 신의 현현(顯現)이 있음을 사람들은 인정한다. 그는 자신의 배역으로 완벽한 변신을 이룬 후에야 대사를 하고, 언제나 태연자약하다. 사람들은 "존 웨인이 연기한다"고 말하지 않는다. "존 웨인이 폴루클레이토스의 잘못을 바로잡는다"고 말한다.

비속시는 *fascinus*에서 비롯된 것이다. 비속시의 시구들, 돌출되고 공격적이고 발기한 남근에 관한 언어는 '무시무시하다(*horridus*)'는 평을 받았다. 대(大)세네카는 아렐리우스 푸스쿠스[35]의 문체를 "신랄함도, 확고함도, 거칢도 전혀 없다(*Nihil acre, nihil solidum, nihil horridum*)"고 통렬히 비난하면서 고대 로마 특유의 아름다움에 관한 꿈을 보여준다. 그것은 남성성과 장중함, 그리고 위대함이다. 칼리굴라 황제는 소(小)세네카의 문체를 "모르타르가 섞이지 않은 모래"

---

32 로마의 위대한 학자이며 수준급 풍자 작가(B.C 116~B.C 27).
33 B.C 1세기에 활동한 로마의 건축가.
34 미국의 영화배우(1907~1979).
35 오비디우스와 대(大)플리니우스의 스승으로 추정되는 로마의 수사학자.

라고 평한다. 티베리우스 황제—5세기 앞선 그리스 회화들의 열
렬한 수집가—의 취미는 카프리 섬에 가면 언제든지 확인이 가능
하다. 그곳에서 열광적인 사제가 되어 11년 동안이나 칩거해 있었
기 때문이다. 아말피 해안에서 배를 타고 나오면 깎아지른 듯한 거
대한 검붉은 절벽이 바다 위로 우뚝 솟아 있다. 그것은 '험상궂다
(*horridus*)'는 의미에 걸맞은 가장 좋은 예이다. 그 벼랑에 '세이렌[36]의
땅'이라는 이름이 붙여졌다. 카프레아에는 무너져 내린 가파르고 거
대한 돌섬이다. 아하가르[37] 동쪽의 타실리나제르[38]에는 거대한 바위
들이 솟아 있는데, 암벽에는 전투 장면들, 곧 도살될 소들, 앞으로
굽힌 여자들을 선 채로 꿰뚫고 있는 남자들이 그려져 있다. 2만 년
전에 그 기슭에 있었던 목축민 사회의 유산이다. 카프리 섬의 바위
는 바다의 '험상궂은(*horridus*)' 신처럼 거칠고, 우뚝 서고, 가파르
다는 특성을 지니고 있다. 폼페이의 용암 속에 보존된 회화들은 암
벽 기슭에 그려지고 나서 소금으로 보존되고 은신처의 여명 속에 감
추어진 타실리의 벽화들과 마찬가지이다. 세상에서 고립되고 사람
들에게 무시받은 덕분에 어떤 시선도 염려하지 않고 살아남은 벽화
들은 천년의 침묵에 휩싸인 채 자신들을 피해간 바람의 부재와 채색
을 보호하는 어둠 속에서 생각에 잠겨 있다.

---

36 그리스 신화에 나오는 반인반조(半人半鳥)의 마녀. 아름다운 노랫소리로 뱃사람들을 유혹해
　서 난파시켰다고 한다.
37 '호가르'라고도 한다. 사하라 중북부 북회귀선상의 넓은 고원 지대.
38 19세기에 선사 시대의 벽화가 발견된 사하라 중부의 알제리 남부 지역.

*

누구나 알고 있지만 알려지지 않은 장소가 있다. 어머니의 뱃속이다. 누구에게나 금지된 장소와 시간이 있는데, 그것은 절대욕망의 장소와 시간이다. 절대욕망이란 이런 것이다. 즉 우리의 것은 아니었으나 우리의 욕망이 그로부터 비롯된 욕망의 존재를 의미한다. 누구에게나 '이상적 장소(utopie)'와 '이상적 시간(uchronie)'이 있다. 신비의 시기가 존재한다. 신생아가 맹렬하게 젖을 빠는 것은 수태의 경련을 '계속하는' 것이다. 모유가 흘러넘치는 것은 아홉 달 전에 있었던 정액의 방출을 '계속하는' 것이다. 영원히 지속되는 발기, 달과 해가 바뀌는 주기, 탄생과 성교, 죽음의 주기를 지배하는 음경의 신(Fascinus)이 있다.

그의 키(箕) 속에는 항상 그의 '자식들'을 매료시키며 장소도 시간도 없는 어떤 물체가 인간의 언어라는 베일로 덮인 채 들어 있다. 그런 점에서 *fascinus*는 언제나 비밀이다. 성적 대상은 언제나 에로틱한 놀이의 주인으로 남는다. 성적 주체, 특히 남성 주체는 전부(쾌락*voluptas*에서 발기를, 권태*taedium*에서 흥분élation을, 잠에 빠지면서 욕망을)를 잃는다.

숨겨진 것보다 더 숨겨진 것, 그것은 비밀이다.

아펠레스[39]는 자신의 그림들 뒤에 숨어서(*ipse post tabulas latens*) 사람들이 그림을 보면서 하는 말을 엿들었다. 비밀의 방(침실, '신비의'

---

39 B.C 4세기에 활동한 헬레니즘 초기의 그리스 화가.

방)의 문 뒤에는 언제나 한 아이가 있고, 보이지 않는 것을 듣고 있다. 음악은 이 소리를 거부하는 무엇이다. 화가가 그림 뒤에 항상 쪼그리고 있는 것과 마찬가지로 담론 뒤에는 언제나 한 장면이 있다. 르낭[40]은 사람들의 과거에서 떳떳하게 밝힐 수 있게 이루어진 위대한 일은 꼽을 수 없다고 말했다. 죽지 않고서 신을 볼 수 없는 것과 마찬가지이다. 처벌받지 않고는 인간의 동물성을 고찰할 수 없는 것과 마찬가지이다. 남성 성기를 눈으로 바라보는 것은 성기의 빈번한 전시로 인해 그것이 진부하고 하찮게 여겨지는 사회에서조차 소름 끼치는 일이다.

디오니소스적인 비극과 포르노그래피(음화 *libidines*라고 불리는 그림 *tabellae*)는 그리스 사람들에 의해서 창안되었다. 유대인과 로마인들은 다투어 팬티(*subligaculum*)를 고안해냈다. 하루는 노아가 포도나무를 심고 난 후 포도주에 취해 벌거벗은 채 천막 안에서 잠이 들었다(*nudatus in tabernaculo suo*). 그의 아들 함이 노아가 잠들어 있는 천막 안으로 들어갔다. 아들은 자신을 만든 아버지의 생식기(*virilia patris*)가 아랫배에 달린 것을 보았다. 휴식 중인 음경(*mentula*)을 보았던 것이다. 그는 저주를 받았다(*maledictus*). 그는 자기 형제들의 노예들 중의 노예(*servus servorum*)가 되었다(「창세기」, IX, 21). 서양에서 팬티의 기원에는 두 가지 설이 있다. 하나는 유대교에서 발생한 것으로 저주, 죽음과 관련 있다. 다른 하나는 로마에서 발생한 것으로 공포, 우수와 관련 있다(공화국 시대부터 집정관 키케로는 토가 속

318

에 팬티*subligaculum*의 착용을 권했다).

*

사람들은 자신이 볼 수 없는 것만을 바라본다.

로마인들이 원했던 곁눈질은 치명적인 시선에 속한다. 치명적인 시선은 예언(*fatum*, 파피루스 두루마리를 펼치면서, 시선을 독서에 집중시키고, 대자연의*de natura rerum* 죽음과 부활을 늘어놓으며 아이가 발음하는 말)의 시선이다. 치명적인 시선은 의식(意識)을 끌어들이지 않는다. 그것은 운명의 파국적 연쇄를 촉발시킨 사건(최초의 성교)의 보속증(保續症)[41]을 야기한다. 그것은 잔인한 순간들을 동원하여 통제를 벗어난 감각이 연기(延期)된다는 믿음(*fides*)에 이를 때까지 이어지게 한다. 그것은 예측하지 못한 순간과도 같다. 기대하던 오르가슴이 우리를 우리 자신에게서 몰아내고 우리가 느끼게 될 원통함이나 행복을 결정 짓는다. 릴케는 다가오는 것이 그토록 선수를 치는 바람에 우리는 그 얼굴을 다시 볼 수 없다고 말한다. 원인은 항상 무엇이 불시에 기습한 다음에 생겨난다. 우리의 이성(理性)은 현실(*réel*)이었던 현실을 언어로 위로하고, 이어지는 나날들에서 언어의 수중에는 결코 없는 새로운 즉흥성을 몰아낼 수 있을 뿐이다.

"아무도 자신의 비밀을 함구하지 못한다." 오비디우스의 작품에서 나르키소스가 범한 오류가 바로 그것이다. 누구나 자신을 알아서

---

41 병의 원인이 제거되었는데도 의식적·무의식적으로 증세가 유지되는 현상을 가리키는 의학 용어.

는 안 된다. 자아를 잃게 만드는 모든 것이 비밀이다. 우리는 자신의 비밀과 자신의 황홀경을 구분하지 못한다.

그것은 사원이 아니라 어둠에 잠긴 빌라의 작은 방이다. 방에는 나무들 쪽으로 난 창이 하나 있다. 열린 문 사이로 베일에 덮여 키 속에 들어 있는 *fascinus*가 보인다. 좁은 문을 통해 큰 방으로 들어가기, 그것이 꿈의 기본이다. 그것은 모태로의 회귀(*regressio ad uterum*)이다. 모든 꿈은 하나의 지하 세계(*Nékuia*)이다. 독립된 리비도의 세계, 그것이 꿈에 대한 정의이다. 그것은 또한 그런 방이기도 하다. 그것은 그 방이다.

제16장

권태에서 나태로

전설에 따르면, 파라시오스의 포르노 그림들을 수집했던 티베리우스 황제는 성녀 베로니카[1]와 회화에 대한 담소를 나누었다고 한다. 이 장면은 내가 아니라 자크 드 보라진[2]이 지어낸 것이다. 그는 내가 복원하려던 폐허 더미에 돌멩이를 하나 얹어서 내 헛소리에 증빙 자료를 제공한다. 모든 해석은 헛소리에 지나지 않기 때문이다.

제노바에서 바라제[3]의 자크(『황금빛 전설』, 「지배적 열정에 대해」,

1 그리스도교의 전설적인 여인으로 1세기에 예루살렘에 살았다. 여러 전설 중의 하나는 이러하다. 십자가를 지고 골고다를 올라가는 예수를 본 베로니카는 마음이 아팠다. 그래서 이마의 땀을 닦으라고 자신의 머리에 쓴 천을 예수에게 건넸고, 땀을 닦은 예수가 천을 돌려주었다. 그런데 놀랍게도 예수의 얼굴이 천에 찍혀 있었다. 다른 하나는 예수의 초상을 원한 베로니카가 화가에게 부탁하여 예수를 만날 때마다 그의 모습을 하얀 천에 그리게 했다. 그 이야기를 전해 들은 예수가 자신의 얼굴이 천에 새겨지도록 해주었다.
2 제노바의 주교를 지냈으며, 성인전 작가(1228/30~1298)이다. 저서 『황금빛 전설』은 중세의 가장 유명한 성인전으로 꼽힌다.
3 제노바 부근의 도시. 보라진의 고향이다.

LIII)는 "티베리우스 황제가 로마에서 중병에 걸렸다(*Tyberius morbo gravi teneretur*)"고 말했다. 황제는 측근 중의 한 사람인 볼루시아누스를 불러 모든 병을 고치는 의사가 있다는 소문을 들은 적이 있다고 말했다. 그리고 볼루시아누스에게 명령했다.

"급히 바다 건너로 가서 필라테[4]에게 그 의사를 내게 보내라고 전하라(*Citius vade trans partes marinas dicesque Pylato ut hunc medicum mihi mittat*)."

단 한 마디 말로 모든 병을 고친다는 사람은 바로 예수였다. 볼루시아누스가 폰티우스 필라테에게 황제의 명을 전하자, 필라테 총독은 공포(*territus*)에 사로잡혀 2주간의 말미를 달라고 청했다. 볼루시아누스는 우연히 한 부인(*matronam*)을 만나게 되었는데, 예수와 친분이 있던 그녀의 이름은 베로니카였다. 그는 그녀와 함께 칩거하며 이야기를 나누었다.

"나는 그의 친구였지요. 질투심 때문에 배신당한 예수를 필라테가 십자가에 매달아 처형했답니다"라고 그녀가 말했다.

그 의사가 죽었다는 사실을 알고 볼루시아누스는 크게 상심했다.

"참으로 애석하군요(*Vehementer doleo*). 주군의 명을 받들지 못하게 되어 유감입니다"라고 말했다.

베로니카 부인이 대답했다.

"내 친구가 설교를 하며 방방곡곡을 돌아다닐 때, 저는 불가피한 이유로 그를 보러 갈 수가 없었어요. 그래서 그의 초상화를 그리게 하

---

4 폰티우스 필라테는 티베리우스 황제 시대 로마의 유대 총독(26~36)으로 예수를 재판하고 십자가형을 내렸다.

기로 마음을 먹었지요(*volui mihi ipsius depingi imaginem*). 화가는 내게 이러저러한 화포와 물감을 사 오라고 하더군요. 그래서 화가가 요청한 것들을 사 가지고 가는 길이었는데, 때마침 형장으로 끌려가는 예수를 보게 된 거였어요. 예수는 내게 화포와 물감을 가지고 어디를 가는 길이냐고 묻더군요. 그가 십자가를 지고 있었기 때문에 나는 울면서 내 계획을 설명했지요. 그는 내게 "울지 마라"고 하더니 화포를 집어서 거기에 자기 얼굴을 갖다 대는 것이었어요. 그리고 "이제 초상화가 그려졌노라"고 말하고는 죽음의 길로 떠났답니다. 만일 로마의 황제께서 믿음을 가지고 예수의 초상을 들여다보신다면 즉시 건강을 회복하실 겁니다."

볼루시아누스가 물었다.

"당신의 그림을 금이나 은으로 살 수 있을까요?"

"아니오. 단지 깊은 믿음만 있으면 됩니다. 제가 당신과 함께 가겠어요. 카이사르께 이 초상화를 보여드리고 돌아오겠어요"라고 그녀가 대답했다.

그리하여 볼루시아누스는 베로니카와 함께 배를 타고 로마로 돌아왔고, 티베리우스 황제에게 이렇게 말했다.

"필라테가 예수를 유대인들에게 넘겼고, 그들은 질투에 사로잡혀 예수를 십자가에 매달았다고 합니다. 하지만 한 부인을 모시고 왔는데, 그 부인은 죽기 직전의 예수의 초상을 지니고 있습니다. 만일 폐하께서 믿음을 가지고 그 초상을 보신다면 즉시 치유되어 건강을 회복하실 겁니다."

그러자 티베리우스는 비단 양탄자(*pannis sericis*)를 깔도록 하고,

성녀 베로니카를 영접했으며, 함께 회화에 대해 담소를 나누었다. 그러고 나서 초상화를 보여달라고 청했다. 초상화를 보는 즉시 그는 본래의 건강을 되찾았다. 티베리우스는 베로니카에게 매춘부를 그린 옛날 그림 한 점(파라시오스의 그림이 아닐까?)을 선물했다. 그리고 예수를 죽인 죄를 물어 필라테를 처형하라는 명령을 내렸다. 하지만 필라테는 명령에 불응하고 검을 잡아 제 손으로 목숨을 끊었다. 죽음의 순간 필라테는 칼을 쥔 자신의 손을 바라보았다. 그리고 숨을 거두며 이렇게 말했다.

"내가 씻겨준 손이 나를 죽이는구나."

*

킬리키아[5]의 타르수스[6]에는 변함없이 키드누스 강이 흐른다. 사르다나팔로스[7]가 자신의 조상(彫像)을 세우게 한 곳이 타르수스였다. 조상에는 에피쿠로스의 계명이 새겨져 있다. "살아 있는 한 쾌락을 즐겨라. 그 나머지는 아무것도 아니니라." 로마의 시민 사도 바울로가 태어난 곳도 타르수스였다. 그는 벤야민 부족의 유대인이었다. 그는 시나고그[8]에서 1세기 당시의 가장 위대한 랍비들 휘하에서 학

---

5 소아시아(현재 터키의 아시아 지역 반도) 남부의 고대 지방.

6 사도 바울로의 고향이다. 터키의 중남부 타르수스 이르마이 강변(지드누스 강변)에 있는 고대 도시.

7 아시리아의 전설적인 왕. 실제로는 아시리아의 왕 세 명의 성격과 그 비극적인 운명을 합쳐 놓은 인물이라고 한다.

8 고대 유대교 신도들의 집회소.

문을 닦았다. 예루살렘에 와서는 가말리엘[9] 밑에서 가르침을 받았다. 그리고 랍비가 되었다. 32년 타르수스의 바울로는 다마스쿠스[10]로 가는 길에 말에서 떨어졌고, 그 후에 갑자기 그리스도교로 개종했다. 32년이면 폼페이와 헤르쿨라네움과 스타비아이의 빌라들이 건재할 때였다. 57년에 바울로는 '로마인들에게 보내는 편지'를 썼다. "육체를 따라(*secundum carnem*) 사는 사람들은 육체적인 것에 마음을 쓰고 성령을 따라(*secundum spiritum*) 사는 사람들은 영적인 것에 마음을 씁니다. 육체적인 것에 마음을 쓰면 죽음이 오고(*mors est*) 영적인 것에 마음을 쓰면 생명과 평화(*vita et pax*)가 옵니다. 육체적인 것에 마음을 쓰는 사람은 하느님의 율법에 복종하지도 않고 또 복종할 수도 없기 때문에 하느님의 원수가 되고(*inimica*) 맙니다"(「로마서」, VIII, 5). 사도 바울로의 압축된 표현이 인상적이다. 반감, 적대감으로 변해버린 로마인의 공포, 그것이 바로 그리스도교이다. 그리스도교는 냉소적으로 십자가에 못 박힌 신의 죽은 육체에 대한 숭배이다. 더 이상 벌거벗은(*fascinus*) 신이 아니다. 옷을 입은 신인 동시에 보이지 않게 된 인성(人性)의 재생이다. 바울로는 두 개의 베일이 있다고 말하면서 인간에게는 '제2의 의복'인 갑옷과 투구가 있음을 주장한다. 우리는 옷을 벗어서는 안 되고(*Nolumus expoliari*), 그 위에 '제2의 옷'을 겹쳐 입어서(*supervestiri*) 필멸의 존재가 삶으로 재흡수될 수 있어야(*ut absorbeatur quod mortale est a vita*) 한다고 바울로는 단언한다. "다시 신의 갑옷을 입어 악마의 농간을 물

---

9 1세기 초에 예루살렘에서 활동하며 덕망과 학식으로 최고의 명성을 누렸던 유대인 율법학자.
10 시리아의 수도.

리치도록 하십시오(*Induite armaturam Dei ut possitis stare adversus insidias diaboli*)." "육체를 따라 살면 야기되는 것이 무엇인지는 알려져 있습니다. 간음(*fornicatio*), 불결(*immunditia*), 음란(*impudicitia*), 방탕(*luxuria*), 우상 숭배(*idolorum servitus*), 마법(*veneficia*), 증오(*inimicitiae*), 불화(*contentiones*), 질투(*aemulationes*), 분노(*irae*), 시비(*rixae*), 반목(*dissentiones*), 분열(*sectae*), 시기(*invidiae*), 살인(*homicidia*), 폭음(*ebrietates*), 폭식(*comessationes*), 그리고 이와 유사한 것들이 있습니다."

"음행하는 자는 제 몸에 죄를 짓는 것입니다(*Qui fornicatur in corpus suum peccat*)." "남자는 여자를 멀리하는 것이 좋습니다(*Bonum est homini mulierem non tangere*)."

*

여성은 공포에 굴복했다. 여성이 증오에 찬 포식과 매혹에서 해방된 것은 최소한 두려움 때문이었다. 여성은 제도적으로 교환이 가능한 재산, 사유물 그리고 은밀한 쾌락이 되었다. 로마에서 남녀 혼탕은 아직 요원했고, 로마인들의 화장실 혹은 그들이 나란히 앉아 배설하며 대화를 나누던 장소인 *forica*라는 화려한 공중변소도 요원했으며, 남성과 여성이 제가끔 상대방 성기를 꿈꾸며 그것을 자신에게 유리하도록 팽창시키거나 무르익게 만들 셈으로 자신의 존재를 배제하는 대신 초상화를 내보이는 은밀한 의식들도 아직은 아득하던 때였다.

동정녀 마리아(Virgo Maxima)와 파테르 신(Pater)의 규정에 따른

기능들은 사라지지 않았다. 그것들은 전도되어 여성의 충성(*pietas*)
과 남성의 순결(*castitas*)로 바뀌었다. 폴 벤[11]은 결혼에 관한 그리스
도교적 윤리를 조금씩 형성해나가는 부부의 성적 관계의 변모를 분
석한 바 있다. 그리스도교는 이교도 관리들의 것인 제국의 윤리를
자신의 것으로 삼았다. 그 윤리는 복종적이고, 규약을 따르고, 일부
일처이고, 평등하고, 자기억압적이고, 은밀하고, 개인적이고, 충실
하고, 정숙하고, 금욕적이다. 다시 말해서 사랑을 중시하고, 여성에
게 호의적이고, 반(反)동성애적이고, 감상적이고, 베일에 싸인 윤
리이다.

1888년 런던에서 엘리자베스 블랙웰[12]은 이렇게 선언했다. "여성
의 이해(利害)에 가장 부합되게 조정된 성적 관계, 그것이 바로 그
리스도교의 알려지지 않은 진실이다." 네 가지 지배에 관한 한 그리
스도교는 남성을 복종시켰다. "열정도 시간도 지위도 부성(父性)도
더 이상 남성의 수중에 있지 않다."

자아(*ego*)의 집(*domus*)이었던—감찰관 카토가 보기에 사랑의
환상으로 범할 수 없을 만큼 극도로 내밀한 내밀성이었던— 육체
는 가장 지독한 마술에 걸려 가장 적대적으로 변한 기묘한 것이 되
었다. 자연과 역사, 동물과 언어, 성적 욕망과 과학적 혹은 순전히
이론적 호기심 사이를 이어주는 다리였던 육체는 심연이 되었다.

---

11 주로 고대 문명을 연구한 프랑스의 역사학자(1930~). 콜레주 드 프랑스의 교수를 지냈다.
12 최초의 여성 의학박사(1849)인 미국 의사(1821~1910). 여성의 의학 교육을 위한 저술 및
　　사회 활동을 했다.

*

200년경 그리스도교가 로마 제국의 주 종교가 되면서 결혼 계약서가 등장했고, 그리스도교의 갑작스런 유행 속에 노예 대중들(그들의 그리스도교는 수를 제한하지 않는다)까지 흡수되었다. 그리스도교인들의 교계 제도는 제국의 행정상의 수직적 위계와 결합되어 강화되었다. 모든 사회 계급(*status*)의 윤리가 된 그리스도교 윤리는 내면화되고 규범적이 되었다(모든 사람에게 적용되는, 심지어 황제에게도 적용되는 그리스어 *katholikè*는 글자 그대로 '모든 사람의 관점에서'라는 의미이다). 그리스도교인들—물고기 종파—은 제국을 사들였고 강화시켰다. 321년 칙령으로 유증(遺贈)이 허용되고, 십자가형이 철폐되고, 1주일마다 태양일이 휴일로 규정되고, 주교에게는 제국 관리의 신분이 부여되었다. 4세기부터는 폰티펙스 막시무스[13]가 베드로의 후손이라고 믿게 만들었다. 물고기에 칼을 대지 못하게 하는 아주 오래된 금기는 아직까지도 생선을 먹을 때 훌륭한 은식기를 사용하는 데서 나타난다. 그러한 금기의 존재마저 우리에게는 신비스럽게 여겨지지 않는다.

금요일이 되면 사람들은 은식기를 꺼낸다. 〔말들이 더 오래된 죽음들의 복수를 대신한다. 금요일을 뜻하는 프랑스어 vendredi는 베누스의 날을 의미하는 *Veneris dies*에서 비롯되었다. 그날의 제물인 물고기는 우라노스의

---

13 Pontifex(라틴어로 '다리를 건설하는 사람'이라는 의미)란 대신관(大神官), 폰티펙스 막시무스(Pontifex Maximus)는 공화정 아래의 최고의 신관, 종교법에 대한 최고의 관할자를 가리킨다.

잘려진 *fascinus*를 바닷속에 던지고 나자 바닷물에서 솟아오르는 아프로디테의 위대한 현현(顯現)을 상기시킨다.]

그레고리우스 성인[14]은 바다에서 처녀들이 알몸으로 해수욕하는 것을 금했다. 아타나시우스[15]는 처녀들에게 얼굴과 발이 아닌 신체의 다른 부분들을 씻지 못하도록 금했다. 20세기 초 에드워드 시대[16]에 대단히 호평을 받았던 위대한 소설들을 보면 자신의 나체에 수치심을 느끼지 않으려고 욕조의 물을 찰박거려 소리를 내는 주인공들이 나온다. 젊은 여인들은 옷을 갈아입을 때 먼저 깨끗한 속옷을 위에 걸치고 그 아래로 더러운 속옷을 벗었는데, 그것은 성교와 임신, 분만이 남긴 끔찍한 흔적을 한 순간일망정 보지 않으려는 의도에서였다.

십자가의 예수는 아마포(*linteum*)를 둔부 위에 묶어 걸치고 있었다. 수 세기가 흐르면서 신은 다시 옷을 입는다. 마리아는 자신의 상의(*velamen capitis*)로 아들의 나체를 가린다. 아마포(*linteum*)는 팬티(*subligaculum*)로 대체되고, 그것은 다시 '소매 달린 시리아의 튜닉(*kolobion*)'으로 대체된다. 육체의 심연과 욕망에 대한 두려움은 외부 세계의 경멸을 받았고, 과장된 지옥의 이미지를 지니게 되었다. 지옥은 에트루리아 혹은 그리스 혹은 메소포타미아였다. 지옥은

---

14 아르메니아의 사도, 가톨릭 성인(260?～330?). 303년경 국왕 티리다테스를 개종시키고 아르메니아를 그리스도교 국가로 만들었다.

15 그리스의 정통파 교부이며 신학자, 교회 정치가, 이집트 민족 지도자였던 성인(293년경～373).

16 영국 문학 부흥의 전환점이 된 에드워드 7세(영국의 빅토리아 여왕의 장남으로 왕위를 계승)의 재위 기간(1901～1910)을 가리킨다.

탐욕스럽게 먹어치우는 짐승이다. 이빨이 뾰족하게 튀어나온 고르
곤이거나 입이 배에 달린 보보이다. 그리스도교의 예배실로 바뀐 바
실리카 회당[17]의 벽화에서, 그리고 대성당의 조각에서 우리는 ‘제2의
옷’을 입은 선택된 자들 맞은편에서 커다랗게 입을 벌리고 있는 죽
음의 짐승을 볼 수 있다. 그 짐승은 지옥에 떨어지게 될 벌거벗은
사람들을 집어삼킨 후에 그들을 지옥이라는 영원한 육체 속에 토해
놓는다. 인간의 삶은 잠이 되었고, 성기는 자면서 꾸는 악몽이었고,
잠을 깨는 것은 육체에서 해방되는 순간과 구분되지 않았다. 전기적
고행 이후에, 그리고 생물학적 죽음 이후에 진정한 육체는 천국의
정원에서 영광스럽고, 숭고하고, 뜻밖의 욕망으로 변형되지 않는 모
습으로 솟아오를 것이었다. 중세는 에로티시즘을 지옥으로 떨어뜨
렸다. 아이들이 그린 그림에서처럼, 크게 벌어진 여자의 음부에서
추방되는 아이들 자신처럼, 벌거벗은 육체는 울부짖으며 추락한다.

*

　　단지 ‘신비주의자들’만이 ‘신비한’ 원초적 장면의 오래된 흔적을
간직하게 될 것이다. 1323년에 스트라스부르[18]에서 에크하르트 신
부[19]는 다음과 같이 썼다. “은총은 그 기원이 아버지의 가슴에 있는 아
들의 분만에서 오는 어떤 열광이다(*Gratia est ebullitio quaedam parturi-*

17　재판을 하고 상품을 거래하던 정방형의 건물.
18　프랑스 알자스 지방의 주도.
19　독일의 도미니쿠스 수도회 수사이며 신비주의 신학자(1260년경~1327/28).

tionis Filii, radicem habens in ipso Patris pectore intimo)." "오늘이란 무엇인가? 영원이다. 나는 '나와 너'로 출생해서 영원토록 '나와 너'이다(*Quid est hodie? Aeternitas. Ego genui me te et te me aeternaliter*)." 원초적 장면은 재현이 불가능하다. '하느님(*Deus*)'은 모든 것이 투사되는 부성의 형태이다. 모든 것은 원초적 장면을 감추려고 순수를 향해 달려간다. 우리는 이 경주를 역사라고 부른다. 이 장면은 그로 인해 우리가 만들어질 때 우리는 아직 태어나기 전이기 때문에 '눈에 보이지 않는 것'만이 아니다. 그것은 '미지의 것'이다. 죽음에 관한 무지가 아직 발생하지 않았다는 의미에서 기원은 죽음보다 더 알 수 없는 것이다. 우리의 원천은 가장 알려지지 않은 미지의 것이다. 그 이유는 그것이 우리가 출생하기도 전에, 우리가 손을 사용하기도 전에, 우리가 언어를 습득하기도 전에, 우리가 시선을 지니기도 전에 이미 우리와 동시에 효력을 발휘했기 때문이다. 엿보는 사람들처럼 몰래 살펴본다고 해도 원천을 불러오지는 못한다. 기원을 묘사해 본다고 한들 그것은 기원을 매장하는 일이 될 것이다(언어의 습득은 우리의 기원이나 출생과 무관하기 때문이다).

쾌락조차도 그 첫번째 효과는 음경의 수축으로 우리를 쾌락의 매혹에서 벗어나게 하는 것이다.

매일 누구나 빠져드는 어둠 속에서 오로지 꿈만이 언어가 등을 돌린 세계의 일부를 드러내준다. 대낮에는 오직 예술 작품만이 우리를 범람의 기슭으로 데려다 준다. 오직 연인들만이 그들의 나체를 가린 모든 것을 벗어던짐으로써 욕망의 땅에 다다른다. 결국 인간의 육체를 재현할 수 있는 예술 작품(회화, 조상, 사진, 영화)만이 자신의 그물로 이 세계와는 다른 세계에서 비롯되는 장면들의 흔적을 건져 올린다.

*

폐허를 보기란 쉽지 않다. 왜냐하면 우리는 언제나 폐허 뒤에 버티고 서서 폐허를 설명하려는 건물의 환영을 보기 때문이다. 하지만 그 건물을 상상하는 것은 우리이다.

우리는 언제나 남아 있는 것에 의미를 부여하는 사라지고 없는 무엇을 바라본다. 하지만 그것은 우리의 환각이다.

그것에 관해 우리가 어떤 의식을 지니든 간에, 우리는 사라지지 않고 살아남은 것이 사라진 모든 것의 충실한 표본이라고 믿는 어쩔 수 없는 오류를 언제나 범한다. 그런데 우연한 화산 폭발로 매몰된 덕분으로 보존된 유적에서 우리는 무엇을 추론해낼 수 있는가?

나는 성(性)의 세계에 관한 로마인들의 인식에 고유한 여덟 가지 특성을 고찰해보았다. 파스키누스 신(Fascinus)의 음경(*fascinus*), 로마의 볼거리와 풍자시(*satura*)에 관한 책들의 특성인 조롱(*ludibri-um*), 짐승으로 변모한 인간들과 그 반대(인간으로 변한 짐승들에 관한 소설들), 에피쿠로스적이고 스토아적이고 그리스도교적인 삼중의 은둔에서 매개 역할을 하는 악마와 신들의 증식, 곁눈질을 하다가 허탈해진 시선, 오럴 섹스와 수동성의 금지, 나태(*acedia*)로 바뀌는 삶의 권태(*taedium vitae*), 마지막으로 공화국 시대 귀부인의 속성이던 정숙함(*castitas*)이 그리스도교 남성 수도사들의 금욕으로 변모된 것이 그것이다. 모호한 이 모든 말이 공포 속에서 조금씩 밝혀지고 있다.

인간의 짝짓기를 가급적 가장 노골적으로 재현한 것을 보게 되면 우리는 매번 극도의 감동을 느낀다. 하지만 음탕한 웃음의 형태로 혹은 충격으로 인한 아연실색으로 감동을 부인한다.

고대 로마인들은 아우구스투스 황제 시대부터 격렬한 공포를 선택했다.

그것은 제국의 그리스도교화보다, 제국의 본성을 근본적으로 변화시키지 못한 5세기와 6세기의 외침(外侵)들보다, 그리고 15세기 신대륙의 발견보다 더욱 중요한 결과를 초래한 지진이었다. 자신들의 지배에 장애가 되는 것들을 모조리 몰살시키고 나서 오늘날 신대륙에 살고 있는 미국인들은 변함없이 공포 체계의 지배를 받고 있다. 그들은 마구간에서 원로원 의원들을 대체한 그리스도교 목사들의 검은색 토가보다 의원들의 하얀색 토가에서 유래하는 공포를 지닌 채 아내들의 뱃속에 자손을 퍼뜨리고 있다. 오하이오 계곡에 정착했거나 매사추세츠 만(灣)에 목조 예배당을 건립한 개신교 목사들이 짐 속에 챙겨온 성경책은 생각보다 그 수가 적었다. 루크레티우스가 명확히 밝힌 권태(*taedium*)보다도, 세네카에게서 보이는 증오보다도, 수에토니우스에게서 읽을 수 있거나 타키투스에게서 감지되는 폭력—두 사람을 고대 세계에서 도피하게 만들었던—보다도 적었다.

401년 11월 고트족 군대가 율리우스 카이사르의 알프스 산맥을 넘어왔을 때, 밀라노에서는 늑대 두 마리가 황제를 공격했다. 늑대의 배를 가르자 내장 속에서 사람의 손이 두 개 나왔다. 사람들이 내린 결론은 한 무리가 더 큰 무리를 부른다는 것이었다. 즉 이것은 제국의 분할이나 영광스런 주기의 종말을 알리는 전조였다. 로물루스에게 젖을 물렸던 짐승이 자신을 토템으로 삼은 민족에게 등을 돌렸다. 사태의 당연한 귀결이었다. 로마인들은 국가의 전통과 호전적 가치관, 역사와 신들을 버리고 인간의 모습을 한 침울한 유일신을 숭배했다. 암늑대 토템을 십자가 위의 노예로 대체했으므로 그들이 노예로 전락한 것은 당연했다. 육체와 나체를, 아니마(*anima*)[20]와 동물을, 예속의 영원한 안락함과 음란한 개인의 자존심을 분리해놓았기 때문에, 그 시대의 재앙은 밀과 짚을 가르듯이 공포와 쾌락을, 삶과 죽음을 갈라놓았다.

---

20 육신과 대비되는 '영혼'을 의미한다.

한 작가가 일생을 통해 꼭 한 번 쓰고 싶은 작품이 있다면, 키냐르의 경우에 그것은 회화(繪畵)를 통해 '성(性)의 관점에서 조망한 인류 문명사'이다. 그 작품은 두 권으로 출간되었다. 제1부가 『섹스와 공포』(고대에서 중세까지)이고, 제2부가 『은밀한 생』[1](중세에서 현대까지)이다. 처음부터 2부작으로 기획된 것은 아닌 듯하다. 중세 이후의 회화에서 흥미를 느끼지 못한 작가가 『섹스와 공포』를 중세에서 마무리했기 때문에 한 권이 더 필요해진 것이다. 그런데 두 작품은 '2천 년에 걸친 에로티시즘의 역사'라는 주제로 묶이지만, 글의 장르로 보면 서로 관련 짓기 어려울 만큼 독자적이다. 하나가 절반은 화집이고 나머지 절반은 에세이에 가깝다면, 다른 하나는 소

---

1 이 작품은 키냐르의 연작 시리즈 『마지막 왕국』의 제8권이나 제9권으로 삽입될 예정이다. 파스칼 키냐르, 『떠도는 그림자들』, 송의경 옮김, 문학과지성사, 2003, pp. 243~44 참조.

설이되 특정 장르에 편입시키기 어려울 만큼 색다른 형식을 취하고 있기 때문이다. 이처럼 서술 형식에 간극이 생긴 이유는, 『섹스와 공포』를 출간하고 『은밀한 생』의 집필에 들어가기 전인 1996년에 작가가 갑작스런 출혈로 죽음의 문턱까지 갔다가 귀환하는 경험을 하게 된 데 있다. 그로 인해 키냐르의 글쓰기 형태에는 그 이전과 이후로 확연히 구분되는 변화가 일어났다.

『섹스와 공포』를 쓰게 된 동기

키냐르는 젊어서부터 줄곧 성에 관한 진지한 탐구서를 쓰고 싶다는 욕망을 품고 있었다. 언젠가 꼭 쓰리라 마음먹고 오랫동안 머릿속에서만 발효시키며 때를 기다리던 주제인 성, 하지만 계속 미루기만 하던 '성의 역사'를 쓰려는 계획을 실행에 옮기게 된 것은 1980년대 말부터 에이즈로 인해 확산된 섹스의 공포와 관련이 있다. 성을 대하는 현대인의 태도를 변화시키는(공포로 변질된 성을 복권시키는) 일이 매우 중요하고 긴급하게 여겨졌고, 그러려면 무엇보다도 왜곡된 인식의 뿌리를 찾아야겠다는 생각이 키냐르를 부추겼다.

비단 10년 전만 해도 이런 책을 쓸 필요가 없었을지도 모른다. 하지만 에이즈로 인해 지금은 그 어느 때보다 더욱 섹스가 다시 '저주의 몫'이 되어버렸다. 우리 시대는 로마 시대와 매우 흡사하다.[2]

이러한 '뿌리 찾기'는 고대 로마의 에로티시즘에 대한 그릇된 선입견을 교정하는 것으로 시작된다. 그는 이렇게 말한다. "예를 들어 조르주 바타유는 『에로스의 눈물 *les larmes d'Éros*』(2004)에서 여담으로 그리스 세계와 로마 세계가 흡사하다고 단언했다. 하지만 나는 두 세계가 다르며 각기 독자적이라는 생각이 들었다. 이러한 나의 직관을 증명해 보이고 싶었다."[3] 키냐르는 정설과는 달리 두 세계가 오히려 정반대라는 사실을 논증한다. 이러한 발견으로 제일 먼저 변하는 것은 서구 문명을 바라보는 작가 자신의 시선이다.

나는 청교도주의가 흔히 말하듯이 '유대-그리스도교 문명'과 관련이 있다고 생각했다. 그런데 성경에는 성에 대한 어떠한 금기도 없다. 오히려 그 반대이다. 서구 문명의 청교도적인 부분은 로마 가톨릭 교회에서 유래된 것이다. 청교도주의 전파에는 사도 바울로가 결정적 역할을 했다. 그는 권태(*taedium*)라는 개념에 젖어든 로마 시민이었다.[4]

그는 성을 억압하는 청교도주의가 그리스도교에 앞서 로마 시대에 뿌리를 두고 있음을 알게 된다. 즉, 엄격한 법에 의해 스스로 억압된 로마인들의 성은 '규정상의 공포'가 되었고, 공포가 '적대감'으로 변하면서 그리스도교인들의 죄의식과 원죄의 길로 이어지게 되었다. 현대는 에로티시즘에 관해서만은 여전히 중세에 머물러 있다.

2, 3, 4 벨기에의 주간지 『라 시테 *La Cité*』, 1994년 6월 2일자.

그리스의 에로티시즘과 로마의 에로티시즘

로마의 에로티시즘이라면 흔히 바쿠스제의 통음난무, 죄의식과 무관한 섹스 등을 떠올리게 되지만, 그것은 우리가 그리스인들과 로마인들의 성 모럴을 동일한 것으로 여기는 그릇된 선입견 때문이다. 우리가 놓치고 있는 사실은 그리스인들의 즐겁고 명백한 에로티시즘이 로마의 아우구스투스 황제 치하에서 공포에 질린 에로티시즘으로 변모되었다는 점이다. 그리스인들이 섹스를 신격화시켰다면, 로마인들은 공포의 대상으로 여겼다. 그리스인들에게 사랑은 즐거운 파티였던 반면에 로마인들에게는 오히려 공포를 느끼게 하는 '유사 죽음'과도 같았다. 성에 대한 인식의 변모가 이루어진 이 시기는 서양 문화의 큰 분기점이 된다.

로마 사회를 제국의 형태로 재정비한 아우구스투스 황제의 재위 56년 동안, 그리스인들의 즐겁고 명백한 에로티시즘은 공포에 질린 우수로 변모했다. 이런 뒤바뀜이 제자리를 잡기까지는 겨우 30여 년 (B.C18~A.D14)이 걸렸을 뿐이지만, 그것은 여전히 우리를 에워싸고 우리의 열정을 지배하고 있다. 그리스도교는 이러한 변모의 한 결과일 뿐이었다. (p.17)

공화국에서 제국으로 이행되는 과정에서 전사로서의 덕목과 남성성을 뽐내던 당당한 로마 시민들은 예속적인 관리가 되어 황제 휘하로 편입된다. 키냐르는 정치 개념이 성의 개념에 접목되는 이 시기에 주목한다. 이때부터 성에 대한 인식은 능동성을 찬양하고 수동성을 치욕으로 여기는 비극적 사고로 바뀌게 된다. 가령 곤두선 페니스, 분출하는 정액은 그것을 받아들이는 용기(容器)보다 당당하고 우월하다. 로마인에게 제시된 이상적인 성의 모델은 오직 하나, 모든 것에 대한 주인(*dominus*)의 지배(domination)이다. 주인이 노예를 비간하는 일은 규범에 속하지만 노예가 주인을 비간하면 사형에 처해진다는 식이다. 상호성에 근거하지 않고(상호성을 주장한 오비디우스는 추방되었다) 지배자와 노예, 남성성과 그렇지 않은 것으로 구분되는 '주인의 형이상학'인 셈이다. 섹스는 인간이 지닌 위험하고 동물적인 몫으로 간주되면서 불안과 공포의 근원으로 변했고, 육체는 평가절하되었다(에피쿠로스주의, 스토아 철학). 하지만 섹스에 관한 언어만은 이상할 정도로 자유분방했는데, 그것은 노골적이고 상스러운 언어로 남성성(발기 · 지배 · 권력)의 약화를 방지하려는 의례에 불과했다. 이렇게 해서 로마 제국은 고작 30년이라는 짧은 기간에 태양빛으로 가득했던 고대의 종말을 앞당기고 침울한 근대를 도래하게 만들었다. 로마인들이 느끼던 삶의 권태(*taedium vitae*)는 1세기까지 퍼졌다. 3세기에 그리스도교인들에 의해 나태(*acedia*)로 나타났다가 15세기에 다시 우수(mélancolie)의 형태로 나타났다. 19세기에는 우울(spleen)이란 이름으로, 20세기에는 우울증(dépression)이란 이름으로 다시 나타났다. 성의 역사는 공포와 저주로 변질된 역사이다.

섹스와 공포의 기원은 매혹이다

그리스 세계와 로마 세계가 상반된다는 키냐르의 직관에 실마리를 제공하고, 에로티시즘의 변모에 대한 그의 확신을 심어준 것은 폼페이에서 발굴된 에로틱한 벽화들(로마 제국 시대의 회화)이었다. 더 정확히 말하자면 벽화에 그려진 귀부인들의 모습—놀라움을 기대하며 곁눈질하는 시선 그대로 굳어진—이었다. 훨씬 더 즐겁고 훨씬 더 디오니소스적인 무엇, 요컨대 그리스적인 표현을 기대했던 키냐르는 벽화의 인물들이 의외로 수줍어하고 심각하다는 데 놀란다. 특히 다음의 두 가지 사실에 주목했다.

첫째, 대상을 정면으로 바라보지 못하고 곁눈질하는 여인들의 시선이다. 공포와 불안이 서린 시선은 쾌락의 절정에 이른 여자의 시선인 동시에 죽어가는 자의 시선으로도 보인다. 쾌락과 임종의 고통에는 몽유병과 광기처럼 뚜렷한 경계가 없다.

둘째, 포르노그래피의 창시자인 그리스 화가 파라시오스가 죽음 직전의 순간을 그린 것처럼, 폼페이의 벽화들이 나타내고 있는 것이 절정(비극·사랑·죽음)에 이르기 직전의 장면이라는 점이다. 예를 들어 두 아이와 손에 칼을 든 한 여자를 그린 작은 벽화(본문 수록 삽화 12)가 있다. 어미인 메데이아가 두 자식을 죽이기 직전의 순간이다. 두 아이는 무심히 오슬레 놀이에 열중하고 있는데, 그들 자신이 곧 오슬레(뼈)로 변하게 될 것이다.

키냐르는 두 가지 사실에 대한 설명으로 "욕망을 정면으로 바라보는 자는 그로 인해 죽든가 원초적 장면을 바라본 티레시아스처럼 눈이 멀게 된다"[5]고 말한다. 보고 싶지만 보지 못하는 무엇, 우리의 눈을 멀게 하는 무엇을 시야에서 놓치지 않으려면 곁눈질을 할 수밖에 없고, 결정적 순간이 되기 직전에서 멈추지 않을 수 없다. 따라서 벽화에 나타난 곁눈질, 절정 직전의 순간에서 포착된 장면은 맞대면의 치명성을 피할 셈으로 사용한 페르세우스의 전략— 메두사를 마주 보지 않고 방패를 이용해서 죽인다—과 동일하다는 의미가 된다. (바로 이 대목에서 성이 억압되고 왜곡된 이유를 찾으려던 분석은 성 자체의 본질에 대한 분석과 겹치면서 전자에서 후자로 슬며시 넘어간다.)

정면에서 바라보는 것은 금지된다(페르세우스·악타이온·프시케). 뒤돌아보는 것도 금지된다(오르페우스). 키냐르는 나르키소스가 죽게 된 원인이 물에 비친 자기 모습에 대한 사랑이 아니라 매혹의 시선 때문이라고 정정한다. 매혹은, 쾌락과 죽음이 몸을 마비시키는 것처럼, 그와 동일한 방식으로 먹잇감을 포획한다. 매의 위협을 받은 참새가 포식자의 부리 속으로 황급히 날아드는 것은 매혹으로 인한 고통을 피하려고 서둘러 죽음으로 빠져드는 것이다. 섹스(욕망)와 공포는 '매혹'이라는 동일한 기원에서 비롯된다. 한 인터뷰에서 키냐르는 '매혹'에 관해 이렇게 말한다.

텍스트들을 다시 살펴보면서, 나는 '*phallus*'란 단어가 라틴어에

---

5 같은 곳.

서는 사용되지 않았음을 알게 되었다.[6] 로마인들은 그리스인들이 '*phallos*'라 부르던 것을 '*fascinus*'라고 불렀다. 곤두선 남성 성기, 즉 '*fascinus*'는 동물이나 인간이 참을 수 없는 불안을 느끼면 옴짝달싹 못하게 몸이 굳어지게 되는 '*fascinum*(매혹)'이란 단어에서 파생된 것이다. '*fascia*'는 여자의 젖가슴을 동여매는 띠를 가리킨다. '*fascies*'는 황제의 개선식에서 선도 그룹인 길라잡이들이 손에 들고 가던 권표를 뜻한다. 여기서 유래된 '*fascisme*(파시즘)'이란 단어는 공포와 매혹의 미학을 함축하고 있다.

키냐르의 어원학적 논증은 섹스와 공포, 성과 권력, 쾌락과 죽음이 '매혹'이라는 동일한 기원에서 태어난 서로 다르지 않은 것들임을 보여준다. 성의 관점에서 그는 "인류 문명사는 성이 공포와 저주로 변질된 역사"라고 말하면서도, 매혹으로 인해 성의 본질 자체에 이미 공포와 죽음이 내재되어 있음을 부인하지도 않는다. (그렇다면 그리스인들의 성은 키냐르의 말처럼 과연 천진난만하게 즐겁고 명백한 것이었을까?)

그런데 왜 섹스인가?

'섹스'란 단어는 성기, 성별, 성을 가리키는 사전적 의미 외에도

---

6 그리스어 단어 '*phallos*'가 '*phallus*'로 라틴어에 편입된 것은 로마 제국이 멸망할 즈음인 5세기 무렵이다.

키냐르의 경우에는 에로티시즘, 성행위로도 대체 가능한 넓은 의미로 이해할 필요가 있다. 섹스가 문제되는 이유는 프로이트가 말한 '원초적 장면'과의 관련성 때문이다.

키냐르의 글은 어느 것이나 궁극적으로 주체의 '기원의 탐구' '결여된 이미지 탐색'으로 수렴된다. 그가 원천을 찾아 강을 거슬러 올라가는 '연어 인간'이라 불리는 이유도 바로 그래서이다. 혹시 그의 글이 난해하게 느껴지는 독자라면(우리 모두가 거의 그렇지만), 미궁으로 떠나기 전에 키냐르가, 아리아드네의 실 대신으로, 일러준 주문(呪文)을 기억하기 바란다. "인간은 이미지 하나가 결여된 존재이다."(p.16)

결여된 이미지는 최초의 장면(자신이 수태되던 부모의 성교 장면)이다. 자신이 부재했으므로 볼 수 없었고, 태아로 있던 기간으로 영원히 격리되어 접근조차 불가능한 장면이다. 그것은 우리에게 어렴풋한 흔적으로 남아서 어머니 뱃속을 절대욕망의 장소와 시간으로 느끼게 만든다.

절대욕망이란 이런 것이다. 즉 우리의 것은 아니었으나 우리의 욕망이 그로부터 비롯된 욕망의 존재를 의미한다. 누구에게나 '이상적 장소(utopie)'와 '이상적 시간(uchronie)'이 있다, 신비의 시기가 존재한다. 신생아가 맹렬하게 젖을 빠는 것은 수태의 경련을 '계속하는' 것이다. (p.317)

우리의 존재는 모자라는 한 조각 때문에 결코 맞출 수 없는 퍼즐

과도 같다. 자신의 존재에 회의를 품게 된 우리는 빈칸의 느낌을 떨쳐버리려고 새로운 이미지들을 추구하고, 창조하고, 쾌락에 탐닉한다. 기원을 탐색하는 주체의 사유는 오로지 결여된 이미지에 집중된다. 결코 알 수 없으며 볼 수 없는 이미지는 그렇기 때문에 더욱 보려는 욕망과 재현의 욕구(성행위·꿈·회화)를 자극하는 동인으로 작용한다. 키냐르가 "자신을 만들어낸 행위를 떠올리지 않는 것이라면 어떤 이미지도 우리에게 충격을 주지 못한다"(p.15)고 말하는 이유는 그래서이다. '섹스'라는 화두를 좀처럼 놓지 못하는 이유 역시 마찬가지이다.

개인의 차원이 아닌 문명사의 차원에서 '결여된 이미지' 탐색의 흔적을 찾는다면, 인간의 상상력으로 연출된 장면들이 있다. 그것은 형태가 없는 것에 형태를 부여하려는 욕망에서 비롯된, 말하자면 부재하는 이미지에 대한 이미지이다. 대표적인 것으로 회화(키냐르가 성의 역사를 회화를 통해 분석하는 이유이다)와 영화를 들 수 있다. 영화는 수천 년간 보편적이고 개별적인 꿈의 형태로 밤마다 되풀이되던 인류(개인)의 기대를 단번에 충족시킨 기술의 개발이라는 것이 키냐르의 해석이다.

그럼에도 불구하고 우리는 결코 결여된 이미지를 찾아내 빈칸을 채우지 못한다. 욕망의 동인이 되는 장면(원초적 장면)을 가장 흡사하게 복사하는 우리의 쾌락에서도 정작 쾌락의 장면은 보이지 않는다. 키냐르는 "내 부모의 쾌락이 절정에 이르러 내가 수태되던 순간에 그 장면이 그들에게 보이지 않았던 것과 마찬가지로, 나 역시 내가 느끼는 쾌락의 절정에서 쾌락의 장면을 보지 못하기" 때문이라고 말한다. 이어서 테르툴리아누스의 말을 인용해서, 그것은 '생식의 분비액이 방출될 때 우리의 영혼에서 무엇이 함께 빠져나가는 까닭에 우리는 기진맥진하고 시력이 무뎌진다. '시력의 약화'가 초래되는 까닭은 쾌락 자체의 섬광이 쾌락을 눈멀게 해서 사라지게 만들기 때문이다. 최초의 장면을 제외하면 보이지 않는 장면에서 소진되는 쾌락이란 없다. 하지만 쾌락의 순간에는 진행 장면이 눈에 보이지 않는다'(p.225)고 설명한다. 그리고 이러한 측면에서 '청교도적인 것은 바로 쾌락'이라는 결론을 이끌어낸다.

무슨 이유로 나는 몇 년을 바쳐가며 이 책을 썼던 것일까? 청교도적인 것은 바로 쾌락이라는 미스터리를 파헤쳐보고 싶어서였다. 쾌락은 쾌락이 보려고 하는 무엇을 보이지 않게 만든다. 오르가슴은 욕망이 이제 막 드러내기 시작했을 뿐인 무엇에서 시선을 거두게 한다. (p.240)

성이 공포로 변질된 왜곡의 뿌리가 로마 시대의 청교도주의에 있음을 밝히는 것으로 시작된 『섹스와 공포』는 쾌락의 본질 자체가 지닌 청교도주의를 드러내는 것으로 마무리된다. 키냐르는 역시 한 인터뷰에서, 이 책은 에로티시즘에 대한 하나의 해석일 뿐이라고 말한다. 그리고 "모든 해석은 망상(délire)에 지나지 않는다"고 덧붙인다. 판단은 전적으로 독자의 몫이다. 독자가 그의 해석에 고개를 끄덕이든 아니든 간에, 『섹스와 공포』는 전개되는 이야기만으로도 대단히 매혹적인 작품이다. 게다가 로마 시대 에로티시즘의 본질을 가려왔

던 선입견을 제거하고 파격적인 문제를 제기함으로써 고대 문명사
에 새로운 길을 열었다는 평가를 받는다.

이 책은 두 가지 판본으로 나와 있다. 원래 판본은 세로보다 가로
가 긴(270×190mm) 이른바 아트집이다. 벽화(주로 폼페이 유적의)
150점이 컬러 화보로 실린 고대 로마 시대의 화집인 동시에, '성
(性)에 관한 탐구서'이다. 특이하게도 무광택 검은색 종이에 하얀
글씨로 인쇄되어 있어서, 그 검은 바탕에 손자국을 남기며 하얀 글
자들을 읽어가노라면 어쩐지 조심스럽고 경건해진다. 오랜 시간, 어
둠 저편에서 울리는 목소리를 듣는 듯해 불안을 느끼면서도 매료된
다. 그 물질성만으로도 대단히 아름답다. 하지만 출간 당시(1994)의
가격은 우리 돈으로 9만 원 정도에 달한다. 탐이 나도 선뜻 손을 내
밀기가 어디 쉽겠는가. 다행히 2년 뒤인 1996년에 보급형 문고판
(Folio)이 나왔다. 화보는 아쉽게도 12점뿐으로 외양은 지극히 소박
하지만, 키냐르 특유의 시(詩)처럼 아름다운 문장의 맛, 에로티시
즘에 관한 도저한 사고의 흐름은 고스란히 남아 있다. 번역의 텍스
트로 삼은 것은 이 문고판이다.

프랑스에서는 키냐르의 책이라면 어느 것이나 출간될 때마다 하
나의 사건으로 여겨진다. 옮긴이의 입장에서 보면 그의 책이라면 어
느 것이나 우리말로 옮기기가 여간 어렵지 않다. 이 책의 경우에는
원문의 번역보다 오히려 인명이나 지명의 라틴어(혹은 그리스어) 발
음을 찾아내고 각주를 다는 일이 더 큰 문제였다. 나는 새 옷을 짓

듯이 작업했지만, 책임편집을 담당한 정미용씨와 이근혜씨는 옷의 잘못된 솔기를 뜯어서 고치고 다시 꿰매듯 작업을 해야 했다. 그 많은 고유명사와 각주를 꼼꼼히 확인하고, 틀린 곳을 바로잡는 등 그들의 수고로움이 없었다면 이 책의 모양새가 이만하지 못했으리라. 내가 '키냐르 팀'이라고 부르는 두 분께 나의 우정과 감사를 전한다.

2007년 1월

송의경

1948 4월 23일 프랑스 노르망디의 베르뇌유쉬르아브르(외르)에서 출생
     했다. 음악가 집안 출신의 아버지와 언어학자 집안 출신의 어머니
     사이에서 태어난 그는 자연스럽게 식탁에서 오가는 여러 언어(프랑
     스어, 독일어, 영어, 라틴어, 그리스어)를 습득하고, 여러 악기(피아노,
     오르간, 비올라, 바이올린, 첼로)를 익히면서 자라난다.

1949 18개월 된 어린 키냐르는 여러 언어를 사용하는 집안 분위기에서
     기인된 혼란 때문에 자폐증 증세를 보이며 언어습득과 먹기를 거부
     한다.

1950~58 이 기간을 르아브르에서 보낸다. 형제자매들과 전혀 어울리지 못하
     고 늘 외따로 지내기를 즐긴다.

1965 다시 한번 자폐증을 앓는다. 이를 계기로 작가로서의 소명을 깨닫
     는다.

1966 세브르 고등학교를 거쳐 낭테르 대학교에 진학한다. 레비나스의 지
     도 아래 '앙리 베르그송의 사상에 나타난 언어의 위상'이라는 제목
     의 논문을 계획하지만, 68혁명을 거치면서 대학교수가 되려는 꿈을
     접고 논문을 포기한다.

1968 가업인 파이프오르간 주자가 되기로 마음먹는다. 아침에는 오르간
     을 연주하고 오후에는 모리스 세브의 「델리Délie」에 관한 에세이를

쓴다. 원고를 갈리마르 출판사에 보내자 키냐르가 존경하는 작가 루이-르네 데포레가 답장을 보내온다. 그의 소개로 잡지 『레페메르 *L'Éphémère*』에 참여한다.

1969   결혼을 하고, 뱅센 대학교와 사회과학연구원EHESS에서 잠시 고대 프랑스어를 가르치며 첫 작품 『말더듬는 존재 *L'être du balbutiement*』를 출간한다. 이후, 확실한 시기는 알려진 바 없으나 아버지가 되면서 이혼한다.

1976   갈리마르 출판사에서 편집자, 원고 심사위원 일을 맡는다. 1989년에는 출간 도서 선정 심의위원으로 임명되고, 1990년에는 출판 실무책임자로 승진하여 1994년까지 업무를 계속한다.

1980   『카루스*Carus*』로 '비평가 상'을 수상한다.

1985   『소론집*Petits traités*』으로 '문인협회 특별상'을 수상한다.

1987   『뷔르템베르크의 살롱*Le salon du Wurtemberg*』으로 벨기에에서 '주목할 만한 작품상'을 수상한다.

1987~92 '베르사유 바로크 음악센터'의 임원으로 활동한다.

1991   작품 전반에 대해 '프랑스 언어상'을 수상한다.

        소설 『세상의 모든 아침*Tous les matins du monde*』을 출간하고, 직접 시나리오로 각색하여 알랭 코르노 감독과 함께 영화로 만든다. 소설과 영화 모두 대성공을 거둔다.

1992   조르디 사발과 더불어 '콩세르 데 나시옹*Concert des Nations*'을 주재한다. 미테랑 전 대통령과 함께 '베르사유 바로크 페스티벌'을 창설하지만 1년밖에 지속하지 못한다.

1994   집필에만 열중하기 위해 일체의 모든 공직에서 사임하고 세상의 여백으로 물러나 은둔자가 된다. 그의 나이 46세이다.

1996   갑작스러운 출혈로 응급실에 실려 갔다가 죽음의 문턱에서 가까스로 귀환한다. 이 경험을 전환점으로 그의 글쓰기가 크게 변화한다. 건강이 회복되자 일본과 중국을 여행한다. 특히 장자의 고향인 허난성 방문의 기억과 도가 사상의 영향이 집필 중이던 『은밀한 생*Vie secrète*』에 반영된다.

1998   새로운 글쓰기의 첫 결과물인 『은밀한 생』이 출간되고, '문인협회

춘계 대상'을 받는다.

2000 『로마의 테라스*Terrasse à Rome*』가 출간되고, 이 소설로 '아카데미 프
랑세즈 소설 대상'과 '모나코의 피에르 국왕상'을 동시에 수상한다.
이후 1년 6개월간 심한 쇠약 증세에 시달리면서, 연작으로 기획된
'마지막 왕국Dernier royaume' 시리즈의 집필에 들어간다.

2001 부친이 별세한다. 아버지에게서 물려받은 성(姓. 사회에 편입된 존재
의 표지)으로 인한 부담과 아버지의 기대 어린 시선에서 풀려나 자
신이 자유로워졌다고 느낀다.

2002 '마지막 왕국 시리즈'의 제1·2·3권에 해당하는『떠도는 그림자들
Les ombres errantes』『옛날에 대하여*Sur le jadis*』『심연들*Abîmes*』을 동시
에 출간하고, '공쿠르 상'을 수상한다.

2004 7월 10~17일까지 스리지라살Cerisy-la Salle에서 키냐르에 관한 첫
번째 국제학술회의가 개최된다.

2006 『빌라 아말리아*Villa Amalia*』로 '장 지오노 상'을 수상한다.

2008 『빌라 아말리아』가 영화(브누아 자코 감독)로 만들어져 개봉되지만
흥행에 실패한다.
『우리가 사랑했던 정원에서*Dans ce jardin qu'on aimait*』로 도빌 시의 '책
과 음악상'을 수상한다.

2014 7월 9~16일까지 스리지라살에서 키냐르에 관한 두번째 국제학술
회의가 열린다. 정확하게 10년 만이다.

2017 『눈물들*Les Larmes*』로 '앙드레 지드 상'을 수상한다.

■ 작품 목록

Petits traités, tomes I à VIII(Adrien Maeght, 1990).

Dernier royaume, tomes I à X :

Les ombres errantes, Dernier royaume I(Grasset, 2002)

　　　『떠도는 그림자들』, 송의경 옮김(문학과지성사, 2003).

Sur le jadis, Dernier royaume II(Grasset, 2002)

　　　『옛날에 대하여』, 송의경 옮김(문학과지성사, 2010).

Abîmes, Dernier royaume III(Grasset, 2002)

　　　『심연들』, 류재화 옮김(문학과지성사, 2010).

Les paradisiaques, Dernier royaume IV(Grasset, 2005).

Sordidissimes, Dernier royaume V(Grasset, 2005).

La barque silencieuse, Dernier royaume VI(Seuil, 2009).

Les désarçonnés, Dernier royaume VII(Grasset, 2012).

Vie secrète, Dernier royaume VIII(Gallimard, 1998)

　　　『은밀한 생』, 송의경 옮김(문학과지성사, 2001).

Mourir de penser, Dernier royaume IX(Grasset, 2014).

L'enfant d'Ingolstadt, Dernier royaume X(Grasset, 2018).

L'être du balbutiement(Mercure de France, 1969).

Alexandra de Lycophron(Mercure de France, 1971).

La parole de la Délie(Mercure de France, 1974).

Michel Deguy(Seghers, 1975).

Écho, suivi d'Épistole d'Alexandroy(Le Collet de Buffle, 1975).

Sang(Orange Export Ldt., 1976).

Le lecteur(Gallimard, 1976).

Hiems(Orange Export Ldt., 1977).

Sarx(Maeght, 1977).

Les mots de la terre, de la peur, et du sol(Clivages, 1978).

Inter Aerias Fagos(Orange Export Ldt., 1979).

Sur le défaut de terre(Clivages, 1979).

Carus(Gallimard, 1979).

Le secret du domaine(Éd. de l'Amitié, 1980).

Les tablettes de buis d'Apronenia Avitia(Gallimard, 1984).

Le vœu de silence(Fata Morgana, 1985).

Une gêne technique à l'égard des fragments(Fata Morgana, 1986).

Ethelrude et Wolframm(Claude Blaizot, 1986).

Le salon du Wurtemberg(Gallimard, 1986).

La leçon de musique(Hachette, 1987).

Les escaliers de Chambord(Gallimard, 1989).

Albucius(P. O. L, 1990).

Kong Souen-long, sur le doigt qui montre cela(Michel Chandeigne, 1990).

La raison(Le Promeneur, 1990).

Georges de la tour(Éd. Flohic, 1991).

Tous les matins du monde(Gallimard, 1991)
『세상의 모든 아침』, 류재화 옮김(문학과지성사, 2013).

La frontière(Éd. Chandeigne, 1992).

Le nom sur le bout de la langue(P. O. L, 1993).
『혀끝에서 맴도는 이름』, 송의경 옮김(문학과지성사, 2005).

L'occupation américaine(Seuil, 1994).

Les septante(Patrice Trigano, 1994).

L'amour conjugal(Patrice Trigano, 1994).

Le sexe et l'effroi(Gallimard, 1994)

『섹스와 공포』, 송의경 옮김(문학과지성사, 2007).

La nuit et le silence(Éd. Flohic, 1995).

Rhétorique spéculative(Calmann-Lévy, 1995).

La haine de la musique(Calmann-Lévy, 1996)

『음악 혐오』, 김유진 옮김(프란츠, 2017).

Terrasse à Rome(Gallimard, 2000)

『로마의 테라스』, 송의경 옮김(문학과지성사, 2002).

Pascal Quignard, le solitaire, avec Chantal Lapeyre Desmaison(Flohic, 2001).

Tondo, avec Pierre Skira(Flammarion, 2002).

Inter Aerias Fagos, avec Valerio Adami(Galilée, 2005).

Écrits de l'éphémère(Galilée, 2005).

Pour trouver les enfers(Galilée, 2005).

Villa Amalia(Gallimard, 2006)

『빌라 아말리아』, 송의경 옮김(문학과지성사, 2012).

L'enfant au visage couleur de la mort(Galilée, 2006).

Triomphe du temps(Galilée, 2006).

Requiem, avec Leonardo Cremonini(Galilée, 2006).

Le petit Cupidon(Galilée, 2006).

Ethelrude et Wolframm(Galilée, 2006).

Quartier de la transportation, avec Jean-Paul Marcheschi(Éd. du Rouergue, 2006).

Cécile Reims grave Hans Bellmer(Cercle d'art, 2006).

La nuit sexuelle(Flammarion, 2007).

Boutès(Galilée, 2008)

『부테스』, 송의경 옮김(문학과지성사, 2017).

Lycophron et Zétès(Gallimard, 2010).

Medea(Éditions Ritournelles, 2011).

Les solidarité mystérieuses(Gallimard, 2011)

  『신비한 결속』, 송의경 옮김(문학과지성사, 2015).

Sur le désir de se jeter à l'eau, avec Irène Fenoglio(Presses Sorbonne Nouvelle, collection Archives, 2011).

L'origine de la danse(Galilée, 2013).

Leçons de solfège et de piano(Arléa, 2013).

La suite des chats et des ânes, avec Mireille Calle-Gruber(Presses Sorbonne nouvelle, collection Archives, 2013).

Sur l'image qui manque à nos jours(Arléa, 2014).

Critique du jugement(Galilée, 2015).

Princesse vieille reine, Cinq contes(Galilée, 2015).

Le Chant du Marais(Chandeigne, 2016).

Les Larmes(Grasset, 2016)

  『눈물들』, 송의경 옮김(문학과지성사, 2019).

Dans ce jardin qu'on aimait(Grasset, 2017).

  『우리가 사랑했던 정원에서』, 송의경 옮김(프란츠, 2019).

Une journée de bonheur(Arléa-Poche, 2017).

  『하루의 행복』, 송의경 옮김(문학과지성사, 2021 출간 예정).

Performances de ténèbres(Galilée, 2017).

Angoisse et beauté, par Pascal Quignard et Vestiges de l'amour, images de François de Coninck(Seuil, 2018).

La vie n'est pas une biographie(Galilée, 2019).